서브 남주가
파업하면 생기는 일
4

숙임 장편소설

서브 남주가
파업하면 생기는 일

문학수첩

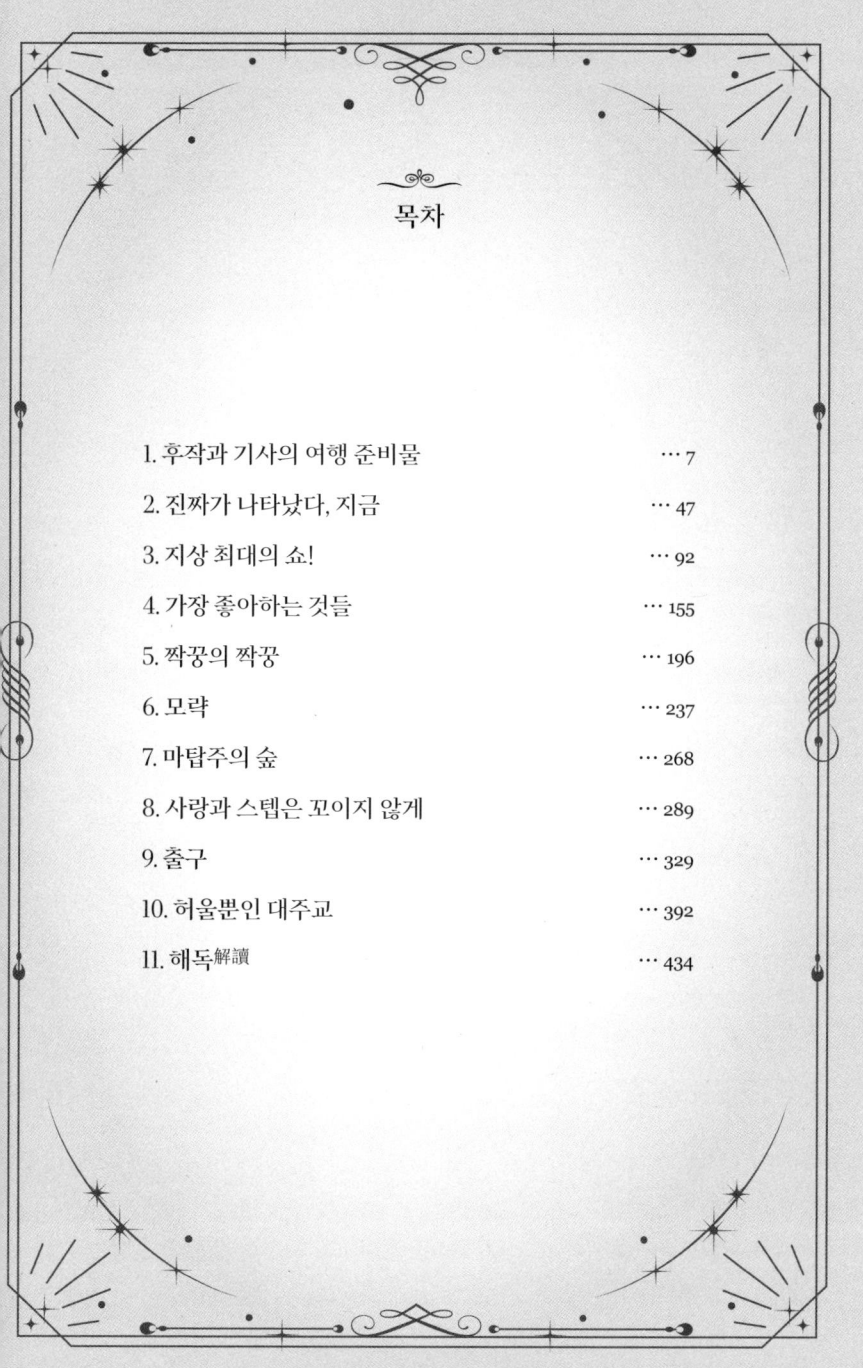

목차

1. 후작과 기사의 여행 준비물 … 7
2. 진짜가 나타났다, 지금 … 47
3. 지상 최대의 쇼! … 92
4. 가장 좋아하는 것들 … 155
5. 짝꿍의 짝꿍 … 196
6. 모략 … 237
7. 마탑주의 숲 … 268
8. 사랑과 스텝은 꼬이지 않게 … 289
9. 출구 … 329
10. 허울뿐인 대주교 … 392
11. 해독解讀 … 434

1. ✦ 후작과 기사의 여행 준비물

이틀 후. 어둠이 보름달을 3분의 1쯤 깨문 밤이었다.

-끼잉

"미안, 레아. 졸리지? 금방 들어가서 자자."

나는 보채는 레서판다를 품에 안고 속삭였다. 로메로 궁의 뒷문은 초행이 아닌데도, 통행이 없는 늦은 시간이어서 그런지 어딘가 낯설고 어색했다. 엘리자베트 경이 이쪽의 보초들을 30분쯤 물려 준 덕에 사위는 쥐 죽은 듯 고요했다. 목을 들고 부지런히 창문을 셌다. 하나, 둘, 셋…

"찾았다. 친구들, 저쪽 창문으로 덩굴 부탁해."

-끼이

내 말에 데미와 페리가 쑥쑥 덩굴을 키워내기 시작했다. 나는 레아를 어깨에 두르고, 옆구리에 선물 상자를 끼고, 등과 다리에 매달리는 두 레서판다를 지탱한 채 한 걸음 한 걸음 덩굴을 올랐다. 분명 데미를 구한다고 같은 경험을 한 적이 있는데, 이번엔 목적이 완전히 달라서인지 주기적으로 현자 타임이 왔다. 이렇게까지 해야 하나.

"…그래도 좀. 차라리 내가 갖다 두는 게 낫지."

-끼응

페리가 대답하듯 울었다. 어찌어찌 의상실 실장님에게 바느질을 배워서, 어찌어찌 황태자 놈의 생일 선물을 완성하는 데는 성공했는데 전달이 문제였다. 설마 시종들이 중간에서 상자를 열어볼까 싶지만 또 모르는 일이었다.

태자의 친구라고 온 제국에 소문이 났어도 일단 나는 적국의 왕자이자 볼모였다. 다비드나 조프루아 같은 로메로 궁 사람이 미리 확인이라도 하면, 그 쪽팔림을 어떻게 감당한단 말인가.

"기프티콘 없는 세상이라 힘들다."

내가 중얼거렸다. 친구 녀석이 갖고 싶은 걸 말하지 않아도, 스마트폰으로 여기저기 검색해서 괜찮은 선물을 쉽게 보낼 수 있었던 게 겨우 다섯 달 전이었다. 폰에 집착하는 성격은 아니지만 가끔 이렇게 아쉬울 때가 있긴 했다. 물론 인터넷에서 살 수 있는 물건이라면 태자 놈에겐 아무런 값어치도 없겠지.

"으쌰."

-탓!

내가 문제의 발코니로 가볍게 착지했다. 방향은 잘 몰라도 숫자는 확실히 셌다. 바로 이곳이 태자가 내게 '암호'를 보내던 방이었다. 멀리서 본 대로 발코니의 문이 조금 열려있었고, 실내엔 은은한 불이 켜져있었다. 어제 로메로 궁에 올 때마다 첩보 스릴러를 찍는 기분이네.

-끼익…

나는 이를 앙다물며 문틈을 벌렸다. 늦여름의 바람에 커튼이 작게 휘날렸다. 나, 데미, 레아, 페리가 차례대로 고개를 빼고 방 안을 살폈다. 천만다행으로 아무도 없었다. 감사합니다, 작가님!

"됐어. 벌써 반은 성공이야."

나는 스스로를 격려하며 발뒤꿈치를 들고 가까운 테이블로 향했다. 신수들이 도도도 달려와 나를 둘러쌌다. 공간은 침실이 아니라 침실 곁방이나 휴게실 정도로 보였다. 역시 쥘리에트 궁보다 훨씬 호사스럽고 컸지만 구경할 시간 따위는 없었다. 선물을 두고 달아나기 전, 마지막으로 상자를 열어 물건을 확인했다.

-사아아…

눈부신 빛이 퍼져 나왔다. 나는 실눈을 뜨며 목걸이를 들어올렸다. 언뜻 다이아몬드처럼 보이도록 화려하게 세공한 성석聖石은 황궁 대장장이 프랑크의 작품이었다. 텅 빈 성석에 한 치의 빈틈도 없도록, 내가 이틀간 열심히 욱여넣은 에테르가 백금의 광휘를 뿌렸다. 에테르 공백이 있지는 않은지 사방을 꼼꼼히 체크한 뒤 끝으로 목걸이 줄을 살폈다. 젠장.

"지금이라도 뗄까?"

세이디 녀석이 잘랐던 고해소 장식 줄의 술을 뽑아, 바느질로 이어 붙여서 목에 거는 고리를 만들었는데… 누가 봐도 조악했다. 낮에 뚝심이조차 비웃듯 날갯짓했으니 말 다 했다. 나는 술술 풀려 나오는 실오라기를 보며 한숨을 삼켰다. 애들 소꿉장난도 아니고. 그냥 귀족들이 선물한 목걸이 아무거나 빼서 달아줄 걸 그랬나.

-꾸르르

팔을 타고 기어 올라온 데미가 손가락을 핥아주었다. 정확히는 가나엘이 하얀 천을 감아준 부분이었다. 나는 쓰게 웃으며 신수의 등을 문질렀다. 바느질한다고 피까지 봤으니까 그냥 주라는 뜻인가.

-달칵

"미친."

그때, 방문이 열렸다. 나는 순식간에 상자를 닫고 꼬마들을 챙겨 발코니로 튀어 나갔다. 무슨 정신으로 난간을 넘었는지 기억도 나지 않았다. 빙의하고 이렇게 빨리 움직였던 순간이 손에 꼽는 듯했다.

-저벅, 저벅…

카펫을 밟는 소리가 났다. 나는 조용히 숨을 몰아쉬며 넝쿨 밑으로 고개를 숙였다. 레서판다 삼총사는 착하게도 나만 보고 있었다.

"…"

발소리는 발코니 근처까지 와서야 멈췄다. 엄청난 잘못이라도 저지른 것처럼 심장이 쿵쾅거렸다. 태자 본인에게 발각되면 최악이고, 다비드나 다른 시종에게 들켜도 곤란하긴 마찬가지였다. 기껏 엘리자베트 경이 손을 써줬는데 소란을 일으키고 싶진 않았다. 눈꺼풀이 절로 질끈 감겼다.

-끼이익, 찰칵!

번쩍. 나는 눈을 뜨며 무의식중에 참고 있던 호흡을 터뜨렸다. 누군지는 몰라도 발코니 문단속을 위해 접근한 모양이었다. 목을 쭉 빼고 살피니 단단히 잠긴 문이 커튼으로 가려져 있었다. 안도감에 실실 웃음이 나왔다.

"이걸 해내네."

-끼이이!

"쉿, 쉿."

나는 재밌어 하는 레서판다들을 추슬러 재빨리 지상으로 내려왔다. 흔적을 없애기 위해, 녀석들이 키워준 넝쿨을 바짝 말려 먼지로 만드는 것도 잊지 않았다. 이건 '작전명 베로나' 때 태자가 생각해 낸 방법이었다.

대지 속성의 힘으로 식물을 키우는 게 가능하다면, 반대로 시들게 하는 것도 가능하지 않겠느냐는 발상이었다. 역시 메인 남주도 잔머리 좀 굴릴 줄 아는 놈이었다.

"…카드는 안 썼는데. 괜찮겠지?"

-꾸릇?

내가 잽싸게 쥴리에트 궁으로 발을 놀리며 속닥거리자, 데미가 입을 동그랗게 벌렸다. 나는 피식하며 고개를 끄덕였다. 그래, 아무래도 카드까지 주고받기는 민망하지.

* * *

그로부터 일주일은 대단히 평화로웠다. 나는 다시 황궁의 편안한 일상을 누렸다. 꼬박꼬박 부티에 추기경의 강의를 들었고 매번 대주교의 성지聖地를 점검받았다. 내 성지가 평균치를 훌쩍 상회하는 크기인 걸 지난달에 이미 확인했는데도, 스승님은 서클을 볼 때마다 자신의 일처럼 기뻐했다. 칭찬을 받으니 학생 시절로 돌아간 기분이라 즐거웠다.

'왕자님은 좋은 추기경이 될 거야.'

으음… 요한 경이 진행하는 크리스텔의 성기사 수업을 참관하는 것도 잊지 않았다. 태자가 책봉식 이후 한 번도 레슨에 참여하지 못했지만 그녀는 오히려 만족스러운 기색이었다. 나는 멀리서 그를 두어 차례 본 게 전부였는데, 딱히 에테르가 부족하거나 피곤한 것 같지는 않았다. 그냥 엄청 바빠 보이기만 했다. 목걸이는 잘 받았으려나?

'경황없는 김에 결혼까지 하셨으면 좋겠습니다. 그러면 우리하고 아예 접점이 사라지지 않을까요?'

주인공이 무서운 소리를 했다. 설정 붕괴는 안 된다! 또 뭐 했더라? 맞다. 산트와 헤릿을 데리고 프랑수아 뒤엠 후작의 폴로 경기도 단체 관람했다. 지난달에 내 부탁을 받은 엘리자베트 경이 다시 티켓을 얻어다 준 덕분이었다.

둘 다 폴로를 실제로 보는 건 처음이라고 했는데, 경기가 끝날 무렵에는 완전히 넋이 나간 눈치였다. 헤릿은 상기된 얼굴로 후작에게 사인까지 받았다. 이거 살짝 위험하지 않나.

'아아, 승리의 표상인 프랑수아 뒤엠에게 푹 빠졌군요. 당연합니다!'

미남이 연분홍색 눈동자를 빛내며 즐거워했다. 1호 팬이 생겨서 좋으시겠어요. 그리고 현재. 나는 호화로운 제국식 복장으로 어정쩡하게 황제궁 복도를 걷고 있었다. 오늘은 의상실에서 새로 지어

준 의상을 입고 후작 위를 받는 날이었다. 서작이 끝나면 곧장 후작령으로 떠날 예정이기도 했다.

페네티안의 복식은 곡선이 많고 겉옷의 길이가 바닥까지 닿을 정도로 긴 데 반해, 리에스테르 귀족들은 전형적인 판타지 소설 속 인물처럼 입었다. 얼마 전 로메로 궁에 잠입할 때 시종 피에르의 옷을 빌린 적이 있었고, 에이츠 마을에서도 평민의 옷을 받아 걸쳤지만… 이렇게 본격적인 차림은 처음이라 어줍었다.

"왕자님, 저는 '앙젤리크'에 500프랑 걸었습니다."

"가나엘, 내기 너무 자주 하는 것 같다."

내가 침착하게 소년을 타일렀다. 황실에서 나에게 내릴 영지명을 두고, 요 며칠 사이 쥘리에트 궁 식구들 사이에서 큰판이 벌어졌다. 황궁 사람들은 늘 묵묵히 일하고 뭐든 쉬쉬하는 분위기라, 역으로 이런 건수 하나가 잡히면 무조건 판돈으로 이어졌다. 황실도 이 정도는 스포츠 삼아 눈감아 주는 분위기였다. 가나엘이 금빛 눈동자를 반짝이며 답했다.

"하지만 뱅자맹 님도 참여하셨는걸요!"

"응?"

"저는 '뤼네르Lunaire'에 1천 프랑 걸었습니다. 추기경 전하께서 제안하신 이름이라지요."

쥘리에트 궁의 시종 총괄씩이나 되는 분이 뭘 자랑스럽게 말씀하시는 거지? 나는 일순 기가 차서 입을 벙긋거렸다. 속으로는 '뤼네르'의 어원을 찾기 위해 머리를 쥐어짜 냈다. 로마 신화에서 달의 신을 루나Luna라고 하니까, 대충 '달'이라는 의미가 있는 듯했다. 천사보다야 달이 백번 천번 낫긴 한데, 난 잘 모르겠다⋯

"입장을 도와드리겠습니다, 왕자님."

그때, 알현실 앞에서 대기하던 황제궁 시종이 나를 향해 절을 올렸다. 나는 긴장해서 뻣뻣하게 묵례했다. 알현실도 프레데리크 황제도 초면이 아닌데, 진짜로 제국의 귀족이 된다고 생각하니 모든 게 새로웠다. 괜히 주먹을 쥐었다 폈다.

"저희는 밖에서 대기하겠습니다."

"이따 후작님으로 뵙겠습니다, 왕자님!"

"페네티안 신국의 1왕자, 에서 페네티안 님께서 드십니다!"

'쿠궁' 하고 높다란 문이 열렸다. 엘리서가 오던 날 봤던 광경이 다시금 눈앞에 펼쳐졌다. 정중앙의 끝, 계단의 가장 높은 곳에 앉은 황제와 추기경이 보였다. 오늘은 붉은 융단을 밟아도 괜찮았다. 나는 마른침을 한 번 꿀꺽 삼키고 뚜벅뚜벅 걸어 나갔다. 좌우로 길게 늘어선 대귀족과 기사들이 나를 보며 쉴 새 없이 소곤거렸다.

"네, 태자께서 직접⋯"

"사르네즈 공작이요? 맙소사."

주로 태자와 사르네즈 가문에 관한 이야기 같았다. 나는 동요하지 않고 황실과 가장 가까운 곳에 다다랐다. 계단 아래 한쪽 무릎을 꿇고 앉을 때가 되어서야, 비로소 황제의 왼편에 태자가 서있음을 깨달았다. 그의 주황색 눈길이 얼굴에 닿는 게 느껴졌다. 빵 부스러기 묻었나?

"지상에 강림하신 태양과, 은총 받으신 추기경 전하를 뵙습니다."

"잘 왔다. 금일은 네게 특별한 날이지."

보좌에 고고히 앉은 황제가 대답했다. 이어 시종들이 분주히 오가는 기척이 났다. 슬쩍슬쩍 훔쳐보니, 암적색 쿠션에 금빛 두루마리를 받친 자가 옆문을 통해 들어오고 있었다. 크고 두꺼운 깃발을 든 이가 뒤를 따랐다. 무슨 천도 있는 것 같은데, 망토인가?

"눈알 굴리는 소리가 요란하군. 전부 네 것이 될 테니 인내해라."

움찔. 황제의 놀리는 어조에 귀족들이 낮게 웃었다. 귓불이 호떡처럼 뜨거워졌다. 나는 머리를 더 낮추고 입을 꾹 닫았다.

-스릉!

맑은 칼 소리가 났다. 이번에야말로 놀라서 시선을 들었다. 자리에서 일어난 은발의 검사가, 자신의 보검 '뒤랑달'을 뽑아 든 채 나를 내려다보고 있었다. 찰나였지만 그녀의 검 끝에 소드마스터의 오라가 맺힌 듯했다. 필수적인 의식이라는 것을 아는데도 덜컥 겁이 났다. 딱딱하게 굳은 나를 추기경이 달래주었다.

"괜찮아, 왕자님. 눈을 감으렴."

하나도 안 괜찮았다! 그렇게 말씀하시니 당장 유언이라도 남겨야 할 것 같았다. 나는 신수들과 점심 메뉴를 생각하며 간신히 포커페이스를 유지했다. 제국의 작위를 받는 인간은 전부 소드마스터의 칼날 아래 목을 내놓아야 한다니, 시험이 너무 가혹하지 않은가.

"예서 페네티안 왕자. 그대는 대ㅊ리에스테르의 황태자를 보필해 '마수 대토벌'을 성공적으로 마무리했고, 오랫동안 잠들어 있던 제국의 신물을 깨워 백성의 칭송을 얻었다."

황제가 딱딱한 말투로 암송하기 시작했다. 당시의 장면들이 머릿속을 스치고 지나갔다.

"또한 제국 출신의 유이한 성기사인 태자와 크리스텔 드 사르네즈 공녀의 영혼을 안정시키는 데 크게 기여했지. 황도의 중심지에 나타난 마수를 처치하고 인명을 구하는 과정에서도 그대의 활약이 돋보였다. 마지막으로, 성기사 요한 헤인스의 망명을 도와 제국의 군사력에 지대한 공헌을 한 점 역시 높이 살만한 부분이야."

직감적으로 알았다. 결구結句는 그녀가 즉석에서 내뱉은 문장이었다. 나는 눈을 깜빡이며 슬그머니 시선을 올렸다. 황제가 나를 보며 근사하게 웃고 있었다. 설레서 뺨이 달아올랐다.

"이러한 공을 치하하고자, 짐은 그대에게 완전무결한 제국의 작위와 봉토를 내리고 영원한 가호를 약조한다."

그녀는 평평하게 눕힌 검신으로 내 양어깨를 한 번씩 건드렸다. 어쩐지 벅차오르는 기분에 활짝 웃는데 태자의 불타는 듯한 눈동자와 시선이 얽혔다. 이어진 황제의 말이 귓가를 파고들었다.

"그대는 이제 짐의 사람이다. 세레니테Sérénité 후작."

* * *

이어 박수가 쏟아졌다. '세레니테'? 프레데리크 황제가 놀리듯 내뱉었던 '앙젤리크'나 부티에 추기경이 제안했다는 '뤼네르'가 아니었다. 들었을 때 부끄럽거나 오글거리는 느낌은 없어서 개중 나았다. 뱅자맹과 가나엘이 둘 다 돈을 날렸다고 생각하니 안타깝기는 했다. 그런데 무슨 의미지. 영단어 'serene'을 생각하면 되는 건가?

"다음."

황제는 내 어깨에 고급스러운 촉감의 망토를 둘러주더니, 시종장 로라를 보며 턱짓했다. 그러자 로라가 알현실 입구 쪽으로 날카로운 눈빛을 보냈다. 나는 자리에서 일어나며 상황을 파악하고자 애썼다.

"크리스텔 드 사르네즈 공녀가 입장합니다!"

-쿠궁!

다시금 육중한 입구가 열리는 소리가 났다. 뒤를 돌아보며 눈을 크게 떴다. 멀리서 크리스텔의 분홍빛 머리칼과 고운 눈매가 반짝거렸다. 명랑하고 당찬 표정에 대귀족 모두가 신이 나서 쑥덕거렸다. 오늘 나만 받는 게 아니야?

"너는 이제 저쪽으로 가라."

"네."

황제의 허스키한 명령에 나는 재깍 반응했다. 눈치껏 세드리크 태자의 아래 칸, 엘리서를 맞이하던 날 올랐던 계단에 섰다. 근처에 있던 프랑수아 뒤엠 후작이 눈짓과 손짓을 했다. 대충 '저와 같은 작위를 받으신 것 축하한다, 저는 잘생겼다'라는 의미 같았다. 나는 적당히 웃어넘기고 태자를 올려보았다. 그의 태양 같은 시선이 곧장 내리쬐었다.

'목걸이 잘 받으셨습니까?'

내가 입술을 최대한 또렷하게 움직여 물었다. 태자는 단번에 이해한 눈빛이었다. 그러더니 미간을 찌푸리며,

"…그게 목걸이였다고?"

하고 심각하게 되물었다. 비웃는 기색이 전혀 없어서 뭐라고 할

수도 없었다. 나는 입을 악다물었다가, 상관없다는 의미로 손을 내젓고 앞을 바라보았다. 잘 받았으면 됐다, 그래.

"크리스텔 드 사르네즈 공녀. 그대는 대大리에스테르의 황태자를 보필해 '마수 대토벌'을 성공적으로 마무리했고…"

어느새 코앞까지 다가와 무릎 꿇은 크리스텔이, 머리를 숙인 채 아까 황제가 읊었던 대사를 고대로 듣고 있었다. 요즘 그녀가 나를 볼 때마다 입이 근지러운 표정이었던 이유를 이제야 알 것 같았다.

크리스텔 역시 뭐가 궁금하긴 마찬가지였는지 자꾸 눈을 들거나 고개를 움직였는데, 나도 아까 저렇게 보였을까 싶어 창피하기도 하고 웃음이 나왔다. 시선이 마주친 그녀가 별처럼 밝게 웃어 보였다. 나는 작게 손을 흔들었다.

"이러한 공을 치하하고자, 짐은 그대에게 완전무결한 제국의 기사 작위를 내리고 영원한 가호를 약조한다."

야, 주인공 기사 작위 받는다! 입이 절로 벌어졌다. 그간 활약한 크리스텔에게 명예로운 보상이 주어지는 순간이었다. 폰이 있다면 동영상을 찍었을 텐데 머리로만 기억해야 한다는 게 아쉬웠다. 나는 그녀가 작위를 받고 몸을 일으키는 찰나 가장 먼저 손뼉을 쳤다. 은서도 엄청 좋아할 게 분명했다.

"유독 기뻐하는군."

"친구잖아요. 게다가 사르네즈 공녀는 기사가 되기에 부족함이 없는 분입니다."

너도 그렇게 생각하지 않냐? 나는 그런 마음을 담아 태자를 돌아보았다. 그러자 그가 크리스텔에게 열렬한 눈길을 던졌다. 괜히 뿌듯했다. 이내 기사가 된 크리스텔이 나와 가까운 자리로 쏙 들어왔다. 장밋빛으로 물든 뺨과 초롱초롱한 청회색 눈동자가 주인공만의 생기 넘치는 매력을 뿜어냈다. 나는 미소와 인사를 건넸다.

"축하드립니다, 사르네즈 경."

"우와. 저를 그렇게 부른 거 왕자님이 처음이에요! 감사합니다. 왕자님도 축하드려요."

그녀가 빠르게 말했다. 흥분과 즐거움을 감추지 못하는 기색이라 나까지 기분이 들떴다. 크리스텔은 나의 망토를 만져보며 '뒤에 문장紋章이 수놓여 있다, 알고 계셨느냐'고 묻거나 '긴장이 풀리니까 배가 고프다'라고 재재거렸다. 건너편에 선 사르네즈 공작 부부는 자랑스러우면서도 난감한 얼굴로 이쪽을 보고 있었다. 부모님하고는 여전히 어색한가 보네.

"엘리자베트 무테 소백작이 입장합니다!"

-쿠웅!

크리스텔과 내가 동시에 고개를 돌렸다. 이쯤 되니 효율주의자인 황제가 아주 날을 잡았다는 게 느껴졌다. 나는 헛웃음을 터뜨리며 이어지는 서훈을 구경했다. 우리와 달리 엘리자베트 경은 모든 것이 익숙해 보였다.

"…이러한 공을 치하하고자, 짐은 그대에게 영예로운 제국의 3급 훈장을 서훈한다."

소백작이 지난 몇 달간 내게 베풀어 준 도움이 새록새록 떠올랐다. 그녀는 시종일관 의젓한 얼굴이었고 황제가 직접 훈장을 달아 줄 때도 몹시 차분했다. 과연 부근위대장은 뭐가 달라도 달랐다.

묵묵한 태자를 대신해 크리스텔과 내가 뜨거운 갈채를 보냈다.

서훈이 끝나자, 엘리자베트 경은 우리에게 눈인사한 뒤 에르베 뒤엠 근위대장의 곁으로 가 섰다. 뒤엠 경이 흐뭇한 낯으로 부하의 어깨를 한 번 토닥였다. 이후로도 네다섯 명이 훈장이나 작위를 받았다.

그동안 크리스텔과 나는 세레니테로 가는 길에 어디서 묵는지, 짐은 어떻게 쌌는지 등을 소곤거렸다. 태자의 이글거리는 눈길이 뒤통수에 따끔따끔 꽂혔다. 네 와이프 되실 분인 거 나도 아니까 진정해라…

"세레니테. 어감 이뻐요. 무조건 좋은 말인 것 같습니다."

"고맙습니다. 저도 그렇게 생각합니다."

아무렴 군주인데 백성이 사는 땅에 나쁜 뜻을 내렸을 리는, 잠깐. 내 영지명은 황제가 붙이지 않는다고 했는데?

"왕자님하고도 잘 어울립니다. 왕자님 예쁘시잖아요."

"감, 감사합니다."

크리스텔이 훅 치고 들어오는 바람에 생각하던 걸 전부 까먹었다. 내가 어정쩡한 목소리로 답하고 있을 때였다.

"끝났군. 다들 물러가라. 더 얼굴 보면 피곤하겠어."

황제가 그렇게 말하고는 추기경을 에스코트했다. 반쯤 농담이었기에 뒤엠 후작을 비롯한 일부가 웃으며 예를 차렸다. 어느새 수여식이 마무리된 모양이었다. 우리도 절을 올릴 무렵-

"아, 참고로 내 아들과 사르네즈 경이 세레니테 후작을 신관 짝으로 삼았다."

프레데리크 리에스테르가 폭탄을 투하했다.

"알았으면 이만 가봐."

턱이 쩍 열렸다. 좌중이 즉시 술렁였다. 내가 후작 위를 받아 제국에 발을 걸친 게 확실해지자마자, 황제가 나서서 그동안 나돌던 잡설을 한 방에 진화해 버린 것이었다.

지엄한 황제의 구중으로 말이 나온 이상 앞으로는 누구도 우리의 관계에 관해 왈가왈부할 수 없을 터였다. 뒤엠 후작이 휘파람을 불었다. 크리스텔은 생글생글하며 팔로 내 옆구리를 아프지 않게 건드렸다.

"왕자님, 인제 우리 공식이에요!"

…예, 그런데 단어 선택이 좀 이상한 것 같아요.

-화르르륵!

"허억!"

그때, 융단 양옆의 높은 화로가 불길을 내뿜었다. 몇몇 대귀족이 식겁하며 물러났다. 나는 서둘러 태자를 살폈지만, 그가 이미 황제와 추기경을 따라 걸음을 옮기고 있어 의중을 확인할 수는 없었다. 크리스텔이 코웃음 치며 낮게 중얼거렸다.

"견제하기는."

와, 방금 나 견제한다고 애먼 사람들 겁준 거야?

* * *

행사가 끝난 황제궁 전방이 인파로 북적거렸다. 뚝심이와 데미가 내 양팔에 대롱대롱 매달렸다. 데미야 그렇다 치고, 뚝심이는 날개도 있는 녀석이 왜 부리를 혹사하는지 모르겠다.

"전하, 역시 제가 동행하고 싶은데요."

"아닙니다. 당분간은 헤릿과 같이 있어주셔야죠. 게다가 요한 경은 이제 폐하의 기사인데요."

황실 마차 앞까지 배웅 나온 요한 경이 눈꼬리를 늘어뜨렸다. 후작령, 즉 세레니테로 떠나는 마차는 총 다섯 대였다. 세 대는 황실에서 나를 위해 내준 것이었고 두 대는 사르네즈 공작가의 것이었다.

황명에 따라 엘리자베트 경이 소수의 근위대를 이끌고 동행할 예정이었다. 요한 경은 얼마 전부터 꾸준히 함께 가겠다는 의견을 피력했지만 내가 한사코 거절했다. 어린 헤릿이 황도에서 충분히 휴식을 취하며 적응하길 바랐고, 아버지와 떨어져 있기를 바라지도 않았기 때문이다.

"…그게 전하의 뜻이라면 따르겠습니다."

요한 경이 부드럽게 말하고는 절하며 물러났다. 말에 오른 엘리자베트 경이 나를 향해 씩 웃었다. 사르네즈 공작 부부는 조금 전에 나와 인사를 나눈 후 마차에 올랐고, 뱅자맹과 가나엘도 안에서 기다리고 있으니 나만 준비되면 바로 출발이었다. 나는 멀리서 손 키스를 날리는 뒤엠 후작을 애써 못 본 척하고 뒤를 돌았다. 어떻게 하루 종일 연예인 텐션일 수가 있냐.

"그럼 다녀오겠습니다."

"왕자님!"

내가 말하고, 마차 문이 닫히는 순간 맑은 음성이 틈바구니로 끼어들었다. 허겁지겁 다가온 크리스텔이었다.

"사르네즈 경?"

"실례가 안 된다면, 제가 합승해도 괜찮을까요?"

평소와 달리 심각한 어조였다. 나는 본능적으로 이것이 공작 부부와 관련된 일임을 알아챘다. 내가 고개를 끄덕이자 마부가 다시 문을 활짝 열어주었다. 크리스텔이 야무지게 내 옆자리에 올라타는데-

-끼잉!

-끼이이!

이번에는 레아와 페리가 토도독 마차 밖으로 달려 나갔다. 마부가 놀라서 신음했다. 저 애물단지들이 또!

"왕자님, 신수님들이 태자 전하께 가고 있습니다."

"어?"

나는 목을 빼고 창밖을 살폈다. 가나엘의 말대로 두 레서판다가 기세 좋게 계단을 올라 태자에게 향하고 있었다. 황제궁 정문에 장승처럼 버티고 선 그는, 신수들이 발치를 맴돌자 장갑을 벗고 손가락을 튕겼다. 이블린에서 봤던 불꽃 탱탱볼 두 개가 나타났다. 녀석들이 배를 까고 혀를 내밀며 재밌어했다. 나는 헛숨과 함께 머리를 저었다.

"그냥 출발하죠."

"네? 하지만,"

"태자님이 같이 못 가니 남아서 위로를 해주려는 것 같아. 저 애들은 태자님하고 친하거든."

내가 소년 시종에게 대답했다. 상황을 파악한 마부가 허리를 굽히며 문을 닫아주었다. 이윽고 마차 바퀴가 천천히 굴러가기 시작했다. 마지막으로 본 태자는, 당장이라도 마차를 불사를 듯 불만이 가득한 낯으로 이쪽을 응시하고 있었다.

크리스텔을 빼앗기는 기분이 드는 모양이었다. 당연히 내게는 그럴 의도가 추호도 없었다. 그러게 누가 바쁘라고 했냐… 그래도 성석에 에테르를 잔뜩 채워서 줬으니까, 당분간은 괜찮겠지 싶었다.

* * *

이번 여행 일정은 마수 대토벌 때보다 나았다. 르고 종합 무역소로 가서 포털을 이용한 뒤에, 또 마차를 타고 나흘이나 달릴 필요는 없다는 뜻이었다. 황도 남부에서 마차로 이틀만 더 가면 나오는 곳이 바로 나의 영지 세레니테였다. '나의 영지'라고 하니까 어쩐지 쑥스럽네.

"왕자님, 아까 대합실에서 본 태자 전하의 탄신일 광고 어떠셨습니까? 저도 후원했어요!"

르고 포털을 빠져나와 마차에 오른 가나엘이 물었다. 나는 후원까지 했다는 아이에게 뭐라고 할 말이 없어서 버벅거렸다. 점묘화로 표현한 태자가 참 크고 멋있긴 한데, 실물보다는 한참 못했던 것 같았다. 품속의 데미와 뚝심이를 어르며 운을 뗐다.

"어… 되게 본격적이더라. 생일 지났는데도 걸려있는 게 의외였어."

"원래 생일 광고는 1개월이 기본 아닌가요?"

"맞습니다, 사르네즈 경께서도 잘 아시네요. 올해 축하 문구는 투표로 뽑아서…"

크리스텔의 물음에 가나엘이 눈을 빛내며 종알거렸다. 대화가 어쩨 정은서 스타일로 흘러가는 것 같았다. 나는 가만히 웃으며 귀밑에 붙인 포털 멀미약을 떼고, 뱅자맹과 함께 바구니를 열었다. 우리의 여행 준비물 1번은 무조건 맛있는 식량이었다. 각자 먹고 싶은 간식과 음료가 담긴 유리병을 골랐을 때쯤 크리스텔이 한숨을 푹 쉬었다.

"그런 광고를 봤으니 태자 전하 놀릴 생각에 기분이 좋아야 하는데… 사실 좀 심란합니다."

드디어 우리와 동승하게 된 사연을 얘기하려는 듯싶었다. 나는 그녀의 손에 포크와 냅킨을 쥐여 주며 말했다.

"편하게 말씀하셔도 됩니다. 뱅자맹과 가나엘은 좋은 상담역이거든요."

"네, 세 분께 먼저 털어놓고 싶었어요. 이따 여관에 도착하면 엘리자베트 경에게도 이야기하려고 합니다."

그녀가 쓰게 웃었다. 말은 불시에 튀어나왔다.

"부모님께서 저보고 결혼을 하라고 하십니다."

"예?"

–끼이!

나는 놀란 나머지 들고 있던 를리지외즈를 데미의 배에 툭 떨어뜨렸다. 눈사람 과자에 깔린 레서판다가 즉각 항의했다. 황급히 시

1. 후작과 기사의 여행 준비물

선을 돌렸으나 뱅자맹과 가나엘은 약간의 동요도 없었다. 오히려 '그럴 때가 됐죠' 하는 표정들이었다. 아닌데? 절대 아닌데?

"갑자기 왜…"

"태자 전하와의 약혼은 진작 엎어졌고, 다시 혼담이 오갈 것 같지도 않으니 제가 슬슬 소공작이 되어야 한다고 생각하시는 겁니다. 저는 외동이니까요."

청천벽력 같은 소리였다. 크리스텔의 포크 아래서 앙증맞게 생긴 퓌 다무르puits d'amour, '사랑의 우물'이 산산조각 났다. 상황을 정리하느라 머릿속이 팽글팽글 돌아갔다. 나는 떨리는 손으로 데미의 배를 닦아주었다. 그러니까, 우리의 여행 준비물 2번은 아마… '사랑의 도피 중인 주인공과의 우연한 합석'인 모양이다.

* * *

입 벌려, 데미. 과일 들어간다.

-참참참…

곱게 깎은 배를 신수님 앞에 대령했다. 녀석은 그제야 화가 풀린 얼굴로 내 손목을 잡고 냠냠거렸다. 마차가 부드럽게 흔들렸고, 뱅자맹과 가나엘은 나지막이 크리스텔과 이야기를 주고받고 있었다. 나는 레서판다를 보며 차분히 상황을 복기했다. 괜찮아, 정예서. 공식 커플이 왜 공식이겠냐. 어떻게든 결말엔 이어지니까 공식이지. 일단 내가 처음 빙의하던 시점으로 돌아가 보자.

1. 크리스텔은 사르네즈 공작가의 외동이었다.

  2. 따라서 공작의 후계자는 크리스텔이 되어야 했다.

  3. 그러나 공작은 황제에 대한 충심으로, 자신의 딸을 세드리크 태자와 혼인시키기로 했다. 그에게 '창해의 축복'이 필요했기 때문이다.

  4. 짠! 크리스텔이 창해의 축복을 흡수해 버렸다. 약혼은 무산됐다.

  5. 황실과의 혼담이 물 건너갔으니, 이제 공작은 딸이 원칙대로 소공작이 되기를 원한다.

"…"

나는 물수건으로 데미의 입가와 수염을 닦아주며 심각해졌다. 하나 걸리는 게 있었다.

"사르네즈 경, 만약 경이 태자님과 약혼을 했다면 공작가의 후계는 누가 잇게 되어있었습니까?"

"가장 가까운 조카를 입양할 계획이었다고 합니다."

크리스텔이 냉커피를 들이켜다 말고 말했다. 가나엘은 당연하다는 듯 고개를 끄덕였다.

"리에스테르에서는 모두 그렇게 합니다. 드물지만 외동이 가문을 잇지 않고 다른 집안의 사람이 돼버리는 경우에요. 신국도 그렇지 않습니까, 왕자님?"

나는 모호하게 입꼬리만 끌어올렸다. 신국의 풍습에 관해서는 아는 게 별로 없어 확실하지 않았다. 소년을 보니 바깥에서 말을 달리고 있을 부근위대장이 떠올랐다. 가나엘은 칼라마르 자작가의 첫째지만, 동생에게 소가주의 지위를 양보하고 엘리자베트 경과 약혼했다. 크리스텔에게 동생이 있었다면 상황이 지금처럼 복잡하지는 않았을 텐데…

"경은 소공작이 되는 게 싫으십니까?"

"소공작은 괜찮은데 결혼이 싫습니다."

내 질문에 크리스텔이 딱 잘라 대답했다. 나는 입술을 말아 물었다. 원작의 흐름은 정확히 그 반대였다. 크리스텔은 소공작이 돼서는 곤란했고 성혼엔 긍정적이어야 했다. 황태자비는 출신 가문이 아닌 황실의 사람이니까. 으음.

"어머니께서는 제가 기억이 돌아올 때쯤 생각해 보는 게 어떠냐고 하시지만, 아버지께선 뜻이 확고하십니다. 지금쯤 좋은 신랑감을 데려와야 가문의 안정을 이룰 수 있대요. 무슨 화첩 같은 걸 펼쳐두고, 괜찮은 남의 집 둘째가 있나 살펴보시고 있어요."

주인공이 한숨을 섞어 말했다. 생각해 보면, 그녀의 의사를 반영하지 않고 태자와의 약혼을 준비할 때부터 사르네즈 공작의 성향은 뚜렷했다. 딸이 병석에서 일어난 지 얼마 되지 않은 데다 기억에도 문제가 있었는데 무려 국혼을 추진한 것이다. 자식을 끔찍이 사랑하는 것과 별개로 마인드는 전형적인 대귀족에 가까운 듯했다. 나로서는 이해하기 힘든 사고방식이었다.

"시몽 드 사르네즈 공작이 18세에 혼인했으니, 열아홉인 따님의 미래를 걱정하는 게 놀라운 일은 아닙니다."

뱅자맹의 해설도 내 추측을 뒷받침했다. 나는 심란해 보이는 크리스텔의 옆모습을 살폈다. 그냥 눈 딱 감고 말할까. 떠보기만 하는 건 괜찮을 듯싶은데.

"그, 태자님은 어떠십니까?"

"태자 전하가 왜요?"

내가 조심스레 묻자 크리스텔이 눈을 깜빡였다. 뱅자맹과 가나엘도 의아하게 나를 바라보았다. 분위기 왜 이러지?

"잘생기시지 않았나요? 키 크고, 목소리도 좋고."

"그렇긴 합니다."

"…그게 다입니까?"

"뭐가 더 필요한가요?"

크리스텔은 무심히 대꾸하더니, 전병처럼 얇고 노릇하게 구운 튈을 와작와작 깨물어 먹기 시작했다. 부서진 '사랑의 우물' 과자는 진작 해치운 모양이었다. 순간 말문이 막혔다. 도움을 청하듯 측근 두 사람을 돌아보았지만, 뱅자맹은 눈을 피했고 가나엘만이 측은한 시선을 보냈다. 젠장.

* * *

크리스텔은 우리에게 속을 털어놓은 것만으로 한결 홀가분한 기색이었다. 그녀의 고민을 내가 나누게 되었다는 게 치명적인 문제였지만, 그건 나만 아는 사실이었다. 고로 숙소에 도착할 때까지 별일은 없었다. 우리는 '르 시프르'보다 작지만 직원들이 훨씬 자유로워 보이는 여관에 짐을 풀었다. 다 같이 풍족한 저녁 식사를 마친 뒤, 나는 식당을 나서는 공작 부부에게 인사했다.

"동행해 주셔서 거듭 감사드립니다."

"아닙니다, 예서 왕자님. 제 자식이 늘 신세를 지고 있습니다. 이 정도는 언제든 기쁜 마음으로 도와드릴 수 있지요."

시몽 드 사르네즈 공작이 정중하게 응수했다. 그는 30대 후반이나 40대 초반쯤으로 보였는데, 또래인 프랑수아 뒤엠 후작과 달리 근엄한 분위기를 풍겼다. 인상이 나쁘진 않았으나 만날 때마다 대하기 어려운 느낌이었다.

포털을 이용하면 반나절 안에 자유 도시 '아스'로 갈 수 있는데도, 공작은 선뜻 황명을 받들어 나와 함께 먼 길을 나서주었다. 경호받는 내 입장에선 무조건 고마운 일이었다.

"그럼, 편히 쉬시고 내일 아침에 뵙겠습니다."

"공작께서도 좋은 꿈 꾸시길 바랍니다."

내가 답했다. 공작은 그린 듯한 태도로 절을 올리고 물러갔다. 곁에 서 있던 이자벨 공작 부인은 남편에게 눈짓을 하더니 자리에 남았다. 크리스텔과 엘리자베트 경, 뱅자맹, 가나엘이 우리의 눈치를 살피고는 먼저 계단을 올랐다. 데미와 뚝심이가 발치에서 콩콩거렸다.

"공작 부인께서도 편안한 밤 보내시길 기도하겠습니다."

"네, 왕자님. 저… 지난번에는 진심으로 감사했습니다."

부인이 검은 눈동자를 촉촉하게 빛내며 말했다. 말뜻을 이해하는 데는 잠깐의 시간이 필요했다. 아마 봄 무도회에서 내가 그녀의 고해를 들어준 일을 의미하는 것 같았다. 나는 작게 미소했다.

"신관으로서 해야 할 일을 했을 뿐입니다."

당시엔 튀려고 했지만, 아무튼 그런 것으로 하자.

"아닙니다. 제 불경을 용서하시고 따뜻한 조언을 해주셔서… 남편과 대화를 나누며 어려움을 잘 풀어나갈 수 있었습니다."

이자벨은 숄을 고쳐 매며 웃었다. 그때보다 훨씬 낯빛이 좋아 보여 다행이었다. 나는 이대로 그녀를 보내주려다가, 문득 한 가지 생각이 나서 입을 열었다. 크리스텔은 그나마 어머니가 자신의 편을 들어준다고 했다.

"부인, 따님으로부터 혼사에 관한 이야기를 들었습니다."

"아, 그 아이가 결국 왕자님께 털어놓았군요. 어느 정도 예상은 했습니다."

그녀가 난감한 얼굴로 말했다. 나는 머릿속으로 침착하게 단어를 골랐다. 누가 들을세라 목소리도 최대한 낮췄다.

"저는 사르네즈 경의 벗으로서… 그토록 중요한 일은 당사자가 직접 결정을 내려야 한다고 생각합니다."

"어머."

"물론 두 분의 생각은 다르시겠죠. 집안의 대사大事에 무례하게 말을 얹어 죄송합니다. 다만 친구의 발언권이 부족한 것 같아 걱정이 됐습니다."

"아뇨, 맞는 말씀이에요. 저는 조금 놀라서…"

이자벨이 상기된 낯으로 답했다. 그녀는 자신의 팔을 매만지며 곰곰이 무언가를 생각하더니, 나를 올려다보며 물었다.

"왕자님께서는 제 딸의 가까운 교우이시지요."

가깝다고… 할 순 있을 것 같았다. 교우인 건 맞고 이제는 공식적인 신관 파트너이기도 하니까.

"그렇습니다."

"크리스텔은 왕자님께 비밀이나 고민도 쉽게 고백하고요. 딸아이가 왕자님을 어떻게 생각하는지는 저도 대강 알고 있답니다."

그녀가 속삭였다. 그야 그럴 법했다. 크리스텔이 새로운 부모님을 어색하게 여기기는 해도, 언니 같은 어머니에게는 썩 약해 보였으니까. 실제로 나를 처음 만난 계기도 부인의 고해 성사 요청을 전달하기 위함이 아니었던가. 그동안 모녀 사이에 꾸준한 소통이 있었던 모양이었다.

"마침 왕자님께서는 금일 후작 위도 받으셨지요. 제국의 귀족이 되신 것을 감축드립니다."

"예? 예, 고맙습니다."

갑자기 화제가 튀었다. 크리스텔과 나의 관계를 말하다가 왜 난데없이 서작 이야기가 나온 건지 알 수 없었다. 이어 이자벨은 나를 보며 몹시 흐뭇한 눈빛을 했다. 데자뷰가 느껴져 기억을 더듬어 보니, 부티에 추기경도 종종 나를 향해 이런 표정을 지었던 것 같았다. 나도 모르게 기특한 행동을 하고 다녔나?

"시몽에게는 제가 잘 말해보겠습니다."

대박. 내 입이 동그랗게 벌어졌다.

"잘됐네요. 따님이 기뻐할 겁니다."

"네, 왕자님이라면 분명히 그렇겠지요."

부인은 그렇게 말한 뒤 고아히 예를 차렸다. 마지막 문장이 묘하게 들렸지만, 데미가 그녀의 드레스 자락을 호시탐탐 노리는 것 같아 물을 정신이 없었다. 나는 마주 인사하고 바닥을 뒹구는 신수와 굴뚝새를 재빨리 수습했다.

-삐르르르!

뚝심이가 유쾌하게 울었다. 그래, 작가도 생각이 있는 모양이야.

* * *

요한 헤인스가 단정히 묶어 내린 백발을 황제의 앞에 숙였다. 성기사의 정보는 그녀가 신국에 심어둔 어느 세작보다도 빨랐다. 프레데리크는 턱을 받치고 앉아 한 손으로 팔걸이 끝을 두드렸다. 그 밖의 소음은 집무실에 존재하지 않았다.

"크리스타너 국왕이 이성을 되찾았다고."

"예. 그간 광증이 찾아오는 주기와 물러가는 주기가 모두 일정치 않았습니다. 특히 이번 병세가 유독 길었고 증상도 심했죠. 왕세녀와 2왕녀의 얼굴을 보는 것조차 힘겨워한다는 소문이 있었습니다."

요한이 답변했다. 제국과 신국의 관계를 고려하자면 나쁜 소식은 아니었다. 비록 단교를 했다고는 하나 양국은 교황청을 통해 이따금 종교적으로 교류했다. 몰래 국경을 넘어오는 신국의 백성 또한 매년 존재했다.

그러므로 황제는 자신의 외교 상대가 제대로 된 사고를 할 수 있길 바랐고, 상식적인 반응을 내놓는 자이기를 원했다. 국왕 대리라는 이름 아래 무도한 짓을 벌이는 요물 따위와는 대화하고 싶지 않았다. 애초에, 장성한 왕세녀가 있는데 어째서 국서가 대행 노릇을 한단 말인가?

"예서 왕자의 볼모 협상은 왕세녀의 돌발 행동 때문에 벌어진 일이었지."

"응."

황제의 혼잣말에 오렐리가 답했다. 협상문에 서명을 한 자도 엘리서 왕세녀였다. 프레데리크는 국왕이 현 상황에 대해 어떤 의견을 갖고 있는지, 애당초 정세를 알고 있기나 한지 의문이었다. 그녀는 왼편의 긴 소파에 홀로 앉은 아들을 보았다. 주황색 눈동자가 무겁게 가라앉아 있었다.

"어중간한 액수로는 녀석을 돌려보내지 않을 거다."

"…"

쯧. 황제가 혀를 찼다. 쓸데없는 근심을 덜어주고자 꺼낸 말이었으나 후계자의 안색이 더욱 어두워지는 듯했다. 이후의 논의는 아무래도 자신의 계약자와 따로 진행해야 할 것 같았다. 그녀는 모두 물러가라는 의미로 손짓했다.

세드리크가 두 어른에게 묵례하고 요한과 함께 집무실을 벗어났다. 달칵, 등 뒤에서 문이 닫혔다. 곧장 발길을 돌리던 태자를 붙잡은 것은 태사太師의 말이었다.

"다음 달 정무까지 미리 보시고 있다 들었는데요, 전하."

"…로메로에도 정보원이 있나?"

그가 매서운 눈길로 스승을 쏘아보았다. 요한은 동요하지 않았다.

"정보원이랄 것도 없어요. 로메로 궁 시종들은 쥘리에트 궁 시종들과 가깝게 지내고, 쥘리에트 일손들은 저와 친하거든요."

다비드가 배후에서 들릴 듯 말 듯 탄식했다. 세드리크는 속에서 울컥 솟아오르는 불꽃을 억눌렀다. 심장 가까운 곳에 매달린 성석이 달래듯 고요한 온기를 뿜어냈다. 아직 한 번도 흡수하지 않은 금빛 에테르가 그의 제복 아래서 찬란했다. 그러니 버틸 만했다.

"요즘 수업에 오지 않으셔서 사르네즈 경이 서운해했어요."

"본론을 말해."

"친구분들과 함께하고 싶어서 산더미 같은 일을 일찌감치 끝내놓고, 막상 가보지는 않으시는 건가요?"

그가 눈꼬리를 휘었다. 세드리크의 중저음이 더욱 차갑게 얼어붙었다.

"그러는 경은 왜 황궁에 있지?"

"저는 폐하의 기사니까요."

"헛소리."

"네. 주군의 명으로 이곳에 남았어요."

민트색 눈동자가 서늘하게 빛났다. 추기경은 그의 앞에서 가면을 쓰는 시늉조차 하지 않았다. 세드리크는 그에게서 배움을 얻는 데 만족했고 왕자가 선생에게 마음을 쓰는 연유도 대충 이해했지만, 그렇다고 특별히 긍정적인 감정을 느끼지는 않았다. 태자가 대화를 이어갈 필요를 느끼지 못하고 몸을 돌릴 무렵, 바람 같은 음성이 복도를 울렸다.

"표현하지 않으면 모르실 거예요."

"…"

"무테 경은 기민한 검사죠. 전하의 심기를 빠르게 알아차리는 친우예요. 하지만 왕자 전하께서는 달라요."

"내게 이런 사담을 하는 이유는?"

세드리크가 날카롭게 물었다. 그는 모친과 마찬가지로 선문답을 즐기는 성격이 아니었다. 태사는 슬슬 제자를 놓아주기로 했다. 오늘은 이 정도면 괜찮은 수업이 된 것 같았다. 무엇보다 그는 황제궁을 부술 생각이 없었다.

"저는 태자 전하의 선생이니까요. 필요하다면 정서적인 가르침도 기꺼이 드려야죠."

* * *

우리는 여관에서 아침을 먹고 바로 출발했다. 8월 말의 날씨는 화창했다. 조금 남쪽으로 내려왔다고 황도보다 여름 향기가 짙었다.

"저녁이면 영주성에 닿으실 겁니다."

뱅자맹이 말했다. 나는 고개를 끄덕이며 옆자리의 크리스텔을 바라보았다. 잠들기 전에 엘리자베트 경과 미친 듯이 수다를 떨었다고 하더니, 안색이 어제보다 훨씬 좋아 보였다.

"사르네즈 경. 혹 부모님께서 따로 대화를 청하시지는 않던가요?"

"네? 아뇨, 두 분 다 일찍 주무셨습니다."

그녀가 쾌활하게 대답했다. 이자벨 공작 부인이 남편과 대화를 해본다기에 혹시나 했는데, 과연 하룻밤 만에 결론이 날 주제는 아닌 모양이었다. 나는 꾸벅꾸벅 조는 데미와 뚝심이를 도닥이며 미소했다. 그래도 로판의 주인공인데 어떻게든 남주와 이어지기는 할 터였다. 너무 걱정하지 말자.

-다각, 다각…

마차가 제국 서부의 길을 바지런히 달렸다. 숲이 우거진 동부나 지세가 험한 남부와 달리, 이쪽은 평지가 많고 나무도 적었다. 덕분에 가끔은 멀리 지나다니는 마차가 보이기도 했다.

개울이 곳곳에 있어 작은 다리도 종종 마주쳤다. 전체적으로 탁 트여있고 평화로운 분위기였다. 나는 잠깐 창밖을 구경하다가 크리스텔을 돌아보며 속삭였다.

"혼인을 하지 않으려는 건, 기억이 돌아왔을 때를 걱정하시는 건가요?"

주인공의 눈이 똥그래졌다. 나는 곧장 사과했다.

"멋대로 마음을 짚어 죄송합니다."

"아니에요, 놀라서 그랬습니다. 왕자님께서…"

'저를 생각보다 깊이 이해해 주셔서요.'

하고 그녀가 말을 맺었다. 그러고는 밤하늘의 늑대별처럼 눈부시게 웃었다.

"맞습니다. 나중에 제 기억이 돌아왔는데 상대가 마음에 안 들 수도 있잖아요. 뒤늦게 이혼하면 저와 집안, 남편 모두 피해를 입을 거고요."

그녀가 손에 쥔 유리병을 흔들었다. 얼음을 삼킨 커피가 빙글빙글 돌았다.

"소공작이 되는 건 어느 정도 예상 가능한 일이니까, 기억을 되찾아도 크게 놀랄 것 같진 않습니다. 반면 결혼은 돌이키기 어려운 문제예요."

"…"

"당연히 아버지께도 말씀드렸지만, 이 문제에 관해서만큼은 완고하십니다. 대귀족은 연애결혼을 하는 경우가 적으니 기억을 회복해도 결과에 변화는 없을 거란 입장이세요."

마차 안에 침묵이 맴돌았다. 나는 그녀의 심란함을 헤아릴 수 있었다. 《퇴사했더니 이계 공녀》의 존재를 알고, 이곳이 소설 속이라는 사실을 인식하는 건 나뿐이었다.

주인공 입장에서는 난데없이 남의 몸에 들어와 살고 있는 상황이니, 몸의 주인이 돌아올 경우를 상정할 수밖에 없었다. 나라도 비슷한 태도를 취했을 터였다. 그녀보다는 덜하지만 지금도 그런 편이고.

…진짜 크리스텔과 예서 왕자는 어떻게 된 걸까. 하루에 최소 한 번씩은 하는 생각이었다. 안타깝지만 '크리스텔'은 이미 세상을 떠난 것 같기도 했다. 주인공의 성향을 고려했을 때, 그런 '설정'이 아니고서는 작가가 세드리크 태자와 그녀를 맺어주기 곤란할 테니까.

"실제로 시몽 드 사르네즈 공작은 연애결혼을 한 적이 없습니다."

뱅자맹이 주석을 덧붙이며 책자 하나를 꺼냈다. 나는 쓰게 웃었다.

"따님은 연애결혼을 할 수도 있는 건데, 야속하시네요."

"그러게요! 아예 노선을 그쪽으로 틀어볼까 봐요. 연애부터 하고 싶다고."

언변은 없지만 어떻게든 분위기를 띄우려고 꺼낸 말을, 크리스텔이 밝게 맞받아 주었다. 연애 좋지. 전쟁 없는 세상에서 꼭 태자와 행복해야 할 텐데.

"그럼 그간 공부하신 세레니테 영지에 관한 내용을 복습하지요."

중년인이 책을 펼쳤다. 우리의 여행 준비물 3번은, 언제나 그렇듯 목적지에 대한 예습이었다. 가나엘이 종이에 싼 가토 생토노레를 건넸다. 고마워.

"세레니테에는 유명한 자유 도시가 있습니다. 이곳 시민들은 영주인 왕자님이 아닌 황제 폐하께 직속되어 있지요. 도시명은-"

"정답! 아스!"

주인공이 손을 번쩍 들고 외쳤다. 뱅자맹은 침착한 낯을 유지했다.

"아스입니다. 그렇다면…"

퀴즈 내는 솜씨가 수준급이었다. 나는 야유하는 크리스텔을 보며 웃음을 터뜨렸다. 중년인이 말을 이었다.

"이 명칭은 어디서 유래했을까요?"

"본래 영주였던 아스 남작가의 성姓에서 따왔습니다."

"잘 맞히셨습니다, 왕자님."

나는 답을 맞힌 기념으로 손에 들고 있던 한입 크기의 케이크를 꿀꺽했다. 겉은 바삭하고 속은 녹아내리는 프로피테롤에 이어, 퍼프 페이스트리가 혀끝에서 폭신폭신 고소하게 부서졌다. 초콜릿, 거품 크림, 나무딸기의 맛이 섞였다. 달콤하고 부드러워 절로 기분이 좋아졌다. 크리스텔이 호승심 어린 표정을 지었다.

"다음 문제입니다. 현現 아스 상단주는 에밀 드 아스입니다. 그렇다면 그와 아스 남작가는 구체적으로 어떤 관계일까요?"

"정답! 아스 남작가는 로메로 선황 치세에 망했습니다. 그러니까… 마지막 남작의, 증손자?"

"정확합니다, 사르네즈 경."

"앗싸."

크리스텔이 찍었는데 맞혔다며 기뻐했다. 요번에는 가나엘이 여관에서 구운 요구르트 케이크 한 조각을 내밀었다. 아무 때나 먹어도 되는 것들인데, 어째 답을 맞혀야만 얻는 분위기가 된 게 재미있었다. 나는 간식을 야무지게 흡입하는 주인공을 보다가 문득 질문했다.

"그런데 아스 남작가는 왜 작위를 빼앗기고 폐문된 겁니까?"

뱅자맹이 가져온 책은 나도 황궁에서 훑은 것이었다. 그런데 전쟁 시대의 로메로 선황이 아스 남작을 처형하고 영원히 저주했다는 서술 외엔, 구체적인 해설이 없었다. 부유한 가문이었다고 하니 군수 물자라도 빼돌려 재산을 쌓은 건가 싶었다. 그러자 가나엘이 목소리를 낮추었다.

"아스 남작이 로메로 폐하를 배신했습니다, 왕자님."

"역시 그랬구나. 횡령이었어?"

"아니요. 그가 신국의 세작이었다고 합니다."

내 눈이 휘둥그레졌다. 볼을 우물거리던 크리스텔도 움직임을 멈췄다. 한동안 마차의 흔들림과 말 울음소리만이 정적을 채웠다. 소년은 누가 있기라도 한 것처럼 주변을 살피고는 뒤를 이었다.

"서부는 국경의 반대편이니 의심을 살 일도 많지 않아서, 남작이 해로를 통해 과감히 폐하의 정보를 신국으로 빼돌렸답니다. 당시에도 무역에 투자하던 집안이라 수상쩍게 여긴 이가 없었대요."

"그럼 지금의 아스 상단은…"

"가문이 망한 뒤, 아스 남작의 딸이었던 바네사 드 아스가 식구들을 추슬러 차린 겁니다."

뱅자맹이 부연했다. 그의 설명에 따르면 바네사는 상술이 좋고 수완이 뛰어난 사람이었다. 정치적인 감각이 부족해 소가주가 되기에 부족하다는 평을 받았지만, 폐문 이후엔 하등 관계없는 단점이 되었다.

"영지를 포함한 가산을 전부 황실에 몰수당했는데도, 그녀의 손녀 대에 와서는 전체의 7할을 복구했다고 하더군요."

"대단하네요."

내가 감탄했다. 크리스텔이 물었다.

"지금의 상단주는 둘째라고 하던데, 그건 왜 그런가요?"

"첫째가 망나니라는 소문이 파다합니다. 다만 스스로 상속을 포기한 것인지, 집에서 쫓겨난 것인지는 불명이랍니다."

가나엘이 말했다. 이건 나도 아는 내용이었다. 누나인 조안은 왈패에 무뢰한으로 유명했고, 동생 에밀이 상대적으로 차분하며 장삿속이 빠르다고 들었다. 그나저나 '에밀 드 아스'라는 글씨를 어디서 본 적이 있는 것 같은데. 프랑스어 이름은 길고 어려워 기억해 내기 쉽지 않았다.

"이번 문제는 제가 내겠습니다. 세레니테 후작님의 문장紋章엔 무엇이 그려져 있을까요?"

"가나엘,"

"정답! 왕자님스러운 것만 모아놨어요. 날개, 튤립, 방패, 달. 호수의 상징도 숨어있어요."

크리스텔이 손가락을 꼽으며 빠르게 대답했다. 가나엘은 손뼉을 치더니 그녀에게 버섯과 염소 치즈를 듬뿍 얹은 갈레트를 꺼내 주었다. 침이 고일 정도로 맛있는 냄새가 났지만, 나는 얼굴이 벌게져 딴청을 피웠다. 날개 얘기만 나오면 쪽팔려서 살 수가 없었다.

* * *

"세레니테 후작님. 곧 영주성에 도착합니다."
"으…"

뱅자맹이 내 무릎을 가볍게 짚었다. 나는 거슴츠레 눈을 떴다. 어느새 잠이 깬 데미와 뚝심이가 또랑또랑 나를 올려보고 있었다. 바깥은 노을이 반쯤 물러가 어둑했다. 오른쪽 어깨가 무거워 옆을 보니 크리스텔이 기대어 숙면 중이었다. 나는 그녀의 손에 아슬아슬하게 쥐어져 있는 소책자를 집어 들었다. 금방이라도 떨어질 것 같아서였다.

'지상 최대의 쇼! 아스 경매장에서 대륙의 놀라운 보물들을 만나보세요!'

경매라. 딱 크리스텔이 좋아할 만한 소재였다. 나는 피식하며 소책자를 그녀의 재킷 주머니에 넣어주었다. 사르네즈 공작 부부는, 아스시와의 자매결연을 기념하고자 상단주를 포함한 여러 인사를 만나러 가는 길이었다. 어쩌면 우리의 주인공이 경매에서 멋진 아이템을 건질 수 있을지도 몰랐다. 나야 영지 한 바퀴 돌고 바로 환궁하는 일정이지만.

 -*히히힝!*

 "워어, 워!"

 "어이쿠."

 그 순간 마차가 급정거했다. 온몸의 중심이 전방으로 휙 쏠렸다. 나는 팔을 뻗어 크리스텔의 앞을 막았다. 그녀가 번쩍 깨어났다. 뱅자맹과 가나엘도 서둘러 균형을 잡았다.

 -*끼잉!*

 -*삐이!*

 "괜찮아, 옳지. 다 와서 그런가 봐."

 나는 하마터면 굴러떨어질 뻔한 레서판다와 굴뚝새를 안아 달랬다. 무슨 일인가 싶어 창문을 기웃거리는데 모르는 목소리가 들렸다.

 "…내가 누군지 알아!"

 "그쪽이야말로 이 마차가 누구의 것인지 모르나?"

 엘리자베트 경의 서늘한 응수가 이어졌다. 누군가 길을 막아선 듯했다. 네 사람과 신수 하나, 신물 하나가 숨죽여 귀를 기울였다. 상대의 성량이 어찌나 좋은지 한 마디 한 마디가 또렷이 박혔다.

 "비켜라. 우리는 존귀한 황명을 받드는 황실 근위대다."

 "웃기시네! 이 동네에 황족이 안 온 지 100년은 됐어!"

 "…끌어내."

 "야! 누구 몸에 손을 대, 지금! 나 알아? 어? 내 동생이 누군지 아냐고!"

여인이 날카롭게 소리쳤다. 나와 크리스텔은 동시에 미간을 찌푸렸다. 아무래도 제정신이 아닌 것 같았다. 술 취했나?

"얘들아, 지금이다!"

"와아아!"

그때, 여인이 한껏 목청을 높였다. 이어 패거리의 함성이 터져 나왔다. 스릉, 스릉! 근위대원들이 즉시 검을 뽑아 들었다. 뱅자맹이 고개를 갸웃했다.

"신고식치고는 소박하군요."

나는 난감하게 입꼬리를 끌어올렸다. 제국 각지에, 영주성 근처를 오가는 고급 마차만 골라 덮치는 도적들이 있다는 얘긴 들었다. 실력 있는 마법사와 검사가 리에스테르 고위층에 집중되어 있다고 해도, 그들이 '흔하지는' 않았다.

따라서 불한당이 나타나면 무력하게 당하는 귀족 또한 많았다. 손해가 심각한 경우 〈격주간 리에스테르〉에 보도되기도 했다. 그런데 하필이면 우리의 행렬을 가로막다니. 좀 불쌍했다…

"엘리자베트 경이 살려줄까요?"

"피곤해서 손이 미끄러졌다고 할 것 같습니다. 오늘은 제가 검을 닦아드려야겠어요!"

크리스텔의 물음에 가나엘이 강아지 같은 낯으로 살벌한 소릴 했다. 나는 흠칫했다.

"즉결 처분입니까?"

"상대가 일반인이라면 부근위대장도 적당히 손봐 사로잡겠습니다만, 저쪽은 작정한 강도인 듯싶군요. 창에서 눈길을 돌리시는 것이 좋겠습니다."

내가 묻자 뱅자맹이 답했다. 말도 안 된다. 영지에 온 첫날부터 피바람이 부는 꼴을 볼 수는 없었다. 나는 식겁한 얼굴로 마차 문을 열었다. '왕자님!' 크리스텔이 화들짝 만류했다. 병사들은 물론 그들이 타고 있던 말까지 나를 보고 경악했다.

"후작님, 지금은 나오시면…!"

[강도들만 동작 그만.]

-파아아아…!

널찍한 성지가 사위를 대낮처럼 환히 밝혔다. 다문다문 자리한 바위와, 도둑들이 숨어있던 것으로 보이는 수풀이 전부 금색으로 빛났다. 나는 마차에서 내려 행렬의 선두로 걸어갔다. 흙바닥이 보석처럼 반짝거렸다. 크리스텔이 나를 쫓았다. 엘리자베트 경은 급히 말에서 내렸다. 날 서있던 회색 눈동자가 다소 가라앉았다.

"송구합니다, 후작님. 처리가 늦었습니다."

"아닙니다, 엘리자베트 경. 이따금 있는 일이라고 들었습니다."

나는 그렇게 말하며 딱딱히 굳어버린 자들을 일별했다. 대충 마흔 명쯤 되는 도적패가 병장기를 잡고 있었다. 우두머리로 보이는 자가 나를 향해 이를 갈았다. 그녀는 화려한 천으로 머리를 감싸고 있었는데, 주변으로 독한 술 냄새가 진동을 했다. 미간이 절로 찡그려졌다. 진짜 주폭이었네.

"넌 뭔데! 이거 당장 안 풀어?"

[입 다물어요.]

"으븝! 으으읍!"

여인의 입술이 일자로 딱 다물렸다. 이내 얼굴이 분노로 시뻘게지고, 이마엔 핏대가 섰다. 다행히 부하 중엔 대장만큼 취한 인간은 없어 보였다. 모두가 허옇게 질려 나를 보고 있었다. 정확히는, 나와 시선이 닿자마자 재깍 눈동자를 아래로 굴렸다. 알만하군.

[전부 체포하겠습니다. 감옥에 가실 거예요.]

내가 싱긋하며 한곳을 가리켰다.

[저기 보이는 영주성. 새 집주인이 접니다.]

2.   진짜가 나타났다, 지금

로메로 궁의 아침은 고요했다.

 -끼잉!

 -꾸르르

 …마냥 고요하진 않았으나 반응하는 이가 없으니 결과적으로는 조용했다. 세드리크는 커피를 마시며 무심히 서류를 넘겼다. 황궁에 남은 두 신수가 무엇을 하든 그는 신경 쓰지 않았다.

 정무를 보는 내내 주변을 맴돌고 밤에 자신의 침실에서 머무는 것이 거슬리긴 했지만, 신수의 일은 주신의 역사役事와 진배없다는 말이 있었다. 따라서 그는 드넓은 집무실 책상에 홀로 앉아 묵묵했다. 이따금 다비드를 비롯한 시종들이 다과를 가져다주었다.

 -끼!

 기어코 페리가 까만 귀를 팔락이며 책상 위로 올라왔다. 황태자는 미세하게 인상을 찌푸렸다. 그가 페리를 무시하고 다음 문서로 손을 뻗자, 신수는 날렵하게 움직여 콩! 하고 종이 더미에 두 앞발을 얹었다. 명백한 업무 방해였다.

"…성가시게 하는군."

페리를 보고 용기를 얻은 레아가 책상 다리를 등반해 동료의 곁에 섰다. 세 신수 중 가장 겁이 많은 녀석이 웬일로 그를 꼿꼿이 쳐다보았다. 세드리크는 작게 한숨을 쉬었다. 또 장난감을 내놓으라는 의미 같았다.

-딱!

-화르륵!

그가 장갑을 벗고 손가락을 튕기자, 뱀처럼 기다란 불꽃이 나타났다. '불 뱀'은 살아있는 것처럼 요란하게 움직였다. 그러나 신수들은 아무런 흥미도 보이지 않았다. 기껏 새로운 놀잇감을 제공해 줬건만 반응이 시원찮았다. 이번에야말로 태자의 미간에 주름이 팼다. 타오르는 뱀은 순식간에 불티가 되어 사라졌다.

"용건이 뭐지?"

-끼이이

그가 장갑을 끼며 물었다. 페리는 '이제야 말이 통하겠군' 하는 태도로 다가왔다. 태자는 자신이 신수에게 인간의 모습을 과하게 투영하는 건지, 아니면 신수가 인간을 지나치게 흉내 내는 건지 알 수 없었다. 이윽고 페리가 코끝에서 주황색 베고니아를 피워냈다.

"재롱을 피우고 싶은 건가?"

-낑

신수가 슬프게 울며 나뒹굴었다. 녀석은 앞발로 머리를 감싼 채, 테이블 구석에서 몸을 동그랗게 말았다. 레아는 입을 방긋방긋하더니 코끝에 청회색 수레국화를 피웠다. 익숙한 빛깔이었다.

-끼응!

레아가 제자리에서 폴짝폴짝 뛰며 아양을 떨었다. 그러자 의기소침해져 있던 페리도 벌떡 몸을 일으켰다. 금세 베고니아를 시들게 한 신수가, 이번에는 이마에 보라색 튤립을 피워냈다. 그러고는,

-끼이이이!

레아를 향해 돌진했다. 이내 두 녀석은 한 덩이가 되어 책상을 뒹굴었다. 서류가 이리저리 나부끼고 보랏빛과 물빛 꽃잎이 눈앞에서 어우러졌다. 세드리크는 조각처럼 굳은 낯으로 두 신수를 내려다보았다. 혼자 남은 오렌지빛 베고니아와, 사이좋은 나머지 둘. 노골적인 비유였다.

"지금 나를-"

-똑똑

그때 누군가 문을 두드렸다. 태자는 심장께의 성석에 감각을 집중하려 애썼다. 조막만 한 신수들의 도발에 넘어가는 것은 가당치 않았다. 곧 다비드가 들어와 예를 차렸다.

"전하. 세레니테에서 온 급보입니다."

"…"

태자의 눈동자가 일렁였다. 시종은 차분히 말을 이었다.

"어제저녁 영주성 근처에서, 예서 후작님과 사르네즈 공작가의 마차 행렬이 40여 명의 도적 떼로부터 기습을 당했다고 합니다."

둘 모두, 그 정도의 적수라면 엘리자베트 선에서 쉽게 끝난다는 걸 알고 있었다. 별것 아닌 소식이었다.

"전원 체포하여 영주성 감옥에 가두었고, 사상자는 발생하지 않았다는군요."

"후작이 반어법을 즐기는지 몰랐군."

세드리크가 대꾸했다. 이는 전형적인 리에스테르 상류층의 말장난으로, '평화'와 '안온'을 뜻하는 세레니테에서 왕자가 사고에 휩쓸린 것이 재미있다는 의미였다. 다비드가 잔잔하게 미소하며 답했다.

"몸과 마음에 소란이 일고 나서야 안위安慰의 소중함을 깨닫는 법이지요. 좋은 이름을 내리셨습니다, 전하."

"…"

"마차는 언제든 준비되어 있습니다."

시종은 정중히 절하고 물러갔다. 무릎에 내려온 신수들이, 무언가를 조르는 기색으로 태자의 딱딱한 배를 누르기 시작했다. 사내의 손등에 핏줄이 섰다. 불경한 스승을 포함한 모두가 자신이 먼저 행동하기를 권했다. 세드리크 리에스테르는 고귀한 황족이었다. 태어나 한 번도 그럴 필요를 느낀 적이 없었다.

* * *

"어찌 이런 일이…"

세레니테 영주성에 상근하는 이는 모두 황실이 고용했다. 다음 달부터는 내가 봉급을 주게 되겠지만, 최근까진 황제의 사용인이었다는 뜻이다. 무도한 습격 소식에 온 성이 들썩이고 시종과 하인들이 밤을 새운 것도 이상한 일은 아니었다.

오히려 우리 일행이 제일 푹 잔 듯했다. 나는 침실 곁방에서 아침을 먹다 말고 고개를 들었다. 영주성 시종 총괄인 샹탈이 안절부절 못하고 서있었다. 눈 밑이 퀭하니 어두웠다.

"괜찮습니다, 샹탈. 아무도 다치지 않았어요."

"귀하디귀한 분께서 영지에 도착하자마자 그런 봉변을 당하시다니, 전부 저희가 신실하지 못한 탓입니다."

내 말에 그녀가 자책을 쏟아냈다. 50대 후반의 샹탈은 고조모 대부터 황실을 섬긴 자작가 출신이었다. 어젯밤 내게 첫인사를 올릴 때만 해도 날카롭고 깐깐한 인상이었는데, 줄줄이 끌려오는 강도들을 본 뒤로는 줄곧 저 표정이었다.

"샹탈 님, 후작님께서는 진정으로 개의치 않으십니다. 혹여 같은 피해를 입은 이가 있을까 우려하실 뿐입니다."

뱅자맹이 그녀를 위로했다. 나는 씩 웃어 보였다.

"다른 분들께도 제 걱정은 할 필요 없다고 전해주십시오. 사실 그자들 끌고 온 게 접니다."

이어 꿀을 뿌린 과일샐러드를 한 입 넣었다. 새콤달콤한 딸기와 블루베리 사이에 콩테 치즈가 섞여 풍부하고 신선한 맛을 냈다. 샹탈은 얼떨떨해하면서도, 내가 메밀 크레이프를 네 접시나 클리어한 것을 보고 못내 안심하는 눈치였다. 잘 먹는 게 도움이 될 때가 있어 다행이었다.

-똑똑

"들어오세요."

내가 음식을 꿀꺽 삼키며 노크에 응답했다. 문 너머로 나타난 것은 엘리자베트 경과 가나엘이었다.

"안녕히 주무셨습니까, 후작님."

"좋은 아침입니다, 부근위대장님. 진척이 있었습니까?"

냅킨으로 입가를 정리하며 묻자, 그녀가 믿음직하게 답변했다.

"예. 영주성을 호위하는 인력은 기존에 있던 소수의 기사와 제국군이 전부인데, 폐하께 보고를 올렸으니 추가로 병력이 올 겁니다."

나는 고개를 끄덕였다. 비록 후작 위를 받았다곤 하지만 명예직과 실무직을 애매하게 오가는 위치였다. 내가 황족의 신관 파트너인 한편 적국의 볼모이기에, 프레데리크 황제가 치열하게 타협한 결과였다.

다른 귀족과 달리 나는 기사 작위를 내릴 수 없었고 사병을 가질 수도 없었다. 다만 후작으로서 영지의 세금을 받았고, 권위가 분명하므로 기본적인 통치 행위도 가능했다. 아무튼. 우리야 상관없지만 영주성 안팎의 사람들이 같은 위험에 처하는 건 곤란했다. 병사가 더 온다면 잘된 일이었다.

"또한 간밤에 근위대가 도적패를 신문했는데, 강도는 전부 초범입니다."

"네?"

이건 의외였다. 가나엘도 금색 눈동자를 똥그랗게 떴다.

"평소 행실이 저질스러운 것은 맞는다고 합니다. 주변 마을을 탐문한 근위대원들에 따르면, 저들이 가게에서 난동을 부리고 외상값을 갚지 않는 일이 흔히 있었답니다. 다만 흉기를 휘두르거나 강도질을 한 적은 없다더군요."

"그러니까, 단체로 크게 한탕 하자고 모의하자마자 우리를 만났다는 거네요."

"그렇습니다."

내가 헛웃음을 터뜨리자 엘리자베트 경도 입꼬리를 올렸다. 이쯤 되면 정말 재수 없는 건 우리가 아니라 그쪽 같았다. 물론 흉악한 짓을 했으니 벌을 받아야겠지만.

"그리고 그들의 우두머리가… 자신이 아스 집안의 첫째라고 밝혔습니다."

"예?"

이거야말로 쇼킹한 소식이었다. 나는 잘못 들었나 싶어 혀를 깨물었다. 가나엘과 샹탈이 경악했고 뱅자맹은 조용히 신음했다. 말하는 엘리자베트 경도 난처한 얼굴이었다.

"정확히는 조안 드 아스라고 자신을 소개했습니다. 동생인 에밀이 보석금을 내줄 거라며 기세등등합니다."

'나 알아? 어? 내 동생이 누군지 아냐고!'

쩌렁쩌렁 외치던 목소리가 떠올랐다. 아스 상단주가 지역에서 힘깨나 쓴다는 얘기야 들었고, 그의 누나가 유명한 망나니란 사실도 알았지만 이 정도일 줄은 몰랐다. 나는 빠르게 머릿속을 정리했다. 일단 중요한 건.

"사르네즈 공작은 뭐라고 합니까?"

"해 뜰 녘에 아스 상단으로 심부름꾼을 보냈답니다. 강력한 유감을 표했다고 하니 상단주와의 만남이 무산될지도 모르겠습니다."

엘리자베트 경이 답했다. 당연했다. 시와의 자매결연까지 없던 일이 되진 않겠지만, 공작 입장에서는 왕자를 호위하던 길에 불상사가 벌어졌으니 모욕을 당했다고 느끼기 충분했다. 나는 옆자리에 몸을 누인 데미와 뚝심이를 보다가 물었다.

"범행 동기는 말하던가요?"

"그게 문제입니다. 부하들은 아스가 시켜서 그랬다고 진술하고, 그녀는 보석으로 나가겠다는 말만 되풀이합니다."

터져 나오는 한숨을 찻물과 함께 삼켰다. 영지에 내려오자마자 골치 아픈 일이 생겼다. 하지만 기왕 '영주'가 되었는데 죄인을 투옥해 놓고 모르는 체할 수는 없었다. 나는 시선을 들어 엘리자베트 경의 회색 눈동자를 마주했다.

"제가 만나보겠습니다."

* * *

샹탈은 영주성의 뒤숭숭한 분위기를 수습하겠다며 분주히 방을 떠났다. 근위대를 대동한 엘리자베트 경이 길을 안내했다. 나는 데미를 품에 안은 채 뱅자맹, 가나엘과 뒤를 따랐다. 뚝심이는 내 정수리에 앉았다. 영지에서 맞는 첫날에 감옥부터 구경하게 된 게 우스워 실소가 샜다. 어쩌다 이렇게 됐지. 주인공하고 같이 움직여서 그런가?

"사르네즈 경은 일어났습니까?"

"예, 조식을 들고 있다고 합니다."

뱅자맹이 곧장 알려주었다. 공작 가족은 영주성의 손님방에 머무르고 있었다. 나는 턱을 주억이며 낯선 복도를 관찰했다. 백석으로 쌓은 성벽 안쪽엔 입이 떡 벌어질 만큼 화려한 태피스트리가 즐비했다.

단순한 무늬가 아니라 인물과 배경을 표현한 직물이었는데, 대부분은 전쟁 시대를 끝낸 셀린 리에스테르 선황의 업적을 다루고 있었다. 두꺼운 목재가 근사한 아치를 그리며 천장을 떠받쳤다.

곳곳에 놓인 탁자와 은쟁반은 반짝반짝 윤이 났다. 영주성 사람들이 나를 맞이하기 위해 얼마나 고생했는지 보여 쓴웃음이 나왔다. 부디 일이 잘 풀렸으면 좋겠다.

"이쪽입니다."

엘리자베트 경이 손짓했다. 초행임에도 벌써 구조를 외운 게 대단해 보였다. 이제껏 첨탑을 세 개나 통과했다니 신기했다. 분명 길은 하나였는데.

-또각, 또각

-뚜벅, 뚜벅…

아래로 통하는 계단을 지나자 카펫이 끝났다. 발소리가 크게 울렸고 횃불 외엔 빛이 없었다. 근위대원들이 거대한 쇠문을 열어줄 무렵엔, 정말로 감옥에 들어왔다는 느낌이 들었다. 퀴퀴한 곰팡내와 물 냄새가 났다. 뚝심이가 머리에서 내려와 재킷 주머니를 파고들었다. 나는 녀석을 손끝으로 문질러 주며 걸었다.

-카앙!

움찔.

"기상. 조안 드 아스. 세레니테 후작님께서 면회를 원하신다."

"아, 골 울려 죽겠는데…"

어느 철창에 발길질한 엘리자베트 경이 싸늘하게 말했다. 조안이 툴툴거리는 소리가 복도를 울렸다. 나는 허리를 반듯이 세우고 그녀 앞에 모습을 드러냈다. 머리에 호사스러운 천을 두른, 연갈색 피부의 여인이 나를 보고 흠칫했다. 아직도 은은한 술내가 났다.

"뭐야. 진짜 눈이 보라색이네."

"예를 갖춰라. 설마 이분을 모르는 건 아니겠지?"

"안녕하세요."

내가 먼저 인사했다. 바닥에 대충 퍼져있던 조안은, 희한한 걸 봤다는 듯 실눈을 뜨더니 느릿느릿 엎드렸다. 다만 투덜거림을 멈추지는 않았다.

"같은 제국 사람한테 뒤통수를 맞질 않나, 적국 왕자의 죄인이 되질 않나…"

"왜 그랬습니까?"

나는 바로 물었다. 다감하게 안부를 물을 사이는 아니었고 조안도 그걸 바라진 않을 것 같았다. 그러자 그녀가 번쩍 고개를 세웠다.

"내가 왜 대답해야 하는데? 화나면 묻지 말고 그냥 죽이시든지. 댁네 하는 짓이 원래 그런 거 아니냐고."

"큰 죄를 지었지만 죽을죄까지는 아니라고 생각합니다. 충분히 교화 가능하다고 보는데요."

"교화는 얼어 죽을. 퉤."

그녀가 돌바닥에 침을 뱉었다. 나는 난감한 표정으로 목을 기울였다.

"신탁을 내릴까요?"

"…뭐?"

"어제 한 거요. 서클을 열고 강제로 실토하게 할 수도 있습니다. 저는 지금 그쪽의 자유 의지를 존중해서 묻는 겁니다."

내 말에 조안이 오만상을 썼다. 어이가 없는지 턱을 쩍 벌렸다가 헛숨을 켜기도 했다. 나는 그저 기다렸다. 그녀에게 진심을 정확히 전달했으니 더 설득할 필요도 없었다. 우리는 영주와 죄인으로 만난 거지, 친구가 되려고 모인 게 아니니까.

"…3분쯤 지난 것 같네요. 성소 개방하겠습니다."

"알았어, 말한다고! 제길!"

그녀가 버럭 외쳤다. 가나엘이 이마를 찡그렸다. 조안은 뒤통수를 북북 긁고 뺨을 벅벅 닦더니, 이내 충격적인 진술을 꺼냈다.

"내 동생 놈이, 요번에 황도에서 오는 어느 귀공녀를 꼬셔서 결혼하겠다잖아. 그거 엎으려고 사고 친 거야. 됐어?"

* * *

나는 즉시 성소를 개방했다.

-파아아…!

[주신께서는 조안 드 아스의 거짓을 사해주십시오.]

"말이 다르잖아!"

조안이 빛살에 인상을 쓰며 항의했다. 그러나 서클이 어떠한 작용도 하지 않자 이내 조용해졌다. 고해 성사에 에테르 반응이 없다는 건 그녀가 내게 진실을 고했다는 뜻이었다. 데미와 뚝심이가 술렁거렸다. 그럼 이게… 대체 무슨 소리냐.

"귀공녀라 함은, 혹 크리스텔 드 사르네즈 경을 말하는 겁니까?"

내가 성소를 해제하며 물었다. 설마 아닐 것이다. 세레니테는 작은 영지지만, 서부 해안에 유명한 자유 도시 아스가 있어 황도 사람들이 자주 오가는 지역이라고 들었다. 아무렴 귀공녀가 크리스텔 한 명만을 뜻할 리는 없었다. 그런데 왜 이렇게 불길하지?

"이름은 까먹었고. 분홍 머리, 파란 눈. 요정같이 예쁘고 별처럼 빛난다고 했어. 에밀도 어디가 단단히 뻰 거지. 실제로 본 적도 없으면서."

철창 너머의 조안이 빈정거렸다. 순간적으로 피가 식는 기분이었으나 나는 가까스로 무표정을 유지했다. 크리스텔은 마수 대토벌, 아니, 봄 무도회 이후 줄곧 제국의 유명 인사였다. 특유의 통통 튀는 매력과 능력 덕분에 '팬'도 많았다.

이런 식으로 그녀와의 낭만을 꿈꾸는 이가 결코 적진 않을 터였다. 곁에 선 엘리자베트 경과 가나엘, 뱅자맹이 불편한 기색을 드러냈지만 나만큼은 괜찮았다. 《퇴사했더니 이계 공녀》의 메인 남주는 확고했으니까.

"이해가 안 가는데요. 동생의 명예를 더럽히고 혼담을 무산시켜서 좋을 게 뭐가 있습니까? 상단주가 미혼으로 죽으면 그쪽에게 재산이 상속될 거라는 판단입니까?"

침착히 원래의 화제로 돌아왔다. 그건 그거고 이건 이거였다. 나는 지금 세레니테의 주인으로서 영주와 공작의 마차를 덮친 도적 우두머리를 신문하고 있었다. 그러자 조안이 신경질적으로 답했다.

"짜증 나니까! 그놈은 신분 상승에 눈멀어서 상단을 통째로 팔아넘기려는 거야. 난 돈 좀 없어도 잘 살아."

"신분 상승요?"

"그래, 남작 위 빼앗긴 지가 언젠데 여태 귀족 소리에 미련이 있다고. 태어날 때부터 평민이었던 게 뭘 안다고!"

조안은 아예 허리를 세우고 퍼질러 앉았다. 나는 일단 왕족이고, 주변인도 모두 귀족인데 전혀 주눅 들지 않는 태도였다. 내가 말을 이으려는 찰나 그녀가 거듭 언성을 높였다. 본격적으로 열이 뻗치는 듯싶었다.

"생각할수록 쪽팔려! 억울하게 뺏겼으면 돌려받을 생각을 해야지. 할머니랑 엄마가 뼈 빠지게 일궈놓은 걸 홀랑 넘겨서 귀한 댁 사위로 들어가겠다? 미친놈 아냐?"

"진정해요."

좁은 옥방은 물론이고 복도까지 그녀의 목소리가 쩌렁쩌렁 울렸다. 조안은 그야말로 오늘만 사는 사람 같았다.

"에밀은 나보고 정신 차리라는데, 내가 보기에 진짜 정신 차려야 하는 놈은 걔야. 자존심도 배알도 없는 새끼."

그녀가 씩씩거리더니 머리에 두른 천을 벗고 정수리를 벅벅 문질렀다. 쥐가 파먹은 것처럼 들쑥날쑥 잘린 머리칼도 사연 있어 보였지만, 당장 나를 자극하는 단어는 따로 있었다. 소백작이 기민하게 의문점을 짚었다.

"아스 남작이 작위를 부당하게 박탈당했다고 말하는 건가?"

"당연하지!"

망나니가 뱀눈을 했다. 묵묵히 듣고 있던 뱅자맹이 나섰다.

"남작은 로메로 선황 폐하의 정보를 신국에 넘긴 세작이었네. 폐하께서 친히 죄를 물으셨어."

"그게 전부 모함이라고요, 아저씨! 다른 인간이 증조부한테 뒤집어씌운 거라니까?"

"소리 좀 낮춥시다."

내가 말했다. 가나엘이 엘리자베트 경에게 딱 붙어선 채 입술을 말고 있었다. 소년은 곱게 자라 이런 분위기에 익숙지 않았다. 나는 가나엘과 동물들을 도닥인 뒤 조안을 바라보았다.

"남작이 누명을 썼단 증거는 있습니까?"

"…없어, 하나도. 그러니 원통하다는 거야."

조안이 시선을 깔며 중얼거렸다. 팽팽하던 공기가 삽시에 풀어졌다. 부근위대장과 뱅자맹이 그럴 줄 알았다는 듯 긴 숨을 뱉었고, 나조차 조금 허탈해졌다. 하긴 그런 증좌가 있었다면 남작가는 진작 복권했을 터였다.

"결국 동생에 대한 사감 때문에 무고한 이들을 괴롭히려고 했다는 거군요. 알겠습니다."

"젠장."

내 정리에 조안이 욕설을 내뱉으며 드러누웠다. '하필이면 영주한테 걸릴 게 뭐야', '재수가 없으려니까' 같은 말이 이어졌다. 차가운 돌바닥에 개의치 않는 걸 보아 투옥이 처음은 아닌 듯했다. 나는 한숨을 삼켰다. 영지에서 가장 유력하다는 상인 집안이 콩가루라니. 문득 프레데리크 황제의 웃음기 어린 목소리가 떠올랐다.

'자유 도시가 있는 영지엔 익살스러운 일이 많은 법.'

익살스러운지는 모르겠습니다…

'그곳의 어느 상단주가 희한한 놈이라지.'

나는 발을 옮기다 말고 멈칫했다. 은서는 예서 왕자에게 반쯤 미쳐있었고 세드리크 황태자에겐 다른 의미로 빙그르 돌아있었다. 이외의 남자 캐릭터 얘기를 한 적은 많지 않았다. 그래도 무려 메인 남주의 모친이 알고 있는 사내라면, 쉬이 방심할 수는 없었다.

"아스 씨."

"깜짝이야. 아직도 안 갔어?"

내가 부르자 조안이 흠칫하며 눈을 떴다. 그새 잠까지 청한 모양이었다. 속 편해서 좋겠다.

"뭔데. 졸리니까 할 말 있으면 빨리해. 해장술 갖다주게?"

그녀의 거침없는 도발에 엘리자베트 경이 피식했다. 나는 소백작이 슬슬 한계에 달하고 있음을 알았다. 대화를 빨리 끝내지 않으면 그녀가 검을 빼 들 것 같았기에 재깍 질문을 꺼냈다.

"아스 상단주 말입니다. 잘생겼습니까?"

"…엉?"

"왕자님?"

조안은 물론이고 내내 조용하던 가나엘까지 당황해서 나를 불렀다. 나도 이게 얼마나 이상하고 뜬금없는 물음인지는 알았다. 하지만 정은서는 분명 여러 차례 강조했었다.

요즘 웹소설에서 인물의 중요도는 미모로 표상된다고 해도 과언이 아니며, 잘생긴 놈은 무조건 눈여겨봐야 한다고. 실제로 얼굴은 반반했던 블랑케르 소공작도 주인공들과 에바를 엮는 데 큰 공헌을 하지 않았던가.

"뭐야, 난데없이?"

"정직하게 대답하면 사식으로 해장술을 넣어주겠습니다."

"못생겼어."

조안이 단호하게 말했다.

"생기다 말았어. 느끼해. 내가 훨씬 잘났지. 걔는 팔다리만 멀쩡하고 낯짝은 영."

"협조 고맙습니다."

내가 즉답했다. 소백작이 오묘한 눈길로 보는 게 느껴졌지만 나는 꿋꿋하게 안심했다.

* * *

점심은 크리스텔을 비롯한 친구들과 함께했다. 원래는 사르네즈 공작 부부도 동석하기로 했는데,

'…하여 저희는 자리를 비켜드리겠습니다, 후작님.'

'예?'

'부디 즐거운 시간 보내시기를.'

공작과 공작 부인이 와서 그렇게 말하고는 물러가 버렸다. 손님과 매번 식사를 따로 하는 게 마음에 걸렸지만, 문이 닫히기 전 이

자벨이 보낸 의미심장한 눈빛을 생각하면…

역시 크리스텔 부녀가 결혼 문제로 대립 중임을 고려한 판단 같았다. 내게 알린 사유는 변명이고, 식사 분위기를 망치고 싶지 않았던 거겠지. 나는 고개를 주억이며 노루고기 테린과 코르니숑 초절임을 포크로 찍었다.

"…그래서 아스 경매장에 가고 싶은데 어떻게 될지 모르겠습니다."

그때, 크리스텔의 목소리가 귀에 감겼다. 나는 반짝 시선을 들었다. 맞은편의 그녀와 엘리자베트 경이 이야기를 나누고 있었다. 양옆에 앉은 뱅자맹과 가나엘도 대화의 흐름을 아는 눈치였다.

"아쉽군요. 크리스텔 경이 간절히 원하는 물건은 흔치 않으니까요."

"네, 진짜 괜찮아 보였어요. 중고에 스크래치 상품이긴 해도 빈티지고…"

크리스텔이 풀죽은 얼굴로 나밖에 알아들을 수 없는 말을 했다. 그녀에게서 보기 드문 표정이라 일순 당황스러울 정도였다. 소백작은 용케 맥락을 읽고 친우의 등을 쓸어주었다. 나는 가나엘에게 슬쩍 물었다.

"사르네즈 경은 경매에 참여하면 안 돼?"

"그게요…"

"후작님께서 먼저 가겠다고 하시지 않는 한, 사르네즈 공작은 절대 아스 상단에 호의적인 태도를 보이지 않을 겁니다."

뱅자맹이 나직이 설명했다. 의미가 한 박자 늦게 와닿았다. 그러니까.

"제가 영주라서요?"

"그렇습니다."

중년인은 빙그레하며 개똥지빠귀 파테를 썰기 시작했다. 나는 눈을 깜빡였다. 요컨대 공작이 나의 결단을 최우선 순위에 두고 행동하는 이유는, 이곳의 대표가 나이기 때문이었다.

익숙지 않은 콘셉트였다. 지금껏 쥘리에트 궁에서 크게 책임지는 일 없이 지냈고, 고분고분 황명을 따르는 입장이었는데 여기서는 모든 게 달랐다.

조안 패거리에 대한 처분은 최종적으로 내가 결정할 문제였다. 밥 먹고 도장을 찍어야 할 서류도 꽤 있었다. 그런데 이제 상단주에게 언제 어떻게 은혜를 베풀지도 정해야 했다.

나는 테이블 구석의 쟁반을 바라보았다. 식사가 시작될 무렵 상단주에게서 도착한 친필 편지가 놓여있었는데, 아직 열어보지는 않았다. 뱅자맹은 그것이 사과와 초청의 뜻을 담고 있으리라 짐작했다.

"제가 나서지 않으면… 영지민들이 상단을 배척하게 됩니까?"

괜히 조마조마한 심정으로 속삭였다. 시중을 들던 샹탈이 대답했다.

"비슷합니다. 후작님께서 추기경 전하의 아낌을 받으신다는 소문이 파다하니, 언제 황도에서 불벼락이 떨어질지 알 수 없지요. 자연히 아스 상단을 중심으로 한 상권은 위축될 겁니다."

미친. 나는 서둘러 봉투를 집어 들었다. 정치 경험이라곤 투표밖에 없지만, 그렇게 되면 실직자가 생긴다는 것쯤은 알았다. 샹탈은 내 앞에 연어 파피요트 세 접시를 능숙히 올려주었다. 오전의 약한 표정은 간데없고, 다시 냉철한 시종 총괄로 복귀한 모습이었다.

"…무조건 죄송하다네요. 그리고 내일 오찬을 대접하고 싶답니다."

내가 에밀 드 아스의 서신을 과감히 요약했다. 종이에선 고운 향이 났고 필체도 무척 아름다웠다. 상단주는 세 장에 걸쳐 나와 공작 가족에 대한 죄스러움을 표했고, 말미엔 우리를 초청해 식사를 접대하고 싶다는 말을 남겼다. 조안을 보석해 달라거나 변호하는 내용은 없었다. 사과문 좀 써본 놈인가?

"괜찮으시다면 제가 한 번 봐도 되겠습니까?"

엘리자베트 경이 조심스레 물었다. 그렇지, 그녀는 변경백의 후계자로 교육받은 소백작이었다!

"그럼요. 조언 부탁드립니다."

내가 답했다. 샹탈이 부근위대장에게 편지를 전해주었다. 크리스텔은 그녀와 이마를 맞대고 내용을 함께 읽었다.

"엄청 숙이고 들어오네요."

"네, 누나의 죄가 중하니까요. 후작님께서 결국 자신을 용서하리라는 걸 알아도 티 내지 못할 겁니다."

엘리자베트 경이 날카롭게 분석했다. 그녀는 한동안 말없이 서신을 훑더니 고개를 들어 나를 보았다.

"오찬은 불참하시는 게 좋겠습니다."

"역시 그렇습니까?"

내가 되묻자, 소백작이 회색 눈동자를 화려하게 휘었다.

"예, 만찬으로 미루시죠. 순순히 따라주면 만만하게 볼 수 있습니다. 게다가 저녁값이 훨씬 비싸니까요."

* * *

시간은 빠르게 흘렀다. 황궁에서 놀 때도 시간이 잘 가긴 했는데 일을 하니 정말 순식간에 지나갔다. 나는 모두의 도움을 받아 '고고하고 까칠한 왕족처럼' 답신을 보냈고, 상단주와의 만찬 일정이 잡히고 나서도 끊임없이 바빴다.

뱅자맹, 가나엘, 샤탈이 없었더라면 세 배는 더 실수했을 게 분명했다. 와중에 다수의 혼인 허가서에 도장을 찍은 일은 꽤 뿌듯했다. 그렇게 다음 날 저녁이 됐다. 데미와 뚝심이는 영주성에 남기로 했다.

"다 왔습니다, 후작님."

커다란 상단 건물 앞에서 마부가 문을 열어주었다. 나는 크리스텔과 나란히 마차에서 내렸다. 아스는 영주성에서 마차로 약 40분 거리에 있었다. 어둠이 내려 해안선은 보이지 않았지만, 멀리서 간간이 파도 소리와 갈매기 울음이 들렸다.

짜디짠 바다 냄새와 찐득한 바람도 느껴졌다. 바다를 접한 무역도시는 북해와 맞닿은 이블린과 완전히 달랐다. 거리 곳곳의 마법 조명이 가로등처럼 운치를 더하고 있었다. 나는 설레는 마음으로 사방을 둘러보았다.

"음, 빨리 들어갈까요?"

그러고는 난감하게 웃었다. 오가던 모든 영지민이 바닥에 납죽 엎드려 있는 광경은, 역시 미안하고 어색했다. 크리스텔이 이해한다는 듯 미소하며 고개를 끄덕였다. 그때였다.

"신국의 달이시며 세레니테의 후작이신 분을 뵙습니다."

동굴처럼 울리는 음성이었다. 우리는 동시에 눈길을 돌렸다. 화려한 천으로 짧은 머리를 반쯤 감싼 남자가, 상단의 계단을 내려오고 있었다. 그는 나보다 키가 컸고 어깨도 넓었다.

연갈색 피부와 레몬색 눈동자는 커피와 케이크처럼 근사하게 어우러졌다. 멀리서 봐도 이목구비가 뚜렷한 미남이었다. 옷차림조차 리에스테르 귀족과 그리스 신을 절묘하게 섞어놓은 듯했다. 나는 입을 벌리고 감탄하는 한편 의문을 느꼈다. 왜 저렇게 잘난 사람이 여기-

"저는 에밀 드 아스라고 합니다."

…뭐가 어째?

"마담. 만나 뵙게 되어 영광입니다."

내게 절을 올린 그가, 물 흐르는 듯한 태도로 크리스텔의 손등에 키스했다. 순간 번개 같은 위기감이 나를 꿰뚫고 지나갔다. 야, 사기당했다! 태자 데려와!

* * *

아냐, 황태자는 부른다고 올 수 있는 사람이 아니잖아. 일단 침착하자. 동요해서 좋을 거 하나도 없다.

"반갑습니다. 크리스텔 드 사르네즈라고 해요."

"익히 알고 있습니다. 제국의 영웅을 모시게 되어 무척 기쁩니다."

필요 이상으로 잘생긴 아스 상단주, 에밀 드 아스가 멋들어지게 허리를 숙였다. 평민이라고는 믿을 수 없을 정도로 우아한 몸짓과 말투였다. 귀족을 많이 상대하는 직업이니 태도가 몸에 배는 게 당연하겠지만, 자꾸만 어제 들었던 조안의 말이 귓가를 맴돌았다. 나는 공작 부부와 엘리자베트 경에게도 공손히 인사하는 그를 바라보았다.

'그놈은 신분 상승에 눈멀어서 상단을 통째로 팔아넘기려는 거야.'

'할머니랑 엄마가 뼈 빠지게 일궈놓은 걸 홀랑 넘겨서 귀한 댁 사위로 들어가겠다?'

"…"

그게 진짜일까? 한쪽의 말만 듣고 판단하는 건 어리석은 짓이었다. 조안을 신문한 내용은 직접 감옥을 방문한 나, 엘리자베트 경, 뱅자맹, 가나엘, 데미와 뚝심이만이 알았다. 사르네즈 가족은 그녀가 '동생의 명예를 실추시키기 위해 범죄를 저질렀다'라고만 보고받았다. 그건 한 치의 오차도 없는 진실이었다.

"그럼 안으로 모시겠습니다, 후작님."

정중하게 모든 예를 마친 에밀이 나를 보며 눈웃음쳤다. 나는 애써 입꼬리를 끌어올렸다. 소설의 장르는 누가 뭐래도 로판이고, 크리스텔은 결국 세드리크 태자와 이어질 운명이었다. 그렇다면 여기서 에밀이 크리스텔을 유혹하는 데 성공할 리는 없었다. 에밀에겐 미안하지만 둘의 신분 차이도 뚜렷하지 않은가.

"고맙습니다."

내가 제국식 복장을 가다듬으며 답했다. 걸음은 생각만큼 무겁지 않았다. 다시 한번 '퇴계공'의 작가를 믿기로 했다.

* * *

"와하하하!"

-♪♬♩…

여기저기서 폭소가 터지고, 술잔과 식기 부딪히는 소리가 울렸다. 현악 사중주단과 플루트, 클라리넷이 적당히 가볍고 빠른 음악을 연주했다. 미리 들은 대로 만찬의 규모는 성대했다. 물론 연회장의 크기와 화려함, 요리의 가짓수 등은 황궁에 비하면 소박했다. 하지만 이곳에는 해안 지역 특유의 벅적하고 호쾌한 분위기가 있었다. 함께 참석한 상인회 소속 대상大商들이 거나한 낯으로 잔을 들어올렸다.

"세레니테 후작님을 위하여!"

"예서 왕자님 만세!"

"건배! 만세!"

나는 귀빈석 정중앙에 앉아 성실히 생글거렸다. 이게, 모든 관심을 받는 일인자의 자리에 앉아있는 게 쉽지 않았다. 프레데리크 황제나 부티에 추기경이야 그렇다 쳐도 겨우 스물다섯인 태자가 이런 일에 능숙한 것이 새삼 대단하게 느껴졌다.

사과의 의미로 초청받은 만큼 연설 같은 걸 준비할 필요는 없었지만, 낯선 이들이 자꾸 내 눈치를 보고 치켜세우니 가시방석에 앉은 기분이었다. 쥘리에트 궁에선 이렇지 않았는데.

"한 잔 더!"

"으하하하!"

쨍그랑! 어디선가 잔이 깨졌다. 나의 양옆에는 사르네즈 공작과 에밀이 자리했다. 상단주가 의도한 건 아니겠으나, 친구인 크리스텔과 엘리자베트 경이 떨어져 있으니 어쩐지 쓸쓸했다. 분명 처음 빙의했을 때는 주인공들과 엮이지 않고 아싸답게 살리라 결심했는데. 반년쯤 됐다고 외로움을 타나 싶어 헛웃음이 났다.

"후작님, 세레니테 후작님."

"…"

"예서 왕자님!"

나는 흠칫해서 두리번거렸다. 솜사탕 같은 목소리는 분명 크리스텔의 것이었다. 몸을 앞으로 굽혀 오른쪽을 살폈다가, 그녀가 보이지 않아 등을 뒤로 쭉 뺐다. 마찬가지로 목을 늪힌 크리스텔이 나를 향해 손을 흔들고 있었다. 절로 미소가 떠올랐다.

"조거 맛있어요. 홍합 속 채운 거."

"그렇습니까?"

"안에 마늘이랑 뭐가 들어있어서 알큰합니다. 빨갛고."

그녀가 얼른 먹어보라며 웃었다. 입가에 소스가 묻었다고 얘기해 주려는데, 우리 사이에 앉아있던 에밀이 불쑥 시야를 가렸다. 깜짝이야.

"식사는 입맛에 맞으십니까, 후작님?"

"네, 전부 훌륭하네요."

얼른 표정을 수습하며 답했다. 음식은 하나같이 맛이 좋았지만, 내가 한 접시씩밖에 먹지 않아 뱅자맹과 가나엘이 멀리서 전전긍긍하고 있었다. 그를 알 리 없는 에밀이 그림처럼 속눈썹을 내리깔았다.

"오늘 초대에 응해주셔서 진심으로 감사드립니다. 저와 상단 모두, 후작님의 하해와 같은 자비에 깊이 감동했습니다."

"아닙니다. 아스 상단이 지역 경제에 얼마나 큰 기여를 하는지는 잘 알고 있습니다. 일부의 일탈로 무고한 백성들이 피해를 입어서는 안 된다고 생각합니다."

내 말에 그의 레몬색 눈동자가 반짝거렸다. 나쁜 대답은 아니었지 싶었다. 크리스텔이 추천한 물 파르시를 접시에 더는데, 기어코 에밀의 뺨으로 한 줄기 눈물이 떨어졌다. 나는 깜짝 놀라 스푼을 내려놓고 그를 바라보았다.

"아스 씨. 왜 우세요? 어디 아프십니까?"

"후작님께서는 소문과 달리 다정하고 상냥한 분이시군요."

그가 감격한 목소리로 속삭였다. 나는 당황해서 입을 벙긋거렸다.

"온 제국에 낭설이 파다했습니다. 후작님께서 낮에는 추기경 전하를 즐겁게 해드리고, 밤이면 황제 폐하를 모시는 한편 태자 전하의 총애를 받으신다고요."

"옳지! 쭉쭉 마셔, 쭉쭉!"

"…네?"

총알받이라고? 주변의 소음이 심해 제대로 듣지 못했다.

"그렇습니다. 참으로 추잡하고 문란한 풍문이지요. 저 또한 그런 평판은 부당하다고 여겼습니다. '과욕을 부리는 천박한 사생아'라니, 순결하신 분께 극심한 실례 아닙니까?"

그가 붉어진 눈매를 아름답게 휘며 소곤거렸다. 솔직히 무슨 소린지 이해가 잘 안됐다. 대충 나에 관한 헛소문이 있었고 에밀은 그게 마음에 들지 않는다는 의미 같았다.

뭐, 입궁할 무렵에는 대놓고 '신국의 난봉꾼'이라 불렸으니 이상한 일도 아니었다. 나는 고개를 주억이며 홍합 껍데기를 싹싹 긁어 먹었다. 그동안 에밀은 손수건으로 눈가를 찍어냈다. 엄청 가련해 보였다.

"고상하신 핏줄을 가리켜 탐심에 찌들었다느니, 성기사에 취한 돼지라느니… 저는 몹시 슬펐습니다. 그리고 분개했지요."

돼지. 돼지 맛있지. 나는 귀로 에밀의 말을 들으며 손으로는 천천히 프티 살레를 떠먹었다. 부드러운 렌즈콩을 듬뿍 곁들인 염장 돼지고기에선 특유의 '아는 맛' 풍미가 났다. 에밀이 그런 나를 보며 말을 이었다. 비밀이라도 읊는 것처럼 은근한 투였다.

"제 선물은 받아보셨습니까?"

"아."

나는 눈을 깜빡이며 동작을 멈췄다. 돌아본 그의 표정에 미세한 금이 가있었다. 큰일이었다. 그간 귀족들에게 받은 게 너무 많은 데다, 선물과 발신인을 하나하나 외울 생각은 못 해 기억이 나지 않았다. 일단 입안의 음식물을 꼭꼭 씹어 넘기고 애매하게 웃어 보였다. 거짓말하기엔 타이밍이 너무 늦었겠지?

"그게-"

"장인이 세공한 돼지 조각상이었습니다. 대륙에서 가장 큰 핑크 다이아몬드 원석으로 만든 것이었죠."

그가 딱딱하게 설명했다. 내 입이 떡 벌어졌다.

"맞습니다! 정말 감사했습니다. 엘리서 왕세녀 전하께서도 기뻐하셨습니다."

"…예?"

내가 활짝 웃었다. 엘리서에게 요한 경과 헤릿을 도와달라고 부탁하던 날이 머릿속을 스쳐갔다. 그때 코르넬리서의 생일 선물을 협찬한 사람이, 분명 '에밀 드 아스'였다. 나는 열심히 피드백을 시작했다.

"색도 아주 예쁜 분홍이고, 모양이 참 정교하더군요. 그렇게 고운 돼지는 처음 봤습니다."

"…"

"그날은 아스 씨 덕분에 좋은 시간을 보냈습니다. 그만한 선물이 없었어요."

코르넬리서에게 입양 보냈단 이야기는 실례가 될 테니 하지 않았다. 하지만 나머지 말은 진심이었다. 그러자 에밀의 안색이 눈에 띄게 굳어졌다. 웃음기는 간데없고 발갛던 눈시울도 순식간에 가라앉은 모양새였다.

내가 말실수라도 했나 싶어 조금 긴장했으나, 그는 정중하게 묵례하고 몸을 틀어 앉을 뿐이었다. 그냥 그렇게 대화가 끝난 듯싶었다. 목을 갸웃거리는데 가나엘과 눈길이 닿았다.

'더 드세요!'

소년이 방긋방긋 입 모양을 움직였다. 나는 다음 타깃으로 세숫대야만 한 부리드 그릇을 들어 보였다. 뱅자맹이 만족스럽게 고개를 끄덕였다.

* * *

만찬이 무사히 끝났다. 공작 부부는 먼저 마차로 가서 기다리겠다는 말을 남겼다. 크리스텔은 엘리자베트와 가나엘, 뱅자맹을 모아 아스 상단의 로비 구석으로 데려갔다. 그녀가 노리는 '경매품'에 관해 상세히 알고 있는 사람은 이렇게 넷이 전부였다. 특히 왕자님에게는 절대로 비밀이었다. 크리스텔이 속닥거렸다.

"어쩌면 제가 우선매수권을 얻을 수 있을 듯합니다."

"정말입니까?"

엘리자베트의 회색 눈동자가 놀란 고양이처럼 커졌다. 가나엘은 건너편의 문이 열리지는 않을까 슬쩍 낌새를 살폈다. 왕자님은 현재 저곳 응접실에서 아스 상단주를 독대 중이었다. 상단주가 누나의 잘못을 정식으로 사죄하길 원했기 때문이었다. 동생이 사과한다고 해서 그게 무죄가 되지는 않겠지만.

"네. 상단주가 저한테 꽤 호감을 보이더라고요. 적당히 어울려주면 쉽게 뜯어내지 싶습니다."

"훌륭한 대귀족으로 성장하고 계시는군요, 사르네즈 경."

뱅자맹이 코멘트했다. 크리스텔은 어른의 칭찬에 코끝을 훔치며 씩 웃었다. 그녀는 사교계 활동에 별 관심이 없었다. 그보단 왕자님과 맛있는 걸 먹고 놀거나 태자와 대련을 하는 게 훨씬 재미있었다.

하지만 자신의 지위, 능력, 외모가 무언가를 갖는 데 유리하다는 점은 당연히 알았다. 그러니 다른 귀족들이 공작새처럼 한껏 꾸미고 현학적인 말을 주워섬기는 것도 이해했다. 그것도 분명히 일종의 기술이었다.

"경매가 내일 저녁이던가요?"

"네. 그래서 아까 상단주와 점심 약속을 잡았습니다. 밥 먹고 같이 산책도 하기로 했어요. 대화하면서 살짝 떡밥을 던져볼까 합니다."

"좋은 계획이군요. 그래도 시종은 꼭 대동하십시오."

소백작이 신중하게 조언했다. 순간 조안 드 아스의 황당한 진술이 떠오른 탓이었다. 설령 상단주가 크리스텔에게 진심으로 접근한다고 해도 공작이 용납지 않을 테지만, 또 모르는 일이었다. 아스 상단의 부는 어지간한 대귀족 수준이었다. 스물셋, 어린 상단주의 수완은 공작령의 해운업에도 큰 보탬이 될 터였다.

"알겠습니다. 후작님께만 알려지지 않게 해주십시오. 선물은 놀라야 제맛이잖아요."

"그럼요."

"약속합니다."

가나엘과 엘리자베트가 같은 박자로 머리를 까닥였다. 크리스텔이 낙찰을 받으면 왕자님도 분명 기뻐워할 터였다. 그때였다.

-달칵!

응접실의 문이 열리고, 에밀 드 아스가 급히 걸어 나왔다. 왕자님과 함께일 줄 알았는데 혼자였다. 모두 눈을 동그랗게 떴다.

"아스 씨. 후작님은요?"

"아, 그것이… 속을 가라앉히고 나오겠다 하셔서 제가 먼저…"

크리스텔이 다가가 묻자 상단주는 연약한 낯으로 시선을 내리깔았다. 솥뚜껑만 한 손으로 자신의 한쪽 뺨을 감싼 채였다. 엘리자베트가 미간을 찌푸렸다.

"이가 불편한가? 우는 것 같은데."

"소백작님…"

상단주가 어쩔 줄 몰라 하며 고개를 숙였다. 눈동자와 같은 색의 까까머리 위로 요란한 천이 흘러내렸다. 그가 가린 얼굴 일부가 붉게 부어올라 있었다. 크리스텔은 재깍 가면을 뒤집어썼다.

"어머, 얼굴이 왜 그러세요?"

"이건-"

"모기 물리셨어요? 바다 모기 독한데. 눈물 나죠. 알아요."

"아뇨. 그게 아니라."

에밀이 빠르게 말했다.

"후작님께서, 제게… 제게 손찌검을 하셨습니다."

"푸읍!"

가나엘이 허리를 접으며 무너졌다. 엘리자베트는 입술을 악다물며 약혼자를 추슬렀다. 크리스텔 역시 혀를 깨물어 소리를 참았다. 뭐가 됐든 웃거나 욕하면 안 되는 흐름인 건 확실했다. 뱅자맹은 가는눈을 뜨며 몇 초간 침묵하더니, 크리스텔의 어깨에 묻은 먼지를 떼어주었다. 아예 무시하는 전략이었다.

"…아이고. 그러셨구나. 가엾어라. 왜 때리시던가요?"

경매. 낙찰. 경매. 낙찰. 크리스텔이 머릿속으로 우선순위를 되뇌며 차분하게 물었다.

'가나엘은 신경 쓰지 마세요. 이분도 맞은 적이 있어서 아픔을 아시는 거예요' 하는 애드리브가 이어졌다. 엘리자베트가 참지 못하고 양손에 얼굴을 묻었다. 누가 봐도 충격에 빠진 귀족의 모습이었다.

"미천한 제가, 후작님과 사르네즈 경의 대화를 방해한 것이 괘씸하다고… 맞는 말씀인지라, 저는 반박조차 하지 못했습니다."

그가 띄엄띄엄 말했다. 크리스텔은 이번에야말로 NG를 낼 뻔했으나 기적적으로 정색에 성공했다. 왕자님에게 크리스텔 종에 버금가는 선물을 하고야 말겠다는 의지의 승리였다. 뱅자맹은 이제 벽지의 무늬를 세고 있었다.

"어휴! 제가 대신 사과할게요. 후작님께서 원래 손을 좀 쉽게 올리십니다."

"사르네즈 경…"

에밀이 크리스텔의 손에 이마를 기대며 눈물을 흘렸다. 모두가 무음 모드와 진동 모드에 돌입한 가운데 크리스텔은 진지하게 고뇌했다. 왕자님은 왜 가는 데마다 이런 여우 같은 애들이 꼬일까? 아니지. 머리에 피도 안 마른 이 새끼는 이런다고 얻는 게 대체 뭘까?

* * *

다음 날, 로메로 궁에서는.

"이 몸, 등장! 황태자 전하의 웃음을 되찾아 드리고자 프랑수아 뒤엠이 왔습니다."

"…"

프랑수아가 시끄러운 몸짓으로 절을 올렸다. 세드리크는 남자를 고요히 노려보았다. 9월 중순까지의 정무를 모두 소화한 덕에 여유가 생겼다. 나머지 일은 때가 되면 처리해도 괜찮을 터였다. 태자는 응접실과 곁방의 시종을 전부 물리고, 말썽쟁이 두 신수도 후원으로 산책을 보냈다.

봄에 들어온 민들레차를 마시며 안정을 취하고 있는데 난데없이 제국에서 가장 소란스러운 자가 나타났다. 아침부터 만나기엔 적합지 않은 상대였다. 세드리크가 짜증이 뚝뚝 묻어나는 투로 입을 뗐다.

"경의 면전에서 웃은 기억은 없는데."

"아아! 저는 아직도 태자 전하의 아홉 살 시절을 기억하고 있답니다. 제가 20대 때의 추억이지요. 그때의 저는 지금보다 아름답고,"

"용건은?"

날카로운 중저음이 후작의 말을 끊어냈다. 같은 작위를 지녔음에도 '뒤엠'과 '세레니테'의 차이는 극명했다. 태자는 그런 생각이나 하며 소파에 기대어 둔 혜검으로 손을 뻗었다. 대모님은 연무장이 아닌 곳에서 검을 뽑는 일이 없어야 한다고 당부했다.

그렇다면 검집째 휘두르면 될 일이었다. 엘리자베트가 생일 선물로 보낸 검집은 가볍고 얇아 휘두르는 맛이 있었다. 내열성이 뛰어나 어지간해서는 타지도 않았다.

"쓸데없는 소리를 하러 왔나?"

주황색 눈동자가 어두워졌다. 한 번만 더 자신에게 예시 왕자를 들먹이며 망언하는 자가 있다면, 당분간 입을 열지 못하게 만들 참이었다. 프랑수아는 연분홍빛 눈을 휘었다.

"폐하께서, 소실된 전시戰時 포털 기록을 복원하라는 황명을 내리셨습니다. 여러 경우를 대비하신 결정이지요."

"..."

"저는 태자 전하의 협조를 구하고자 왔을 뿐입니다. 미리 말씀을 올리지 않고 찾아뵙게 되어 송구스럽습니다."

그가 거듭 우아하게 예를 차렸다. 태자는 살기를 누그러뜨렸다. 프랑수아는 그와 성격적으로 맞지 않았지만, 일 처리가 확실하고 소임에 충실했다. 사교계에서도 평판이 극명하게 갈릴지언정 후작의 능력을 폄하하는 이는 드물었다. 세드리크가 검을 놓고 그에게 눈짓했다. 앉으라는 뜻이었다.

"망극합니다, 전하."

프랑수아가 날렵히 움직여 소파에 착석했다. 이후로도 불필요한 이야기는 오가지 않았다. 그는 사라진 포털의 위치를 파악하기 위해 제국군을 얼마나 동원해야 할지, 마법사는 몇 급 이상이 필요할지 등을 논했다.

흐름이 정상적인 것을 파악한 다비드가 후작을 위한 다과를 가져왔다. 사전 약속 없이 진행된 접견치고는 모든 게 순조로웠다. 한 시간여가 무탈히 흘렀다.

"그러고 보니 황궁에 유쾌한 일이 벌어졌더군요. 알고 계셨습니까?"

프랑수아가 흘러내린 머리카락을 쓸어 넘기며 말했다. 태자는 감흥 없는 시선으로 그를 응시했다. 다비드는 보고를 마친 후작을 거들어 지도를 정리하고 있었다.

"전하께서 언제 세레니테로 가실지를 두고 큰판이 벌어졌다고 합니다."

"…"

찻잔을 들어 올리던 태자가 굳었다. 시종은 팔뚝에 소름이 돋는 것을 느끼며 후작을 바라보았다. 그는 아무것도 모르고 신이 나서 떠들고 있었다. 제발 그만…

"시종들이 잔뜩 모여있기에 무슨 일인가 했더니, 황제궁은 물론이고 샤르팡티에 궁에서도 금전을 걸었답니다! 그곳에서 일하는 이들은 제법 점잖지 않았던가요? 놀랐습니다."

"…"

다비드는 태자를 흘끔 살폈다. 천만다행히 장갑을 벗을 기미는 보이지 않았다. 야속한 프랑수아가 말을 계속했다.

"제일 배당률이 높은 건 금일이라지요. 겨우 한 명밖에 걸지 않았다고 합니다. 저는 내일 떠나신다는 데 2천 프랑을,"

-쨍그랑!

-콰지직-!

잔이 깨지고 폭음에 가까운 소음이 났다. 세드리크가 자리에서 벌떡 일어났다. 다비드는 그의 힘을 버티지 못하고 부서진 소파를 보며 신음을 참았다. 프랑수아가 경악하며 태자를 올려다보았다.

사내의 주변 공기가 뜨겁게 일그러지고 있었다. 착각이겠으나 방이 컴컴해지는 느낌이 들었다.

"…전하?"

"당장 움직일 것이다."

"예?"

"예?"

후작가 출신 둘이 멍하니 되물었다. 세드리크의 목소리가 음산하게 울렸다.

"폐하께 고하도록. 저녁 전에 닿을 테니."

"주신 맙소사. 내 비자금이!"

프랑수아가 연극배우처럼 외쳤다. 태자의 주홍빛 눈이 불타올랐다. 그는 자신이 오래 버텼다는 사실을 알았고 앞으로도 묵묵히 견딜 생각이었다. 허나 더는 참을 이유가 없었다. 온 황궁이 이토록 바라는 일이라면 보란 듯이 수행해 주는 것도 황족의 의무가 아닌가?

"오늘 내기를 건 자는 운이 좋군."

그가 씹어뱉듯이 말하며 걸음을 옮겼다. 다비드는 주인의 명을 받들어 고개를 숙였다. 온몸이 떨렸으나 차분히 이를 다물고 참아 냈다. 만 프랑에 달하는 판돈이 자신의 것이 되었다는 사실은, 이제 죽을 때까지 비밀이었다.

* * *

…진짜 이상한데. 다들 묘하게 내 눈길을 피하는 것 같았다.

"어제 만찬 끝나고 무슨 일 있었습니까?"

나는 참지 못하고 물었다. 함께 앉아있던 크리스텔과 엘리자베트 경, 가나엘, 뱅자맹이 동시에 흠칫했다. 이걸로 확실해졌다. 네 사람이 내게 말하지 않은 무언가가 있었다. 나는 실눈을 뜨며 그들의 얼굴을 들여다보았다.

영주와 손님들이 다과회를 즐기도록 마련한 살롱은 화려하고 근사했다. 채광이 좋아 조식 후의 광합성에도 적합했다. 데미와 뚝심이는 이유 없이 통로를 다다닥 뛰어다녔다. 널따란 공간 한편에선 샹탈이 부른 지역 음악가들이 느릿한 오바드를 연주하고 있었다. 와중에 소백작의 눈매가 힘겹게 씰룩였다. 나는 그녀를 보며 말했다.

"제가 알아야 하는 문제라면 기탄없이 말씀해 주십시오. 괜찮습니다."

-♪♩♬…

그러고는 내 몫으로 나온 큼직한 사바랭을 자르기 시작했다. 웬만하면 먼저 얘기하지 않으려고 했는데 영 수상했다. 어젯밤 만찬을 마치고 나서, 나는 아스 상단주 에밀과 독대했다.

예상대로 그는 누나인 조안의 죄에 대한 용서를 구했고 보석이 가능한지 물었다. 내가 원한다면 지역 사회를 위해 거액의 투자를 하겠다는 입장도 밝혔다. 한 마디 한 마디가 조심스럽고 예의 바른 것이, 누가 봐도 외양과 인성이 비례하는 경우였다.

나는 그에게 '깊이 생각해 보고 기별하겠다'라고 답변했다. 제국의 법을 잘 모르는 데다 영주 노릇은 처음이라 함부로 결정하기 어려웠다. 황궁으로 돌아가서 어른들의 조언을 받아야 할 듯싶었다. 그렇게 대화가 마무리될 즈음,

'부디 이곳에서 10분 정도 여유를 즐긴 후 나와주시겠습니까? 마차를 준비하고 길을 정리해 드리겠습니다.'

에밀이 눈꼬리를 접으며 그렇게 말했다. 상단 분위기가 불편해서 빨리 떠나고 싶었지만, 차와 디저트가 맛있으니 10분쯤은 괜찮았다. 내가 수긍하자 그는 곧장 자리를 떴다. 응접실은 문을 열고 나서면 상단 비서가 대기하는 공간이 있고, 거기서 또 문을 열고 나가야 로비가 나오는 형태였다.

'–짝!'

문밖에서 한 차례 박수 소리가 났다. 뒤따르는 소음이 없었기에 나는 개의치 않고 파르 브르통을 흡입했다. 케이크에 박힌 자두를 보니 데미 생각이 났다. 그게 전부였는데.

"마차에 오를 때부터 쭉… 다들 얼굴이 빨갛고 몸을 떠시던데요. 식사가 맞지 않았던 거라면 제가 치유 서클을 열어 봐드리겠습니다. 의사도 항시 대기 중입니다."

"후작님, 이건 개인적인 의견인데요."

내 제안에 크리스텔이 딴소리를 했다. 청회색 눈동자가 서슬처럼 번뜩거렸다.

"그저께 우리가 썼던 편지가… 참. 글이라는 게 파급력이 큰 것 같습니다."

"예?"

갑자기요?

"혹시라도 얕보일까 봐 자극적인 단어만 골라 썼더니, 후작님을 정말 센 사람으로 생각했나 싶어요. 엄청 못돼 보였나 봅니다."

그녀는 지금, 우리가 에밀에게 보냈던 답장을 언급하고 있었다. 나는 곰곰이 지난밤의 일을 복기했다.

"상단주가… 무척 친절하긴 했습니다. 저는 원래 그런 인사인 줄 알았는데요."

"허허허."

뱅자맹이 목을 울려 웃었다. 그런 일은 드물기에 내심 놀랐다. 내가 너무 순진했구나.

"그게 서신 덕분에 나온 호의라고는 생각지 못했습니다. 하나 배웠네요."

나는 그렇게 말하며 고개를 끄덕였다. 확실히, 나라면 절대 쓰지 않을법한 내용으로 결과물이 나오긴 했었다. 게다가 나에 관한 악소문도 여전히 존재할 터였다.

'후작님께서는 소문과 달리 다정하고 상냥한 분이시군요.'

문득 에밀이 했던 말이 떠올랐다. 태자 책봉 전야제에 그런… 사건이 있긴 했어도, 이미지라는 건 한순간에 좋아지는 게 아니었다. 에밀이 나 때문에 위협을 느꼈다면 할 말은 없었다.

"하지만 그의 품성이 나쁘다는 평판도 듣지 못했습니다."

"그건 제가 알아보려고 합니다."

내 말에 크리스텔이 또박또박 대답했다. 이건 또 무슨 의미인가 싶었다.

"오늘 상단주와 둘만의 시간을 보낼 예정입니다. 점심 약속을 잡았습니다."

주인공이 담백하게 설명했다.

"뭐라고요?"

일순 나이프를 쥔 손에 힘이 빠졌다. 나는 뒷골이 서늘해지는 것을 느끼며 그녀를 바라보았다. 나머지 셋은 이미 알고 있었다는 듯 조용했다.

"왜…"

"사람이 참 흥미를 끌더라고요. 살아온 삶이 궁금하고, 평소에 무슨 생각을 하는지도 궁금합니다. 따로 하고 싶은 얘기도 있고요."

숨이 턱 막히는 것 같았다. 이거야말로 내가 우려했던, 그러나 결코 현실이 되지는 않으리라 믿었던 전개였다. 심히 당혹스러워서 할 말이 재깍 떠오르지 않았다. 표정 관리조차 어려웠다. 무슨 일이 있어도 세드리크 태자를 데려와야 했나? 온갖 민폐를 끼쳐서라도?

"그, 음."

뜬금없이 내 뺨을 칠 수는 없었다. 나는 급하지 않은 손길로 유리잔을 쥐고 느릿느릿 얼음물을 마셨다. 속에 차가운 것이 들어가자 머리가 쩡하니 맑아졌다. 순간 정은서의 목소리가 귓전을 때렸다. 폰을 잡고 소파에 드러누운 동생이, 평일 저녁 쏟아내던 날것의 분노.

'아! 들이대라고, 그냥. 아예 뺏길래?'

눈앞이 선명해지는 것 같았다. 나는 즉시 컵을 내려놓고 크리스텔과 시선을 마주했다. 태자가 올 수 없다면 나라도 행동해야 했다. 전개가 돌이킬 수 없이 틀어지기 전에.

"저와 계시죠."

내가 단호하게 말했다. 테이블이 찬물을 끼얹은 듯 조용해졌다. 나는 귀 끝이 벌게지는 것을 느끼며 말을 이었다.

"폐하께서 성석을 실험해 보라는 황명을 내리시지 않았습니까. 아직 하나도 성공하지 못했으니 사르네즈 경의 지속적인 협조가 필요합니다. 그리고…"

갈수록 낯이 뜨거웠다. 빙의 이후 줄곧 파업했던 짓을 갑자기 하려니, 팔자에도 없고 재능도 없는 행위를 하려니 힘들었다. 그래도 크리스텔을 잡아야 했다. 소설이 최대한 원작에 가깝게 흘러가야, 내가 아는 실낱같은 정보들을 어떻게든 활용할 수 있을 테니까. 앞날을 대비하는 시늉이라도 낼 수 있을 테니까.

"저는 경의 신관 짝꿍이지 않습니까."

"후작님, 죄송하지만 저도 간절한 사정이 있습니다."

주인공이 딱 잘라 나를 거절했다. 그건 상상했던 것보다 충격이 컸다. 내가 아무 말도 못 하고 있자 그녀는 안쓰러운 눈빛으로 나를 위로했다.

"제가 상단주와 만나 좋은 결실을 맺으면, 후작님께서도 분명 기뻐하실 거예요. 약속합니다."

결실… 나는 한없이 긍정적인 단어를 되뇌며 절망했다. 이후 무슨 정신으로 다과회를 마쳤는지 알 수 없었다. 고개를 주억거렸던 것도 같고, 이어진 대화에 맞장구를 치기도 했던 것 같은데 무엇도 확실하지 않았다.

* * *

-삐르르르

-끼이, 끼이

"형 괜찮아. 그냥 좀 심란해서."

나는 넓은 창가에 걸터앉아 뚝심이와 데미를 쓰다듬었다. 두 녀석이 애교스럽게 품을 파고들었다. 푹신한 방석과 커다란 쿠션이 있는 자리인데, 마음이 불편해서인지 몸도 편치 않았다. 크리스텔은 나를 몹시 신경 쓰는 눈치였지만 결국 에밀과의 점심 약속에 나갔다.

그리고 네 시가 넘은 지금까지 성으로 돌아오지 않았다. 내가 친구에게 버림받았다고 느낄까 봐 걱정이 됐는지, 뱅자맹과 가나엘이 번갈아 나를 확인하러 왔다. 그럴 필요가 전혀 없는데도 이자벨 공작 부인까지 찾아와 머리 숙여 사과했다.

나는 열심히 웃으며 괜찮다고 말해주었다. 친구가 놀아주지 않는다는 이유로 슬퍼할 나이는 아니었다. 다만 그게 데이트라는 게 문제였다. 몰래 따라가서 훼방을 놓아야 하나 싶었지만, 그건 어느 세계의 상식으로도 해서는 안 되는 일이었다.

"태자가 없으니까 내용이 이상하게 흘러가나 봐."

-끼응

"메인 남주가 이렇게 중요하네. 서브는 뭘 해보려고 해도 쉽지가 않다."

내가 중얼거렸다. 긴 한숨이 나왔다. 손에 든 초대장이 기운 없이 팔랑거렸다.

'지상 최대의 쇼! 아스 경매장 귀빈 초대권

9월 첫째 주 - 성물聖物 주간'

어저께 에밀에게서 받은 물건이었다. 배려심 깊은 그는 뱅자맹과 가나엘 몫까지 귀한 표를 세 장이나 챙겨주었다. 경매 시작일이 바로 오늘인데, 크리스텔이 태자를 두고 에밀과 시시덕거리는 걸 봐야 한다면 차라리 안 가는 게 나을 성싶었다. 뚝심이도 불만스레 창문을 쪼아댔다. 나는 피식하며 녀석의 부리를 가렸다.

"안 돼, 다쳐."

-삐르르, 삐삐!

"좋아서 만난다는데 더 막는 것도 이상하고."

-삐삐삐! 삐삐삐!

"뭐냐, 이게 공식 커플의 시련 중 하나일 수도 있고."

내가 꼬마 새의 이마를 문지르며 속삭였다. 뚝심이는 잔뜩 흥분해 폴짝폴짝 뛰었다. 그제야 녀석의 상태가 이상하게 느껴졌다. 어디 아픈가 싶어 심각하게 갸웃거리는데-

-끼잉!

"억!"

데미가 내 명치를 가격했다. 나는 급히 허리를 숙였다. 눈물이 핑 돌고 창밖의 광경이 코앞까지 들이닥쳤다. 배를 감싼 채 헛숨을 들이켜며 바깥을 바라보았다. 애들이 느닷없이 왜 이러는,

"어…?"

나는 바보 같은 소리를 냈다. 그럴 수밖에 없는 게, 처음에는 헛것을 본 줄 알았다. 레서판다와 굴뚝새가 이제 알았냐는 듯 허벅지를 꾹꾹 누르고 손등을 콕콕 쪼아 다그쳤다. 황실의 문장이 새겨진 마차였다. 그것도 무려 다섯 대였다.

"아니, 연락도 없었는데?"

내가 변명하듯 말했다. 황실에서 무슨 일, 미친.

"허…"

어느 마차의 문이 열리고, 새카만 머리칼의 미청년이 모습을 드러냈다. 입이 떡 벌어지고 등줄기에 전율이 일었다. 호사스러운 제복과 붉은 어깨띠가 그의 신분을 적나라하게 노출했다.

나는 높다란 첨탑 위에서도 그를 똑똑히 알아볼 수 있었다. 순식간에 일어나 구르듯이 복도를 내달렸다. 실실 웃음이 샜다. 어떻게 된 건지는 모르겠다. 그래도 그냥 망하라는 법은 없구나!

"데미, 뚝심! 빨리!"

-끼이이!

-삐릿!

신수 하나와 신물 하나가 전속력으로 나를 쫓았다. 와다닥, 우당탕! 요란한 소음이 영주성을 가득 채웠다. 빙의한 이후 이렇게 격한 달리기는 처음이었다.

"세상에!"

"후작님?"

"영주님!"

지나가던 시종과 하인들이 후다닥 허리를 숙였다. 나는 손짓과 눈인사로 사람들을 챙기며 계단을 두세 칸씩 내려갔다. 난간에 쓸린 손바닥이 화끈거렸지만 상관없었다. 어느덧 도착한 성의 로비가 북적이고 있었다. 가쁜 숨을 몰아쉬며 활짝 열린 정문을 향해 성큼성큼 걸었다.

"후작님, 어찌 이리 급하게…!"

뒤늦게 나를 발견한 샹탈이 대경했다. 재킷은 창가에 두고 왔고, 뛰느라 머리가 엉망인 데다 셔츠와 커프스단추도 여럿 풀려있었다. 샹탈의 도움을 받아 대충 매무새를 정리하고 앞으로 나아갔다. 인파엔 놀란 낯의 뱅자맹과 가나엘도 섞여있었다. 다른 일을 하다가 서둘러 나온 모양이었다. 모두가 나를 위해 길을 터주었다.

나는 반가운 얼굴을 향해 나아갔다. 하얀 계단을 올라온 조각 같은 사내가 나를 오시했다. 너는 도대체 뭐가 문제냐는 표정이었다. 너무나도 익숙한 낯짝에 마음이 급격히 편해졌다. 안면 근육 또한 한껏 풀렸다.

"어서 오십시오, 태자님."

"…"

내가 활짝 웃었다. 의외였는지 그의 눈빛이 일렁였다. 역시 따로 다니는 건 불안했다. 크리스텔 드 사르네즈와 세드리크 리에스테르는 무조건 엔딩까지 함께 있어야 했다.

"이렇게 느지막이 오실 것 없이, 앞으로는 그냥 같이 움직이죠."

그래서 말했다. 이번에야말로 태자의 눈이 또렷이 커졌다. 나는 두어 차례 기침을 하고, 크게 심호흡했다. 너무 뛰어서 호흡이 거칠었지만 제대로 못 박아두고 싶은 게 있었다.
"우리는 짝이잖아요."
내가 들어도 그럴듯한 핑계였다. 그러자 태자가 목을 살짝 기울였다. 그러고는 아주 미세하게, 멀리서는 티 나지 않을 만큼 입꼬리를 올렸다. 처음 보는 미소였다.

3.　　　　　　　　　　　　　지상 최대의 쇼!

얼굴만 봐도 배부르다. 두 남녀가 같은 지역에 있다는 사실만으로 안정감이 들었다. 이래서 영화든 소설이든, 주인공 세력이 흩어지는 걸 사람들이 좋아하지 않는구나. 이래서 조연들이 주인공만 등장하면 '믿고 있었다고!' 같은 대사를 하는 거야. 나는 테이블 맞은편에 앉은 세드리크 태자를 향해 실실 쪼갰다. 그가 커피잔을 내려놓으며 옆자리의 엘리자베트 경을 돌아보았다.

"후작이 술을 마셨나?"

"그럴 리가… 벗이 와서 좋아하시는 거야."

친우의 갑작스러운 방문에 적이 놀랐던 그녀는, 다비드와 몇 마디 이야기를 주고받더니 금세 차분해졌다. 그의 말에 따르면 황태자는 일을 끝내고 머리를 식힐 겸 이곳에 내려왔다고 했다.

나는 이유 모를 뿌듯함을 느끼며 해바라기 꽃차를 홀짝거렸다. 크리스텔이 눈에 밟힐 정도로 매력적인 주인공이긴 하지. 정은서도 크리스텔 관련 상품은 전부 사 모았다고.

-♬ ♩ ♪ …

샹탈이 부른 음악가들이 이번엔 근사한 세레나데를 연주했다. 노을이 내리기 시작한 살롱에서, 나는 수첩을 펼쳐놓고 해야 할 일들을 하나하나 살폈다. 주연들이 한데 모이니 어쩐지 의욕이 솟았다.

　-세레니테 일정
　· 영주성 사람들과 인사 ○
　· 각종 서류 날인 ○
　· 영지 시찰 (샹탈이 스케줄 짜줌)
　· 성석 안정화 실험 △ (계속 실패 중)
　· 아스 상단 만찬 참석 ○
　· 아스 경매장 방문!

혼자라면 경매장에 갈 이유가 없었겠지만 이제는 달랐다. 크리스텔을 제대로 흔들어 놓은 남자가 나타난 이상, 그리고 태자가 세레니테에 행차한 이상 경매 이벤트는 피할 수 없게 됐다.

아스 상단이 주최하는 가장 크고 대표적인 행사라고 하니 공작 가족은 당연히 참석할 터였다. 그렇다면 내 임무는 한 가지였다. 적당한 핑계를 대서 그곳에 태자를 데려가는 것.

"좋아."

-끼응

-끼으

비장한 혼잣말에 레아와 페리가 재깍 반응했다. 태자의 마차에 동승한 녀석들은 평소보다 더욱 거만하게 애정을 요구했다. 나는 피식하며 무릎 위의 두 신수를 토닥여 주었다. 데미는 소백작의 어깨에 빨래처럼 몸을 넌 채 졸고 있었고, 뚝심이는 황자의 가마에서 이따금 유쾌하게 울었다.

· 조안 드 아스 2차 면회

나는 마지막 줄에 추가된 항목을 뚫어져라 바라보았다. 크리스텔은 저녁 식사 전에 돌아올 터였다. 태자가 온 것을 본 공작 부부가 급히 도시로 심부름꾼을 보냈으니 확실했다. 그럼 그전에 조안을 만나서 에밀과 상단에 관한 정보를 얻어야겠다.

고개를 끄덕이고 있자 양옆에 자리한 뱅자맹과 가나엘이 찻잔을 채우고 머랭 쿠키를 쌓아주었다. 기운이 팍팍 났다. 앞으로도 열심히 〈정예서의 천생연분〉 찍어야지.

* * *

크리스텔 드 사르네즈, 그러니까 함가인은 영업직을 맡아본 적이 없었다. 하지만 대학 생활 4년 내내 역 근처 카페에서 아르바이트를 했다. 어지간한 인간 군상은 그곳에서 다 봤다고 해도 과언이 아니었다.

온갖 진상을 아주 무지갯빛으로, 종류별로 다양하게 목도했다는 뜻이다. 그 뒤로 대충 7~8년을 회사에서 일했으니 웬만한 미친놈은 섭렵했다고 자신했다. 그런데 이런 애는 또 처음 봤다. 어떤 의미론 참신했다.

"아홉 살에 상단 공부를 시작했다니, 대단하시네요."

"누님이 그때부터 상속자가 되는 걸 거부해서 어쩔 수 없었습니다. 어찌 보면 누님이야말로 대단한 분입니다. 겨우 열세 살에 자신의 진로를 정한 셈이니까요."

에밀 드 아스가 미소와 함께 답했다. 보통 사람이라면 넋을 놓고도 남을 낯짝이었지만 크리스텔은 감흥이 없었다. 그녀가 느끼기엔 에서 왕자님이 웃는 게 월등히 파급력이 컸고, 잘생긴 수준만 놓고 판단해도 태자가 상단주를 압살했다.

후자는 인정하기 싫지만 사실이 그랬다. 두 남자를 너무 자주 보는 탓에 평범한 미남은 눈에 들어오지 않았다. 게다가 에밀은, 어리고 반반하긴 한데 성장 과정에서 뭔가 많이 결핍된 게 분명했다.

"친구 사귀기 힘들었겠어요. 바쁘셨을 것 같은데."

크리스텔이 상단 후원의 산책로를 걸으며 다정하게 말했다. 여기도 예쁘긴 하나 친우들과 함께하는 쥘리에트 궁의 정원이 훨씬 좋았다. 그러고 보니 여태 왕자님과 황궁 온실 구경을 못 해봤다.

"책이 제 벗이었어요. 저에게 세상의 많은 것을 알려주었죠."

이건 사람 친구가 없었단 뜻이지. 크리스텔이 눈 끝을 휘었다.

"소설도 많이 읽어보셨나요? 저는 요즘 《이성과 감성과 신성》에 푹 빠져있어요."

"네, 소설이야말로 제 상상력을 넓혀주는 데 큰 역할을 했습니다. 덕분에 바다 너머의 세상을 꿈꾸며 무역에 호기심을 가질 수 있었고…"

 야, 적당히 해라. 무슨 면접 처음 보는 20대처럼 굴어. 그녀는 속으로만 꿍얼거렸다. 에밀은 20대가 맞고, 그것도 파릇파릇한 스물셋이지만 크리스텔은 그가 눈꼴사나웠다.

 어릴 적에 공부만 하느라, 책으로 인간관계를 익히다 보니 이렇게 됐다? 물건 파는 두뇌는 좋은데 마음 사는 방법을 몰라서 그렇다? 웃기는 소리였다. 모든 모범생이 남을 모함하는 자로 크진 않았다.

 그것도 본인의 배후에서 질 낮은 여우 짓이나 해가며 말이지. 치정 문학을 얼마나 읽고 자란 건지는 몰라도, 크리스텔에겐 에밀을 오냐오냐해 줄 이유가 전혀 없었다. 그러고 싶지도 않았다. 그녀는 왕자님이 아니었다.

 "그런데 평민의 이야기를 다루는 소설은 거의 없는 것 같아요. 대부분은 귀족의 연애나 정치에 관한 내용이잖아요? 방금 말씀하신 《명문가 특급 조연의 재도전》도 호족豪族이 나오는 모험담이고요."

 그래서 부드러운 말투로 떠봤다. 세레니테 영주성을 떠나기 전, 엘리자베트 경이 귀띔한 바가 기억에 남아서였다.

 '정확한 것인지는 알 수 없습니다. 다만 조안 드 아스의 진술에 의하면, 아스 상단주는 신분 상승이라는 목표를 갖고 있다더군요. 알아두십시오.'

 크리스텔이 알기로, 제국의 평민이 신분 상승을 꾀하는 법은 크게 두 가지였다. 첫째는 어떤 분야에서든 혁혁한 공을 세워 작위를 받는 것이었다. 하지만 전시라면 모를까 지금처럼 안정적인 시기엔 몹시 드문 경우였다. 작위가 내려지리라는 보장도 없고, 못된 귀족이 평민의 업적을 가로채는 일 또한 비일비재할 터였다. 그렇다면 남은 길은 하나였다. 귀족과의 혼인.

"그렇긴 합니다. 저도 그 부분이 늘 아쉬웠는데 생각이 통했네요."

에밀이 슬픈 낯으로 대답했다. 하이고, 이거 맞네. 크리스텔이 들리지 않게 혀를 찼다.

"맞아요. 비범한 평민이 지위의 한계 때문에 인정받지 못하고, 중요한 일에서도 배척되는 건 옳지 않죠."

그녀는 입바른 소리를 하며 에밀의 표정을 관찰했다. 최대한 사랑스럽고 무해해 보이도록, 눈은 크게 뜨고 고개를 살짝 기울이는 것도 잊지 않았다. 에밀은 믿을 수 없는 이야기를 들었다는 듯 떨리는 레몬색 눈동자로 그녀를 내려다보았다. 기회를 포착한 인간 특유의 반색이 엿보였다.

"진정 그렇게 생각하십니까, 크리스텔 경? 아니… 제가 감히 귀하신 분의 성함을 불러도 되겠습니까?"

"물론이에요. 목소리도 좋으시니까 저야 기뻐요."

크리스텔이 수줍게 말했다. 왕자님의 말이 맞았다. 이런 놈보다야 태자의 음성이 나았다. 걔는 몸도 그렇고 뭐든지 좀 과한 경향이 있었다.

"대단히 감사합니다. 제 이름도 편히 불러주십시오."

"그럴게요, 에밀."

선선히 답해주자 상단주가 화사하게 웃었다. 크리스텔은 마주 생글생글하며 계산을 마쳤다. 신분에 욕심 있는 놈인 건 분명하고,

결혼이 쉬우니까 그쪽 루트를 뚫을 모양이었다. 자신에게 살살 꼬리 치는 걸 보아하니 그중에서도 사르네즈 공작가를 목표로 잡은 듯했다. 꿈은 크게 가질수록 좋긴 한데, 불가능은 아닌데… 지랄똥을 싸요.

"어머!"

에라! 크리스텔은 일부러 돌부리에 발이 걸려 넘어지는 척했다. 일단 확인 절차는 필요했다.

"크리스텔 경!"

에밀이 재빨리 그녀의 허리를 받아 안았다. 순식간에 로맨틱한 자세가 됐다!

"아, 아가씨! 세상에."

열 걸음 밖에서 따라오던 공작가의 시종이 허겁지겁 눈앞을 가리며 뒤돌아섰다. 크리스텔은 에밀의 가슴팍에 손을 짚고 천천히 고개를 들었다. 연갈색 뺨이 발그레 물든 게, 자신을 그렇고 그런 상대로 보는 건 확실했다. 크리스텔은 한껏 가련한 척하며 입을 가렸다. 네까짓 게 여우처럼 군다고 애써봤자.

"고맙습니다. 후작님께선 한 번도 이렇게 도와주시지 않았는데…"

"말도 안 됩니다. 이토록 아름다운 분께 어찌 도움의 손길을 뻗지 않을 수가 있습니까?"

등신아, 성기사가 넘어질 일이 있겠냐. 왕자님이 고꾸라질 뻔한 걸 자신이 잡아준 적은 있었다.

"그분은… 다른 의미의 손길을 건네는 분이시죠."

크리스텔이 안타까운 목소리로 에밀에게 속삭였다. 그가 왕자에게 '손찌검당한 일'을 뜻하는 것이었다. 에밀의 표정이 빠르게 굳었다.

"역시 그랬군요. 나쁜 소문들이 진실이었어요. 후작께서, 왕자님께서 크리스텔 경과 태자 전하를 노리개 삼아 양손에 쥐고 흔드신다 들었습니다."

"사실이에요."

이딴 개소리는 도대체 누가 지껄이고 다니는 걸까. 크리스텔은 연례 기도회에서 봤던 주교 놈들의 면상을 진지하게 떠올렸다. 십중팔구 그날 왕자님을 시샘했던 새끼들이 틀림없었다. 앞에서 못할 말이면 뒤에서도 닥치고 있을 것이지.

"맙소사. 크리스텔 경, 저는 진심으로…"

에밀의 커다란 손바닥이 크리스텔의 뺨을 쓰다듬기 직전이었다. 그녀는 하품을 두 번이나 참아냄으로써 촉촉한 시선을 만드는 데 성공했다. 그때였다.

"아가씨! 공작님께서 즉시 돌아오시라고, 아이코!"

멀리서 공작가 하인의 목소리가 들렸다. 크리스텔은 부끄러운 장면을 들킨 양 후다닥 에밀에게서 떨어졌다. 상단 사용인의 안내를 받아 그녀를 찾아온 심부름꾼이, 벌게진 낯으로 머리를 숙였다. 그러고는 폭포처럼 말을 쏟아냈다.

"크, 크리스텔 아가씨. 영주성에 태자 전하께서 와 계십니다. 공작님과 부인께서 돌아와 인사를 올리라고 하셨습니다."

"…발."

3. 지상 최대의 쇼!

크리스텔이 가까스로 욕설의 앞 글자를 묶음 처리했다. 여우 흉내 내는 족제비 한 마리를 상대하고 있었더니 진짜 불여우가 내려왔다. 그녀는 오만상을 쓰며 에밀을 올려다보았다. 놈에겐 무척 슬픈 안색으로 보일 터였다.

"발도 아프고, 저는 이만 가봐야겠어요. 아버지께서 늦는 걸 싫어하시거든요."

"잠시만요, 크리스텔 경!"

에밀이 덥석 그녀의 손목을 붙잡았다. 싸가지 봐라. 그녀는 긴 머리카락을 찰랑이며 드라마틱하게 그를 돌아보았다.

"언제 다시 만날 수 있을까요? 제발, 재회가 가능하다고 말씀해주십시오."

"글쎄요. 보내주신 경매 초대권이 있지만, 부모님께선 불명확한 일에 금액을 부르는 걸 좋아하지 않으세요. 아마 불참하시겠죠. 원하시는 물건은 있는 듯싶었는데…"

크리스텔이 유감스럽다는 듯 말꼬리를 흐렸다.

"기약은 못 드리겠어요. 그럼 안녕히."

그러고는 파르르 속눈썹을 떨며 걸음을 옮겼다. 에밀이 힘없이 그녀의 팔을 놓아주었다. 돌아선 크리스텔은 형형한 눈빛으로 손목을 옷에 문질렀다. 그물은 제대로 던졌다. 저놈이 걸리는 일만 남았다. 이제 토끼 같은 왕자님과 친구들이 기다리는 곳으로 돌아갈 시간이었다.

* * *

"방에서 쉬셔도 되는데… 피곤하지 않으십니까?"

나는 나란히 걷고 있는 태자를 올려보며 물었다. 먼 길 왔으니 여독을 풀어도 될 텐데, 굳이 지하 감옥까지 동행하는 까닭을 모르겠다. 그는 나를 내려 보고 눈썹을 한 번 까닥일 뿐 별말이 없었다. 설마 '같이 움직이자'라는 말을 문자 그대로 이해한 건 아닐 테고. 그냥 성 내부를 둘러보고 싶은 듯했다. 집들이가 재밌긴 했다.

-카앙!

또 흠칫했다. 저번처럼 엘리자베트 경이 조안의 철창을 걷어찬 탓이었다. 놀란 레서판다 삼총사가 품속에서 불만을 토했다. 나는 소백작 대신 녀석들의 등을 쓸어주며 사과했다.

"기상. 조안 드 아스. 태자 전하와 후작님께서 면회를 원하신다."

"아, 미리 말 좀 해… 아침까지 예술 활동 하다 자서 피곤하다고."

조안이 눈가를 가리고 있던 천을 걷어 올리며 툴툴거렸다. 머리에 두르는 스카프를 안대로도 쓰는 모양이었다. 나는 의외의 단어에 목을 갸웃하며 그녀 앞에 섰다. 예술 활동?

"헉!"

"우와…"

그리고 가나엘과 동시에 입을 떡 벌렸다. 그녀의 감옥 벽면에 커다란 인물화가 그려져 있었다. 하얀 분필로 그린 소년의 얼굴은 섬세하다 못해 살아있는 것 같았다. 나는 쉬지 않고 벽과 가나엘을 번갈아 바라보았다. 진짜 똑같았다. 어마어마한 재능이었다. 가나엘의 볼이 당혹과 쑥스러움으로 발갛게 달아올랐다.

"앗, 저기. 왜…"

-스릉!

엘리자베트 경이 즉각 레이피어를 뽑아 들었다. 그녀의 회색 눈동자가 서늘하게 가라앉아 있었다. 나는 마른침을 꿀꺽 삼켰다.

"…후작령은 기대 이상이군."

태자가 태평하게 그런 소리나 했다. 기름 붓지 마!

* * *

가나엘이 엘리자베트 경의 팔을 조심스레 붙들었다. 품에 안긴 신수들이 레이피어를 보고 흥분해 꼬리를 세웠다. 나는 서둘러 입을 열었다.

"부근위대장님, 진정하십시오."

"저자는 제 약혼자를 모욕했습니다."

내 만류에 소백작이 날카롭게 답했다. 마수를 사냥할 때처럼 뾰족한 눈빛이었다. 평민이 귀족의 얼굴을 마음대로 그렸으니 그녀 입장에서는 화가 날 법도 했다. 이걸 어떻게 풀어나가야 하나 고민하는데 줄곧 조용하던 다비드가 말을 꺼냈다.

"예를 차리게. 제국의 황족이시네."

"…아, 알았어. 숙이면 되잖아요."

엘리자베트 경을 향해 빙글거리던 조안이, 세드리크 태자를 보더니 후다닥 바닥에 엎드렸다. 나한테는 안 저랬는데 확실히 메인 남주의 카리스마가 남다른 모양이었다. '황태자 전하를 뵙습니다' 하는 인사가 나왔지만 사내는 무반응이었다. 평민의 시선에서 보면 그래서 더 무서울 것 같기도 했다. 내가 차분히 물었다.

"가나엘은 왜 그랬습니까?"

"그냥, 그리고 싶어서. 별 뜻 없었어. 진짜예요!"

조안이 지레 큰소리를 냈다. 태자의 존재가 어렵고 불편한지 말을 놓았다가 높이기도 했다. 그녀가 변명하듯 말을 이었다.

"난 머릿속에 떠오르는 건 바로바로 그려야 돼. 어릴 때부터 그랬어요. 저 도련님한테 무슨 감정이 있는 건 아니고, 새벽에 문득 손이 가서 작업한 것뿐이야. 맹세해."

그러더니 마지막 말을 '주신께 맹세합니다!'로 고쳤다. 나는 가나엘과 엘리자베트 경을 살폈다. 소년이 약혼자에게 다정히 소곤거렸다.

"저는 괜찮아요, 조르주. 조금 놀란 것뿐이에요."

"…오늘 안에 벽을 물청소해라. 자정에 와서 검사하겠다."

'서컹!' 하는 소리와 함께 소백작이 검을 도로 꽂았다. 공기가 순식간에 누그러졌다. 가나엘이 빙그레하며 그녀를 바라보았다. 두 사람이 불쾌해할까 봐 말은 못 했지만 솔직히 아까웠다. 진짜 예쁘게 잘 그렸는데. 벽만 그대로 떼서 선물해 주면 좋아할 것 같은데. 조안도 그렇게 생각하는지 입술을 비죽였다.

"이거 비싼 거예요, 도련님. 나중에 후회할지도 몰라."

"과연."

우리는 동시에 뒤를 돌아보았다. 뱅자맹이 은은하게 웃고 있었다. 무언가를 깨달은 낯빛이었다.

"후작님, 페네티안 출신 화가인 하더 O. 얀선을 기억하십니까?"

"네? 네."

뱅자맹의 물음에 내가 곧장 대답했다. 세레니테로 오는 마차 안에서 풀었던 퀴즈에, 그의 이름이 정답으로 섞여있었다. 10여 년 전 제국으로 귀화했다는 얀선은 아스 경매장이 낳은 최고의 스타였다.

그의 신작은 매번 회화 최고가를 경신하며 팔려나갔고, 제국 대귀족들의 이목을 아스 경매장으로 집중시켰다. 신국 귀족 태생이라는 뿌리와 이름 외에는 알려진 바가 없어 '얼굴 없는 화가'라 불리기도 했다. 살아 움직이는 듯한 붓 터치로 꾸준한 찬사를…

"설마."

내가 중얼거렸다. 양팔에 오소소 소름이 돋았다. 뱅자맹의 벽안이 기분 좋게 휘었다.

"진짜요?"

"저도 방금 알았습니다. 하더 O. 얀선$^{Haade\ O.\ Jansen}$의 철자를 섞으면, 조안 드 아스$^{Joanne\ de\ Haas}$라는 이름이 나오는군요."

"세상에!"

"주신이시여."

가나엘과 다비드가 소스라쳤다. 소백작의 눈이 접시만 해졌고 태자도 목을 기울였다. 흥미로워하는 기색이 역력했다. 조안의 정체도 정체지만, 나는 뱅자맹이 종이 한 장 꺼내지 않고 머릿속으로만 그 사실을 파악해 냈다는 사실에 경악 중이었다. '이감신' 작가님이 대단해!

"뭐야, 아저씨… 그걸 그리 쉽게 알았다고?"

제일 기절초풍한 이는 단연 조안이었다. 그녀는 입을 쩍 벌리고, 자신이 태자 앞에서 목을 뻣뻣하게 세웠다는 사실도 잊은 채 눈을 껌뻑였다. 머리에 두른 스카프가 충격을 대변하듯 스르륵 흘러내렸다.

"말도 안 돼. 이제껏 아무도… 아무도 몰랐는데! 원래 알고 있었던 거 아녜요?!"

"운이 좋았던 것뿐이네. 자네가 먼저 귀한 그림이라 하지 않았나. 자네의 다른 작품을 본 적도 있어."

"거짓말!"

"소리 줄이게. 어느 안전인지 알고."

"하…"

조안은 다시금 몸을 굽혔다. 하지만 기막히고 원통한 마음이 솟는지 계속해서 머리를 털어댔다. 나는 흥분을 가라앉히고 가장 중요한 질문을 던졌다.

"그동안 사기를 친 겁니까?"

"난 안 그랬어!"

조안이 번쩍 고개를 들었다가, 내 옆에 선 태자의 눈치를 보고 재빨리 자세를 낮췄다. 그녀가 이를 갈며 말을 쏟아냈다.

"젠장! 얀선은 내가 만든 예명이야. 열다섯 살 때! 사고만 치는 망나니가 그림을 그린다고 하면 다들 제대로 안 봐줄 거 같아서 그랬어. 그런데."

잠깐 문장이 끊겼다. 나는 나지막이 그녀의 뒷말을 대신했다.

"에밀이 그걸 써먹기로 했군요."

"…그래."

조안이 벌벌 떨리는 목소리로 답했다. 그녀는 이번에야말로 두려워하는 기색이었다. 꽉 쥔 주먹이 하얗게 질렸다.

"걔는 원래 그런 걸 잘해. 없는 말 지어내고, 이야기를 갖다 붙이고, 남들이 전부 믿게 만드는 거. 그러니까 엄마도 그 녀석한테 상단 물려주는 데 망설임이 없었어. 장사는 결국 뻔뻔한 인간이 하는 거라고 그러더라."

"…"

"난 우리 집안의 그런 점이 죽도록 싫었어. 세작 누명을 썼으니 평생을 깨끗하게 살아도 뒷담을 들을 텐데, 오히려 나서서 영악하게 굴잖아… 차라리 증조부처럼 꼿꼿하게 살다 꺾이는 게 낫지!"

그녀의 눈가가 발갛게 달아오르고 목이 잠겼다. 그러나 결코 눈물을 보이지는 않았다. 지금껏 묵묵하던 태자가 운을 뗐다.

"그래서 본인은 무고하다는 건가?"

"…아닙니다."

조안이 순순히 부정했다. 흘러내린 천을 다잡은 그녀가 뒤를 이었다.

"제 예명이 신국식이라는 걸 알고, 에밀이 가짜 화가를 만들어 세웠습니다. 그럴듯한 사연을 덧씌우고 아스 경매장 독점이라는 딱지를 붙여 내놨어요. 저는 그걸 누가 살까 싶어서 마음대로 하라고 방치했는데…"

그게 대박이 났다. 에밀은 누나의 지속적인 협조를 얻기 위해, 그녀에게 그림값을 지불하고 다음 작품까지 요구했다. 조안은 자포자기한 어조로 말했다.

"어차피 공범이 된 데다, 상속을 포기하고 가출해서 한 푼도 없는 신세였으니까. 그 후로 쭉…"

"돈 좀 없어도 잘 산다고 하지 않았나?"

엘리자베트 경이 냉소하듯 말했다. 조안이 분한 낯으로 입술을 깨물었다.

"그래, 나도 쓰레기야! 그림 그리는 게 좋은데, 그걸로 돈 벌고 인정을 받으니까 멈추지 못했어. 내 의지로 계속 붓질했다!"

그녀가 씩씩거렸다.

"돈 나갈 데가 얼마나 많은데. 뭐, 동네 건달이 나 혼자야? 같이 다니는 녀석들이 남편 아프다고, 아이 배곯는다고 우는데 어떡해. 약값 찔러주고 밥값 챙겨주고 하다 보면 나한테 남는 것도 별로 없다고!"

"남는 게 별로 없다고요?"

내가 놀라서 되물었다. 위층 감옥에 갇혀있는 패거리를 그녀가 책임지고 돌봤다는 것도 의외지만, 조안의 그림은 경매장에 나올 때마다 최곳값을 기록했다. 호수 딸린 저택을 몇 채는 지니고 있어야 할 사람이 왜…

"그림 한 점에 5만에서 10만 프랑쯤 받아."

"…"

조안이 툴툴거렸다. 철창 안팎의 분위기가 싸늘하게 얼어붙었다. 나는 입속으로 겨우 숫자를 굴렸다. 만 프랑이 한화로 대충 백만 원의 가치를 지니는 세계관이니까, 5만이면 약 500만 원이었다. 그리고 '하더 O. 얀선'의 최근 작품은… 내 기억이 정확하다면 아스 경매장에서 750만 프랑에 낙찰됐다. 7억 5천이었다. 태자가 음산한 목소리로 물었다.

"상단주가 돈을 가로채는군. 어째서 당하고만 있지?"

"…어쩔 수 없습니다. 동생의 수완이 아니면 어디서도 제 그림을 그렇게 쳐주지 않을 테니까요."

"당신이 직접 팔면 되지 않습니까? 다른 경매장이나 시장에 가면,"

"내버려 둘 놈이 아니야."

잇따른 내 말에 조안이 머리를 저었다. 나는 재깍 의미를 파악했다. 재능만 있는 초보 화가를 사연 있는 베테랑으로 둔갑시킨 에밀이라면, 그녀를 삽시에 나락으로 빠뜨리는 것도 가능했다. 위작이라는 여론을 조성하거나 구설수를 만들어 퇴출시킬 수 있을 터였다. 턱에 절로 힘이 들어갔다. 가족을 이용하고, 제대로 대우하지 않고, 심지어 그것으로 다른 이들을 속여 이익을 보다니.

"지금까지 다른 사업에서도 이런 짓을 한 겁니까?"

"몰라. 어머니와 할머니한테서 물려받은 게 많으니까… 정당하게 운영하는 부분도 꽤 있을 거야. 에밀 성격에 빠져나갈 구멍 하나 안 만들었을 리 없어. 애초에 경매도 상단 이름값을 올리기 위한 정기 행사에 불과해."

조안이 토로했다. 나는 반사적으로 태자를 돌아보았다. 그의 주황색 눈동자가 침잠하고 있었다. 아스는 세레니테에 있을지언정 황제에게 직속된 자유 도시였다. 나로선 영지민이 아닌 에밀을 조사하기 어려웠고 형식이나 절차도 익숙지 않았다. 하지만 황실이라면 사기나 탈세 혐의 등으로 수사할 수 있을…

"후작님. 사르네즈 경이 도착했습니다."

그때, 샹탈이 나를 불렀다. 복도 끝에 선 시종이 드레스 자락을 잡고 절했다.

"만찬도 모두 준비되었습니다. 공작 가족에게 더 기다리시라 이를까요?"

"아닙니다, 올라가겠습니다."

내가 말했다. 어차피 짧게 끝날 이야기도 아닌 것 같았다. 나는 태자를 보며 눈짓했다. 그가 동의한다는 듯 턱을 까닥였다. 끝으로 내려다본 조안은, 절망한 얼굴로 돌바닥을 긁고 있었다. 입안이 썼다.

* * *

"멋진 식사였습니다."

"맛있게 드셨다니 다행입니다, 공작."

"돼지고기 안심 요리가 정말 훌륭했습니다. 리슬링소스도 황홀했어요. 감사합니다, 후작님."

"로랑스에게 칭찬을 전해야겠네요. 고맙습니다, 부인."

시몽 드 사르네즈 공작과 이자벨 공작 부인이 식당 앞에서 내게 인사를 건넸다. 영주성에서 함께한 첫 식사가 무사히 끝났다. 쥘리에트 궁의 주방장 로랑스는 낯선 곳에서도 어마어마한 솜씨를 뽐냈고, 모두가 음식 맛에 크게 만족했다.

평소와 다른 점이 있다면 전체적으로 고요한 가운데 식사가 진행되었다는 것이었다. 특히 크리스텔은 이상할 정도로 말이 없었다. 정확히는 나와 태자를 비롯한 친구들에게 하고 싶은 얘기가 있는데, 부모님이 듣는 앞이라 자제하는 모양새였다. 아무래도…

"크리스텔, 네 방으로 돌아가기 전에 아비와 이야기 좀 하자."

"…네."

아버지의 눈치를 보느라 그런 듯했다. 무슨 일인지는 정확히 모르겠지만 부녀는 요즘 결혼 문제로 대립 중이었다. 아마 그것 때문이지 싶었다.

-또각, 또각…

한동안 영주성 복도에는 여러 사람의 발소리만이 울려 퍼졌다. 공작 부부와 엘리자베트 경, 시종들이 앞서 걷고 있었다. 처음에는 당연히 태자와 내가 선두였는데, 크리스텔이 살살 내 소매를 끌면서 속도를 늦추기에 모두가 조금씩 뒤로 빠졌다. 부부는 한담을 나누느라 우리가 시야에서 벗어난 걸 알아채지 못한 듯했다. 내가 태자에게 속삭였다.

"아스 남매를 어떻게 하실 겁니까?"

"폐하께 고하는 것이 우선이겠지."

나는 고개를 끄덕였다. 태자의 권한이라면 단독 수사도 무리가 아니겠지만, 상단의 규모가 큰 데다 도시는 황제의 것이니 그녀가 먼저 아는 게 맞았다. 공작 부부가 모퉁이를 도는 것이 보였다. 그때였다.

-달칵!

크리스텔이 복도에 붙은 벽장문을 열었다. 그러고는 우리를 밀어 넣었다!

"실례할게요!"

"어어?"

-탁!

힘으로 밀릴 태자가 아니었지만, 내가 무너지니 결국 벽장 안으로 쏟아지고야 말았다. 주인공은 와다닥 문을 닫고 우리를 바라보았다. 벽장 틈새로 빛이 들어와 여섯 개의 눈동자를 선명하게 비췄다. 셋이 딱 붙으니 좁아서 어깨가 아플 지경이었다. 아까부터 무슨 꿍꿍이가 있는 것 같더니, 이거였어?

"여보, 크리스텔이 없어요."

모퉁이 너머로 이자벨의 목소리가 들렸다. 문밖에서 당황한 샹탈과 가나엘, 엘리자베트 경의 기척이 느껴졌다. 뱅자맹과 다비드는 작게 한숨을 쉬었다. 정말 난데없이 시작된 숨바꼭질인데, 이상하게 숨고 나니 절대로 들키면 안 될 것 같았다. 크리스텔과 나는 물론이고 태자까지 짠 것처럼 침묵했다.

"걱정 마세요, 후작님!"

가나엘이 문틈으로 속닥거렸다. 어떡하려고?

"그럴 리가요, 이자벨. 잘 따라오고 있었는데… 이런!"

사르네즈 공작의 음성이 가까워지더니, 이내 놀라는 소리가 났다. 부인의 반응도 비슷했다.

"어머나! 시몽, 방해하지 말아요. 죄송합니다, 소백작님."

'하지만 크리스텔이', '크리스텔은 먼저 갔나 봐요' 하는 대화가 이어졌다. 나는 태자와 크리스텔 사이에 샌드위치 속처럼 끼어서 눈을 깜빡였다. 밖에서 뭐라도 한 건가?

"…"

"…"

크리스텔과 태자의 눈매가 가늘어졌다. 서로 숨이 닿아서 덥고 답답한 와중에도 궁금증이 피어올랐다. 뭔데? 둘은 아는 거야?

　　　　　　　　　　＊＊＊

뱅자맹과 다비드의 헛기침 소리가 났다.

"바깥에서 무슨,"

"그것보다 중요한 게 있습니다, 후작님."

크리스텔이 단호하게 속삭였다. 나는 어둠 속에서도 초롱한 청회색 눈동자를 내려보았다.

"에밀 드 아스 말입니다, 아스 상단주. 아주 못된 놈이에요."

"…사르네즈 경이 그걸 어떻게 아십니까?"

"응? 두 분은 어떻게 아셨는데요?"

주인공이 반문했다. 바로 옆에서 세드리크 태자가 긴 숨을 내뱉었다. 하지 마라, 습도 올라가.

"누나인 조안 드 아스를 신문하다가 알게 됐습니다."

내가 소곤소곤했다. 크리스텔은 조안을 심문할 때마다 자리에 없었으니 정황을 알기 어려웠다. 경매장에서의 작품 사기와, 에밀이 누나에게 그림값을 제대로 지불하지 않았다는 이야기가 이어지자 그녀가 와락 인상을 구겼다.

"덜 자란 새끼인가 싶었는데 아예 인간이 덜됐네. 뭐 그런 똘…"

크리스텔이 살벌하게 혼잣말했다. 나는 최선을 다해 못 들은 척하고 다음 말을 꺼냈다.

"그리고 사실 확인이 어려워 사르네즈 경에게 말하지 않았지만… 상단주가 경의 남편 자리를 노린다는 진술도 있었습니다. '신분 상승에 눈이 멀었다'라고 하더군요."

"그거 맞습니다."

그녀가 우리를 똑바로 보며 속닥였다. 나는 놀라서 눈을 깜빡였다. 알고 있었어? 아니, 따로 만나고 나서 알게 된 건가?

"그놈은 자기가 되게 잘난 줄 압니다. 자아도취도 심해요. 문제는 본인이 만족하는 선에서 멈추지 않고 다른 사람의 모략까지 한다는 겁니다. 그런 식으로 자신을 높이는 거예요."

크리스텔이 반하지 않았다니 천만다행이지만, 에밀은 양파도 아닌데 까도 까도 뭐가 계속 나왔다. 그녀의 말투에 날이 섰다.

"저희 앞에서 후작님을 모함했어요. 등신 같은 게."

"저요?"

"알만하군."

태자가 서느렇게 중얼거렸다. 나는 끙끙대며 자세를 바꿨다. 둘의 체온 차가 극심해서 어쩔 수 없었다. 좀 낫네. 아니다, 똑같구나.

"저를 모함해서 얻는 게 뭐가 있다고,"

"다들 후작님과 정다우니까 질투가 났나 봅니다. 우리가 후작님을 안 좋아하게 되면 자길 좋아할 줄 알았나?"

"…"

이건 좀 낯 뜨거웠다. 신수들이나 간식이 있으면 좋겠는데 손이 비어서 민망함을 떨치기 힘들었다. 냉큼 안주머니에서 새끼손톱만 한 성석 구슬을 끄집어냈다. 황궁 대장장이 프랑크가 실험용으로 가공해 준 것들이라 크기가 일정했다. 태자와 크리스텔의 손바닥에 하나씩 놓아주니, 두 남녀가 나를 빤히 바라보았다. 나는 그럴듯한 제안을 했다.

"어두운 데서 실험한 적은 없으니까요. 기왕 들어온 거, 해보고 나가죠."

"좋습니다."

크리스텔이 씩 웃으며 구슬을 만지작거렸다. 그러고는 거침없이 말을 이었다.

"아무튼 우리가 후작님을 좋아하는 건 일방적인 게 아니잖아요? 후작님도 우리를 좋아하시니까 서로 친한 건데, 상단주 놈은 그걸 모릅니다."

"…"

"인간관계는 한쪽의 횡포만으로 이루어질 수 없다는 거요."

그녀와 태자의 눈길이 얽혔다. 본능적으로 피해줘야 한다는 생각이 들어 목을 뒤로 쭉 뺐다. 크리스텔이 입꼬리를 올렸다. 때늦은 인사가 흘러나왔다.

"이렇게 얼굴 뵙고 대화하는 건 오랜만인 듯합니다, 태자 전하."

어스름에 익숙해진 시야가 태자의 눈썹 움직임을 포착해 냈다.

별말은 없었지만 호의적인 제스처가 분명했다. 둘은 그간 요한 경의 수업을 함께하지 못했으니 간만이라는 느낌이 들 법도 했다. 나는 중간에서 괜히 근지러워 숨을 참았다. 은서도 퇴계공을 읽을 때마다 이런 기분이었으려나.

"그래서 어떻게 하실 겁니까? 사이다가 필요한 시점 같은데."

"사이다?"

크리스텔의 말에 태자가 되물었다. 그녀는 '시드르 같은 겁니다' 하고 대답했다.

"거품이 있어서 마시면 속이 뻥 뚫립니다. 아스 같은 자에겐 시드르처럼 시원한 복수를 해줘야죠."

"실은… 이대로 수사를 진행할까 했습니다. 폐하께 보고를 드리고, 황실과 근위대가 나서는 게 가장 깔끔한 그림 같아서요."

내가 속삭거렸다. 사이다 전개를 싫어하진 않지만, 살면서 그런 행동을 할 일은 없었기에 실행으로 옮길 생각도 하지 못했다. 그런데 우리의 주인공은 다른 모양이었다. 그녀의 벽안이 귀화처럼 번쩍였다.

"그게 정석이긴 합니다. 하지만 상단주라면 벌금으로 무마할 게 뻔해요. 누나라는 자도, 동생에게 빠져나갈 구멍이 있을 거라고 했다면서요?"

그거야 그랬다. 누나의 죄 또한 돈으로 해결하고자 했던 에밀이었다. 법적인 조치를 취해도 미꾸라지처럼 빠져나가고 금세 이미지를 회복할 가능성이 높았다. 미술품 사기 경매 역시 조안만 악인으로 남을 공산이 컸다. 그럼…

"그놈은 명예를 원하고, 지위만 있으면 자신이 완벽해질 수 있다고 믿어요. 그러니 그걸로 괴롭혀야 타격이 갈 겁니다."

크리스텔이 간사하게 말했다. 목소리만 들으면 악역이 따로 없었다.

"수많은 사람이 보는 앞에서 쪽을 팔게 해줘야죠."

"흥미롭군."

태자가 즉각 호응했다. 새삼스럽지만 둘 다 호전적이라 조금 걱정이었다.

* * *

작전 회의는 순식간에 끝났다. 계획 자체도 단순했기에 보탤 게 없었다. 엘리자베트 경은 우리가 벽장에서 나온 뒤로 줄곧 양 볼이 빨갰지만, 다행히 감기는 아니었다. 가나엘이 전혀 우려하실 것 없다고 확인해 주었다. 크리스텔이 불쑥 소백작의 얼굴을 들여다보았다. 둘은 웃음을 터뜨렸다.

그렇게 다음날이 됐다. 9월 1일. 가을의 초입이자 아스 경매장의 성물聖物 주간 이틀 차. 작전 개시일이었다.

"으음."

나는 달가닥대는 마차 안에서 신음했다. 어제 벽장에서 벌인 실험도 실패였다.

─성석 테스트 결과

- 달리면서 특수 에테르 공급(격한 운동): 실패
- 잠결에 공급(심신 안정): 실패
- 장시간 소량 공급(1분에 한 방울): 실패
- 일시에 다량 공급: 실패
- … · 어두운 곳에서 공급: 실패!

수첩의 한 페이지가 '실패'라는 단어로 가득했다. 태자가 정무로 바쁜 동안, 크리스텔과 요한 경과 나는 틈틈이 성석을 가지고 여러 시험을 했다. 그나마 성석이 형태를 오래 유지한 경우는, 내가 동시에 서클을 열고 성기사에게 에테르를 공급했을 때였다. 역시 신관의 힘이 광물의 안정성에 큰 영향을 미치는 듯한데…

"이봐, 후작님."

반짝 고개를 들었다. 맞은편에 앉은 조안이 어째 위축된 얼굴로 나를 보고 있었다.

"진짜 괜찮은 거야? 난 이런 자리 안 어울려. 경매장 귀족 나리들이 보고 비웃지나 않겠어?"

그녀가 와르르 말을 쏟아냈다. 화가이자 강도 미수범인 조안은 우리 작전에 자의 반 타의 반으로 협조하게 됐다. 씻고, 영주성 하인들이 빌려준 새 옷을 입고, 머리에 두른 천도 탁탁 털어 쓰니 제법 멀끔했다.

뱅자맹과 가나엘은 그녀가 내게 말을 낮추는 게 여전히 불만스러운 기색이었다. 조안을 감시하기 위해 동승한 엘리자베트 경도 마찬가지였다. 나는 다른 의미로 고개를 기울였다.

"스스로를 그렇게 생각하는 겁니까?"

"나야 내가 자랑스럽지. 근데 높으신 분들 잣대는 다르잖아. 머리도 이런 꼴이고."

'잘 배운 예술가 이미지는 아니지 않아?' 그녀가 툴툴댔다. 나는 삐죽빼죽하게 잘린 조안의 머리칼을 응시했다. 그러고 보니 그게 궁금했다.

"왜 그리된 건지 물어봐도 되겠습니까?"

"패거리 중 한 놈이 어머니 간병하느라 빚을 졌어. 그걸 내가 머리카락 팔아서 대신 갚았고."

"…"

"시시해? 불만이면 도로 감옥에 넣든가. 비싼 가발이라도 장만해 주든가."

조안이 툭툭 쏘았다. 사연이 있을 거란 생각은 했는데 이런 쪽일 줄은 몰랐다. 나는 빙그레 웃으며 답했다.

"근사한데요. 황도에서 유행할 것 같습니다."

"뭐…"

"맞다, 이게 아침에 설명했던 마도구입니다."

내가 품에서 이어 커프 한 쌍을 꺼냈다. 조안이 입을 딱 다물었다. 귓바퀴에 걸쳐 사용하는 물건으로, 이번에도 크리스텔이 르고 종합 무역소에서 몸소 구입한 파티용품이었다. 그녀는 현재 뒤따라오는 사르네즈 공작가의 마차에 탑승 중이었다. 태자는 앞서가는 황실 마차에 타고 있었다.

"한쪽에 15분, 총 30분간 사용자의 존재감을 지워준다고 합니다.

일회용이고 여기 달린 자석영을 세 번 건드리면 활성화됩니다. 이때 상단 건물 앞에서 마차 문이 열릴 때 한 번 쓰고, 이후에…"

그때였다.

-똑, 똑똑, 똑똑똑!

누군가 창문을 요란하게 두드렸다. 우리는 식겁해서 창밖을 바라보았다. 달리는 마차에 무슨-

"뚝심아!"

내가 탄식하듯 외쳤다. 눈알이 튀어나올 것 같았다. 굴뚝새가 열렬히 창을 쪼아대고 있었다. 거기서 끝이 아니었다.

"데미는, 야! 너 발목 나간다!"

"후작님, 진정하십시오."

그렇게 말하는 소백작의 목소리도 엄청나게 떨렸다. 그도 그럴 것이, 뚝심이가 자기 몸의 스무 배쯤 되는 레서판다를 발로 움켜쥔 채 파닥파닥 날고 있었다. 뱅자맹과 가나엘이 하늘을 올려다보며 기도하기 시작했다. 나는 경악해서 입을 벙긋거렸다. 사고 날까 봐 일부러 두고 왔는데 이런 식으로 따라왔어?!

"왜…"

뒤이어 마차가 속도를 늦추었다. 마부가 녀석들을 발견해서는 아니었다. 아스 상단 건물이 목전에 있는 걸 보니, 앞선 마차에서 경매에 참석하는 손님들이 내리기 시작한 모양이었다. 나는 잽싸게 문을 열고 애물단지들을 보듬었다. 데미가 내 갈비를 꾹꾹 눌렀다.

-끼잉, 끼응

"그래, 미안해. 낯선 사람이 많으니까 너희가 불편할 것 같아서 그랬어."

-삐르르, 삐삐삐!

"미워서 떼놓고 온 건 아니야."

-꾸르르르!

녀석들이 이상하게 자꾸 나를 타박했다. 특히 뚝심이는 마차에 들어오고 나서도 연신 부리로 창을 두드렸다. 가나엘이 그제야 밖을 보고 흠칫했다.

"후작님, 저기 보세요. 상단 마차에서 물이 샙니다!"

"어?"

나는 뚝심이를 조심조심 잡아 내리며 유리 너머를 확인했다. 소년이 가리킨 것은 아스 상단의 문장이 커다랗게 박힌 화물 마차였다. 마차는 건물의 후문으로 향하고 있었는데, 뒤편의 여닫이문이 덜컹거리자 틈새로 다량의 물이 쏟아졌다. 안에 무슨 이동식 욕조라도 든 것 같았다. 나는 당황해서 굴뚝새와 레서판다를 바라보았다.

"저것 때문에 그런 거야?"

-낑

"안에 뭐가 있는데?"

-삐이

둘의 말을 알아들을 수 있다면 참 좋겠다… 모두가 난감한 낯빛을 했다. 이런 광경을 처음 보는 조안은 숫제 넋이 빠져있었다. 나는 거듭 창밖을 살폈다. 그 순간,

"헉."

마차 문틈으로 하얀 꼬리가 지나가고, 한 쌍의 검은 눈동자가 스

쳤다. 전신에 소름이 내달렸다. 나는 재빨리 일행을 돌아보았다. 안쪽에 앉은 뱅자맹이 고개를 끄덕였다. 내가 잘못 본 게 아니었다.

"방금 그거…"

"인간은 아닙니다. 하지만 생명체가 확실합니다."

소백작이 침착히 말했다. 상단 마차는 이미 골목을 돌아 보이지 않았다. 우리의 마차도 느릿느릿 나아가고 있었다. 곧 내릴 시간이었다. 나와 조안의 시선이 마주쳤다.

"동생이 살아있는 경매품도 거래합니까?"

"희귀한 마수가 몇 번 나온 적은 있을걸."

"그렇다면 그것도 마수였을까요?"

가나엘이 물었다. 나는 머리를 저었다. 품속의 크리스털 종이 너무 잠잠했기 때문이다. 게다가 마수였다면 데미와 뚝심이가 여기까지 힘들게 날아와서 나를 찾지도 않았을… 설마.

"신수야?"

-끼이!

-삐뽀!

녀석들이 정답이라는 듯 힘차게 울었다. 예상치 못한 전개에 입이 떡 벌어지고 뒤통수가 찌르르 울렸다. 분명 오늘의 작전은 몹시 간단명료했다. 그랬는데 어쩌다 이렇게…

"데미, 레아, 페리 님 말고 신수님들이 또 있는 거예요?"

"그런 것 같아. 들어가자마자 상단주를 만나서, 저 경매품을 내려달라고 부탁을 하든 명령을 하든…"

가나엘의 조심스러운 질문에 대답하는데, 데미와 뚝심이가 내 옷

깃과 크라바트를 물고 마구 당겼다. 빨리 나가서 수수께끼의 신수를 구해달라는 간절한 몸짓이었다. 모두가 숨죽여 그 모습을 지켜보았다. 이내 데미의 눈이 그렁그렁해졌다.

-끼으으…

"젠장."

결국 두 쪽의 이어 커프 중 하나만 조안에게 넘기고, 하나는 직접 착용했다. 데미는 꼭 안아준 뒤 뱅자맹의 무릎에 올렸다. 엘리자베트 경은 대경했지만 나를 말리지는 않았다. 나는 한발 먼저 상황을 이해해 주는 친구들에게 묵례했다.

"감사합니다. 데미 잘 부탁드립니다."

"후작님, 부디 몸조심하십시오."

"이쪽은 심려 마세요."

"전하와 크리스텔 경에게는 제가 이야기해 두겠습니다."

-꾸릇!

뱅자맹, 가나엘, 엘리자베트 경, 데미가 차례로 답했다. 절로 미소가 떠올랐다. 동시에 마차가 완전히 정지했다.

"네, 믿겠습니다. 이따 뵐게요."

톡톡, 톡. 나와 조안이 이어 커프의 보석을 세 번 두드렸다. 나는 마부가 문을 열자마자 소리 없이 밖으로 빠져나왔다. 이어 골목 쪽으로 빠르게 걸으며 하늘에 지령을 내렸다.

"정뚝심, 안내해."

-삐삐삐이!

* * *

빙의하고 이런 경험은 또 처음이었다. 투명 인간도 아닌데.

"신기하다."

내가 중얼거렸다. 혼자 번화가를 뛰다시피 걷는데 누구도 나를 유심히 관찰하지 않았다. 15분간 존재감을 지워주는 이어 커프 덕분이었다. 간혹 눈길이 마주친 행인이 있었으나 인사말을 건네고 스쳐갈 뿐이었다.

혼비백산하거나 땅에 엎드리지는 않았다. 이제껏 내 곁엔 늘 뱅자맹과 가나엘이 함께했고, 마차 없이는 아무데도 가본 적이 없었다. 이렇게 다니니 어쩐지 '정예서'의 몸으로 돌아온 기분이었다.

─삐삐삐!

"응, 고마워."

하늘에서 굴뚝새가 신호했다. 나는 신중하게 상단 건물 뒷문으로 향했다. 사실 찾기 어렵지는 않았다. 문제의 화물 마차가 중간중간 물을 쏟은 흔적이 길에 가득했으니까.

"안녕하세요."

"수고 많아요."

상단 직원에게 인사하자, 상대방도 수더분하게 말을 받았다. 그와 동료들은 금세 나를 잊고 한담하며 지나갔다. 나는 정문에 비해 수수하게 생긴 후문을 흘끔 보았다. 시간이 없었다. 잽싸게 문을 열고 안으로 뛰어든 뒤, 포르르 날아오는 뚝심이를 품에 숨겼다.

"여기부터가 진짜야. 빨리 찾자, 신수."

-삐

* * *

순식간에 어둠침침한 무대 아래까지 진입했다. 부지런히 물자국을 따라 달려오니 이곳이었다. 실은 무대와 가까운 위치인지도 몰랐는데, 직원들이 오가며 나누는 얘기를 듣고 알아차렸다.

경매 시작 시각에 맞춰 운반한 것을 보니 첫 상품으로 공개할 모양이었다. 카탈로그에는 이런 내용이 없었는데… 이어 커프를 활성화하고 12분, 13분은 지난 것 같았다. 나는 초조히 정육면체의 수조를 응시했다. 어두운 천을 씌워놓아 안쪽은 보이지 않았다.

"생물은 간만이네!"

"상단주님께선 운도 좋으시지. 황태자 전하 안전에서 희귀 마수를 공개하게 됐네그려. 물에서도 멀쩡한 것 봐."

"잡은 미리암이 행운아야. 이번엔 공격도 안 받고 건졌다지 않은가."

"축복이구먼! 접때는 팔 한 짝 잃을 뻔했잖아."

나는 굵다란 나무 기둥 뒤에 숨어 직원들의 대화 내용을 정리했다. 미리암이라는 자는 전에도 귀한 마수를 잡아다 상단에 넘긴 적이 있는 듯했다. 다치지 않고 생포한 게 다행이란 말도 그렇고, 저들은 수수께끼의 생명체가 신수인 걸 모르는 눈치였다.

하긴, 부티에 추기경조차 신수를 실제로 본 건 레서판다 삼총사가 처음이라고 했었다. 산지기 아녜스도 녀석들을 마수로 오해했다. 신수가 능력을 보이지 않는 한, 평범한 이가 먼저 알아볼 가능성은 희박했다.

"배치 끝났으면 이만 가자고."

"그래. 태자 전하께서 낙찰받으시려나?"

"어째 개장일보다 오늘이 더 재미있겠어."

일손들이 깔깔 웃으며 쪽문 밖으로 사라졌다. 나는 마른침을 꿀꺽 삼켰다.

"…"

뚝심이는 기특하게도 아주 조용했다. 지금쯤 이어 커프가 효력을 다했을 터였다. 주변에 아무도 없는 것을 거듭 확인한 후, 나는 날쌔게 수조 앞으로 다가갔다. 그러고는 조심조심 천을 걷어 올렸다. 긴장한 손끝이 잘게 떨렸다. 혹시 인어가 나오면 어떡하지? 사람 말 하고, 막.

-찰랑…

"어…"

이내 까만 방울눈과 하얀 몸통이 나를 반겼다. 나는 할 말을 잊고 우두커니 꼬마와 시선을 마주했다. 머릿속이 멍해졌다. 짧은 수염이 물결에 찰랑였다. 군밤을 얹은 듯한 코, 통통한 유선형의 뱃살, 앙증맞은 지느러미발.

"아니, 무슨 판타지 소설에…"

하프물범까지 나와? 이래도 팔려?

-삐이이

뚝심이의 부름에 퍼뜩 정신을 차렸다. 충격에 허우적거릴 때가 아니었다. 눈을 질끈 감았다 뜨고 다시 살피자, 물범의 목에 채워진 쇠고리가 보였다. 마수라고 여겨 잡아왔으니 저건 마나 구속구일 터였다. 손님들 앞에서 난동을 피우지 못하도록 막아둔 것이겠지.

"안녕… 그, 뭐 좀 먹을래?"

나는 가장 먼저 떠오르는 말을 뱉었다. 하프물범은 내게 호기심을 표하는 것과 별개로 무척 기운이 없어 보였다. 강제로 잡혀 와서 그런 것일 수도 있고, 좁은 수조에 갇혀있어 답답한 것일지도 몰랐다. 어쨌든 신수는 에테르를 양식으로 삼는 존재였다. 그리고 에테르를 제공하는 건 내 전공이었다. 주특기 번호로는 111100쯤 되시겠다.

"형이 에테르 맛집이야."

-파아앗…!

수조만을 감싸는 자그마한 성소가 열렸다. 하프물범이 큼직한 눈동자를 끔뻑였다. 물속이 금빛으로 찬란하게 반짝거렸다. 행여 녀석이 겁먹거나 체하지 않도록, 나는 느릿느릿 에테르를 풀어냈다. 힘을 내면 좋겠는데.

-참방!

그러자 꼬마가 수면으로 올라와 꼬리를 쳤다. 뒤이어,

"…잘 먹네."

자연스레 웃음이 터졌다. 몸에서 에테르가 쭉쭉 빠져나가는 느낌이 유쾌했다. 신수가 맞는다는 걸 확인받아 기뻤다. 1미터도 안 되는 꼬맹이가 어찌나 먹어대는지 여러 차례 보급 속도를 올려야 했다. 뚝심이가 재킷 밖으로 얼굴을 쏙 내밀고 지저귀었다. 뿌듯한 기색이었다.

"그래, 너랑 데미가 큰일 했어. 배고팠나 보다."

나는 녀석의 이마를 손가락으로 문질러 주며 칭찬했다. 그때-

-벌컥!

"여기 없으면 휴게실에, 허억!"

"헉."

나는 식겁해서 문 쪽을 바라보았다. 조금 전에 동료들과 나갔던 일손 중 한 명이었다. 나를 발견한 그녀가 경악하며 바닥에 엎드렸다. 널찍한 등이 벌벌 떨렸다.

"와, 왕자, 후작님께서 어찌 이런, 이런 곳에…"

예상 못 한 전개는 아니었다. 즉시 성소를 확장했다.

-우우웅-!

"어이쿠!"

여인은 자신의 발치까지 밀려온 서클을 보고 기절초풍했다. 나는 쓰게 웃으며 신탁을 내렸다.

[놀라게 해서 미안합니다. 상단주에게 알리십시오. 데려온 마수는 마수가 아니라 신수고, 경매품으로 올려선 안 된다고요.]

* * *

에밀 드 아스는 긴장을 모르는 사내였다. 정확히는 긴장감조차 자신감으로 승화하고, 이러한 태도로 최상품을 최고가에 파는 데 능했다. 젊은 나이에 임기응변이 훌륭하다는 평도 들었다. 황도의 내로라하는 대귀족은 어릴 적부터 봐왔다.

그는 어지간해선 흔들리지 않았고, 앞으로도 굳건할 예정이었다. 그러니 오늘도 마찬가지였다. 상단 로비는 번쩍이는 귀족들과 수많은 시종으로 복작했다. 행사 직전의 기대와 흥미가 생식하는 곳이었다.

"존귀하신 태자 전하를 뵙습니다."

에밀이 우아하게 예를 올렸다. 황족은 초면이었다. 그가 살아온 황궁에 비하면 상단은 누추하기 짝이 없겠으나, 상단주는 결코 꺾이지 않았다. 새벽 배로 들어온 희귀 마수는 흠집 하나 없고 어리기까지 한 극상품이었다.

제아무리 '제국 최고의 상속남'이라 불리는 태자라도 이런 물건은 처음일 터였다. 그가 낙찰이라도 받는다면, 아스의 이름값은 현재와 비교도 할 수 없을 만치 올라갈 게 분명했다. 회심의 미소가 떠올랐다.

"…"

소문대로, 태자는 아랫사람의 말에 약간의 반응도 없었다. 그의 시종들도 에밀에게 시선을 두지 않았다. 에밀은 웃음빛을 유지하며 태자를 경매장 내부로 안내했다. 황족이 온다는 소식에 급히 준비한 최고급 융단엔 먼지 한 톨 없었다. 모든 게 완벽해 보였다.

"1열의 중앙으로 모시겠습니다."

분명히 그랬다. 경매품 운송 책임자가 덥석 그의 소매를 붙잡기 전까지는.

"상단주님, 긴급한 일입니다."

"이게 뭐 하는 짓인가?"

에밀이 꾸짖듯 속삭였다. 그녀는 지금 태자의 행렬을 방해한 것이나 다를 바 없었다. 게다가 입고 있는 옷도 낡았고, '깜짝 상품'을 담당한 탓에 몸에선 바다 냄새가 진동했다. 상단주의 날카로운 눈매에도 부하는 물러서지 않았다. 오히려 다급히 그의 귀에 손을 갖다 댔다.

"세레니테 후작님께서 무대 밑에 계십니다. 깜짝 상품은 마수가 아니라 신수라고 하셨어요. 경매품을 물리라는 말씀이 있으셨습니다. 제가 두 귀로 똑똑히 들었습니다."

혹여 말이 샐까, 그녀가 빠르고 낮게 속닥였다. 마지막 문장에는 힘을 싣는 것도 잊지 않았다. 에밀은 표정 변화 없이 태자의 눈치를 살폈다. 뒤로는 사르네즈 공작가의 사람들이 보였다. 시선을 느낀 크리스텔이 아름답게 웃었다.

"…증거는?"

"예?"

"신수라는 증거가 있을 것 아닌가. 그분의 말만 덜컥 믿고 올라온 건 아니겠지?"

에밀이 그녀에게 눈웃음을 보내며 속삭거렸다. 그러자 부하가 크게 당황했다.

"그런 건, 없었습니다. 하지만 그분은 왕족 신관이 아닙니까. 무조건 믿어야-"

"언제 적 이야기를 하는 건지. 한심하기는."

그가 부드러이 쏘아붙였다. 어쩐지 후작이 나타나지 않는다 싶었다. 보아하니 상단의 바닥까지 기어가 자신을 음해하려는 모양이었다. 평민인 저에게 크리스텔을 빼앗긴 데다, 조만간 태자의 관심까지 잃을 것 같으니 안달이 날 법도 했다. 먹을 것에만 집중하는 척 굴고 누나의 죄에 까다로운 태도를 보인 이유가 명명백백해졌다. 그때였다.

"보기 드문 마수를 올린다던데."

태자의 중저음이 생각을 끊어냈다. 에밀은 상냥한 낯으로 그의 좌석을 향해 손짓했다.

"예. 부디 전하께 기쁨이 되기를 바라고 있습니다."

황족은 그를 일별하더니 묵묵히 착석했다. 이어 공작 가족이 자리에 앉았다. 에밀은 크리스텔의 손등에 정중하게 입을 맞춘 뒤, 허리를 세우고 부하에게 소곤거렸다.

"그대로 상품을 무대에 올리게."

"예? 상단주님,"

"훌륭한 구경거리가 되겠어."

그가 눈부시게 입꼬리를 올렸다. 적국의 왕자는 그간 동정표를 얻어 많은 이를 속여왔으나, 자신만큼은 호릴 수 없었다. 오늘이야말로 그의 값싸고 가벼운 모습을 온 세상에 드러낼 기회였다.

에밀은 상기된 뺨으로 손을 흔드는 크리스텔을 보며 몸을 돌렸다. …그리고 크리스텔은 그의 뒷모습을 죽어라 노려보았다. 이어서 바지에 손등을 쓱쓱 닦고 옆자리의 태자에게 물었다.

"무슨 생각이십니까?"

"…"

"엘리자베트 경에게 들었습니다. 후작님이 신수라고 하셨다면서요. 그럼 그냥 경매품을 내리게 해야-"

세상에. 크리스텔이 말을 멈추고 눈을 휘둥그레 떴다. 진짜 불 쓰는 불여우는 역시 달랐다.

"함정을 파셨네요?"

"간단한 정략이지."

"궁중 암투 아니고요?"

"명예를 더럽혀야 한다고 주장한 건 경이었을 텐데."

세드리크가 무심하게 답했다. 크리스텔은 싱글벙글하며 고개를 끄덕였다. 왕자님은 남에게 뭘 먹이는 걸 참 좋아했다. 상단주를 욕 먹이는 김에 콩밥도 먹이면 분명 기꺼워할 터였다.

* * *

"왜 아무도 안 오냐. 함흥차사야?"

-삐이?

-참방참방!

뚝심이와 내가 동시에 고개를 갸웃거렸다. 에테르를 잔뜩 먹은 하프물범은 기분이 좋은지, 보란 듯이 배영을 하고 꼬리로 물보라를 일으켰다. 갑갑해하는 것 같기에 수조를 덮은 천을 치워줬더니 나를 보는 눈길이 더욱 초롱초롱해졌다. 얘도 귀엽네.

"신수는 무조건 깜찍해야 하는 건가. 물 속성이겠지?"

내가 혼잣말했다. 신수인 건 확실하니, '신력을 지닌 자가 이끌어

신물에 이르게' 해줘야 했다. 그런데 제국의 네 신물 가운데 무려 세 개가 우리에게 있었다. 그중 둘은 주인이 있거나 흡수되어 감지하기 어렵고, 그럼 뚝심이만 남는데…

-쿠르릉!

그 순간 땅이 울렸다. 응?

"이거 왜, 억!"

-우르르릉…!

나는 재빨리 수조를 붙잡고 주저앉았다. 사방이 부들부들 진동했다. 평평한 목제 바닥이 통째로 솟아오르고 있었다. 뚝심이가 서둘러 옷깃을 파고들었다. 지진은 절대 아니고, 설마.

"지상 최대의 쇼! 아스 경매장의 성물 주간에 오신 여러분을 환영합니다. 바로 첫 번째 경매품을 소개해 올리겠습니다."

귀에 익은 동굴 목소리가 들렸다. 객석에서 갈채가 쏟아졌다. 천장이 양옆으로 우르르 갈라지며 화려한 마법 조명이 나를 감쌌다. 어디선가 밧줄이 감기고, 지렛대와 바퀴 움직이는 소리가 났다. 말도 안 되는 상황이었다. 놀란 하프물범이 잠방거렸다. 그제야 허겁지겁 천을 주웠지만, 녀석을 다시 가려주기에는 너무 늦은 듯했다.

"괜찮아. 같이 있을게. 진정-"

-촤아악!

공포에 질린 꼬마가 내게 물을 끼얹었다. 차가워서 정신이 번쩍 났다. 머리부터 발끝까지 해수로 흠뻑 젖었다!

"커흡."

-철컹!

그리고 도르래가 멈췄다. 나는 눈가의 소금물을 닦아내며 정면을 바라보았다. 하얗게 빛나는 무대 위와 달리 객석은 어두컴컴해서 아무것도 보이지 않았다. 제길, 이게 무슨…!

"수중에서도 생존하는 희귀 마수입니다. 아스 해안에서 금일 새벽에 포획했습니다. 건강한 새끼인 데다 백색의 가죽도 훌륭하죠. 옆에 계신 분은… 조련사인가요? 이쪽에선 잘 안 보이는군요."

에밀이 비웃듯 말했다. 장내에 웅성임이 퍼졌다. 나는 황급히 상단주를 찾았다. 무대 한편에 선 그의 눈빛이 레몬처럼 시고 떫었다. 절로 이가 갈렸다.

"50만 프랑부터 시작합니다."

"그만둬. 이 녀석은 마수가 아니라,"

"2억."

뭐요…? 잘못 들은 건가 싶어 눈을 깜빡였다. 단체로 얼음물에 입수한 듯 실내가 싸늘해졌다.

"일시불로 하지."

나는 입을 떡 벌리고 목소리가 울린 곳을 바라보았다. 아무래도 제정신이 아닌 주황색 눈동자가, 어둠을 꿰뚫고 있었다.

*　*　*

쟤… 경매가 뭔지 모르는 거 아니냐?

"2억 나왔습니다. 더 부르실 분 있습니까? 마담? 그쪽 의뢰인은 별말씀 없으신지."

에밀 드 아스는 여러 의미로 대단한 놈이었다. 나라면 황태자가 2억이나 부른 상황에서, 그리하여 모든 손님이 입도 못 떼는 분위기에서 경매를 진행하진 못할 것 같았다.

하지만 그는 여유롭게 단골들의 의견을 묻고 호가를 끌어내고자 노력했다. 나는 천을 주워 꼼꼼히 수조를 가렸다. 머리에서 물이 뚝뚝 떨어지자 하프물범이 미안한 눈을 했다. 괜찮아, 네 탓 아니야. 아무튼 지금 흐름이…

"현재 2억입니다. 세드리크 태자 전하께서 부르셨습니다. 금일 아스 해안에서 포획한 희귀 마수, 결함 없는 어린 개체입니다. 더 없으시군요. 그렇다면 낙찰하겠습니다. 태자 전하께 2억 프랑에 팔렸습니다!"

-딱!

에밀이 청산유수로 진행하며 망치를 두드렸다.

"와아…!"

그제야 박수와 감탄이 쏟아졌다. 어둠 사이로 흔들리는 부채와 장갑 따위가 보였다. 나는 침착하게 머리를 굴렸다. 엘리자베트 경은 분명 크리스텔과 태자에게 하프물범이 신수란 사실을 전하겠다고 했다.

두 남녀는 지금쯤 상황을 파악했을 터였다. 그런데 태자는 경매품을 물리기는커녕, '마수' 딱지를 단 꼬마를 2억이나 주고 낙찰받았다. 그게 의미하는 바는 하나였다.

"맙소사. 조련사가 누구인가 했는데 후작님이셨군요. 몰라뵈어 무척 송구합니다. 어찌 이런 일이…"

빠르게 다가온 에밀이 내 앞에 무릎을 꿇고 죄스러워했다. 아주 결백한 자의 얼굴이었다. 사람이 이렇게 악의적일 수가 있다는 게 신기했다. 상단 직원들이 하프물범을 옮기기 위해 주뼛주뼛 무대로 올라왔다.

"후작님!"

이어 가나엘의 목소리가 들렸다. 재깍 뒤를 살피니, 소년과 뱅자맹이 수건을 들고 황급히 다가오고 있었다. 차분한 낯의 다비드도 보였다.

"자네 제정신이 아니군. 왕족을 모욕하고도 빠져나갈 수 있을 성싶은가?"

"사죄드립니다, 시종님. 허나 후작님께서 더러운 상단 바닥에 숨어 계시리라고 누가 상상이나 했겠습니까?"

뱅자맹이 꾸짖자, 에밀은 유약한 말투로 자신의 무고를 호소했다. 가나엘이 그를 시선으로 찔러 죽일 것처럼 쏘아보았다. 나는 묵묵히 자리에서 일어났다. 소년이 내게 커다란 수건을 둘러주는 동안, 다비드에게만 들리도록 속닥이는 것도 잊지 않았다.

"신수를 제게 넘기세요."

"예."

그는 더 묻지 않고 수긍했다. 당연했다. 이건 태자의 덫이니까. 하프물범이 신수인 걸 내가 이곳에서 밝혀내기만 하면, 에밀 놈은 황족을 기만한 죄로 즉시 투옥될 것이다. 나는 무대를 떠날 때까지 그에게 시선을 두지 않았다. 그저 분노한 뚝심이를 달래며 물속의 꼬마를 바라볼 뿐이었다. 공이 다시 내게로 왔다.

* * *

딱 봐도 하프물범인 귀염둥이가 물러가고, 왕자님도 사라졌다. 신수의 정체를 입증할 방법을 찾기 위해서였다. 크리스텔은 손끝에 서리가 내리는 것을 겨우 억눌렀다.

못돼 처먹은 상단주 놈이 왕자님까지 무대에 올리고, 웃음거리로 삼고자 한 일은 결코 용서할 수 없었다. 그러나 당장은 나설 때가 아니었다. 옆자리의 태자가 황토방처럼 뜨거운 에테르를 뿜어냈다. 그래, 너도 잘 버티고 있구나.

"두 번째 경매품입니다. 성물聖物 주간의 주제에 걸맞게 성유물을 준비했습니다. '율리터의 머리장식'입니다."

-펄럭!

에밀이 붉은 비단을 걷었다. 새것처럼 빛나는 장신구가 무대 중앙에 모습을 드러냈다.

"세상에!"

"질 낮은 농담인가 싶었는데, 실존하는 패물이었군요."

"저런 것을 지녀도 되는 걸까요?"

두 번째 상품이 올라온 경매장은 불길할 만큼 소란스러워졌다. '율리터'라는 말에 공작 부부와 태자마저 불편한 기색이었다. 오직 크리스텔만이 기회를 잡은 눈빛이었다. 그녀는 품속에 든 종이를 지그시 손으로 눌렀다.

아스 놈의 거지 같은 장단에 스텝을 밟아주고, 오늘 아침 심부름꾼을 통해 받은 문서였다. 세드리크의 관찰하는 눈길이 느껴졌지만 무시했다. 역겨움을 참아가며 뜯어낸 패를 불여우에게 까발릴 순 없었다.

"성유물은 '지체 높은 신관이나 성기사가 생전에 몸소 사용한 보물'을 뜻합니다. 이것 역시 율리터가 직접 착용했습니다. 전장에서 수차례 목격되었다는 기록이 있으며, 그녀 사후 줄곧 제국의 베랑 남작가에서 소장했죠. 상품에 가문의 보증서가 동봉되어 있습니다."

상단주가 설명했다. 귀족들이 술렁였다.

"베랑이라면, 그 집안이군요. 후작님의 시종으로 쌍둥이를 보냈다가…"

"쉿. 목소리를 낮추세요."

"성유물답게 특수한 기능도 있습니다. 머리장식이 외부 마나의 흐름을 흡수하고 재분배하여, 사용자의 신체 부담과 부작용을 최소화합니다. 포털 여행이 잦은 분께는 최상의 보조 기구가 될 겁니다."

바로 저거였다. 크리스텔은 흘끔 옆을 살폈다. 태자의 눈동자에 흥미가 깃들었다. 그럴 줄 알았다.

"10만 프랑부터 시작합니다. 마담, 20만 부르셨군요. 감사합니다. 25만 있습니까? 30만. 35만, 40만. 50만까지 나왔습니다."

에밀이 능수능란하게 경매를 이끌었다. 태자는 아까처럼 억 소리를 내진 않았다. 가격은 쉬지 않고 올라갔다. 로메로 선황을 배신했다는 '희대의 악녀', 율리터의 꼬리표가 붙었는데도 나쁘지 않은 반응이었다. 크리스텔은 포커페이스를 유지하며 조용히 앉아

있었다. 공작 부부 또한 구경꾼의 자세를 일관했다. 시간이 쭉쭉 흘렀다.

"100만. 조금 더 가볼까요? 안 계십니까? 150만 나왔습니다. 고맙습니다. 이쪽 신사분? 200만. 220만입니다. 230만 불러주시죠. 300만!"

"와!"

점잖은 갈채가 이어졌다. 뒤편의 누군가 제법 높은 금액을 부른 탓이었다. 이제 슬슬 움직일 때가 됐다. 크리스텔은 비장하게 한 손을 들었다. 에밀이 그녀를 금세 알아보았다.

"네, 마담?"

"400만."

"400만 나왔습니다!"

'이런!', '굉장하네요!' 객석에서 박수와 탄사가 잇따랐다. 이자벨이 깜짝 놀라 딸을 돌아보았다. 액수가 아닌 그녀의 참여 자체가 의외이기 때문이었다.

"크리스텔?"

"꼭 갖고 싶거든요."

크리스텔이 씩 웃었다. 공작 부인은 결국 마주 미소할 따름이었다. 공작 역시 당황했으나, 큰돈이 아닌 데다 딸은 성인이었으므로 고개를 주억이고 넘어갔다. 그러자 태자가 즉각 반응했다.

"450만. 태자 전하의 대리인께서 450만을 부르셨습니다. 더 계십니까?"

문제적 상속남의 등판에 장내가 거듭 숙연해졌다. 크리스텔은 짐

짓 분한 낯으로 그를 돌아보았다. 그러고는 반짝 거수하고 숫자를 불렀다.

"480만."

"480만 나왔습니다. 전하, 계속하시겠습니까?"

태자가 시종에게 뭐라고 속삭였다. 시종이 선언했다.

"500만."

"현재 500만입니다! 크리스텔 경?"

손님들이 웅성댔다. 에밀이 상냥하게 그녀를 불렀다. 어느새 율리터의 머리장식 경매는 둘만의 싸움이 되어있었다. 크리스텔은 정말 화나고 원통하고 애석하지만, 예산 문제로 어쩔 수 없이 여기서 물러난다는 표정을 지었다. 이를 갈고 입술도 꾹 깨물었다. 오만상인 그녀를 향해 태자가 코웃음 쳤다.

"더 부르지 않으십니까? 확실합니까?"

"…"

크리스텔이 신경질적으로 고개를 끄덕였다. 공작 부부가 딸의 눈치를 봤다. 에밀은 화사하게 눈끝을 휘었다.

"마지막으로 500만 나와있습니다. 아무도 안 계십니까? 안 계시는군요. 그렇다면 여기서 낙찰하겠습니다. 율리터의 머리장식이 500만 프랑에, 태자 전하께 팔렸습니다."

-딱!

그가 망치를 두드렸다. 짜기라도 한 것처럼 갈채가 쏟아졌다. 그 순간, 크리스텔이 번쩍 손을 올렸다.

"네, 크리스텔 경?"

"우선매수권 사용하겠습니다."

"뭐?"

태자가 날카롭게 되물었다. 그녀는 순식간에 표정을 바꾸고 안주머니에서 비장의 카드를 꺼내 들었다. 주황색 눈에 불꽃이 타올랐다. 크리스텔이 싱글벙글하며 사환에게 자신의 무기를 내밀었다.

소년이 신속히 에밀에게 그것을 전달했고, 오전에 보낸 서류를 다시 보게 된 상단주는 파안했다. 크리스텔의 심장이 두근거렸다. 저놈의 웃는 상판대기에 정색할 수 있는 순간이 다가오고 있었다.

"그렇군요. 크리스텔 드 사르네즈 경이 아스 경매장 우선매수권을 사용하셨습니다. 이에 따라 경께서는 본 경매품을 낙찰가에 1순위로 매수하실 수 있게 됩니다. 황공합니다, 태자 전하. 율리터 스타티아의 머리장식은 500만 프랑에 크리스텔 경에게 팔렸습니다!"

-딱!

그가 다시 한번 망치를 두드렸다. '허어!' 객석에서 탄성을 토해 냈다. 축하의 손뼉이 터져 나왔다. 크리스텔은 입꼬리를 올리며 태자를 바라보았다. 누나가 또 이겼다, 어린것아.

"후후."

"…제법이군."

사내가 낮은 목소리로 내뱉었다. 공작 부부, 특히 사르네즈 공작은 대경했다. 태자의 호승심을 이용해 원하는 가격에 낙찰을 받아 내다니, 감히 어떠한 대귀족도 저지르지 못할 방자한 행위였다.

딸의 배짱이 엄청나다고 말할 수도 있었다. 허나 아비가 보기에, 이것은 크리스텔이 태자에 대한 일종의 '신뢰'를 기반으로 실행한 일이었다. 그가 자신을 방해하거나 보복하지 않을 것이라는 믿음이…

"저거 있으니까, 이제 후작님이 어디든 편하게 가실 수 있겠습니다. 우리랑 전국 일주도 가능할 거예요. 그죠?"

"그렇게 한가한가?"

"네, 참 좋습니다. 전하께선 돌아가면 또 일하시겠네요?"

"경의 뜻대로는 되지 않아."

크리스텔과 태자의 옥신각신을 듣고 있던 이자벨이 작게 웃었다. 공작은 그 광경을 보며 묘한 감상을 느꼈다. 이내 직원들이 신중히 머리장식을 운반했다. 다음 경매품이 들어오고 있었다. 에밀이 입을 열었다.

"세 번째이자 마지막 경매품은, 아마 여러분께서 오늘 이 자리에 모이신 이유일 겁니다. 신국 출신 화가인 하더 O. 얀선의 신작입니다. 〈대륙 창조〉를 소개합니다."

-펄럭!

그가 붉은색 천을 단박에 벗겨냈다. '와!', '천재적이에요!' 하는 경탄과 휘파람이 실내를 가득 채웠다. 태자와 크리스텔의 눈매가 삽시에 얼어붙었다. 조안이 나타날 시간이었다.

* * *

"옳지, 착하다."

-아오옥…

나는 하프물범의 털을 닦아주며 얼렀다. 꼬마가 강아지인지 고양이인지 모를 울음과 함께 소파에서 바둥거렸다. 그래도 머리는 혼자 가눴다. 상단 측에선 우리에게 가장 호사스러운 손님용 객실을 내주었다.

뱅자맹은 급히 영주성으로 사람을 보내 새 옷을 가져오라 지시했고, 가나엘은 나를 위해 차를 끓여주었다. 나는 샤워하는 김에 하프물범도 같이 씻겼다. 한번 에테르를 준 상대라 그런지 아이는 낯을 가리지 않고 순했다. 가운 속을 파고든 데미와 뚝심이가 새로운 친구에게 지대한 호기심을 드러냈다.

-끼이

-삐이

"응, 아직 아기야. 몸도 못 뒤집어."

…하프물범은 원래 몸을 못 뒤집나? 나는 다큐멘터리에서 본 장면을 떠올리기 위해 노력했다. 하지만 녀석은 '진짜' 하프물범이 아니라 신수였다. 그리고 지금 꼬마가 뒤집기 대신 해줘야 하는 일은 따로 있었다.

[괜찮으면 능력 한번 써볼래?]

내가 서클을 열고 조심스레 제안했다. 이름을 주고 길들이면 쉬울 수도 있겠지만, 오직 써먹기 위한 목적으로 그렇게 하는 건 마음에 걸렸다. 데미, 레아, 페리에게 이름을 붙인 이유는 녀석들을 구조하기 위해서였다. '뚝심이'도 굴뚝새가 우리 곁을 떠나지 않기에 지어준 이름이었다. 반면 이 애는 누가 좋아서 여기까지 온 게 아니었다.

-아르르, 아르르르…

[어, 괜찮아. 안 해도 돼. 급한 거 아니야.]

나는 천천히 녀석의 등을 쓰다듬었다. 실은 몹시 급했다. 만약 꼬마가 평생 신수로서의 능력을 보이지 않는다면, 태자는 꼼짝없이 한화로 약 200억을 날려야 했다. 미친놈.

[장난감 줄까? 이거 봐라. 형한테 멋진 거 많네?]

내가 손바닥에 에테르 구슬을 튀워냈다. 크리스텔의 고드름 화채나 태자의 불꽃 탱탱볼만큼은 아니어도, 레서판다들의 꾸준한 선택을 받는 놀잇감이었다. 다행히 하프물범도 눈을 접으며 즐거워했다. 내가 활짝 웃을 무렵-

-꼬르륵

배에서 민망한 소리가 났다. 분주히 돌아다니던 뱅자맹과 가나엘이 걸음을 뚝 멈추고 나를 보았다. 나는 입을 벙긋거렸다. 아니, 이게요.

"걷고 씻었더니 소화가 돼서, 네. 조금 출출하네요. 그래도 참을 만합니다."

내 변명에 두 시종이 경악했다.

"어떡하죠, 뱅자맹 님? 로랑스를 부를까요?"

"너무 늦겠구나. 일단 상단 주방에…"

그때였다.

-아우우우!

하프물범이 대뜸 목청을 높였다. 동시에 투두둑! 하고 바닥에 무언가가 떨어졌다. 데미와 뚝심이를 포함한 모두가 반사적으로 그곳을 바라보았다. 그리고 소스라치게 놀랐다!

"…고등어?"

"멸치야?"

"도미로군요."

펄떡펄떡, 펄떡펄떡! 살아 숨 쉬는 생선들이 카펫을 적시며 마구 날뛰었다. 어느새 주변으로 물이 흥건했다. 나는 식겁해서 하얀 신수를 돌아보았다. 까맣고 동근 눈동자가 무구하게 반짝거렸다.

-아욱!

"…"

뭐지? (해)물 속성인가?

* * *

세 번째 경매품이 무대에 올랐다는 소식이 들렸다. 시간이 됐다.

"들어간다."

"예, 부근위대장님."

엘리자베트의 신호에 근위대가 복종했다. 그녀는 귀족 집안의 시종과 하인들로 북적이는 상단 로비를 신중히 훑었다. 그리고 마지막으로 자신의 뒤에 선 조안 드 아스를 확인했다. 왕자님의 마차 행렬을 덮친 강도 미수범이자, 제국에서 가장 유명한 유령 화가인 조안은 그녀답지 않게 졸아붙은 기색이었다. 소백작이 경고했다.

"제대로 해야 할 거다. 이건 후작님께서 네게 주신 기회니까."

"기회는 무슨, 나랑 동생 놈을 한 번에 끝장내려는… 알아, 안다고. 그렇게 보지 마."

'나도 속 시원해지려고 온 거야.'

조안이 꿍얼거렸다. 그녀는 자신의 몸뚱이만 한 종이를 둘둘 말아 품에 한가득 끌어안고 있었다. 엘리자베트는 거듭 대열을 확인한 후 뚜벅뚜벅 걸음을 옮겼다. 근위대가 행차하자 계단에 서있던 자들이 화들짝 물러나며 묵례했다. 일행이 순식간에 로비를 통과해 경매장 입구에 다다랐다. 그때,

"소백작님. 송구하지만 조안 님은 들어갈 수 없습니다."

하며 누군가 급히 다가와 입장을 말렸다. 고급스럽고 깨끗한 옷을 입은, 나이 지긋해 보이는 남자였다. 에밀 드 아스의 오른팔이나 비서쯤 되는 듯했다. 그는 무리의 진입을 저지하겠다는 양 전방을 가로막았다. 뒤이어 겁에 질린 상단 직원들이 우르르 몰려와 문을 가렸다. 엘리자베트가 회색 눈동자를 날카롭게 떴다.

"감히 황실 근위대의 공무를 방해하는 것인가?"

"어찌 그런 불경한 마음을 품겠습니까. 허나 조안 님은 상단주님과 서약을 했습니다. 죽을 때까지 아스 상단에 출입하지 않겠다는 각서를 쓰고 상속을 포기했지요. 이곳에 들어온 건 약속 위반이며, 가문의 질서를 어지럽히는 행동입니다."

"하."

소백작이 헛웃음을 흘렸다. 아스 상단주의 비상식적인 행동이야 익히 알았으나 그의 주변마저 이런 말도 안 되는 생각에 갇혀있을 줄은 몰랐다. 집안 사정을 핑계로 황실의 일을 훼방하는 배짱이라니, 현실과는 완전히 동떨어진 그들만의 세계였다. 마치 아스 놈이

도시의 제후라도 된다는 양 굴고 있지 않은가. 그를 지키지 못하면 모든 게 끝이라는 것처럼.

"헛소리 말고 물러서게. 우리는 폐하의 두 번째 검으로서 움직이는 것이니."

"질베르, 잡혀가기 싫으면 비켜. 이 귀족 나리는 진짜 검을 뽑는다고!"

조안이 일갈했다. 노인은 묵묵히 고개를 숙일 뿐 물러나지 않았다. 엘리자베트가 차갑게 굳은 낯으로 턱짓했다.

-스릉!

"아이고!"

근위대가 검을 뽑자, 숨을 참고 이쪽을 보던 이들이 겁에 질려 신음했다. 조안은 초조함에 입술을 깨물었다. 모든 게 파국으로 치닫는 느낌이었다. 역시 이어 커프가 한 쪽 더 필요했다. 자신은 두 발로 멀쩡히 상단에 드나들 수 있는 인간이 못 됐다. 그때였다.

"전부 물러서! 이게 뭐 하는 짓이야. 정신 차리고 일하러들 가!"

한 여인의 굵직한 목소리가 울려 퍼졌다. 엘리자베트와 조안이 일시에 그쪽을 바라보았다. 바다 냄새를 물씬 풍기는 상단 직원이 달려오고 있었다. 그녀의 뒤로 동료들이 따라붙었다. 힘쓰는 일을 하는 자들인지 하나같이 덩치가 컸다. 그들은 노령인을 비롯해 문전에서 발발 떨고 있던 이들을 거칠게 밀고 쫓아냈다.

"어느 안전이라고 버티고 섰어, 섰길! 썩 꺼져!"

"리세, 자넨 경매품 운송 책임자가 아닌가! 상단주님 명령을 칼같이 따르던 사람이 왜,"

"상단주님보다 천 배, 만 배 높으신 분이 황제 폐하예요!"

"…"

엘리자베트는 이마를 찡그리며 그들을 관찰했다. 요컨대 내분이 발생한 듯싶었다. '리세'라는 자와 친구들은 압도적인 힘으로 앞쪽의 직원들을 치우고, 근위대를 향해 허리를 숙였다. 소백작이 혀를 차며 경매장 문을 뻥! 걷어찼다.

"맙소사!"

실내에서 경악이 터져 나왔다. 근위대원 하나가 뒤에서 조안을 툭툭 밀었다. 그녀는 경매장으로 발을 옮기며 리세에게 소곤거렸다.

"리세, 넌 역시 제정신이구나. 잘했어."

"제정신이어서 한 짓 아니야. 나도 무서워 죽겠어."

그녀가 이를 악물며 답했다. 꽉 쥔 주먹이 부들부들 떨리는 것이 보였다.

"하지만 상단주님은 왕족 신관이신 분을 지독하게 모욕했어. 그리고 너는…"

리세가 조안을 똑바로 응시했다. 상단에서 고생하며 단단해진 눈가에 물기가 어리고 있었다.

"넌 내 대모님 간병 빚을 갚아줬잖아. 나도 동네 소식은 듣고 살아."

"…"

그녀는 조안의 두건을 향해 눈짓했다. 할 말을 잃은 조안이 멍하니 리세를 바라보았다. 문득 자신의 머리카락을 보며 미소하던 후작의 음성이 떠올랐다.

'근사한데요. 황도에서 유행할 것 같습니다.'

"빨리 움직여!"

보다 못한 근위대원이 그녀를 독촉했다. 조안은 리세에게 인사도 남기지 못하고 뛰다시피 내부로 들어섰다. 품에 안긴 그림들이, 마음속의 무언가가 이제 그만 자신을 풀어달라고 아우성치는 것 같았다. 그녀는 눈을 질끈 감았다 떴다. 귀족 나리의 말이 맞았다. 이건 어쩌면 기회였다.

* * *

종일 저런 낯짝이긴 했지만, 하더 O. 얀선의 신작 〈대륙 창조〉를 공개한 에밀 놈은 참 행복해 보였다. 크리스텔은 입안에서 얼음을 만들어 내 굴렸다. 이렇게라도 참지 않으면 저놈을 즉석에서 고드름 꼬챙이로 만들지도 몰랐다.

"성물 주간에 이토록 성스러운 작품을 공개하게 되어 영광입니다. 〈대륙 창조〉는 주신의 대륙 창조와 권능을 밀도 높게 묘사한 걸작입니다. 얀선이 구상에만 30년, 밑그림에만 5년을 바친 대작으로…"

아스 놈이 멀쩡한 얼굴로 개소리를 했다. 크리스텔은 헛숨을 뱉었다. 그걸 그린 네 누나가 서른이 안 됐는데 구상에만 30년, 이 지랄.

"이것도 황족 모독이죠? 전하 앞에서 대놓고 거짓말했으니까."

그녀가 황태자에게 몸을 기울이고 속삭였다. 그는 턱을 까닥여 긍정했다. 크리스텔은 얼음을 와드득 깨물며 속으로 숫자를 셌다. 10초 안에, 엘리자베트 경과 조안이 우당탕 쳐들어와서 이곳을 난장판으로 만들어주었으면 했다. 10, 9, 8, 7…

-콰앙!

"맙소사!"

문이 나가떨어졌고, 누군가 놀라서 외쳤고, 크리스텔과 세드리크는 동시에 꼰 다리를 풀었다. 행운의 7에 맞추다니 엘리자베트 경은 역시 뭘 좀 알았다. 무대 위의 에밀이 표정을 싹 굳혔다. 크리스텔은 쌕 웃었다.

"이게 무슨, 부근위대장님. 이게 무슨 일입니까?"

"에밀 드 아스. 네가 이곳에서 하던 O. 얀선의 미술품 거래로 사기 행각을 벌이고 있다는 제보가 들어왔다."

"세상에."

엘리자베트의 선언에 장내가 끓는 물처럼 부글거리기 시작했다. 상대는 다른 사람도 아니고 무려 황실 부근위대장이었다. 크리스텔이 객석의 면면을 살폈다. 황도에서 온 이들이 먼저 심각성을 파악하고 부채를 팔랑였다. 엄청난 가십을 눈앞에 둔 귀족 특유의 기대감이었다. 늘 품위를 지키는 사르네즈 공작 부부조차 놀란 눈치였다.

"말도 안 됩니다. 설령 그런 제보가 있었다 한들, 이러한 방식으로 잘잘못을 따지는 것이…"

"에밀, 귀족 행세 그만 좀 해라!"

쨍한 외침에 일순 경매장이 조용해졌다. 터벅터벅, 제멋대로인 발소리와 함께 조안이 모습을 드러냈다. 에밀의 레몬색 눈끝이 날렵하게 섰다.

"…누님, 상단에는 접근하지 않겠다고 약조하신 걸로 기억합니다."

"그거야 네 헛짓거리를 내가 참을 때의 일이고. 네 왕자병 더는 못 봐주겠다. 나도 남들 속이는 거 지긋지긋하던 참이거든."

"저도 더는 못 봐 드리겠습니다. 질베르! 리세! 누님을 데리고 나가게."

"그렇게 안 봤는데 상황 판단이 느리군."

엘리자베트가 단호하게 말했다. 그와 동시에, 리세와 상단 동료들이 들어와 문가에 벌질러 섰다. 누군가의 도주를 막는 듯한 행동이었다. 에밀이 미간을 찌푸렸다.

"지금 뭐 하는,"

"귀 열고 잘 들어요, 높으신 분들! 여러분은 여태 내 동생한테 속은 겁니다. 하더 O. 얀선이란 사람은 존재하지 않아요. 아니, 있긴 있는데."

쩌렁쩌렁하던 조안이 말을 잠깐 멈췄다. 모두의 눈길이 그녀에게 모였다.

"그게 납니다. 신국 출신은커녕 귀족도 아니고, 성별에 나이까지 죄다 속였어요. 내가 만든 예명에 저놈이 이야기를 덧붙인 거야!"

"허어!"

손님들이 단체로 숨을 집어삼켰다.

"누님, 제 명예를 더럽히는 거짓말은 그만두십시오!"

"거짓말? 후작님이 기껏 나를 감옥에서 꺼낸 이유가 그거겠어? 여기 와서 사기 치라고?"

조안이 쏘아붙였다. 그러고는 씩씩하게 통로를 걸어 무대로 향했다. 실내가 다시 한번 크게 술렁였다.

'그러고 보니 상단주의 누나가 후작님의 마차를 덮쳤다고 하지 않았나요?', '경매보다 귀한 구경을 하는군요.'

파도 같은 속삭임이 크리스텔과 태자, 공작 부부의 자리까지 흘러왔다. 이자벨이 다급히 옆자리의 딸에게 물었다.

"크리스텔, 알고 있었니?"

"네. 이게 저희 작전이었어요."

그녀가 생긋하며 자리에서 일어났다. 사르네즈 공작은 드물게 당황해 입을 가렸다.

"외람된 말씀입니다만, 세레니테 후작님이라면 저를 모함하실 이유가 충분합니다. 조금 전 무대에서 험한 꼴을 당하기도 하셨고…"

"야, 닥쳐."

에밀이 말을 뚝 멈췄다. 예상치 못한 곳에서 대꾸가 나온 탓이었다. 그는 삐거덕삐거덕 객석을 내려 보았다. 형형한 청회색 눈동자가 분노와 혐오로 출렁이고 있었다. 그가 들어본 적 없는 목소리가 흘러나왔다.

"보자 보자 하니까 후작님이 보자기로 보여? 뒈지고 싶냐? 후작님은 너 따위 신경 안 써. 내내 관심 없으셨다고요. 네가 혼자 북 치고 장구 치고 쇼하다가 역풍 맞은 거야, 지금."

"…크리스텔 경?"

"다들 시종에게 종이와 깃펜을 꺼내라고 하십시오! 하더 O. 얀선과 조안 드 아스의 철자를 나란히 적고 비교해 보세요. 순서만 바꾼 거니까요."

크리스텔이 소리 높여 말했다. 귀족들은 아주 적극적인 태도로 참여했다. 그사이 조안은 무대 앞 계단까지 다다랐다. 에밀이 쇳덩이처럼 딱딱한 낯빛으로 층계를 내려왔다. 당장이라도 혈육을 끌어낼 기세였다. 그 순간-

-스릉!

"주신이시여!"

"아아!"

칠흑의 검이 뽑혀 나와 상단주의 목을 겨누었다. 몇몇 인사가 8급 검사의 위압을 이기지 못하고 혼절했다. 태자가 들불처럼 몸을 일으킨 것이다.

"내 눈으로 친히 확인하겠다."

세드리크가 짐승처럼 으르렁렸다. 주황색 시선이 상대를 태워 죽일 듯 빛났다.

"헉… 전하, 큿."

"그러니 세 치 혀는 넣어두도록."

검날이 파고든 피부에 긴 실금이 생기고, 이내 뜨거운 핏방울이 맺혔다.

-치이익…

"악, 아윽!"

혜검이 피부를 지지는 끔찍한 소리가 났다. 에밀은 비명을 토하며 무릎을 꿇었다. 조안이 고통에 잠긴 그를 지나쳐 무대에 올랐다. 환한 조명을 받은 발끝이 벌벌거렸지만, 그녀는 꿋꿋이 고개를 치켜들고 정면을 보았다. 객석은 누구의 눈빛도 또렷이 보이지 않을 만치 검었다. 오히려 그래서 용기가 나는 것 같기도 했다.

"이거… 이제껏 내가 그린 습작이랑 밑그림이에요. 일부는 겨울에 장작으로 써서 없어. 나머지는 침대 밑이나 서랍 구석에 있을 텐데, 근위대 나리들이 다 못 찾았고. 아무튼…"

"와!"

감탄과 충격이 잇따랐다. 이 자리에 참석한 귀족 대부분은 회화에 조예가 깊었고, 얀선의 팬이었다. 따라서 그녀의 거친 필선이나 펜 터치만 보고도 완성작을 쉽게 유추해 낼 수 있었다. 조안이 긴장한 목소리로 말을 이었다.

"그리고 이게, 〈대륙 창조〉의 에스키스야. 에밀이 뭐라고 했는지 모르겠는데 이거 따는 데 15분밖에 안 걸렸으니까 알아둬요. 구상도 한 일주일 했나."

"말도 안 돼!"

"천재는 천재로군요."

귀족들이 폭발할 듯 웅성거렸다. 그들은 조안에게 경탄 어린 시선을 보냈다가, 에밀에게 경멸 어린 눈길을 보냈다. 10여 분 전까지만 해도 남매의 상황은 지금과 정반대였다. 에밀의 얼굴이 수치심과 분노로 붉으락푸르락 달아올랐다.

"허언입니다! 태자 전하, 누님은 제 평판을 해치기 위해 모략하는 겁니다. 이런 식으로 뒤늦게 상속자의 지위를 되찾고자!"

-쏴아아아!

　에밀의 머리 위로 어마어마한 양의 '무언가'가 쏟아졌다. 그는 숨도 제대로 쉬지 못하고 허우적거리며 무너졌다. 태자가 빠르게 물러나 허공에 검을 그었다. 크리스텔은 눈을 휘둥그레 뜨고 발밑에서 펄떡이는 것들을 구경했다. 와, 이거 대하 아니야?

　"아스 씨. 신수를 마수라고 속여 태자 전하께 매매한 죄는 어떻게 갚을 겁니까?"

　-아우우!

　부드러운 남자의 목소리와, 강아지 소리 비슷한 것이 귓가를 울렸다. 모두가 경매장 출입문을 바라보았다. 축복받은 보랏빛 눈동자가 기분 좋게 휘어졌다.

　"저기 분홍 누나랑 까만 형도 배고프대. 많이 먹으라고 많이 줄까?"

　-애웅

　품속의 신수가 사랑스럽게 울었다. 이어,

　-후드드득!

　-파파파팟!

　"잠, 어으윽-!"

　해산물 뷔페가 에밀을 향해 와그르르 쇄도했다.

4. 　　　　　　　　　　　가장 좋아하는 것들

"하늘에서 바닷고기를 내리다니!"

"세상에. 신수는 태어나서 처음 봤어요!"

"마수가 아니었네요. 주신께서 제국을 보살피시는군요."

장내가 터질 듯 시끄러워졌다. 경매는 그렇게 끝난 것이나 다름 없었다. 경매장은 활력 넘치는 수산 시장이 됐고, 경매사이자 상단 주인 에밀은 처참한 꼴로 포박당했고, 이후 무대에선 조안의 회화 생중계가 이어졌으니까.

나는 크리스텔과 세드리크 태자 사이에 앉아 그녀의 페인팅을 구경했다. 함께 내려온 뱅자맹과 가나엘이 팽 페르뒤를 건네주었다. 급한 대로 상단 주방에서 둘이 직접 만들었는데, 따끈따끈한 데다 우유를 곁들이니 진짜 맛있었다!

"그러면 여기가 좀 비어 보이네… 가볍게 칠해줘요. 첫눈이 내린다는 느낌으로. 참 쉽죠?"

"맙소사!"

이거 어디서 많이 들어본 대사인데. 귀족들은 조안의 그림이 코앞에서 탄생하는 광경을 보며 경이로워했다. 무릎 위의 데미가 신기하다는 듯 대굴대굴 굴렀다. 내가 웃고 있자 크리스텔이 품 안의 하프물범을 쓰다듬으며 속삭였다.

"후작님, 죄송해요."

"네? 뭐가요?"

"아까 무대에서 그런… 꼴을 당하신 거요. 설마 요 녀석과 함께 아래에 계실 줄은 몰랐습니다."

그녀가 눈썹을 늘어뜨렸다. 나는 미소하며 고개를 저었다. 나와 정식 파트너가 된 이후로, 크리스텔과 태자가 많은 부분을 먼저 상의하며 존중하고 있다는 건 알았다. 하프물범이 신수라는 말만 전했지 내가 어디에 있겠다는 얘긴 하지 않았으니, 두 사람도 무대에 올라온 나를 보고 꽤 놀랐을 것이다.

게다가 꼬마가 내게 물을 뿌린 건 겁에 질려서였지 나를 괴롭히기 위해서가 아니었다. 괜찮다고 답하자 그녀의 안색이 한결 밝아졌다. 크리스텔은 목을 높히더니 내 어깨 너머로 황태자를 바라보았다.

"생색 좀 내겠습니다. 제가 대신 사과해 드린 거예요."

"…"

왼편의 태자는 묵묵했다. 그의 어깨에 앉은 뚝심이도 덩달아 조용했다. 나는 피식하며 빵을 크게 한 입 깨물었다. 하프물범을 경매품으로 올린 건 역시 그의 함정이었다.

"바보같이 뭘 감탄하고 있어요? 내가 동생이랑 짜고 당신네 속인 거라니까! 지금 사기 증거를 보여주려고 이 짓 하는 거예요. 나리들 재밌으라고 하는 게 아니라."

"하하하하!"

조안이 벌컥 짜증을 내자 귀족들이 박장대소하며 즐거워했다. 이런 반응은 나도 예상치 못한 것이어서 신기했다. 확실히 조안이 전례 없는 캐릭터이긴 하지만, 고고한 귀족들이라면 아스 남매를 손가락질하며 분노하는 게 먼저일 줄 알았다.

그런데 리에스테르 귀족은 내 생각보다 훨씬… 뭐라고 해야 하나, 여유가 있었다. 여기 온 이들은 대체로 풍족하게 사는 부류라 그런 걸까. 사기 경매품이야 환불받으면 그만이고 오히려 새로운 유흥을 찾았다는 느낌이었다. 태자가 프레데리크 황제처럼 그들을 내버려 두는 것도 들뜬 분위기에 한몫했다.

"일어나. 네놈은 이제 폐하의 죄인이다."

"…"

"감히 태자 전하를 기만하고 황족과 왕족을 모욕한 죄, 미술품에 허황한 정보를 씌워 이득을 취한 사기죄부터 물을 것이다. 나머지는 차차 하지."

엘리자베트 경이 무릎 꿇고 있던 에밀을 향해 내뱉었다. 자유 도시 아스는 황제의 땅이니, 죄인 또한 황도로 가게 되는 모양이었다. 근위대가 그를 붙잡고 끌어올리자 사내의 머리에 둘린 천이 바닥에 떨어졌다. 그러나 거기에 관심을 갖는 자는 아무도 없었.

"방금 붓 움직이는 거 봤습니까?"

"못 봤어요, 상단주가 가려서… 아! 근사한 색감이군요. 저는 언제나 얀선의 레몬색을 좋아했어요."

 몇몇 귀족의 말소리가 들렸다. 에밀은 순식간에 그들의 흥미 밖으로 밀려나 있었다. 나는 고개를 떨어뜨린 채 끌려가는 그를 오랫동안 바라보았다. 남자는 로베르 블랑케르 소공작처럼 마지막까지 분노에 차있거나, 르 시프르 여관의 클로딘 그린처럼 발악하지 않았다. 우리 쪽을 노려보며 저주하는 일도 없었다. 잘생긴 얼굴이 절망과 허탈, 새우 껍질과 생선 비늘로 뒤범벅이었다. 노란 까까머리가 왠지 추워 보였다.

"본인이 아스의 왕자라 믿고 살았던 거죠."

 크리스텔이 중얼거렸다. 나는 그녀를 돌아보았다. 맑은 눈길이 금세 맞닿았다.

"제국에 왕자님은 한 분뿐인데 말이에요."

 주인공이 나를 향해 눈부시게 웃었다. 하프물범이 동의한다는 듯 '아우, 아우우' 하고 울었다.

* * *

 다음 날이 밝았다. 참고로 태자의 2억 프랑은 무사히 회수했다! 우리는 오전 내내 성에서 푹 쉬다가, 오후가 돼서야 밖으로 나와 볕바라기를 했다.

"와, 너무 예뻐요! 영지 진짜 잘 고르셨습니다. 대박!"

-끼이이! 끼이!

-아옹!

크리스텔이 경탄을 금치 못했다. 레서판다 삼총사와 하프물범이 유쾌하게 울며 잔디에 등을 비볐다. 뚝심이도 기분이 좋은지 우리의 정수리 위를 널찍이 휘돌았다. 나는 시종들을 도와 피크닉 매트를 펼치다 말고 키들거렸다.

세레니테 영주성의 가장 높은 첨탑에 오르면, 성 뒤편의 커다란 호수와 아담한 언덕이 보였다. 숲이 적은 영지였지만 호수 주변엔 수풀이 제법 자라 운치가 있었다. 오늘 소풍을 나온 곳도 호수 근처였다. 물바람이 차갑진 않을까 걱정했는데 남쪽이라 그런지 적당히 상쾌했다.

"엘리자베트 경, 어제는 수고 많으셨습니다."

내가 피크닉 바구니를 열던 소백작에게 말했다. 그녀는 결 좋은 단발을 흩날리며 입꼬리를 씩 올렸다.

"소임을 다했을 뿐입니다. 영주님이야말로 식구가 늘어 밥값이 부담스러우시겠습니다."

짓궂은 농담을 하는 걸 보니 황도에서 할 일이 많아진 듯싶었다. 나는 쓴웃음을 지으며 영주성 지하에 임시로 투옥한 이들을 떠올렸다. 에밀과 그의 사기 행위를 도운 상단 직원들, 다시 갇힌 조안과 패거리들. 동생 쪽은 황제가 알아서 한다고 쳐도 누나의 처분은 여전히 내 몫이었다. 어제부터 생각해 둔 게 있긴 한데…

"전하, 후작님. 저희는 호수를 한 바퀴 돌고 올까 합니다."

그때 이자벨 공작 부인의 목소리가 들렸다. 눈길을 들자, 우리를 보며 허락을 구하는 그녀와 사르네즈 공작이 보였다.

"네, 편하게 다녀오십시오."

"예. 두 분께서도 편안한 시간 보내시기를 바랍니다. 크리스텔."

공작은 우리에게 정중히 예를 차리고, 딸에게도 인사한 후 아내와 자리를 떴다. 부부는 기분이 아주 좋은 듯했다. 나는 매트에 받침용 천을 깔고 있는 크리스텔을 흘끔거렸다. 그녀 역시 아까부터 생글방글했다.

"사르네즈 경. 댁에 좋은 일이 있습니까?"

내가 조심스레 물었다. 크리스텔은 기다렸다는 듯 눈을 반짝이며 나를 바라보았다.

"저, 당장 결혼 안 해도 됩니다."

"정말입니까?"

엘리자베트 경이 놀라서 되물었다. 뱅자맹, 가나엘, 다비드와 샹탈도 하던 일을 멈추고 그녀에게 이목을 집중했다. 오직 태자만이 조각처럼 앉아서 호수를 관망하고 있을 따름이었다. 쟤는 아까부터 손 하나 까딱 안 하고 저랬으니까, 뭐.

"잘됐군요. 정략혼이 나쁜 것만은 아닙니다만, 행복을 보장하진 않지요."

"이야기가 어떻게 풀린 겁니까?"

뱅자맹과 내가 연달아 말했다. 크리스텔은 좋아 죽겠다는 양 입술을 씰룩였다.

"실은 그저께 아스 상단주를 따로 만나고 나서 조금 혼났거든요. 그래서 오늘 아침에 제가 먼저 말씀드렸습니다. 잃어버린 기억에 관한 얘기 대신, 저는 후작님이랑 엘리자베트 경이랑… 전하와 친구들이 같이 있을 때가 제일 즐겁다고 털어놨어요."

소중한 '전하' 부분이 너무 작고 빠르게 지나갔다. 하마터면 놓칠 뻔했다.

"결혼하면 가정과 남편에게 충실해야 하고, 아무래도 어제처럼 함께 다니진 못할 거고, 그러면 저는 불행해질 것 같다고 말했어요. 그랬더니 아버지께서 웬일로 수긍하셨습니다."

크리스텔이 싱긋하며 내게 호두 투르트를 내밀었다.

"제가 여러분과 했던 일을 그동안 잡지 기사나 말로만 접하시다가, 실제로 보니까 감상이 남다르셨나 봐요. 그렇게 죽이 잘 맞는 사이인지 몰랐다고 하셨습니다."

괜히 내가 뿌듯했다. 나는 옆자리의 태자에게 커피잔을 넘기며 그의 낯을 살폈다. 미동도 없었다. 어디 카메라 있는 것도 아닌데 혼자 무표정으로 화보를 찍네.

"그러니까 곧 소가주가 되긴 하겠지만, 결혼은 천천히 생각하기로 했습니다. 어머니께서도 친구들과 하고 싶은 걸 최대한 많이 해보라고 하셨어요."

"다행이네요. 좋은 분들이십니다."

내가 답했다. 그러자 모두가 한마디씩 축하를 전했다. 혼인 소식이 아니라 혼인이 엎어졌다는 소식에 덕담이 오가는 건 처음 봐서 재미있었다. 우리는 한동안 떠들썩하게 간식을 먹고 마시며 담소를 나눴다. 태자는 말을 얹진 않았지만 성으로 돌아가지도 않았다. 호수 경관이 썩 마음에 드는 눈치였다.

"아, 좋다. 이게 얼마 만의 평화인지 모르겠습니다."

제일 먼저 매트에 드러누운 건 엘리자베트 경이었다. 가나엘이 그녀에게 담요를 덮어주자 크리스텔이 장난스레 야유했다. 뱅자맹, 다비드, 샹탈은 어느새 물가에서 경치를 음미하고 있었다.

잠든 레서판다들을 문지르며 어색하지 않은 침묵을 만끽하는데, 옆에 앉은 크리스텔이 무언가를 보스락보스락했다. 하프물범이 궁금한지 지느러미발을 팔락였다.

"후작님, 눈 감아 보십시오."

"지금요?"

뭐지?

"네. 제가 됐다고 할 때까지 절대 뜨시면 안 되고-"

"적당히 하지."

태자가 날카롭게 그녀의 말을 끊어냈다. 안 듣고 있는 줄 알았는데 청력도 아주 뛰어난 놈이었다. 크리스텔은 그와 부리부리하게 시선을 마주하다가 고개를 휙 돌렸다. 태자도 작게 숨을 뱉으며 정면을 응시했다. 어?

"방금 에테르로 싸우셨습니까?"

"느끼셨어요?"

"아뇨, 신관은 그런 것까진 못하고… 그냥 분위기가 그랬던 것 같아서요. 사이좋게 지내십시오."

내가 점잖게 예비 커플을 타일렀다. 어지간히 위압이 강하지 않은 이상 신관이 성기사의 에테르 흐름을 감지할 수는 없었다. 그래도 자주 보니까 둘이 신경전을 벌이는 타이밍은 알 것 같았다. 크리스텔은 내 말을 들은 체 만 체하며 손수 챙겨온 바구니를 개봉했다. 먹을 건가? 맛있겠다.

"그냥 드리긴 아쉬운데… 후작님께 드리려고 이번 경매에서 낙찰받은 겁니다. 짜잔! 완전 예쁘죠!"

"헉!"

"이거군요."

가나엘과 소백작이 탄성을 자아냈다. 나는 눈을 휘둥그레 떴다. 턱이 아플 만큼 크게 벌어졌다. 번쩍번쩍하는 게 누가 봐도 엄청난 보물 같은데, 이런 걸 받아도 되나 싶어 절로 태자의 기색을 살피게 됐다.

혹시 이놈이 쓸데없는 착각을 하거나 질투할까 봐 걱정스러웠다. 과연 주황색 눈동자엔 불만스러운 티가 역력했다. 그래도 끝까지 안 된다는 말은 나오지 않았다.

"정말… 감사합니다, 사르네즈 경. 잘 간직하겠습니다. 이렇게 아름다운 목걸이는 처음 봅니다."

나는 머리를 숙이며 패물을 받아 들었다. 그녀가 생일 선물로 준 책도 무척 재밌게 읽었는데 또다시 이렇게 귀한 걸 얻을 줄은 몰랐다.

"생일날 책밖에 못 해드린 게 맘에 걸렸거든요. 목걸이 아니고 머리장식입니다."

"아."

내가 목걸이를 만지던 손을 뚝 멈췄다. 민망해서 뺨이 달아올랐다. 하늘하늘한 백금 고리에 수많은 다이아몬드로 치장한 이게, 목걸이가 아니라 머리… 잠깐. 경매장으로 가는 길에 훑었던 카탈로그 내용이 눈앞을 스쳐갔다. 나와 크리스텔의 시선이 마주쳤다.

4. 가장 좋아하는 것들

"설마."

"네, 율리터의 머리장식이에요. 진품! 여기 베랑 남작가의 보증서도 있습니다."

그녀가 내게 백금박으로 치장한 카드를 보여주었다. 나는 입을 벙긋거렸다.

"그럼 이게 진짜로…"

가격도 가격이겠거니와, 그 유명한 율리터 스타티아의 성유물이 내 손안에 있었다. 크리스텔이 특유의 자신감 넘치는 얼굴로 설명했다.

"마나 흐름을 어쩌고 좋게 해준대요. 그래서 포털을 이용할 때 신체 부담을 엄청 줄여준다고 했습니다. 뒤엠 후작님의 멀미약보다 훨씬 나을 거예요. 이제 이게 있으니까, 가고 싶은 곳은 어디든 빠르게 가실 수 있어요."

"…"

"아무리 멀어도요. 우리랑 같이."

청회색 눈동자가 보석처럼 빛났다. 바람이 코스모스 꽃잎 같은 머리칼을 흩뜨리고 달아났다. 나는 할 말을 잃고 그녀와 머리장식을 번갈아 들여다보았다. 율리터의 소지품이 경매에 나온다는 정보야 알았지만, 그런 대단한 능력을 지닌 물건인지는 몰랐다. 에밀 때문에 정신이 없었을 와중에도 이렇게까지 나를 생각해 주었다는 게 진심으로 고마웠다. 어쩐지 목이 막히는 기분이었다.

"…고맙습니다."

내가 겨우 대답하며 환하게 웃었다. 그때였다.

"허튼 꿈은 버리도록."

가을처럼 서늘한 음성이 우리 사이를 갈랐다. 크리스텔과 내가 태자를 돌아보았다. 때마침 구름이 지나가며 그의 눈동자에 그늘을 드리웠다. 무슨 이유인지 사내는 한없이 침잠한 채 홀로 끓고 있었다.

"그대의 모친이 깨어났다고 해서 대륙 횡단을 허하지는 않을 테니."

* * *

…무슨 소리지?

"어머니께서 깨어나셨다니,"

"멍청아!"

내 말보다 누워 있던 엘리자베트 경의 발이 날아가는 게 빨랐다. 나는 부근위대장의 다리가 황태자의 검집에 턱! 가로막히는 장면을 실시간으로 목격했다. 그녀의 날렵한 눈매엔 짜증과 답답함이 섞여 있었다.

"후작님, 분위기를 흐려 죄송합니다. 아시다시피 세드리크가 좀… 부족합니다."

"괜찮습니다."

내가 서둘러 답했다. 크리스텔은 불만스럽게 입술을 달싹거렸지만 결국 말을 꺼내진 않았다. 나는 조심스레 태자를 관찰했다. 그는 엘리자베트 경을 흘기다가, 나와 시선을 맞추지 않고 내 손에 든 머리장식을 노렸다. 이걸 또 어디서 봤나 싶었는데 세이디가 종종

이랬다. 이놈은 맘에 안 드는 게 있으면 눈을 피했다.

"태자님. 국왕 폐하께서 이성을 되찾으셨다는 말씀입니까?"

"…그래."

그가 탐탁지 않게 대답했다. 불현듯 허스키한 목소리가 귓전을 울렸다.

'세작에 따르면 그녀는 요즘 광증에 시달린다고 하니.'

프레데리크 황제가 분명히 그런 이야기를 했었다. 내가 요한 경과 헤릿을 구하기 위해 그녀에게 거래를 부탁하던 날이었다. 머릿속이 핑핑 굴러갔다. 그렇다면 태자의 말은 크리스타너 페네티안 국왕이 광증에서 회복했다는 의미일 터였다.

"…"

나는 침묵에 빠졌다. 그녀가 나를 볼모로 보낸 당사자라면 현상은 유지될 것이다. 하지만 그게 아니라면, 왕이 광증을 앓는 동안 베르너르나 엘리서가 왕자를 내보낸 거라면 상황은 달라질 수 있었다. 물론 막대한 현금으로 몸값을 지불해야 하니 가능성은 작았다. 그러나 정신을 차린 크리스타너가 무리해서라도 아들을 돌려받고자 할 경우…

-끼으으

잠에서 깬 데미가 내 허벅지를 누르며 뒷다리로 섰다. 나는 애써 웃으며 녀석과 하프물범을 안아주었다. 작고 따스한 체온이 둘이나 품을 파고드니 속없이 편안한 기분이 들었다. 동시에 이것을 잃고 싶지 않다는 간절함이 속에서 번쩍 고개를 들었다.

나는 크리스텔에게 딱 붙어 자고 있는 레아와 페리, 태자의 어깨에서 몸을 갸웃거리는 뚝심이를 바라보았다. 고개를 돌리자 걱정스러운 눈길의 가나엘과 소백작도 보였다.

호숫가에서 한담을 나누던 뱅자맹, 다비드, 샹탈이 이쪽을 향해 눈인사하고 있었다. 멀찍이 산책을 즐기는 사르네즈 공작 부부가 시야에 들어왔다. 산뜻한 호풍이 불었다. 잔디가 느긋이 누웠다 일어나기를 반복했다.

-휘우우···

'내' 영지.

"후작님."

크리스텔이 나지막이 나를 불렀다. 그녀의 물색 눈동자가 바람에 찰랑이고 있었다. 기분 탓인지 위태로워 보였다. 이어서 태자를 돌아보았다. 이번엔 그가 나를 무시하지 않았다. 불꽃을 닮은 눈빛이 금방이라도 꺼질 듯했다. 나는 불쑥 입을 열었다.

"저는 여기 있고 싶습니다."

"···"

그러고 나서야 내가 무슨 소리를 했는지 깨달았다. 나는 스스로의 발언에 당황해서 눈을 화등잔만 하게 떴다. 예서 왕자의 입장에서 생각해야 했는데. 아니, 그에게도 제국에 머무르는 편이 낫긴 했다.

국서가 서슬 퍼렇게 살아있는 땅에 돌아가는 것보단 이곳에서 황제의 가호를 누리는 게 백배 천배 안전했다. 언젠가 엘리서가 즉위하고 국서의 손발이 묶이면 신국도 괜찮을지 모르겠지만, 아무튼··· 방금은 내 감정을 앞세워 버렸다. 충동적이었다.

"그, 제국엔 제가 좋아하는 게 많거든요. 음식 맛있고. 데미랑 꼬맹이들도 있고. 다들 잘해주시고요. 줠리에트 궁도 편하고, 세레니테도 아름다워서 만족합니다."

"…"

내가 빠르게 말했다. 그런데 어째, 변명을 주워섬길수록 이게 변명이 아니라는 생각이 들었다. 좁은 벽장 안에서 크리스텔이 했던 말이 자꾸만 귓가를 맴돌았다.

'우리가 후작님을 좋아하는 건 일방적인 게 아니잖아요? 후작님도 우리를 좋아하시니까 서로 친한 건데.'

…그야, 나는 처음부터 이곳 사람들에게 호감을 가질 수밖에 없었다. 정은서가 1년이라는 시간을 바쳐 엄청난 애정을 쏟아부었고, 앞으로도 사랑할 세계였다. 녀석의 오빠인 내가 퇴계공의 해피엔딩을 바라게 되는 건 당연했다.

인물들이 행복을 찾으면 은서도 진심으로 기뻐할 테니까. 그 애는 퇴계공 덕분에 웃음을 되찾았던 꼬마니까. 그러니까 한 발짝 뒤에서 지켜보기만 하면 된다고, 분명 그런 생각으로 시작했던 것 같은데.

"…가까운 친구들이 많이 생겨서 기쁩니다."

혀끝에서 툭하고 진심이 떨어졌다.

-끼웅

데미가 호응하듯 울고 내 뺨을 핥았다. 순간 숨이 탁 터지며 실소가 흘렀다. 나는 녀석의 등을 토닥이며 크리스텔을 바라보았다. 그녀가 샛별처럼 환하게 웃고 있었다.

"저도 기뻐요."

주인공은 그렇게 선언한 뒤 내 옆에 벌러덩 드러누웠다. 그녀의 분홍빛 머리카락과 소백작의 올리브색 머리칼이 한데 섞였다. 그 모습에 소리 내어 웃다가 눈길을 드니, 어느새 다가온 뱅자맹이 나를 보며 인자하게 미소하고 있었다.

"후작님, 그러면 새 신수님의 이름은요?"

가나엘이 신나게 캉파뉴를 썰며 물었다. 나는 얌전히 안겨 있는 하프물범을 내려다보았다. 까만 방울눈이 반짝거렸다. 난감했다.

"신물인 뚝심이가 있으니까 함께 지내도 되지 싶은데, 일단 강제로 잡혀 왔으니까. 영지 앞바다에 풀어줘 보고…"

"하물이."

"예?"

진지하게 이야기하고 있는데 크리스텔이 대뜸 발언했다. 나는 질겁해서 그녀를 내려보았다. 설마 하프물범을 줄여서 하물인 건 아니지?

"좀 그런가요? 그럼 택배?"

'하물'에서 '택배'로 간 거면 너무했다. 엘리자베트 경과 가나엘이 수군거렸다. 내 얼굴에 인간적인 실망감이 떠올랐는지 크리스텔이 낯빛을 싹 굳혔다. 본인도 나름대로 노력 중인 모양이었다.

"…해물이. 쓰키다시."

"사르네즈 경."

한국인 주인공이 쓰키다시가 뭡니까, 쓰키다시가.

"미역. 톳. 톳 귀엽네요. 톳아!"

4. 가장 좋아하는 것들

"티테."

듣다 못한 내가 급히 이름을 생각해 냈다. 다비드는 뜻도 묻지 않고 '참 좋습니다, 티테로 하시지요' 했다. 바다의 님프인 테티스에서 영감을 얻었는데, 어감은 나쁘지 않은 듯싶었다. 데미, 레아, 페리 또한 그리스 신화에서 따왔으니 통일감도 있고 똑같이 두 글자였다.

"티테 예쁘다. 톳하고 비슷해요."

크리스텔이 얼굴색 하나 바꾸지 않고 말했다. 헛웃음이 절로 나왔다. 다행히 하프물범은 만족스러운 기색으로 몸통을 꼬물거렸다. 신수니까 담수에서도 지낼 수 있으려나?

"…"

아까부터 오른뺨이 따가웠다. 방향을 틀자 황태자와 금세 시선이 닿았다. 조금 전과 달리 주황색 눈동자는 평온하게 빛나고 있었다. 나는 입꼬리를 씩 올렸다.

"황궁에 바닷물을 넣을만한 곳이 있을까요? 연못도 괜찮습니다. 티테가 따라오겠다고 할지 몰라서요."

"만들면 그만인 것을."

그가 짤막하게 대꾸하고는 매트에 몸을 눕혔다. 이건 의외의 행동이라 놀라웠다. 뭐라고 말을 덧붙이려 했지만, 태자는 심지어 우리가 지켜보는 가운데 눈을 감아버렸다. 내 그림자 아래 숨은 먹빛 머리칼이 고르게 움직였다. 뚝심이는 그의 가슴팍에 자리를 잡았다. 크리스텔이 그를 돌아보며 중얼거렸다.

"웃겨, 진짜. 저것도 병이다."

무슨 뜻인지 알 듯 말 듯했다. 나는 손에 들린 율리터의 머리장식을 만지작거리며 신수들을 보듬었다. 다 괜찮을 것만 같았다. 마음씨 고운 친구들과 달콤한 과자, 멋진 경치. 어디든 함께 가주겠다는 주인공과 신국으로는 보내지 않겠단 놈이 있으니까.

* * *

그로부터 나흘간 영주성은 무척 평화로웠다. 소소한 사건들이 있긴 했지만 나쁜 일은 없었으니 평화로운 셈 치기로 했다. 예를 들면,
'후작님, 영주성 꼭대기에 깃발이 달려있는 거 알고 계셨습니까?'
하고 크리스텔이 묻는 바람에 모두가 마차를 타고 나가 영주성의 저녁놀을 구경한 적도 있었다. 황실에서 내린 세레니테의 문장엔 호수와 튤립 등이 그려져 있었다. 영주가 성에 머물고 있다는 것을 알리기 위해 그것을 높이 매달아 두었다는데, 여기에 하얀 성벽과 뾰족한 보랏빛 지붕이 어우러져 근사했다. 내 부동산이라고 생각하면 민망하지만 윈도 배경 화면이라고 생각하니 멋있었다.
'안녕하세요. 새로 온 영주입니다.'
'아, 아이고!'
샹탈이 짜준 일정대로 영지 시찰도 했다. 가장 부유하다는 몇 가구만 둘러보는 건 마음에 걸려서, 즉흥적으로 다른 집도 방문했다. 태자까지 끼어있는 일행인지라 초반에는 반응이 아주 격했다. 다들 맨발로 뛰쳐나와 엎드러지고, 일부는 울기도 했다. 괜한 짓을 했나 미안하던 차에…

'후, 후작님. 감히 청하옵건대 저희 아이에게…'

'그럼요. 제가 영광이죠.'

태어난 지 일주일도 안 된 아기에게 축복을 내려준 일은 꽤 보람 있었다. 특히 엘리자베트 경이 갓난아이를 보고 예뻐서 어쩔 줄 몰라 했다. 우리가 영지를 돌아다닌다는 소문은 삽시에 퍼져, 이틀째 되던 날엔 적극적으로 나오는 영지민도 다수 있었다.

'영주님, 이게 오늘 아침에 잡은 자고새입니다! 신선하니 육질도 좋을 겁니다.'

먹을 것은 넙죽 받기 곤란한지라, 뱅자맹과 가나엘이 중간에서 훌륭히 수습해 주었다. 나는 마음만 고맙게 간직했다. 이후로는 동네 꼬마들에게 약식으로 세례를 주고 가축의 상태를 봐주기도 했다. 치유 신관으로선 한참 부족하지만, 영지에 큰 도시는 아스뿐이라 의원은 물론이고 수의사도 적었다. 작게나마 도움이 되고 싶었다.

'…이곳으로 보내게 하도록.'

'그리하겠습니다, 전하.'

태자는 틈틈이 다비드에게 일을 시켰다. 지위가 지위인 만큼 여기 와서도 할 게 많은 모양이었다.

"내일이면 돌아가네요. 살짝 서운합니다."

크리스텔이 기지개를 쭉 켜며 말했다. 가나엘이 머리를 끄덕였다. 오늘이 벌써 세레니테에서 보내는 마지막 날이었다. 우리의 최종 코스는 영주성 지하 감옥이었다.

"황도에 가는 게 싫다기보다는, 휴가가 끝난 기분입니다."

"과연 그렇군요."

소백작의 말에 뱅자맹이 동의했다. 나도 어떤 느낌일지 알 것 같았다. 낯선 곳인 데다 그간 피로도 착실히 쌓였지만, 단체로 여행을 와서 그런지 떠날 때가 되니 시원섭섭했다.

"기상! 조안 드 아스. 태자 전하와 후작님께서 면회를 원하신다."

철창 앞에 선 엘리자베트 경이 날카롭게 말했다. 그래도 예전처럼 창살을 걷어차지는 않았다. 팔을 베고 누워있던 조안이 벌떡 일어나 우리를 바라보았다.

"안녕하세요, 아스 씨."

"우르르 뭐야? 아, 잠깐. 인사부터 하고."

그녀는 태자를 발견하자마자 후다닥 바닥에 엎드렸다. 나는 헛기침을 하고 준비한 말을 읊었다.

"그쪽의 처분에 관해 생각해 봤습니다. 태자님께 의견도 구했는데, 평민이 귀족에게 강도질을 하다 잡히면 최대 사형이라고 하더군요. 피해 귀족이 대귀족이거나 사상자가 나왔을 경우 말입니다."

"…"

꿀꺽, 하고 조안이 침을 삼켰다. 내가 뒷말을 이었다.

"하지만 당신이 저지른 일로 다친 사람은 없습니다. 저는… 실질적인 권력이 없으니 대귀족이라고 하기도 그렇고요. 법적으로 황족과 같은 대우를 받기는 하는데, 그렇게 따지면 역시 그쪽은 극형을 피하기 어렵습니다."

"아… 알았다고! 좀!"

그녀가 고개를 확 들었다. 말아 쥔 물감투성이 주먹이 버들거렸다.

"애도 아니고, 나도 사고 칠 때부터 그게 무슨 짓인지 알고 있었어. 해칠 생각은 없었지만… 더러운 짓거리를 한 건 맞아. 인정한다고. 그러니 결론만 말해!"

"그림을 그려줬으면 합니다."

일순 감옥 안이 조용해졌다. 레몬색 눈동자가 사정없이 흔들렸다. 내가 설명했다.

"영지를 둘러보니, 해안 사람들이 내륙으로 들어오는 일이 드물더군요. 이곳에도 여관이 꽤 있는데 방문객 대부분은 아스에만 체류한답니다. 아마 홍보가 안 되는 탓이겠죠. 반대로 아스엔 빈방이 없어서 외지인들이 고생이고요."

"그게, 그게 무슨…"

"내륙 마을의 건물 외벽과 돌담, 울타리에 옷을 입혀줄 일손이 필요합니다. 알록달록 화려하면 이목을 끌 테니까요. 자연히 발길이 닿겠죠. 그 유명한 하더 O. 얀선의 작품이니 입소문도 제법 탈 겁니다."

크리스텔이 옆에서 나를 올려다보았다. 그러고는 또렷한 입 모양을 만들어 냈다.

'저는 찬성!'

나는 빙긋하며 다시 정면을 보았다. 조안이 별 개소리를 들었다는 듯 오만상을 썼다.

"후작님… 당신 호구야?"

"그 얘기는 이미 들었습니다."

"제정신이야? 다른 영주들은 이렇게 안 해. 진즉 채찍을 치든 탄광에 던져 넣든 했을 거라고. 나 강도야!"

"때리는 건 싫습니다. 그쪽은 채굴보단 예술 노동이 적성에 맞는 듯싶고요."

내가 태자를 올려보며 말했다.

"세레니테 환경 미화 작업이 끝나면, 우리가 들렀던 뤼카 마을로 출장을 보내는 건 어떻습니까? 그다음은 에이츠 마을도 괜찮을 것 같은데요."

가넷을 닮은 홍채가 가늘어졌다. 그가 낮게 코웃음 쳤다.

"두고두고 부릴 심산이군."

들켰는걸.

* * *

"나를… 평생 그림만 그리게 할 생각이야? 밥 먹고 붓질만 하라고!?"

"네."

철창 안의 조안이 부르짖듯 물었고, 나는 단호하게 답했다. 그녀의 얼굴은 이내 난리가 났다. 좋은데 이상하고, 이상하지만 좋다는 감정으로 뒤범벅이었다. 혼란과 안도가 섞여 울먹이는 것 같다가도 웃는 표정이 나왔다.

"인재를 썩힐 순 없죠. 참고로 그쪽에게 선택지는 없습니다. 이건 벌이니까요."

"나도 알아!"

조안이 씩씩거렸다. 그녀는 당혹을 감추기 위해 뒤통수를 마구 긁고, 소매로 코를 복복 문질렀다. 숨을 몰아쉬느라 어깨가 오르락내리락했다. 조안 사건에 관해선 프레데리크 황제와 부티에 추기경에게 자문할 예정이지만, 아마 두 어른도 영주인 나의 뜻을 존중할 터였다. 몇 가지 보완점만 짚어주는 선에서 끝날 듯했다.

"에밀은?"

"…"

"걔도 여기 갇혀있지? 밥은 좀 먹어?"

조안이 떨리는 목소리로 물었다. 엘리자베트 경이 눈살을 찌푸렸다. 우리 중 누구도 죄인에게 동생의 안부를 전할 의무는 없었다. 소백작이 뭐라고 대꾸하려는 찰나, 내가 손을 들어 그녀를 살며시 막았다. '괜찮아요' 하고 입술도 움직였다.

"하루에 한두 끼는 먹는다고 합니다. 말은 거의 없고, 잠을 많이 잔다고 들었습니다."

"…"

"내일 우리와 황도로 갈 겁니다."

내 말에 조안의 시선이 잘게 흔들렸다. 그간 에밀에게 당한 게 많은데도 누나로서 걱정이 되는 모양이었다. 어린 시절을 함께 보낸 혈육이니 완전히 정을 떼긴 어려웠을 것이다. 어쨌든 가족의 일은 바깥사람이 함부로 말할 수 있는 게 아니었다. 그녀가 어렵사리 입을 열었다.

"…그놈은 반성 좀 해야 돼. 거기서 철들면 좋겠네. 잘 잡힌 거야."

"그렇죠."

"우물 안 개구리 중에서도 최고봉이었어. 왕자처럼 떠받들어지고 싶으면 행실을 그렇게 해야지. 호박씨나 까며 사랑받길 바라고, 명예까지 원하고. 장가도 잘 가고 싶어 하고."

'욕심이 똥구멍까지 찼어!' 조안이 거침없이 말했다. 크리스텔이 크게 끄덕거렸다.

"집안 망신이지. 근데 나도 별다를 건 없고…"

조안이 말끝을 흐리며 나를 보았다. 그러고는 아주 쓴 약을 삼킨 것처럼 인상을 찡그렸다.

"그러니까 열심히 할게. 죗값 싹 치를 때까지."

"좋습니다."

훌륭한 대답이었다. 내가 싱긋하자, 그녀는 역시 잘못 걸린 것 같다느니 차라리 탄광에 가는 게 낫겠다느니 마음에도 없는 소리를 꿍얼댔다. 우리의 용건은 여기까지였다. 슬슬 걸음을 옮기려는 찰나 조안이 나를 붙잡았다.

"저기! 상단은? 아스 상단은 어떻게 되는 건데?"

"그건 아스 시의 주인이신 폐하께서 결정하실 겁니다. 당분간은 아스 지역 상인회에서 공동으로 운영한다고 들었습니다."

"…그래."

그녀의 기세가 푹 꺾였다. 상속을 포기한 지 오래라고 들었는데 가문에 대한 애정은 여전한 듯했다. 나는 한 가지 궁금증이 생겨 입을 뗐다.

"왜 후계를 포기했는지 물어봐도 되겠습니까? 미술은 상단주가 되어서도 계속할 수 있었을 텐데요."

"난 산수 못해. 숫자만 봐도 속이 울렁거려."

"아."

그런 비화가 있었군. 아무래도 모든 능력치가 예술 감각에 집중 투자된 듯싶었다. 하긴, 조안이 에밀처럼 사근사근히 남을 접대하는 모습도 상상이 가지 않았다. 나는 고개를 주억이며 발길을 돌렸다. 그때였다.

"잠깐! 이번엔 진짜 마지막이야!"

철컹! 조안이 아예 창살에 매달려 외쳤다. 황태자가 인내심을 끌어모아 한숨 쉬는 소리가 들렸다. 나는 그가 혜검이라도 뽑을까 싶어 먼저 가라고 속삭인 뒤 조안에게 돌아왔다. 결국 엘리자베트 경과 뱅자맹, 가나엘만 서너 발짝 떨어진 곳에 남고 나머지 일행은 복도를 떠났다. 내가 화가를 내려다보며 물었다.

"무슨 일입니까? 식사가 부족합니까?"

"그런 거 아냐! 훨씬 중요한 문제야."

끼니보다 중요한 게 있다고? 나는 목을 갸웃했다. 그녀가 개의치 않고 소곤거렸다.

"내가 말했잖아. 우리 가문이 세작이라는 누명을 썼다고."

"네."

조안을 처음 신문하던 날에 들었던 이야기였다. 증명할 수는 없지만, 그녀의 증조부인 아스 남작이 억울하게 작위를 박탈당했다는 주장.

"그래, 증거 없어. 하지만 할머니가 생전에 우리한테 분명히 그렇게 말했어."

"…"

"증조할아버지는 사소한 거짓말도 못 하는 성정이었고, 부러질지언정 휘는 분은 아니었다고. 선황에게 처형당하기 직전까지도 죄를 인정하지 않았대."

레몬색 눈이 선명하게 빛났다. 나는 덩달아 목소리를 낮췄다.

"그래서 요점이 뭐죠? 가문의 오명을 씻어달라는 겁니까?"

"볼모로 끌려온 꽃송이 후작님한테 그럴 힘이 어디 있어? 나 돌머리 아니야."

그녀가 빠르게 속닥거렸다. 방금 이상한 단어가 지나간 것 같은데…

"경고하는 거야. 우리한테 죄를 덮어씌운 집안은 지금도 떵떵거리며 잘 살고 있을 테니까. 여태 신국의 첩자 노릇을 하고 있을지 누가 알아?"

"…"

"…후작님도 조심하라고. 이게 다야."

타앙! 조안이 대번에 쇠창살을 놓고 물러났다. 나는 아연해서 그녀를 바라보다가 몸을 물렸다. 소백작이 곧장 나를 에스코트해 주었다. 끝으로 시야에 걸린 것은, 조안이 물청소한 가나엘 초상화의 흔적이었다. 정확히는 바닥 근처에 엷게 남은 하얀 서명.

'J. T. 아스'.

* * *

"제가 다 긴장됩니다. 짝퉁이면 어떡하죠?"

크리스텔이 율리터의 머리장식을 들어 올리며 중얼거렸다.

'어떡하긴, 멱따는 거지.'

무시무시한 혼잣말이 이어졌다. 나는 누구의 멱을 딸 거냐고 묻는 대신, 포털까지 배웅을 나와준 이들에게 침착히 작별을 고했다. 오늘은 우리가 황도로 복귀하는 날이었다. 아쉽기도 하고 좋기도 했다.

"그동안 정말 감사했습니다, 샹탈. 또 오겠습니다."

"황송합니다, 후작님. 저희야말로 후작님의 너르신 마음에 감격했습니다. 다시 뵐 날만을 고대하고 있겠습니다."

샹탈이 주름진 눈매를 휘었다. 영주성에선 시종 총괄인 그녀와 일부 하인이 짐을 들고 나왔다. 곁에는 영지 시찰 중에 만났던 세레니테 주교구의 주교도 있었다.

제국 서남부 지역 대교구의 대주교는 끝내 모습을 드러내지 않았는데, 뱅자맹의 말로는 나를 견제하는 거라고 했다. 리에스테르의 고위 성직자는 대부분 권력투쟁의 중심에 있으니 이상한 일은 아니었다. 다만 다른 사람도 아니고 나를 경계하는 게 신기했다. 난 후작 이상으로 올라갈 데도 없는데.

"주신의 축복으로 무탈히 환궁하시기를."

"고맙습니다. 주교님도 조심해서 들어가십시오."

나는 어진 낯의 주교와 인사를 주고받은 후 포털 위로 올라왔다. 모두 막바지 출발 준비로 바빠 보였다. 그런데 애물단지들이 또 말썽을 피우고 있었다!

"데미, 안 돼! 막내 괴롭히는 거 아니야."

-꾸

"네가 대장이잖아. 더 배려심 있게…"

-끼우으!

반강제로 품에 안긴 데미가 목청 높여 항변했다. 나름의 사정이 있는 모양이었다. 아니, 아무리 티테가 뭍에서 움직이는 게 느리다고 해도… 너희 셋이 애를 등에 얹고 다니면 어떡하냐.

"제가 보기에는, 후작님께서 날라주시지 않을 땐 저게 최선의 이동 방법입니다. 신수들이 똑똑하잖아요."

크리스텔이 내 머리에 율리터의 보물을 살살 씌워주며 말했다. 그렇긴 한데요.

-끼잉!

-끼이!

삼총사 대열의 중앙이 텅 비자 레아와 페리가 불평했다. 둘이서 짊어지기에는 티테가 무거운 듯했다. 나는 레서판다들 위에 누워 눈썹을 씰룩이는 하프물범을 바라보았다. 아스 해변에 풀어주고 세 시간이나 기다렸는데도, 꼬마는 같은 자리에서 유영하며 우리만 보고 있었다. 행여 가족이 나타나지는 않을까 살폈지만 무소식이었다. 결국 해거름에 내가 녀석을 수건으로 둘둘 말아 데려왔다.

"형들 등에 타고 있어도 안 불편해? 괜찮아?"

-아우!

티테가 명랑하게 답했다. 며칠간 지켜본 녀석은 레서판다 흉내 내기를 좋아하고, 걸핏하면 뚝심이를 쫓아다니고, 같은 물 속성인 크리스텔에게 관심이 많았다. 나는 쓰게 웃으며 레아와 페리의 가운데 자리에 데미를 도로 끼워주었다. 너희는 계획이 다 있구나.

"그래, 형이 잘못했다. 넷의 합의를 존중할게."

-꾸르르르

데미는 만족스럽게 울더니, 꼬마들과 열심히 움직여 포털 한복판에 자리를 잡았다. 우리의 촌극을 처음부터 끝까지 관람한 세드리크 태자가 한 줄 평을 남겼다.

"그대의 이동이나 염려하도록."

알았다고. 때마침 크리스텔이 내 정수리에서 손을 뗐다. 한참을 찰랑거리던 머리장식이 드디어 고정됐다. 이마 한가운데로 내려오는 다이아몬드가 차가워 정신이 번쩍 났다. 그녀가 앞머리를 정돈해 주며 웃었다.

"고생한 보람 있다. 예뻐요. 생각보다 훨씬 잘 어울리십니다."

"감사합니다."

내가 진심으로 대답했다. 뒤엠 후작에게서 받은 멀미약이 가방에 한가득하지만, 오늘은 그걸 붙이지 않은 채 포털을 이용해 보기로 했다. 뱅자맹과 가나엘이 나를 따라 포털에 올랐다.

뚝심이는 천장을 빙 돌더니 크리스텔의 어깨에 안착했다. 근위대에 몇 가지 지시를 내린 엘리자베트 경도 뒤늦게 합류했다. 황도에서 세레니테로 추가 파견된 병력이 상당해, 그녀는 아침까지 제법 바빴다.

"그나저나, 율리터는 왜 로메로 폐하를 배신한 걸까요?"

크리스텔이 내 머리장식을 보며 속살거렸다. 나는 눈을 깜빡였다.

"희대의 악녀라고 불리는 사연이 궁금해서 여기저기 뒤져봤는데, 폐하와 율리터가 연인이었다가 한쪽의 배반으로 전쟁이 일어났다는 내용이 전부였습니다. 변절의 이유까진 나오지 않더라고요. 후작님께선 혹시 아십니까?"

"…"

할 말이 없었다. 이건 나도 얼마 전까지 찾아본 주제였다. 하지만 율리터가 왜 로메로를 저버렸는지는 약속이나 한 듯 누구도 서술하지 않았다. 하다못해 그녀가 계획적으로 선황에게 접근한 건지, 아니면 진실로 사랑했다가 마음을 바꾼 건지도 알 수 없었다. 율리터는 신국의 귀족이었으니 크리스텔이 내게 묻는 것도 이해가 갔다. 왕자인 나라면 그녀에 관한 정보를 알지 않을까 싶었겠지.

"저도 잘,"

-파아앗!

그때, 태자의 장갑 끝에서 붉은 마나가 뿜어져 나왔다. 나는 반사적으로 마른침을 삼켰다. 멀미에 대한 공포가 스멀스멀 등을 기어올랐다. 핏줄이 선 손등을 크리스텔이 달래듯 쓸어주었다. 사내의 힘에 반응한 포털 마법식이 금속성의 빛으로 빨갛게 달아오르기 시작했다.

"그걸 알았다면 단교는 없었겠지."

날 선 중저음이 크리스텔과 나의 틈을 갈랐다. 나는 놀라서 태자를 바라보았다. 다 들었냐?

-우우웅…!

이어 포털이 작동되는 소음이 울렸다. 소백작이 '괜찮을 겁니다'

하고 나를 격려했다. 마지막으로 돌아본 세레니테 사람들은 예를 차리고 있었다. 머리장식이 뜨듯해지는 기분이 들 무렵,

-끼이이!

-꾸릇!

데미와 레아, 페리가 대열을 우르르 무너뜨리고 내게 달려왔다. 나 없이 포털을 타기는 아직 무서운 모양이었다. 나는 웃음을 터뜨리며 네 신수를 보듬었다. 손끝이 천천히 바스러졌다.

* * *

-사아아앗…!

눈을 휘둥그레 떴다. 성유물의 힘은 그야말로 성스러웠다.

"…우와."

멀미는커녕 몸이 어딘가로 빨려 들어간다는 느낌도 없었다. 신비롭고 새로운 판타지의 세계였다. 머리장식이 군고구마처럼 따끈따끈했다. 함께 출발한 이들이 곁에 속속 도착하는 걸 보니, 이곳은 황도 서부의 광역 포털이 맞았다. 광대가 절로 솟았다!

"사르네즈 경, 저 진짜 아무렇지도 않았,"

"왕자님!"

익숙한 목소리가 귓가를 파고들었다. 나는 반짝 시선을 돌렸다. 그 순간-

"헉!"

코앞에 커다란 흑갈색 눈동자가 나타났다. 식겁해서 하마터면 엉

덩방아를 찧을 뻔했다. 고운 리본으로 곱슬머리를 장식한 소공녀가, 화난 푸들처럼 나를 보고 서있었다.

"에바?"

"숙녀를 세 시간이나 기다리게 하시다니 실망이에요!"

아이는 고개를 팽 돌리더니, 신수로 가득한 내 품에 종이를 찔러 넣고 옆으로 총총 걸어갔다. 정확히는 가다 말고 흠칫한 뒤 드레스 자락을 잡고 내게 절을 올렸다. 결과적으로 예의는 바른 아이였다. 와중에 티테를 흘기는 것도 잊지 않았다. 그런데 기다렸다고? 여기까지 마중 나온 거야?

"어서 오세요, 전하."

뒤이어 나긋한 음성이 포털을 울렸다. 오랜만에 보는 헤인스 부자였다. 나는 둘을 향해 밝게 미소했다.

"안녕하세요, 요한 경. 잘 지냈어, 헤릿?"

소년이 절하고 머뭇머뭇 다가오기에, 한 팔로 겨우 안아주었다. 에바는 이제 태자와 크리스텔을 비롯한 친구들에게 인사를 건네고 있었다. 다들 반색하는 모습이 흐뭇했다. 요한 경이 소공녀를 보며 대신 설명했다.

"블랑케르 공녀가 전하를 간절히 기다렸어요. 며칠 전에 초대장이 나왔거든요."

"초대장요?"

내가 되물었다. 동시에 레아와 티테 사이에 간신히 끼어있던 카드가 바닥에 툭 떨어졌다. 나는 무의식중에 그것을 읽었다.

'블랑케르 영주성에서 귀하를 초대합니다.

4. 가장 좋아하는 것들

9월 30일, 에바 블랑케르 소공작이 주최하는 가장무도회가 열립니다.'

* * *

"폐하께서, 귀히 여기는 이들을 모아 만찬을 여신다고 합니다."

베르너르 페네티안은 그것이 기회라고 여겼다. 국서의 입꼬리가 싱긋 올라갔다. 그의 시종들 역시 안색을 밝히며 긍정적인 눈길을 교환했다. 크리스타너 국왕이 명징한 이성을 되찾은 지도 어언 3주가 지났다.

그녀는 귀중한 아들이 제국의 볼모가 되었다는 소식에 충격을 받았으나, 그것 때문에 다시 광증을 앓을 만큼 경악하지도 않았다. 왕은 여전히 강인했다. 더불어 자신의 국서를 내치지 않을 정도로 견고한 판단력 또한 갖추고 있었다.

베르너르의 본가인 스네이더르 공작가는 페네티안 신국의 양대 세도가 중 하나였다. 당대 스네이더르 공작은 사교계와 정계에 크나큰 영향력을 행사하는 거물이었고, 크리스타너는 그녀와 줄곧 우호적인 관계를 유지했다.

왕이 국서를 버리지 않는 것은, 혹은 버리지 못하는 것은 공작가와의 끈 때문이었다. 그 사실은 늘 베르너르의 가슴을 들쑤시는 한편 무한한 자신감을 샘솟게 했다. 마치 구멍 난 심장에서 뿜어져 나오는 혈액처럼.

"새 예복을 가져오거라. 구두와 보석도 전부 본 적 없는 물건이어야 할 것이야. 완벽한 자태가 나오지 않으면 경을 칠 것이다."

"분부 받잡겠습니다, 전하."

국서의 하늘 같은 명령에 시종들이 재깍 허리를 굽혔다. 지체 높은 귀족 집안에서 곱게 자란 이들도 베르너르의 앞에 서면 모두 똑같은 '아랫것'이었다. 왕의 자식으로 인정받은 예시 왕자조차 그에게는 천것이었으니, 시종들로선 가혹한 대우를 받아도 할 말이 없었다.

그리하여 국왕의 만찬 소식이 알려진 아침부터 저녁나절까지 국서의 처소는 숨 쉴 틈 없이 돌아갔다. 약간의 빈틈, 착오, 허점도 용납되지 않았다. 베르너르는 완전무흠에 광적으로 집착하는 남자였다.

"전하, 일전에 이르셨던 인물들의 명부가 준비되었다고 합니다. 바로 올리도록 할까요?"

미용사가 국서의 결 좋은 머리칼을 다듬고 있을 즈음, 시종 총괄이 소리 없이 나타나 물었다. 그의 말투는 몹시 차분했다. 마치 파티나 무도회 참석자 명단을 정리했다는 양 예사롭게 들렸다.

그러나 시종 총괄과 국서 모두, 그곳에 쓰인 이름들이 가볍지 않음을 알았다. 이는 어쩌면 대륙에서 가장 비밀스럽고 무거운 종잇장일 터였다. 각진 거울에 비친 초콜릿색 눈동자가 날렵해졌다. 국서의 입술 사이로 자애로운 목소리가 흘러나왔다.

"후일 보도록 하지. 경사스러운 날에 도모할 일은 아니야."

"알겠습니다."

그의 변덕은 일상이었다. 시종 총괄이 눈 하나 깜짝하지 않고 명을 받들었다. 국서가 왕자를 내일 해치고자 한다면 그렇게 될 것이고, 1년 뒤에 죽이고자 한다면 또 그리하면 되는 일이었다.

"언제 봐도 숱이 많고 색채가 고우십니다. 신국에서 제일가는 모발입니다."

"고맙군."

왕족의 비위를 맞춘 미용사가, 연보랏빛 머리카락에 사향을 바르고 정성스레 빗질했다. 그사이 시종들이 여러 패물 후보를 받쳐 들고 방으로 들어왔다. 그들은 행여 상전과 눈이 마주칠까 바닥의 양탄자만을 보고 서있었다. 베르너르는 무심한 시선으로 상자 속의 보물을 훑었다.

"금일은 폐하께서 내리신 예물을 착용하겠다."

그러고는 손바닥 뒤집듯 말을 바꾸었다. 갑작스러운 명에도 놀라는 자는 없었다. 시종들이 고개를 숙이고는 예물을 찾기 위해 바삐 사라졌다. 베르너르는 왼손 약지에 낀 결혼반지를 쓰다듬었다.

크리스타너의 약혼자였던 시기, 그리고 신혼 무렵까지도 부부의 사이는 모범적이었다. 국왕은 그에게 정중히 먼저 말을 걸었고 필요한 것은 무엇이든 해주고자 했다. 종종 선을 긋는 듯한 경향을 보였지만, 정략혼임을 고려하면 이상하진 않았다.

베르너르는 오히려 그를 몹시 좋은 신호로 여겼다. 누구도 자신을 있는 그대로 받아들여 주지 않던 공작가에서의 삶에 비하면 모든 게 만족스러웠다. 조심스러운 왕의 태도는 배려심의 표상 같았고, 왕성에선 그를 고귀한 왕족으로 떠받들었다. 스네이더르 가문의 둘째로 살던 시절과는 판이했다.

"시종 총괄님, 팔찌 한 쪽이 보이지 않습니다. 아마 전하께서 벽난로에…"

"쉿. 그렇다면 팔찌는 들일 것 없다. 있는 물건으로만 채비하거라."

"…"

그의 누님에게는 타고난 권위가 있었다. 소공작이 되기 전부터 부모님의 신임을 한 몸에 받았고, 왕도王都에서도 호평이 자자했다. 그녀의 실수는 매력이 되었으며 결함은 인간미로 칭송받았다.

특유의 배포 덕분에 쉽게 동료를 얻었고 어딜 가든 매혹되는 이도 많았다. 동생인 베르너르는 그녀의 그림자에 철저히 가려 살았다. 누님과 달리, 그의 실책은 죄였고 단점은 허물이었다. 냉철하고 무결하지 않으면 100의 노력을 해도 50밖에 평가받지 못했다. 칭찬이 드물었으며 주목받은 기억도 손에 꼽았다.

그래서 국서의 자리가 마음에 들었다. 크리스타너가 자신에게 충분한 애정과 관심을 줄 것이라 기대했다. 그녀는 다망한 군주였지만 예의를 알았고, 결코 그를 비판하거나 고치려 들지 않았으니까. 엘리서에게 좋은 부모가 되고자 함께 노력한 시간은 분명 행복했으니까.

'미카엘. 미카엘이라…'

그러나 깨달음은 불시에 찾아왔다. 그녀가 낯선 사내의 이름을 속삭이며, 침실에서 홀로 화사하게 웃는 것을 엿본 순간이었다. 무언가를 회상하는 국왕의 눈빛이 떨리고 있었다. 그때 베르너르는 갈비뼈를 도려내는 고통을 느꼈다.

그간 자신에게 닿은 것은 사랑이 아니었다. 진심조차 아닌 인사치레와 의무만이 그와 크리스타너 사이를 잇고 있었다. 그녀는 자신을 있는 그대로 받아들인 것이 아니라, 그저 배우자에게 무관심했을 뿐이었다. 끔찍했다. 현실은 순식간에 악몽으로 변했다.

"전하. 차비가 끝났습니다."

베르너가 상념에서 깨어났다. 거울 속 그는 어느새 신국에서 가장 아름다운 남자가 되어있었다. 초봄까지만 하더라도 그러한 칭송은 왕실의 천한 사생아에게 주어졌다. 허나 이제 신국에는 눈엣가시 같은 사제도, 그의 추잡한 핏덩이도 없었다. 베르너는 다시 정당한 찬미를 받으며 살아갈 계획이었다. 그가 눈꼬리를 휘며 걸음을 뗐다.

"만찬장으로 가지."

"뫼시겠습니다."

시종 총괄이 공손히 답했다. 국서의 길고 호사스러운 행렬이 왕성 복도를 가로질렀다. 길을 지나던 모두가 그를 향해 몸을 낮추었다. 베르너는 아주 오랜만에 혼인 초기의 설렘을 느꼈다. 예물로 받았던 온갖 보물이 그의 전신에서 반짝거렸다.

비록 지난 3주간 크리스타너가 먼저 자신을 찾은 일은 없었으나, 오늘이 그 시작이라고 생각하면 나쁘지 않았다. 왕과 국서의 인연을 가로막을 것은 일절 없었다. 하나는 자신이 영원히 치워버렸으며, 다른 하나도 언젠가 아비를 따를 예정이었으므로.

"왕세녀와 2왕녀는 미리 가있느냐?"

"예, 그리 전해 들었습니다."

시종이 말했다. 엘리서와 코르넬리서는 건강하고 흠결 없는 적통이었다. 특히 성장기인 코르넬리서가 더는 천출 왕자의 영향을 받지 않게 된 것이 베르너르는 무척 기꺼웠다. 만찬장에 가까워질수록 그의 발길이 가벼워졌다. 입구를 지키던 기사와 시종들이 국서의 행차에 대경해 머리를 조아렸다.

"전하. 어찌 이곳까지 먼 걸음을…"

"폐하께서 가장 좋아하는 것들로 식탁을 꾸미신다지. 부름을 받아 왔으니 고하거라."

"예?"

당황한 시종은 고개를 번쩍 들었다가, 상대가 누구인지를 깨닫고 황급히 목을 수그렸다. 기사들이 불안한 눈길을 주고받았다.

"기다리게 할 셈이냐?"

"아, 아닙니다. 어찌 감히…"

시종이 하얗게 질린 얼굴로 말끝을 흐렸다. 그녀는 국서의 차림새와 형형한 눈빛의 시종들을 일별한 후, 이를 악물고 만찬장 문을 두드렸다. 똑똑. 소리는 차갑고 짧았다.

"폐하. 국서 전하께서 드십니다."

-달칵!

그리고 문이 열렸다. 베르너르는 눈부신 미소를 지으며 문틈으로 보이는 반려와 시선을 마주했다. 왕관 아래 황금빛 곱슬머리를 우아하게 틀어 올린 모습은, 예전 그대로였다. 낯익은 살구색 눈동자에 총기가 돌고 있었다. 그녀의 양옆엔 두 딸이 앉아있었다. 국서가 군더더기 없는 몸가짐으로 예를 차렸다.

"고결하신 폐하. 만찬을 함께하고자,"

4. 가장 좋아하는 것들

"물러가시오."

베르너르의 몸이 우뚝 굳었다. 얼음장 같은 목소리였다. 생판 남에게도, 거리의 백정에게도 그렇게 말하지는 않을 듯했다. 남자의 눈매가 파들파들 떨렸다. 왕이 말을 이었다.

"그대를 부른 적 없소."

"…"

숨이 막혔다.

"외풍이 드는군."

문을 닫으라는 의미였다. 왕의 시종은 즉시 어명을 수행했다.

-끼이익…

눈앞에서, 따뜻한 환상이 불티처럼 스러졌다. 마지막으로 본 것은 식탁의 한편을 장식한 꽃이었다. 마도구 유리 덮개를 씌워 겨우 보존해 낸, 아주 오래된 보라색 튤립 한 송이. '미카엘'이 그녀에게 남긴 선물.

-달칵

문고리의 소음과 동시에 국서가 허리를 세웠다. 시종들은 가까스로 침음을 삼켰다. 이제 그는 눈에 거슬리는 누구라도 붙잡고 손을 올리거나, 물건을 던지거나 폭언을 행사할 수 있었다. 대열의 끝에 선 어린 시종이 공포에 사로잡혀 후들거렸다.

폭풍전야 같은 침묵이 통로를 휩쓸고 지나갔다. 누구도 나서서 윗전에게 말을 붙이려 하지 않았다. 10여 분의 시간이 흐르고 나서야 베르너르가 입을 뗐다.

"…명부가 나왔다고 했지."

"예."

시종 총괄이 곧장 대답했다. 그는 30년 이상 베르너를 보필한 자로서, 그가 아무런 맥락 없이 꺼내는 질문과 명령에 무척이나 익숙했다. 지금 국서가 뜻하는 '명부'는 하나뿐이었다. 수십, 수백 년 간 신국이 제국에 심어둔 세작들의 정보. 리에스테르 대귀족과 평민의 이름이 고루 적힌 문서.

"당장 볼 것이다."

"예."

노인이 빠르게 눈짓했다. 국서의 행렬이 다시금 처소 쪽으로 방향을 잡았다. 베르너는 천천히 주먹을 펴며 발길을 돌렸다. 깨문 입술이 심하게 터지고, 손바닥에서는 기어코 피가 흘렀다. 엘리서의 창을 막으며 생긴 상흔은 치유 신관의 힘으로도 쉬이 아물지 않았다.

겨우 새살이 돋은 자리에 새로운 상처가 났으나 그는 개의치 않았다. 이까짓 생채기보다 더욱 아픈 건, 의지하는 상대에게 버림받는 일이었다. 가깝게 여기던 이에게 당하는 배신이야말로 가장 괴롭고 쓰라리며 지독한 법이었다. 살인은 살수만 하는 것이 아니었다.

-뚜벅, 뚜벅, 뚜벅…

그러니 왕자도 같은 꼴을 당하게 해줄 것이다. 아니, 몇 배는 더 고통스럽게 죽이고야 말 것이다. 자신을 이토록 치욕스럽게 한 더러운 핏줄을, 반드시 끊어놓고야 말 것이다.

＊ ＊ ＊

-또각, 또각, 또각

"이어서 하나, 둘, 셋! 아니요, 셋에서 도는 겁니다. 둘의 반이 아니에요!"

에바의 목소리가 널따란 홀을 쨍쨍 울렸다. 신나는 선율을 연주하던 음악가들이 반주를 뚝 멈췄다. 우리가 세레니테를 떠나 황도에 돌아온 지도 벌써 2주 가까이 지났다. 황궁 이곳저곳이 가을옷을 입기 시작했고, 다들 열심히 먹고사느라 바빴다.

틈틈이 놀기도 했지만. 나는 잠깐의 휴식을 얻어 테이블에 앉아 있었다. 우리는 에바의 사교계 데뷔식인 가장무도회를 앞두고 맹훈련에 돌입한 상태였다. 멀리서 소공녀에게 일대일 교습을 받던 크리스텔이 곤란한 낯빛을 했다.

이어 '제가 노래는 잘하는데 춤은 좀…' 하고 엄청난 자기평가를 내놓았다. 그녀의 가창력을 익히 알고 있는 요한 경이 맞은편에서 소리 내어 웃었다. 나는 서둘러 입술에 검지를 갖다 댔다.

"사르네즈 경은 모릅니다."

"네, 그게 사르네즈 경의 위대한 점이죠. 성기사의 체능이 있는데 춤을 못 추는 것도 놀랍고요."

민트색 눈동자가 짓궂게 호선을 그렸다. 요한 경은 어째, 황제의 사람이 된 이후로 점점 능청스러워지는 것 같았다. 아니면 원래 이런 성격인데 그동안 숨겼던 건가?

"전하께서는 제국의 무용을 많이 익히셨나요?"

"알망드는 다 외웠습니다. 진짜입니다."

그가 의심스레 고개를 기울이기에 나는 부러 말을 덧붙였다. 레아 위에 페리가 올라타고, 페리 위에 데미가 기어올라서 밤마다 내 댄스 파트너를 해주는데 당연히 외워야 하지 않겠는가. 심지어 뚝심이는 어디서 하늘하늘한 천을 물어와 면전에 대고 팔랑거렸다. 아마 그 부분을 가상의 얼굴로 생각하라는 의미 같았다. 솔직히 좀 무서웠다…

"둘, 셋, 따단! 잘하셨습니다!"

"웬일이야. 저 소질 있나 봐요."

열한 번 만에 스텝에 성공한 크리스텔이 자신의 재능에 감탄했다. 뱅자맹과 가나엘이 심각하게 수군댔다. 나는 웃음을 참으며 잽싸게 수첩에 얼굴을 묻었다. 세레니테에서 돌아온 뒤로 머릿속도 마음속도 정리할 게 많았다.

오늘은 그중에서 제일 고민이 깊었던 부분을 되짚어 보는 날이었다. 페이지를 쉬지 않고 거꾸로 넘겼다. 어느덧 반년이 지나 빛바랜 부분이 시야에 들어왔다.

-나의 목표

주인공들과 엮이지 말고, 종전까지 살아남아 건강하게 귀가하자!

"…"

전반부는 아무래도 수정해야 할 것 같지. 내가 쓰게 웃었다.

5. 짝꿍의 짝꿍

주인공들과 엮이지 않겠다고 결심했지만, 나는 언젠가부터 두 사람과 꾸준히 어울리고 있었다. 초반에야 나도 모르게 휘말리는 경우가 있었으나 최근엔 나 역시 적극적이었다. 그걸 부정할 생각은 없었다. 더는 '은서가 좋아하는 인물들이기 때문'이라고 회피할 마음도 없고.

"춤 연습이 끝나면 무엇을 하시나요?"

건너편의 요한 경이 부드럽게 물었다. 어느새 크리스텔과 에바는 다음 동작으로 넘어간 상태였다. 네 개의 발소리에 맞춰 음악가들이 느린 춤곡을 연주하기 시작했다. 나는 따뜻한 아카시아 꽃차를 양손으로 감싸며 대답했다.

-♪ ♩ ♬…

"티테의 연못이 완성됐다고 해서 가보려고 합니다."

"즐겁겠네요."

민트색 눈동자가 기대감으로 살랑였다. 같이 움직이겠다는 의미였다. 나는 미소로 말을 맺고 수첩을 내려다보았다. 떠올리지 못하는 부분도 상당하겠지만, 내가 빙의 첫날부터 틈틈이 써둔 '퇴계공' 관련 정보는 적지 않았다.

그중엔 '태자 별명 세레기' 같은 단편적인 지식도 있었고 '무도회 첫 키스'처럼 추상적인 말도 있었다. 1일 1무도회가 가능한 제국에서, 두 남녀가 언제 입을 맞출지 내가 어떻게 예측한단 말인가. 다만 은서가 들려준 이야기의 앞뒤를 짜 맞추면 짐작이 가는 부분도 제법 있었다. 예컨대…

-연꽃 축제
-마상 창 시합
-매사냥 대회

긴 줄로 죽죽 그인 항목들이 눈에 들어왔다. 뱅자맹이 구해다 준 하반기 리에스테르 주요 일정과 내 기억을 대조해 가며 건진 것들이었다. 세 이벤트 모두, 원작에 등장했으나 크리스텔과 세드리크 태자는 관심조차 보이지 않은 행사였다.

연꽃 축제가 한창이던 시기에 우리는 엘리서를 만났고 에이츠 마을 주변을 헤맸다. 마상 창 시합은 알고 보니 6월 초에 열렸는데, 당시 나는 태자와 블랑케르 소공작의 결투를 관람했다. 매사냥 대회는 내주 주말에 개최되지만 주인공 중 누구도 흥미를 갖지 않았다.

'사르네즈 경, 다음 주에 매사냥 어떠십니까? 태자님도 함께요.'

'다 같이 가면 즐겁겠지만… 어렵지 않을까요? 왕자님과 저는 막바지 춤 연습을 해야 하잖아요.'

혹시나 싶어 크리스텔을 떠봤으나, 그녀는 구구절절 맞는 말로 응수했다. 태자도 시큰둥하긴 마찬가지였다.

'태자님, 매사냥은 안 가십니까?'

'이제 매까지 키우고 싶다는 건가?'

'뭐? 그게 아니고요.'

'-삐삐삐!'

태자의 말도 안 되는 대꾸를 듣고 뚝심이가 화를 내는 바람에, 대화는 흐지부지 끝났다. 굴뚝새는 내가 다른 조류에게 관심 갖는 꼴을 절대 보지 못했다. 나 주인 아니라며…

-끼이!

"그래, 알았어."

나는 의자 다리를 기어오르는 데미를 허벅지에 앉혀주었다. 나머지 레서판다들은 뱅자맹의 바짓단을 물고 늘어졌다. 마지막으로 본 뚝심이와 티테는 침실 소파에서 자고 있었다. 데미의 꼬리를 문지르고 있으니 어지럽던 생각이 차츰 가라앉았다.

"음."

그러니까 결론은, 퇴계공이 원작대로 흘러가고 있지 않다는 것이었다. 유감이지만 조금만 생각해 봐도 어쩔 수 없는 일이었다. 엘리서가 제국에 온 건 성기사 서임 심사를 위해서였는데, 원작의 주인공들은 애초에 성기사가 아니었다.

태자 녀석이 로베르 블랑케르에게 장갑을 던진 까닭도 내가 모욕을 당해서였다. 본래라면 그가 연적인 예서 왕자를 생각해 나서는 일은 없었을 터였다. 다들 매사냥에 무심한 이유 또한, 이튿날 블랑케르 공작령으로 떠나는 스케줄이 있기 때문이고.

"그래도…"

내가 혼잣말하며 '로판'이라는 글자 주변에 동그라미를 그렸다. 그래도 로판의 큰 틀은 아직 굳건한 듯했다. 크리스텔과 태자가 시나브로 친해지고 있는 데다, 둘은 이번 가장무도회에도 파트너로 참석할 가능성이 높았으니까.

"요한 경."

"네, 전하."

"태자님과 사르네즈 경 말입니다. 전보다 많이 가까워지신 것 같죠? 선생님 입장에서 보시기에요."

"…처음과 비교하면요."

내 물음에 그가 느릿느릿 답을 내놓았다. 거봐, 나만 그렇게 생각하는 게 아니지? 나는 싱긋하며 수첩의 앞 페이지를 살폈다. 또박또박 써 내려간 문장이 보였다.

-나의 목표

주인공들과 엮이지 말고, 종전까지 살아남아 건강하게 귀가하자! …이대로 흐름이 계속 바뀌어서, 작중에서 벌어졌던 전쟁까지 없던 일이 되면 좋겠다. 하지만 그렇게 중대한 이벤트를 작가가 쉬이 포기할 것 같진 않았다. 그간 주인공들 근처에 내가 모르는 복선

이나 떡밥이 착실히 뿌려졌을지도 몰랐다. 그리고 교전이 반드시 일어나리라 가정하면,

  -끼웅

"어, 계속할게."

내 손이 멈추자 데미가 불만스레 울었다. 나는 서둘러 녀석의 등을 쓰다듬었다. 에바와 빙글빙글 돌던 크리스텔이 나를 보고 활짝 웃었다. 한낮에 별이 뜬 것 같았다.

"…"

솔직히, 전쟁이 발발하면 그녀와 태자의 곁을 떠나고 싶지 않았다. 둘은 제국 출신의 유이한 성기사이니 높은 확률로 참전하게 될 텐데, 나는 그들의 정식 파트너이자 친구였다.

내가 없으면 두 사람은 다른 신관에게 에테르를 받아야 했다. 무엇보다 친구들만 전장에 보내놓고 나 혼자 안전한 곳에 있을 수는 없었다. 몸이야 편할지 몰라도 마음은 지옥처럼 힘들 게 분명했다.

"사르네즈 경, 제 허리를 잡아보십시오. 이렇게 말고요!"

크리스텔에게 잡혀 반짝 들어 올려진 에바가 웃으며 외쳤다. 주인공은 장난기 어린 눈동자로 소공녀를 간질이기 시작했다. 곧 높은 목소리가 무도장을 울렸.

"다음 주면 두 분 모두 진짜 성기사가 되시겠군요."

요한 경이 홍차에 입술을 묻으며 말했다. 고개를 돌리자 그와 눈길이 마주쳤다. 엘리서가 황궁을 떠난 지 무려 두 달이 지나서야, 교황청은 제국에 특사를 파견했다.

크리스텔과 태자의 성기사 서임을 승인하는 교령敎令을 전달하기

위해서였다. 오는 화요일엔 부티에 추기경이 성의聖意를 받들어, 황제와 대귀족이 보는 앞에서 직접 두 남녀를 축복하고 서임할 예정이었다.

"네, 이렇게 오래 걸릴 줄 몰랐습니다."

"2개월이면 보통이죠. 저는 대주교 승급 심사를 통과하는 데 7개월이 걸렸어요."

비공식 추기경이 바람 빠지는 소리로 답했다. 아마 그의 출신 성분 때문이었을 것이다. 내 표정을 본 요한 경은 난감하다는 듯 눈썹을 늘어뜨렸다.

"웃자고 드린 말씀이었어요."

"죄송합니다."

"아뇨, 꼭 화가 나신 듯해서요. 저를 가벼이 동정하지 않으시는 건 알아요."

그가 '무서운 교황님처럼 보였거든요' 하고 덧붙였다. 실없는 농담에 나는 결국 작게 웃음을 터뜨렸다. 심사 이야기를 하니 자연스레 엘리서가 떠올랐다. 그녀와 코르넬리서가 왕자와 무사히 재회했으면 좋겠는데, 그건 또 어떻게 해결해야 할지 고민이었다. 깃펜을 들고 손이 가는 대로 글씨를 끼적였다.

―나의 (새로운) 목표
· 친구들이 다치지 않게 노력하기
· 신국 삼 남매가 다시 만날 수 있도록 건강히 지내기
· 주인공들 옆에서 정보를 얻어 집에 돌아가기

…이게 말이 되냐? 엄청난 모순에 인상이 절로 찡그려졌다. 전쟁이 터지면 주인공들과 함께할 생각이지만, 삼 남매가 상봉할 수도 있어야 한다고? 양국 간에 그 정도 마찰이 생기면 그냥 평생 못 보는 거 아닌가? 게다가 전쟁터에서 까딱 잘못해 죽기라도 하면, 귀가 계획은 어떻게 되는 건데?

-끼으

그때, 수첩을 들여다보던 데미가 벌떡 일어났다. 레서판다의 까만 눈알이 비장하게 빛났다. 왜 그래?

-끼이, 끼이, 끼이이!

"…"

-꾸르르르, 꾸릇!

"…"

-끼응! 꾸!

뭐라고 열심히 의견을 피력하는 거 같은데, 내가 신수의 언어엔 무지해서 전혀 알아들을 수 없었다. 녀석이 답답한지 앞발을 뻗쩍 들었다 내리기를 반복했다. 입도 동그랗게 벌렸다가 닫았다가 했다. 나는 미간을 찌푸렸다.

"싸우자고?"

-낑…

그러자 데미가 힘없이 널브러졌다. 이어서 내 배를 살살 누르며 달래는 시늉을 했다. 혀도 쏙 내민 것이 몹시 사랑스러웠다. 나는 녀석이 떨어지지 않도록 몸통을 잡아주며 물었다.

"싸우지 말고 화해해?"

-끼잉!

데미가 '바로 그거야!' 하는 표정으로 앞구르기를 했다. 나는 파안하며 녀석을 끌어안았다. 싸우지 말고 화해라… 눈이 번쩍 뜨였다.

"전쟁하지 말라고? 설마 전쟁을 막으라는 거야?"

-끼

내가 빠르게 속삭이자, 신수는 당연하다는 듯 짧게 울었다. 어처구니가 없어서 헛웃음이 나왔다. 그게 그렇게 쉬웠다면 나도 처음부터 그쪽을 공략했을 것이다. 하지만 나는 결정권을 지닌 실력자가 아니라 적국의 볼모였고, 내 말은 씨알도 먹히지 않을…

"아닌가?"

입속말이 툭 흘러나왔다. 분명 빙의 초기라면 그런 해석이 맞았다. 그렇지만 나는 지난 반년간 황제의 호감을 샀고, 추기경의 유일한 제자가 됐다. 황태자의 벗이자 짝이기도 했다. 사르네즈 공작가를 비롯한 제국의 4대 귀족 가문과 두루 친분도 쌓았다. 어라?

"이게… 이게 되나."

내가 데미를 토닥거리며 중얼댔다. 일단 프레데리크 황제는 반전주의 성향으로 유명했다. 요한 경과 헤릿을 구한 일도 모두의 도움을 받아 해냈으니, 어쩌면 다시 한번 많은 이의 협조로 끔찍한 동란을 막을 수 있을지 몰랐다. 물론 두 명을 살리는 것과 수백만 명을 살리는 건 무척 다르고, 그만한 이벤트를 저지하는 건 불가능에 가까울 듯싶지만… 으음.

"될 거예요."

요한 경이 단호하게 말했다. 나는 놀라서 맞은편으로 시선을 돌렸다. 그의 눈꼬리가 확신을 담아 휘고 있었다.

"무엇을 생각하시는지 모르겠지만, 전하의 뜻대로 될 테니 걱정 마세요."

그런 말도 이어졌다. 마침 무도장 입구에서 새로운 간식을 받아 온 가나엘이, 우리 앞에 무스 오 시트롱을 놓아주며 밝게 웃었다.

"맞아요. 왕자님이 바라시는 대로 잘 풀릴 겁니다. 저도 뭔지는 모르지만요."

"고마워."

"많이 드시고 힘내세요!"

소년이 두 주먹을 불끈 쥐었다. 멀리서 나와 눈길이 닿은 에바가 입술을 비죽였다. 내 휴식이 길어진다고 생각하는 눈치였다. 나는 쓰게 웃으며 디저트 컵을 들어 보였다. 이거 세 개만 먹고 후딱 가겠습니다.

* * *

"저희는 여기서 대기하겠습니다."

뱅자맹, 가나엘, 요한 경이 황실 서고 앞에 나란히 섰다. 크리스텔과 에바는 쥘리에트 궁 무도장에 남아 추가 연습을 하기로 했다. 나도 마냥 여유 부릴 처지는 아니지만, 서고에서 확인하고 싶은 게 있어 시간을 냈다.

'그럼 다녀오겠습니다' 하고 물러나니 황제궁 시종이 익숙한 몸짓으로 문을 열어주었다. 이내 거대한 도서관이 눈앞에 모습을 드러냈다. 올 때마다 영화 속 한 장면 같은 느낌을 주는 곳이었다.

"세작, 세작, 세작…"

망설임 없이 책 냄새 속으로 성큼성큼 걸어 들어갔다. 벽면을 가득 채운 유리창으로 완연한 가을 햇살이 쏟아지고 있었다. 평범한 대학 도서관이었다면 나도 광합성을 하며 짧은 낮잠을 즐겼겠지만, 지금은 한껏 심각해질 수밖에 없었다. 나는 흑단 책장에 줄지어 꽂힌 책등을 꼼꼼히 훑었다. 바로 지난주에도 이 근처에서 로메로 선황에 관한 기록을 찾은 바가 있었다. 여기 어디쯤…

"왜 저기로 가있냐."

내가 목을 쭉 빼며 중얼거렸다. 《로메로: 처형의 기록》. 셀린 선황 치세에 발간된 역사서였다. 접때는 눈높이에 꽂혀있었는데 오늘은 위치가 까마득했다. 섬뜩한 제목을 보니 조안의 경고가 다시금 귓가를 맴돌았다.

'우리한테 죄를 덮어씌운 집안은 지금도 떵떵거리며 잘 살고 있을 테니까. 여태 신국의 첩자 노릇을 하고 있을지 누가 알아?'

나는 입을 꾹 다물었다. 그녀의 말을 전적으로 신뢰하는 건 아니었다. 다만 조안의 증조부인 아스 남작이 끝까지 결백을 주장하고도 선황의 손에 살해당했다는 게 이상했다. 제국엔 수많은 신관이 있었고, 로메로는 언제든 고해 성사로써 남작의 말이 진실인지를 확인할 수 있었다. 《로메로: 처형의 기록》은 그가 재판에 신관을 동원하지 않은 이유를 이렇게 설명했다.

'가장 사랑하던 신관에게 배신을 당한 뒤로, 선황은 어떠한 주신의 종도 믿지 못하게 되었다. 그는 평생 종교적 반려를 두지 않았으

며 승하하는 순간까지 자기 자신만을 신앙했다.'

아주 지독한 실연이었다. 로메로의 열병 때문에 전쟁 시대가 시작됐으니 말 다 했다. 하지만 그가 남긴 문헌들은 어쩌면 실마리가 될지 몰랐다. 나는 까치발을 들고 손을 뻗었다. 저걸 다시 제대로 읽어봐야 하는데.

"젠장. 너무 높-"

-탁!

커다란 손이 여유롭게 책을 빼냈다. 나는 눈을 휘둥그레 뜨며 옆을 돌아보았다.

"의외의 선택이군."

"억!"

선명한 주황색 눈동자가 나를 응시했다. 식겁해서 간 떨어지는 줄 알았다. 너는 인기척 좀 내고 다녀라!

"증조부의 손에 죽은 자들이 궁금한가?"

태자가 살벌한 소리를 지껄였다. 나는 책장을 붙들고 심호흡했다. 저번에 여기서 크리스텔을 만났을 때도 그렇고, 역시 도서관을 낭만적인 장소로 포장하는 인간들은 반성할 필요가 있었다…

* * *

나는 간신히 표정을 수습했다. 황실 서고에 드나들 수 있는 이는 극소수고, 주위에 아무도 없다는 걸 알지만 도서관은 도서관이었다. 자연스레 목소리가 작아졌다.

"성기사는 기적을 지우는 취미라도 있는 겁니까?"

"대답."

황태자가 딴소리를 했다. 무슨 말에 답하라는 건지 알 수 없었는데, 그의 손에 들린 《로메로: 처형의 기록》을 보고 나서야 질문이 떠올랐다. 증조부에게 죽은 자들이 궁금하냐고 했었지.

"정확히는 그 반대입니다."

내가 속삭였다. 높다란 책장과 책장 사이, 빛이 드문 틈에서 주황색 눈동자가 가늘어졌다. 책을 달라는 의미로 손을 뻗었더니 태자 놈이 팔을 들어 거리를 벌렸다. 키 커서 좋겠다, 치사한 자식아.

"…선황 폐하께 죽임을 당하지 않고 생존한 세작이 있는지 궁금한 겁니다."

"이유는?"

나는 잠시 문장을 골랐다. 신국의 왕자가 말하기에 위험한 주제라는 걸 알았지만, 잘못하면 오해를 살 수도 있는 발언이지만 처음부터 그에게 숨길 생각은 없었다. 세드리크 태자뿐 아니라 크리스텔에게도 기회가 되면 알리고 싶은 이야기였다. 전쟁을 막든 막지 못하든, 이런 이슈를 주인공들이 미리 인지해서 나쁠 건 없으니까.

"조안 드 아스를 기억하십니까? 세레니테에서 만났던 죄수요."

"그대가 착취하고 있는 화가 말이군."

"착취는 무슨,"

거기까지 말하고 나서야 그가 농담을 했음을 깨달았다. 나는 피식하며 말을 이었다.

"조안은 자신의 증조부가 첩자 누명을 쓰고 죽었다고 믿습니다.

하도 억울해하기에 자료를 찾아보니, 실제로 로메로 선황께선 세작 혐의를 받은 자들을 고해 성사 없이 처형하셨다고 하더군요. 승하하실 때까지 줄곧 말입니다."

"아스 가문을 구명할 계획인가?"

"그건 제 능력 밖의 일입니다. 결백의 증거도 없다고 하니까요."

내가 차분하게 말했다. 태자가 고개를 살짝 기울였다.

"하지만 조안의 진술이 사실이라면, 그때 선황의 손아귀에서 벗어난 세작 가문이 있다는 말이 됩니다. 어쩌면 지금까지 활동 중일지도 모르고요."

"…"

그는 대꾸가 없었다. 그렇다고 놀라거나 당혹한 것 같지도 않았다. 그저 평소와 같은 무표정으로 어스름 속에서 나를 내려다볼 뿐이었다. 시선이 오가는 채로 침묵이 흘렀다. 초조함을 느낀 내가 먼저 입을 열었다.

"책 몇 권으로 밀정을 찾아내리라 기대하진 않지만, 당시 상황을 알면 사소한 실마리라도 잡을 수 있을지 모릅니다. 궁극적으로 프레데리크 폐하께도 보탬이 되지 않겠습니까?"

태자가 낮게 코웃음 쳤다. 야, 형은 지금 전쟁 얘기하는 거야.

"그런 자들이 자칫하면 갈등이나 사변의 빌미가 되기도 하니까요. 미리 싹을 잘라낼 수 있다면 좋겠죠."

"갸륵한 충심이지만."

사내가 답했다. 어째 기분이 좋아 보였다. 그는 책을 내게 떠밀듯이 건네고는 한 걸음 물러났다. 잠깐, 방금… 좀 비틀거리지 않았나?

"폐하께서 간자의 존재를 모르시리라 여기는 게 놀랍군."

뭐?

"폐하의 수족은 지금 이 순간에도 신국에서 활동하고 있어."

"…"

부연은 없었다. 하지만 그의 말뜻은 명백했다. 제국의 첩자가 신국에서 암약하는 게 당연하듯이, 신국의 첩자가 제국을 염탐하는 것도 황실은 이미 알고 있다는 의미였다. 나는 예상치 못한 전개에 입을 벙긋거렸다.

"그럼 신국의 밀정이 누구인지도 아시는,"

"〈무간도〉 같다."

"아!"

나는 다시 한번 질겁했다. 뒤에서 갑자기 튀어나온 목소리 탓에 심장이 벌렁거렸다. 눈을 감고 책장에 기대 숨을 몰아쉬고 있으니, 몹시 미안해하는 음성이 들렸다.

"어떡해. 죄송합니다, 왕자님. 놀라게 해드리려던 건 아니었어요."

나는 눈꺼풀을 들어올렸다. 청회색 눈동자가 어둑한 곳에서도 빛을 끌어모아 반짝이고 있었다. 이쯤 되면 도서관이 아니라 귀신의 집이다, 귀신의 집.

"춤 연습이 끝나서 왕자님을 찾아왔는데, 진지한 말씀을 나누시는 듯해 끼어들 틈을 못 잡았습니다."

"괜찮습니다."

나는 미소하며 손사래 쳤다. 헤맨 것치고는 훌륭한 타이밍에 치고 들어왔지만, 어쨌든 퇴계공의 주인공이자 사르네즈 공작가 사람인 그녀도 알아두면 좋을 이야기였다. 크리스텔은 내 낯빛을 거듭 확인하더니 태자에게 예를 차렸다. 사내는 대놓고 짜증스러운 기색이었다. 이놈 이렇게 표정 관리 못 해서 나중에 황제는 어떻게 하지.

"…태자 전하, 몸이 편찮으십니까?"

"경이 알 바 아니야."

크리스텔의 물음에 태자가 날카롭게 반응했다. 나는 재깍 그녀를 돌아보았다. 아까 그게 내 착각이 아니었어?

"태자님이 어디 안 좋으십니까?"

"에테르 흐름이 이상합니다. 식은땀을 흘리시고요. 왕자님께는 잘 안 보일지도 모르겠습니다."

그녀가 심각하게 말했다. 나는 즉시 성소를 전개했다.

-파아앗…!

금빛 서클이 바닥을 밝혔다. 책장 사이사이와 책등 틈틈이 황금색으로 물들고, 태자의 창백한 뺨과 젖은 이마가 보였다. 경악할 수밖에 없었다.

"에테르가 부족하십니까? 왜 진작 말하지 않으시고,"

"그런 게 아냐."

그가 내 말허리를 잘랐다. 나는 일단 에테르를 풀어냈다. 태자는 다소 머뭇거리는 것 같았지만 다행히 내가 주는 힘을 거부하지 않았다. 다만 그의 말대로 에테르 부족이 원인은 아니었는지, 갈급하게 들이키는 일도 없었다. 그냥 몸살인가? …그런데 로판 남주도 몸살에 걸려?

* * *

태의를 부르겠다고 했지만 태자는 한사코 거부했다. 그럼 대모님을 모셔 오겠다고 하니 눈매에 더욱 날을 세웠다. 우리는 결국 그를 서고 중앙의 커다란 소파에 눕히고, 앞에 의자를 끌어와 앉았다. 안정을 돕고자 서클은 해제하지 않았다. 애도 아니고 왜 이러냐. 아니, 가끔 애가 되긴 하는데…

"사르네즈 경, 태자님이 열이 나는지 확인을 해야겠습니다."

"네."

내 말에 크리스텔이 똑 부러지게 답했다. 이어 몇 초의 정적이 흘렀다. 누구도 태자의 얼굴에 손을 갖다 대지 않았다. 나는 당황해서 그녀를 바라보았다.

"사르네즈 경?"

"네?"

"태자님이 열이 있는지 확인해야 합니다."

"네. 확인하십시오."

"…"

네가 해달라는 뜻이었는데요… 크리스텔은 자신이란 선택지는 고려조차 해보지 않은 양 말똥말똥했다. 입가에 쓴웃음이 걸렸다. 어쩔 수 없이 직접 손등을 가져다 대려는데, 눈을 감고 있던 태자가 불쑥 입을 뗐다.

"황실이 밀정의 이름이나 신분까지 알지는 못해."

"…"

내가 움직임을 뚝 멈췄다. 조금 전에 끊긴 화제를 내내 생각하고 있던 모양이었다. 그가 말을 계속했다.

"그러니 황제는 그들을 똑같은 신민으로 다스려야 하지. 놈들의 존재를 알면서도 모난 돌처럼 행동하지 않도록 관리하는 것."

"…"

"그것이 통치의 무게라고 하시더군."

말끝에 긴 숨이 붙었다. 로메로가 남길법한 교훈은 아니니, 아마 태자의 조모님인 셀린 선황이나 프레데리크 황제의 가르침이었을 것이다. 자신에게 충성을 맹세한 인간이 간자일 수 있다는 사실을 매일 상기하는 삶… 모르긴 몰라도 엄청 피곤할 듯싶었다.

결국 내가 하고자 한 일은 황제에게 별달리 새로울 것 없는 행위였다. 그녀는 항상 귀족들을 상대하며 떠보기도 하고, 필요하면 쥐도 새도 모르게 뒷조사를 했을 테니까. 조용히 처리한 경우는 또 얼마나 많았을까.

"그래서 에테르가 불안정해지신 겁니까? 과로 때문에요?"

크리스텔이 허리를 숙이며 속닥속닥했다. 나는 재빨리 태자의 이마에 손등을 댔다가 뗐다. 뜨듯한 미열이 느껴졌다. 남자는 묵묵부답이었다.

"몸이 힘들어서 이렇게 되는 경우가 흔합니까?"

내가 크리스텔에게 물었다. 아무리 육신과 영혼이 끊임없이 상호작용 하는 관계라지만, 육체적 컨디션 때문에 에테르가 이토록 불안해질 수 있다니 금시초문이었다. 태자는 날마다 검을 수련하는데다 몸도 무지막지하게 좋은데…

'태어나자마자 에테르 고갈이 심각했으니까.'

'세드리크가 아주 어릴 때. 에테르 흐름이 불안정해 폭주를 일으키면, 구속구를 채워 이곳에 가둬야만 했어.'

"아."

나는 짧은 탄성을 흘렸다. 부티에 추기경의 목소리가 생생했고, 태자에게 '근본적인 고갈'이 있는 것 같다는 요한 경의 설명도 기억났다. 같은 자리에 있었던 크리스텔도 그 말을 떠올렸는지 자못 진지한 얼굴이었다. 그녀는 마수 대토벌 당시 태자가 세이디로 변하는 모습도 지켜본 사람이었다.

"…태자 전하께선 평범하지 않으시니까요."

크리스텔이 상황을 한 줄로 요약했다. 나는 겨우 고개를 끄덕였고 태자는 여전히 말이 없었다. 에테르를 쓰지 않아도 사람이 무리하면 이렇게 되는 모양이었다. 한 달 치 정무를 당겨서 보는 것도 아니고, 도대체 일을 어떻게 하길래 메인 남주가 KO 직전까지 가?

"큰일이네요. 화요일이 성기사 서임이지 않습니까."

"내일이면 나아."

크리스텔의 말에 태자가 곧바로 응수했다. 내가 조심스레 물었다.

"언제부터 이런 상태였습니까?"

"…그제 밤."

그가 한참 만에 말했다. 어쩐지 어제 수업을 빼먹더라니, 그게 바빠서가 아니라 아파서였다. 크리스텔이 작게 혀를 찼다.

"치유 신관을 부를까요?"

나도 간단한 처치나 치료는 할 수 있지만, 태자는 일종의 지병을 앓고 있는 셈이니 나로는 부족할 듯싶었다. 그러자 가닛을 닮은 눈동자가 번쩍 뜨였다. 그는 짜증스러운 눈빛으로 내뱉었다.

"그자들은 그릇을 헤집어 놓는 짓밖에 하지 않아."

"…"

"출혈이 심할 때가 아니면 보고 싶지 않군."

그러고는 다시 눈을 감아버렸다. 세이디의 환각이 보이네.

[…주무세요. 한 시간 후에 깨워드리겠습니다.]

결국 내가 신탁을 내렸다. 그는 저항하는 듯했지만, 쉬고 싶기는 했는지 나의 신력을 순순히 받아들였다. 이내 잘생긴 미간이 반듯이 펴지고 숨소리가 고르게 변했다. 우리의 발밑에서 성소가 오르골처럼 나릿나릿 돌았다. 비로소 조금 안심이 됐다.

"아, 물수건."

뭐라도 얹어줘야 하는 거 아닌가 싶었다. 열 환자에게 차가운 물수건이 효과 없다는 건 알지만, 에테르 때문에 발생한 체열이니 일반적인 열과는 다를 듯했다. 두통도 있을법한데 머리가 시원해지면 좀 나으려나. 나는 뱅자맹과 가나엘에게 수건을 부탁하기 위해 자리에서 일어났다. 그때였다.

-찰랑!

맑은 물소리가 났다. 뒤를 돌아보니, 크리스텔의 손바닥 위에서 큼직한 물방울이 움직이고 있었다. 그녀가 씩 웃었다.

"살가운 사인 아니지만, 인정머리는 있는걸요."

말과 동시에 물이 움직였다. 그녀의 눈빛을 꼭 닮은 방울꽃이, 느릿느릿 날아가 태자의 이마에 사뿐히 사각형으로 내려앉았다. 나는 그 장면이 슬로모션으로 재생되는 듯한 느낌을 받았다. 아름답다 못해 감격스러운 광경이었다. 팔뚝에 전율이 일었다. 곱게 잠든 메인 남주와 그를 다정히 간호해 주는 여주.

"제가 있는데 왕자님이 괜히 고생하실 필요 없습니다."

"…"

방금 내 눈앞에서 공식 커플 진도 나간 거 맞지. 어.

"이건 제 추측인데요. 아마 이것과 비슷한 역할을 위해 혼담이 오가지 않았을까 합니다. 전하께서 혜검 없이 '창해의 축복'만 지니고 계셨다면, 체내의 불 속성 에테르가 신물에 완전히 짓눌려서…"

안 들린다. 둘이 너무 보기 좋았다.

"…봉인 비슷한 효과를 노린 거 아닐까요? 왕자님께선 어떻게 생각하십니까?"

크리스텔이 물었다. 나는 흐뭇하게 웃으며 고개를 주억거렸다.

"사르네즈 경의 말씀이 다 옳습니다."

* * *

-철썩!

내가 연못의 수면을 냅다 때렸다. 두 주인공만 생각하면 광대가 씰룩이고 속이 간질거려서 참을 수가 없었다. 이래서 정은서가 작가님한테 후원을 그렇게 열심히 했구나. 이래서 퇴계공 올라오는 시간만 되면 방석을 주먹으로 갈기면서 괴롭힌 거야. 나도 로판 독자 다 됐다!

-아우으

놀란 티테가 멀리서 내게 헤엄쳐 왔다. 나는 그제야 정신을 차리고 물속의 손바닥을 살랑이며 사과했다. 녀석의 앙증맞은 눈썹을 살살 문질러 주기도 했다.

우리가 황실 서고를 나오자마자 향한 곳은, 황제의 적극적인 방임에 힘입어 일사천리로 준비된 하프물범 전용 유치원이었다. 타일부터 장식까지 모든 디테일이 화려하기 짝이 없었다. 연못이라기엔 많이 큰 해수 풀장 주변이 친구들로 가득했다.

"좋아? 마음에 들어? 여기 티테 거 할까?"

-아욱, 아우우

티테가 머리를 물에 넣었다 뺐다 하며 울었다. 눈매를 휘는 걸로 보아 썩 흡족한 모양이었다. 겁먹지 않도록 천천히 서클을 여니, 꼬마가 하얀 몸통을 꼬물거리며 호감을 드러냈다. 나는 티테와 가만히 눈길을 맞추고, 마음을 다해 이름을 불러 길들였다.

[*티테. 네 이름은 티테야. 어때?*]

-애욱!

하프물범이 곧장 내 손바닥에 턱을 비볐다. 엄지와 검지로 동그라미를 만들자 까만 코를 구멍에 쏙 넣기도 했다. 곁에서 지켜보던 헤릿이 발을 동동 굴렀다. 절로 웃음이 터졌다. 황궁에 온 걸 환영한다. 우리도 잘 부탁해.

* * *

"옳지. 분홍 누나도 부를까? 그러자. 헤릿, 가까이 와서 놀아도 돼."

연못 근처에 선 크리스텔은 에서 왕자를 보며 작게 웃었다. 본인은 그렇게 생각하지 않겠지만, 그는 정말 동화 속에나 등장하는 '왕자님'처럼 보였다. 예컨대 방금처럼 아이와 동물을 사랑스럽게 여기는 모습도 그랬고, 비극적인 그의 배경도 그랬다. 그럼에도 불구하고 모두에게 다정한 얼굴을 보면 가끔은 신기하다는 생각이 들었다. 어떻게 저런 낯으로 웃을 수 있을까.

"사르네즈 경, 티테가 경을 찾습니다."

-아으우

"네, 갑니다."

크리스텔이 가볍게 답하며 왕자에게 다가갔다. 포근한 에테르의 온기가 한결 진하게 와 닿았다. 그렇지 않아도 좋았던 기분이 더욱 풀어졌다. 그녀는 이것 때문에 그에게 호기심을 느꼈던 반년 전의 자신을 떠올렸다.

당시에도 왕자님은 누구에게나 상냥하고 너그러웠다. 그는 귀족처럼 행동하거나 말하지 않는 자신을 이상하게 여기기는커녕, 있는 그대로 받아들여 주었다. 놀랄지언정 거부하지 않았고 당혹하면서도 미워하진 않았다. 그러니 어쩔 수 없는 노릇이었다. 그를 인간적으로 좋아하게 되고, 친구라고 여기게 된 것도.

"보자, 누나가 물 얼려줄까? 티테 얼음 좋아하지?"

-아우!

하프물범이 힘차게 울었다. 크리스텔은 연못 한쪽으로 손을 뻗었다. 쩌저적! 짧고 굵은 소음과 함께 하얀 빙판이 얼었다. 물 속성 신수는 신이 나서 풍덩 잠수하더니, 금세 얼음장을 꼬물꼬물 올랐다. 춤 연습을 끝내고 동행한 에바가 드레스 자락을 잡고 어쩔 줄 몰라 했다. 도와주고 싶은데, 그래도 되는지 어떤지 혼란한 모양이었다.

"잘 적응하네요. 다행입니다."

"네. 왕자님이 정성으로 돌봐주시니까요."

"다들 손을 보태주시는 덕분이죠. 여긴 예전에 금잉어를 키우던 곳이라고 합니다. 그런데 오렐리 전하께서…"

왕자가 듣기 좋은 목소리로 말을 이었다. 대충 얼마나 많은 이가 티테를 위해 노력하고 있는지, 그게 얼마나 고마운지 하는 이야기였다. 가을볕을 받은 보랏빛 눈동자가 아름답게 반짝거렸다. 크리스텔은 빙의한 이래 수많은 사람을 만났지만, 그와 같은 눈빛은 어디서도 발견하지 못했다. 주교들의 말로는 이생에 다시 보긴 힘들 것이라고 했다.

"데미와 레아가 티테를 무척 좋아합니다. 페리는 아직 조금 낯을 가리지만…"

하지만 왕자의 홍채가 흔하디흔한 빛깔을 띠고 있었더라도, 크리스텔은 그에게서 눈을 뗄 수 없었을 것이다. 에서 페네티안은 이곳에서 제일 선명하고 생기 있게 빛나는 사람이었다. 이게 단순히 심리적인 요인 때문인지, 아니면 그에게 특별한 점이 있어 그런 것인지는 여전히 알 수 없었다.

그러나 여기서 6개월을 보내며 알게 된 사실은, 그녀가 보기에 채도가 높고 생생한 인물일수록 '중요한' 역할을 한다는 것이었다. 처음에는 기준을 알 수 없어 어지러웠다. 그냥 눈병을 앓는 몸에 빙의된 것 아닌가 하는 생각마저 들었다.

크리스텔 드 사르네즈는 3년이나 와병한 소녀였으니 그럴듯한 추측이었다. 그녀의 부모인 사르네즈 공작 부부는 평범한 선예도를 지닌 반면, 그녀와 아무 관계가 없는 적국의 왕자는 누구보다 화사하게 보였다. 그게 의아하면서도 흥미로웠다. 그런데 하나의 변수를 달리해 생각하면, 모든 게 맞아떨어졌다.

"그래서 실례가 안 된다면⋯ 사르네즈 경은 가장무도회에 어떤 분과 동석하시는지 궁금합니다."

"아."

크리스텔이 퍼뜩 상념에서 빠져나왔다. 화제가 어느새 블랑케르 공작가의 무도회로 바뀌었다. 왕자는 몹시 기대하는 얼굴로 자신을 바라보고 있었다. 때마침 뱅자맹이 둘을 위한 방석을 가져다주었다.

'감사합니다.'

남녀가 동시에 인사했다. 시종들이 수건을 들고 평화롭게 주변을 오갔다. 비단과 자수로 화려하게 장식한 깔개에 앉아, 크리스텔은 고개를 갸웃거렸다.

"글쎄요. 실은 왕자님께 파트너 신청을 하려고 했는데⋯"

"저는 에바 공녀의 파트너로 가게 되어서요."

그가 과하게 당당한 말투로 대답했다. 그새 다가온 에바가 둘의 대화에 귀를 기울였다. 왕자는 당연하다는 듯 맨바닥으로 내려왔고, 소공녀는 입술을 꿈틀거리며 방석 위에 폭 주저앉았다. 동생 대우를 받는 게 어지간히 행복하고 귀여워 보였다.

"네, 그래서 선생님께 언질을 드려볼까 생각도 했습니다."

크리스텔이 티테와 물장난하는 헤인스 부자를 구경하며 말했다. 요한 헤인스의 사례를 통해, 그녀는 자신의 '눈병'이 일종의 판단 기준임을 깨달았다. 공기 속성의 성기사는 첫 만남에서부터 괜찮은 선명도를 자랑했지만, 지금처럼 또렷하진 않았기 때문이다.

"예?"

그는 왕자를 암살하고자 했던 날 후로 확실히 '분명해졌다'. 미친 소리 같지만 그렇게 설명할 수밖에 없었다. 존재감이 진해지고 생동감이 더해진 사람을 그 이상 적절하게 표현하긴 어려웠다. 크리스텔이 말꼬리를 붙였다.

"그런데 선생님은 그날 왕자님의 호위로 가신다고 하더라고요. 춤을 추진 않으신다고 들었습니다."

그러자 왕자는 못내 안심하는 기색이었다. 크리스텔의 시선이 왕자의 차를 우리던 가나엘을 향했다.

"예랑이는 엘리자베트 경과 같이 간다고 하고요."

"네, 가나엘도 이번 무도회에서 사교계 데뷔를 하거든요. 파트너는 약혼자분이 아니면 안 됩니다."

소년 시종이 놀라서 입을 벙긋거리는 동안 왕자가 단호하게 말했다. 어딘가 방어적인 태도였다.

"그렇겠죠. 이제 뱅자맹 님께 말씀을 드려봐야 하나 고민 중입니다."

크리스텔의 말에 왕자가 난감한 표정을 했다. 그녀는 싱긋하며 풀장 옆에 놓인 커다란 소파를 바라보았다. 정확히는 그곳 그늘에 앉아 서류를 훑고 있는 사내를. 세드리크 리에스테르. 인상적인 중간 이름을 가진 남자.

그는 왕자와 더불어 이곳에서 가장 밝고 뚜렷하게 보이는 자였다. 두 사람 곁에 있으면 살아있다는 감각이 극대화했다. 황태자와 한껏 거칠게 대련하고 나면 기묘한 카타르시스도 느껴졌다.

다만 그는 모든 면에서 왕자님과 정반대였다. 그의 불 속성 에테르는 언제나 자신을 살살 긁었고, 부정적인 방향으로 힘을 표출하게 했다. 걸핏하면 태자의 감정이 전해지는 것도 달갑진 않았다. 특히 요 며칠처럼 '두려움'을 뿜어내고 있을 때는 어떻게 해야 할지 헷갈렸다. 뭐가 그렇게 무서운데?

"…"

찰나, 그의 주황색 시선이 종잇장에서 떨어져 나와 이쪽을 향했다. 서고에서 한 시간가량 숙면한 이후 그의 상태는 어느 정도 좋아졌다. 미열이 남아있고 낯빛도 평소 같진 않지만, 왕자님의 조력을 받는다면 월요일쯤엔 깨끗이 나을 듯했다. 문제는…

"뭐."

크리스텔이 자신에게만 들릴 만큼 조그맣게 중얼댔다. 눈이 마주친 태자가 즉시 미간을 구긴 탓이었다. 야, 네가 겁먹은 게 내 탓이냐? 남이 감지하는 게 싫으면 알아서 숨기든가. 키는 190도 넘을 새끼가 엄살은.

"이것 보세요, 사르네즈 경. 다비드가 황궁 밖에서 사 온 길거리 음식입니다. 단골이시래요."

"요즘 다비드 님 씀씀이가 커지셨어요!"

"상여금 받으셨습니까?"

왕자와 가나엘, 에바가 차례대로 재잘거렸다. 태자의 시종 총괄은 겸손히 간식 선물을 돌리고 있었다. 독 검사를 마쳤으니 안심하고 먹어도 좋다는 말이 이어졌다. 왕자가 크리스텔에게 포크와 음식이 든 봉투를 쥐여 주었다. 살가운 미소는 덤이었다.

"매콤한 향이 납니다. 좋아하실 것 같아요."

그의 말대로, 갓 구워 뜨거운 메르게즈 소시지에선 알알한 향신료 냄새가 올라왔다. 곁들인 파르메산 트뤼프 감자튀김도 소담했다. 그녀가 '잘 먹겠습니다' 하고 인사하는 동안에도 왕자는 바빴다.

헤릿에게 매운 것을 잘 먹는지 두 번이나 물었고, 고새 물에 젖은 뚝심이를 수건으로 닦아주며 에바의 냅킨까지 챙겼다. 그는 가나엘이 소시지 하나를 반쯤 먹었을 무렵에야 자신의 음식을 열어보았다. 으레 시종이 하는 일을 직접 하면서도 기꺼운 표정이었다.

"엄청 먹음직스럽네요. 감사합니다, 다비드."

"절반은 왕자님께서 값을 치르신 것이나 다름없습니다. 맛있게 드십시오."

…선하고 따뜻한 그를, 이곳의 '주인공'으로 가정하는 건 어색하지 않았다. 오히려 그렇게 생각하니 모든 것이 퍼즐처럼 딱딱 들어맞았다. 자신이 아닌 왕자님을 중심으로 판단하면 쉬웠다. 그에게

큰 영향력을 행사하거나, 그의 곁에서 주요한 몫을 하는 인물일수록 크리스텔에겐 맑고 산뜻하게 보였다.

여기가 어디인지는 여전히 알지 못했다. 자신이 무엇을 하며 어떻게 살아가야 할지도 자주 혼란스러웠다. 그럼에도 한 가지는 명백했다. 이 세계의 '영웅'이 왕자님이라면, 그리고 누군가 그것을 간접적인 방식으로 자신에게 알려주고 있는 거라면…

"손이 안 멈추네요. 두 봉지도 먹을 수 있을 것 같습니다."

"거짓말. 세 봉지 드실 거면서."

"하하하."

지켜주고 싶었다. 그와, 그가 좋아하는 것들 전부 다.

"…"

연못 너머에서 거듭 태양 같은 눈길이 닿았다. 크리스텔은 이번에야말로 태자를 얼려버릴 듯 응시했다. 왕자님과 친구들이 알아차리지 못한 사이 벌어진 짧은 눈싸움이었다. 저렇게 약한 꼴을 하고 있는 건 마음에 들지 않았다. 그녀의 유일한 신관을 함께 지킬 성기사라면, 지금보다 더 강해져야 했다.

* * *

일요일인 오늘도 일정이 제법 빠듯했다. 내가 후작 위를 받은 뒤, 황실에서 외부인 손님을 제한적으로 쥘리에트 궁에 들이기 시작한 덕분이었다. 아침부터 나를 찾아온 에바는 주인마님처럼 사방을 확보하고 다녔다.

소공녀는 응접실 맨틀피스에 앉아있는 '제육이'를 보고 기겁하거나 가구에 발가락을 찧어 고통스러워했지만, 차기 소공작답게 표정을 갈무리했다. 함께 온 크리스텔이 '다 컸다'라며 격려했다.

"가장무도회는 가면무도회와 다릅니다. 특히 블랑케르 공작가의 가장무도는 다채롭고 호사스럽기로 유명합니다. 초대받은 손님과 파트너 외엔 출입이 엄격히 제한되는 귀한 행사예요. 선대 공작께서 돌아가신 뒤로 한 번도 열리지 않았지만, 올해부터는 다를 겁니다."

에바가 응접실 한가운데 서서 선언했다. 목을 꼿꼿이 세우고 허리엔 양손을 얹은 채였다.

"그리고 가장무도회의 꽃은, 역시 가장假裝입니다."

나는 아이의 주위를 빙빙 도는 레서판다들을 수습하다가 고개를 들었다.

"그냥 얼굴만 안 보이면 되는 거 아닙니까?"

"바보!"

소공녀가 울컥해서 소리쳤다. 이어 내가 왕자임을 깨닫고 황급히 입을 가렸다. 소파에 앉아 경청하던 크리스텔이 '와, 시드르' 하고 중얼거렸다. 시립한 시종들이 입술을 깨물었다. 품에 안긴 신수들은 혀를 내밀며 즐거워했. …방금 그게 시드르, 즉 사이다 발언이라는 거야? 심지어 쥘리에트 궁 식구들도 그 뜻을 알고 있고?

"소, 송구합니다. 하지만 바보 같은 말을 들어서 바보라고 말씀드린 것인데, 어찌 바보라 생각했느냐 하시면…"

"괜찮습니다. 제 발언이 무지했던 거겠죠."

내가 쓰게 웃으며 말하자, 에바는 냉큼 '맞습니다' 했다. 그러더니 똘망똘망한 흑갈색 눈동자를 바짝 가져다 댔다.

"저는 그날 공식적으로 소공작이 될 거고, 왕자님께선 소공작의 파트너로 오시는 겁니다. 그러니까 가장도 최고로 멋지고 예쁘게 하셔야 합니다. 어중간한 가장은 안 하느니만 못해요."

으음…

"걱정 마십시오. 제가 다 생각해 둔 게 있습니다. 아무도 왕자님을 알아보지 못할 거예요. 저에게 치수만 제공해 주시면 됩니다."

그건 천만다행이었다. 옷을 고르거나 자신을 꾸미는 덴 영 자신이 없었다. 출근할 때는 형과 은서가 골라준 대로 입고 나가는 날이 많았고, 요즘도 시종들의 조언에 절대적으로 의지했다. 에바의 도움이라면 믿음직했다.

"저도 〈격주간 리에스테르〉는 열심히 읽습니다. 왕자님은 요즘 황도에서 천사의 표상으로 유명하시니까,"

"콜록! 콜록콜록!"

너무 당황해서 침에 사레가 들렸다. 나는 팔뚝에 입을 묻은 채 에바를 바라보았다. 설마, 아니지?

-똑똑

그때 누군가 문을 두드렸다. 뱅자맹이 벌써 다과를 준비해 왔나 싶었는데, 빈손의 가나엘이었다. 소년이 심각한 목소리로 말했다.

"왕자님, 로메로 궁에서 급히 찾으십니다."

나와 크리스텔의 눈길이 빠르게 얽혔다. 태자가 주말에 나를 만날 이유라면 하나밖에 없었다. 점심 먹고 오후에 보기로 했는데,

당장 부르는 걸 보니 몸 상태가 나빠진 듯싶었다.

 상황을 모르는 에바가 눈을 깜빡였다. 나는 레서판다들을 내려놓고 그녀에게 절했다. 놀란 소공녀가 화다닥 마주 예를 차렸다. 크리스텔과 내가 문을 나서는 데는 10초도 걸리지 않았다.

 "잠시 자리를 비우겠습니다, 에바. 배가 고프면 먼저 식사하십시오."

 "오래 걸리시나요?"

 "그게…"

 나는 애매하게 입꼬리를 끌어올렸다.

 "제 짝꿍도 바보라서 어떻게 될지 모르겠네요. 많이 늦어질 것 같으면 시종을 보내겠습니다."

* * *

 "어서 오십시오, 왕자님."

 로메로 궁에 들어서자 다비드가 우리를 맞았다. 크리스텔과 나는 곧장 황태자의 침실 곁방으로 안내받았다. 엄밀히 따지면 크리스텔은 불청객이었지만 누구도 그 점을 지적하지 않았다.

 그녀가 나를 따라온 건 그저 친구를 보기 위해서가 아니고, 혹시 모를 태자의 에테르 폭주에 대비한 것임을 암묵적으로 이해하기 때문이었다. 요한 경이 있다면 더 좋았겠으나 그는 세드리크 태자의 '몸 상태'를 정확히 알지 못했다.

 "…사르네즈 경께서도, 마수 대토벌에서 태자 전하의 또 다른 모습을 보셨겠지요."

 다비드가 침실 문 앞에서 엄숙한 목소리로 물었다. 크리스텔이 고개를 끄덕였다. 나는 중년인을 보며 급히 속닥였다.

 "세이디로 변할 만큼 상태가 나쁘진 않았는데요. 무슨 일 있었습니까? 혜검은요?"

 "조식을 드시고, 화요일에 있을 성기사 서임식에 관한 최종 보고를 받으셨습니다. 이후 목욕을 위해 검을 풀어두신 동안…"

 그가 말끝을 흐렸다. 우리는 귀를 기울였다.

 "이것은 저의 우견일 뿐이니 부디 흘려들어 주십시오. 전하께서는 아무래도… 정식으로 성기사가 되는 것에 중압감을 느끼시는 듯합니다."

 그 순간, 몇 달 전의 기억이 머릿속에 전구처럼 탁 켜졌다. 마수대토벌 우승 축하연에서 들었던 황제의 목소리였다. 그녀는 아들을 보며 분명히 이렇게 말했다.

 '네가 성기사 서임에 관심이 없다는 건 알아. 하지만 힘을 바르게 쓰는 방법마저 회피할 생각은 마라.'

 뒤늦은 깨달음이 번졌다. 태자는 성기사가 되기를 바란 적이 없었다. 크리스텔의 낯이 딱딱히 굳었다. 시종은 침통하게 말을 이었다.

 "전하께서 지니신 힘은 분명 위대하고 성스럽지요. 허나 당신께서는 오랫동안 그리 생각지 않으셨습니다."

 "…"

 그는 갓난아기 때부터 에테르 고갈에 시달렸고, 자칫 폭주를 일으키면 목에 구속구를 찬 채로 독방에 갇혀야만 했다. 그런 유년 시절을 거쳤으니 자신의 능력을 좋아하기란 불가능에 가까웠을 것이다. 말아 쥔 주먹에 힘이 들어갔다. 태자는 말수가 극도로 적었고 자기 이야기는 더더욱 하지 않았다.

타고난 성격을 나무랄 수는 없어 그저 안타까웠다. 그가 자신을 그런 식으로 몰아세우는 건 아무도 원치 않았다. 나는 발코니로 눈길을 돌렸다. 큼직한 유리문과 테이블까지 확인한 뒤에야, 이곳이 내가 '생일 선물'을 놔둔 공간임을 알았다. 다비드의 해설이 이어졌다.

"게다가 8월부터 줄곧 한 달 치 정무를 몰아서 보고 계십니다. 수면을 보충하셔야 한다고 여러 번 간언을 드렸으나… 듣지 않으셨습니다. 아마 친구분들과 함께할 시간을 버시기 위함이겠지요."

내가 놀라서 고개를 돌렸다. 눈이 튀어나올 것 같았다. 크리스텔도 당황했는지 '허' 하고 헛숨을 뱉었다. 이게 무슨 소리야.

"태자 책봉식 후로 계속 무리하고 계셨단 말씀입니까?"

"그렇습니다, 왕자님."

"폐하와 오렐리 전하께선 이 사실을 아시고요?"

"참고 있으시다고 보는 게 맞겠지요. 왕자님께서 로메로에 오신 것도 지금쯤 보고가 올라갔을 겁니다."

시종이 작게 말했다. 우리는 의미를 파악하지 못해 고개를 기울였다.

"태자 전하께서는 어릴 때부터 고집이 남다르셨습니다. 달리다 넘어져도 홀로 일어나는 성정이었고, 당신이 먼저 도움을 청하기 전엔 누구의 손길도 거부하셨지요. 하여 웃전에서는… 두 번까지는 보고도 넘기시게 되었습니다."

"힘들어하는 것 같아도 두 번까진 참고, 세 번째에 나서신다는 건가요?"

"예. 자식 이기는 부모 없다는 말이 사실입니다."

다비드가 크리스텔에게 한숨 섞인 답변을 내놓았다. 아이가 원치 않는다면, 더구나 태자 정도의 성미라면 저항을 꺾기는 쉽지 않았을 것이다. 결국 어른들이 몇 걸음 물러나서 타협한 결과가 두 차례의 인내라는 말이었다. 나는 심호흡과 함께 마른세수를 했다. 꼬마 황자는 진짜로 바보였다. 어린애가 어린애처럼 구는 게 뭐가 나쁘다고. 권리이자 의무인데. 당연한 거란 말이다.

"…들어가겠습니다."

내가 말했다. 다비드가 '잘 부탁드립니다' 하고 덧붙였다. 달칵, 문이 열렸다.

* * *

나와 크리스텔은 한동안 말을 잃고 우두커니 섰다. 넓다 못해 광활한 태자의 침실은 대낮인데도 해름처럼 어두웠다. 군데군데 켜진 촛불이 없었다면 발을 헛디뎠을 게 분명했다. 검은 대리석 바닥, 새카만 벽지, 먹색의 캐노피가 차례로 눈에 들어왔다. 곳곳이 금으로 장식되어 있긴 했고 가구들도 무척 화려했지만, 방의 색감을 최대한 빼고자 노력한 것 같았다.

우리는 발소리를 죽여 침대로 향했다. 자연히 속도가 느려지고 서로의 눈치를 보게 됐다. 침대 휘장을 걷을 즈음엔 사르륵하고 천이 스치는 소리밖에 나지 않았다. 이마에 물수건을 얹은, 익숙한 낯의 꼬맹이가 보였다. 까만 머리카락과 하얀 뺨.

"…자네요."

크리스텔이 소곤거렸다. 협탁에 놓인 것은 우아한 물병과 유리잔이 전부였다. 의자도 하나뿐이었다. 조금 전까지 다비드가 앉아있었을 자리를 그녀에게 양보하고, 나는 어색하게 침상에 다리를 걸쳤다. 행여 아이가 깰까 봐 무게를 많이 싣지는 못했다.

-사아아아…

그리고 아주 느리게, 밝기와 크기를 줄인 성소를 개방했다. 마음속으로는 실낱처럼 가느다란 물줄기가 꼬마에게 흘러가는 장면을 상상했다. 침대 주위가 어스레한 황금색으로 물들었다. 소년의 콧등이 움찔했다. 이어-

"윽."

내 허리가 꺾였다. 일순 에테르가 쑥 빠져나가며 현기증이 밀려온 탓이었다. 놀란 크리스텔이 잽싸게 팔을 잡아주었다. 우리는 동시에 꼬맹이의 안색을 살폈다.

"…"

감긴 눈꺼풀은 그대로였다. 아이는 들릴 듯 말 듯 신음하더니 이내 고른 숨과 함께 안정을 되찾았다. 어이가 없어서 헛웃음이 났다. 보호자 손에서 딸랑이 빼앗는 아기도 아니고, 에테르를 아주 확 잡아채던데. 본능적인 반응이었는지 이제는 또 얌전했다. 나는 천천히 상체를 일으켰다. 생각과 말이 한꺼번에 흘러나왔다.

"어쩌면… 알렉상드르 국서 전하와 관련이 있는 것일지도 모르겠습니다."

주인공이 나를 묵묵히 들여다보았다. 나는 조심스레 말꼬리를 붙였다.

"제 추측이지만, 태자님은 어린 나이에 부친을 잃고 큰 상처를 받으신 게 아닐까 합니다."

그러고는 입을 닫았다. 나는 당사자나 가족이 아니었다. 여기서부터는 크리스텔에게 말할 수 있는 게 없었다. 로메로 궁 지하에 있는 어둠의 방 앞에서, 부티에 추기경이 들려준 이야기가 귓가를 맴돌았다.

'이곳을 쓰지 않은 지 12년이 됐어.'

그날이 태자의 생일 전이었으니, 스물넷을 기준으로 하면 열두 살 때부터 밀실을 사용하지 않았다는 말이 됐다. 건강하고 젊었던 알렉상드르 국서는 갑작스러운 사고로 세상을 떠났다. 그의 승하 역시 태자가 열두 살 때의 일이었다.

우연의 일치라고 넘기기에는 걸리는 구석이 있었다. 끝으로 나는 방주 안에서 만났던 흑발의 대마법사를 떠올렸다. 물론 본인은 아니었지만, '니키'는 국서에 관해 아는 바가 있었다.

'-그는 아들을 위해…'

슬프게 웃던 낯이 생생했다. 이후로는 상황이 긴박해져 끝까지 설명을 듣지 못했다. 하지만 돌이켜보면, 그가 남긴 짧은 말로 하나의 시나리오를 완성하기는 어렵지 않았다. …알렉상드르 리에스테르는 아들을 낫게 하고자 목숨을 바친 것일지도 모른다.

"그래서 자신의 힘이 무서워진 거겠죠."

내가 한참 만에 속삭였다. 사실이 아닐 공산도 컸다. 태자는 단지 피로와 부담감 때문에 컨디션 난조를 겪는 것이고, 평생을 지고 살아온 마음의 상흔 같은 것은 없을 수도 있었다. 그러면 정말 다행일 텐데.

"괜찮아. 많은 사람을 구할 수 있는 힘이야. 형이 도울게."

나는 꼬맹이의 목덜미에 손을 갖다 대며 소곤소곤했다. 아직 가벼운 열이 있지만, 지금 같은 속도라면 곧 떨어질 터였다. 그새 식은땀이 맺어있었다.

"신수들이 네 불꽃을 엄청 좋아해. 티테는 물 속성이라 피할 것 같긴 한데…"

말이 꼬였다. 이런 소리를 하려던 게 아니었다. 황실 어른들이 한 번씩 해주셨을 법한 위로 말고, 친구 사이에 할 수 있는 괜찮은 격려를 꺼내고 싶었다. 그런데 왜인지 생각이 빨리빨리 돌아가질 않았다. 약간 졸린 것 같기도 했다. 무거워지는 머리를 들어 크리스텔을 돌아보니, 그녀가 당혹한 얼굴로 나를 살피고 있었다.

"힘드십니까?"

"아뇨, 이불이 푹신해서 그런 것 같습니다. 낮잠은 별로 없는데…"

눈앞이 가물가물했다. 핑, 순간적으로 어지러운 감각이 뇌를 휘저었다. 털썩! 눈을 질끈 감았다 뜨자 머리께에서 이불이 부스럭거렸다. '왕자님!' 크리스텔의 외침이 멀어졌다. 나는 버틸 생각조차

하지 못하고 잠에 빠져 들었다.

* * *

"이런 짓은 하지 않기로 하셨잖아요."

크리스텔이 어린 세드리크를 노려보며 말했다. 성소가 사라진 침대맡을 밝힌 것은 금색의 촛대뿐이었다. 의자를 박찬 그녀는 한 팔로 왕자의 등을 감싼 채, 한껏 방어적인 자세로 태자와 대치하고 있었다. 소년은 이불에 흐트러진 금발을 보며 미간을 찌푸렸다.

비록 잠드는 형태로 의식을 잃긴 했지만, 어쨌든 그의 신관은 기절했다. 꿈결에 너무 많은 에테르를 흡수한 모양이었다. 작은 체구에서 금빛 입자들이 빠르게 솟아오르고 있었다.

"…그대들이 왜 여기에 있지?"

"다비드 님이 불렀습니다. 왕자님은 전하의 짝꿍이시니까요. 저는 왕자님의 짝꿍이고요."

또박또박한 대답이었다. 그녀는 불경하게 태자를 흘기더니, 머리 숙여 왕자의 상태를 확인했다. 다행히 이상 증세는 없었다. 크리스텔이 꿍얼거렸다.

"왕자님은 에테르 주머니가 아니라 사람이에요. 이런 식으로 빨대를 꽂으시면 곤란합니다."

"…"

"같은 성기사로서 심정은 이해합니다. 자꾸 받고 싶고, 멈추기 힘든 거요. 그래도 동등한 짝이 되었는데 자제하려는 노력을 해야…"

그녀는 시선을 들다가 말을 뚝 멈췄다. 벽안이 휘둥그레 커졌다.

"혹시 지금 자라고 계십니까?"

"…"

-사아아…

소년은, 여전히 소년이긴 했지만 아까처럼 작지 않았다. 세드리크는 이제 열셋이나 열넷 정도로 보였다. 그의 몸뚱어리에서 에테르 구슬들이 비눗방울처럼 솟아났다. 크리스텔은 충격과 경악으로 입을 뻐끔거렸다. 태자가 대번에 불쾌한 얼굴을 했다.

"구경났나?"

"네. 아뇨?"

그녀가 재깍 번복했다. 꼬마는 심지어 목소리도 성장하고 있었다. 주황색 눈동자가 분하다는 듯 시선을 내리깔았다. 그의 눈빛이 왕자에게 닿았다.

"내가 바란 게 아니야."

그렇게 말하는 음성은 소년과 청년의 중간쯤이었다. 크리스텔은 그의 말뜻을 명확히 이해했다. 태자는 불의 힘과 멋대로 줄어드는 신체 중 무엇도 소망한 적이 없었다. 모든 게 소위 '주신의 뜻'이었으니 감히 거역하지 못한 것뿐이었다. 그녀는 덤덤하게 말을 받았다.

"압니다. 저도 똑같거든요."

"…"

"물 속성 에테르 같은 거 갖고 싶었던 적 없습니다. 이런 곳에서 기억 없이 깨어나길 원한 적도 없어요. 아마 인생이 이런 거겠죠. 제 마음대로 안 되고, 이상하게 꼬이고."

말끝이 조금 떨렸다. 그래도 그녀는 멈추지 않았다.

"그게 무서워서 요 며칠 그렇게 떠신 겁니까? 정식으로 힘을 받아들이는 게 겁이 나서요?"

"그만."

"그러다 왕자님까지 태울까 봐 두려워서-"

-화르륵!

휘장에 불이 붙었다. 어리디어린 소년은 어느덧 장성한 사내가 되어있었다. 커다란 가운이 그의 몸에 꼭 맞았다.

-촤아앗!

-치이이익…

크리스텔이 협탁의 물을 휘장으로 쏘아 보냈다. 불씨가 요란한 소음을 내며 스러졌다. 탄내를 느낀 왕자가 몸을 뒤척였다. 성기사는 씩씩하게 창가로 걸어갔다.

"방금도 불사르려고 작정하셨네요."

"입."

"'두려워해도 괜찮습니다.' 왕자님이라면 무조건 그렇게 말씀하실걸요. 그게 나쁘거나 창피한 거라 생각하는 사람 아무도 없다고, 인정하셔도 된다고 말입니다."

"다물어."

"정말로 겁나기만 하셨어요? 왕자님이 오신 뒤로는 아닐 때도 있었을 텐데."

"…"

차르륵! 끼익, 벌컥, 탁! 크리스텔이 야무진 손놀림으로 커튼을 걷고 창문을 열었다. 시원하고 깨끗한 가을바람이 삽시에 폐를 가득 채웠다. 환한 태양빛이 침실을 비추기 시작했다. 그녀는 침상의 두 남자를 똑바로 응시했다.

"전하께서 불 내시면 제가 전력을 다해서 끌 테니까, 걱정하지 마십시오. 왕자님은 절대로 다치실 일 없어요. 폐하와 오렐리 전하도, 다른 친구들도 모두."

높이 묶은 분홍색 머리칼이 휘날렸다. 물색 눈동자가 선명하게 빛났다. 어느새 다가온 그녀가, 태자에게 오른손 주먹을 내밀고 있었다.

"약속하겠습니다, 짝꿍의 짝꿍으로서. 그러니까 마음 굳게 잡수세요."

세드리크는 말없이 그녀의 손을 바라보았다. 그로부터 몇 분이 지나, 그의 왼손 주먹이 느릿느릿 맞닿았다.

6. 모략

로메로 궁에서 그대로 필름이 끊겼다. 그리고 에바는, 나에게 '바람을 맞고' 황도 공작저로 돌아갔다고 했다. 이걸 어떻게 보상해 줘야 할까.

"잠보. 왕자님은 잠보예요."

"네, 에바. 미안합니다."

소공녀가 툴툴거렸고, 나는 거듭 사과했다. 우리는 각자 주교와 대주교 정복을 입은 채 황궁 신전의 앞뜰을 부지런히 걷고 있었다. 그러니까 세이디에게 에테르를 보급해 주다가, 너무 졸려서 잠든 것까진 기억이 났다.

그런데 이후에 무슨 일이 있었는지는 도통 알 수가 없었다. 정신을 차렸을 땐 쥘리에트 궁이었고 서녘으로 해가 지고 있었다. 크리스텔 역시 내가 깨어나는 것만 보고 공작저로 향했다. 그녀는 떠나기 전에 이런 말을 남겼다.

'태자 전하께선 멀쩡하십니다. 걱정 붙들어 매고 푹 쉬십시오. 해

명은 그분이 직접 하실 겁니다.'

 듣기로는 시종 피에르가 나를 업고 침실까지 올라왔다고 했다. 늘 성실한데 알고 보니 힘도 좋은 친구였다. 고맙고 미안해서 소고기를 쐈다. 그로부터 이틀이 지났고, 오늘은 세드리크 태자와 크리스텔의 성기사 서임식이 열리는 날이었다.

 "그래도 뱅자맹 님이 왕자님의 치수를 넘겨주셨어요. 최근에 대주교 의복을 맞추느라 새로 재신 게 있었대요. 가장假裝 제작 주문은 무사히 넣었습니다."

 '소품과 의상 모두 29일까지는 영주성에 도착할 겁니다.'

 에바가 덧붙였다. 나는 뒤따르는 뱅자맹과 가나엘을 슬쩍 살폈다. 두 사람이 미소와 함께 어깨를 으쓱였다. 내가 숙면하는 동안 소공녀의 화를 수습하느라 고생한 듯싶었다. 둘에게도 따로 만찬을 대접해야지.

 "공작령에서 장인이 한 땀 한 땀 만드는 귀한 가장입니다. 그런데 왜 갑자기 주무신 거예요? 저와의 춤 연습이 왕자님께는 혹독했던 건가요?"

 아이가 톡톡 쏘았다. 세레니테에서 돌아온 후로 틈만 나면 에바와 춤을 추긴 했지만, 그게 그렇게 힘들진 않았다. 나도 그렇고 예서 왕자의 몸 역시 체력이나 근력이 나쁘지 않은 편이었다.

 에바와 시험적으로 왈츠를 춘 결과, 춤에도 소질이 있다는 평을 들었다. 무력은 0이지만 기마나 무용 같은 필수 교양은 어찌어찌 갖춘 듯했다. 메인 남주에게 여러모로 밀리긴 해도 과연 서브 남주는 서브 남주였다.

"연습은 고되지 않았습니다. 에바가 친절하게 가르쳐 줬으니까요. 아마 요즘 일이 많아서 알게 모르게 피로가 쌓였던 모양입니다. 로메로 궁 이불이 좋더라고요."

내가 대답했다. 만족스레 고개를 끄덕이던 에바가 걸음을 뚝 멈췄다. 소공녀는 눈을 화등잔만 하게 뜨며 나를 올려보았다.

"…태자 전하의 침실에 드셨다는 말씀이세요?"

"그렇습니다."

에바가 소리를 낮추기에 나도 덩달아 소곤거렸다. 일행을 호위하던 신전 기사가 우리를 힐끔거렸다. 그제야 내가 말실수를 했구나 싶었다. 나는 신관 짝꿍이기 이전에 적대국의 볼모이니, 황태자의 가장 내밀한 공간에 걸음 하는 건 좋게 보이지 않을 터였다. 소공녀라면 나를 믿어주겠지만 이런 말이 퍼져서 이로울 건 없었다.

"염려 마세요. 저 혼자는 아니었습니다. 사르네즈 경이 함께 있었고 밖에서 다비드가 대기-"

"어머나!"

소공녀의 얼굴이 딸기잼처럼 발갛게 달아올랐다. 나는 당황해서 측근들을 돌아보았다. 가나엘이 자신의 목 주변으로 손짓하며 그만하라는 신호를 보냈다. 뱅자맹은 차분히 눈을 감고 있었다. 그때였다.

"선을 아시는 게 좋을 겁니다."

응? 처음 듣는 음색이었다. 반짝 고개를 돌리니 낯선 남자가 보였다. 어느새 우리는 목적지인 신전 정문까지 와있었다. 부티에 추기경을 보필하는 시종과 기사들이 나를 향해 절을 올렸다. 그러나 내게 말을 건 자는 간단히 턱을 까닥일 뿐이었다. 잠깐, 어디서 본 것 같은데?

"바카리 단장께서는 적절한 예를 갖추십시오. 이분은 신국의 1왕자이자 제국의 후작이시며, 은총받은 대주교 은하이십니다."

"예언의 특기를 지닌 분이 모르시지는 않겠지요. 불경한 말씀에 대한 사죄도 하셔야 할 겁니다."

뱅자맹과 가나엘이 먼저 날카로이 반응했다. 에바는 상대방을 무섭게 노려보더니, 소매에서 화려한 부채를 꺼내 착! 하고 펼쳤다. 그러고는 '재수 없어', '주제도 모르고' 같은 악담을 들으라는 듯 크게 혼잣말했다.

건너편에선 응답이 없는 채로 묘한 대치가 이어졌다. 모두가 기분 나빠하는 게 이해는 되지만, 나는 사실 불쾌함보다 호기심이 앞선 상태였다. 관찰하는 눈길로 한참을 보자 상대가 비로소 느릿느릿 예를 차렸다. '예언'의 특기를 지닌 '단장'이라.

"…플뢰르 드 리스의 모데스트 바카리라고 합니다. 신국의 달을 뵙습니다."

예측이 적중했다. 나는 마주 묵례하며 입꼬리를 올렸다. 남자는 황제 직속 마법사 자문단인 '플뢰르 드 리스'의 최연소 리더였다. 앳된 얼굴엔 크고 동그란 안경이 씌워져 있어 태자 책봉식 때와 인상이 달랐다.

청은색 눈동자가 제법 고집스러워 보였다. 은사銀絲로 황도 십이궁을 수놓은 남빛 공단 로브는, 지척에서 보니 밤하늘 한 스푼을 담아놓은 것 같았다. 생각보다 키가 조그마하네.

"경고를 드린 것에 대한 사과는 하지 않겠습니다. 저는 계시를 받는 자로서 마땅히 해야 할 일을 했을 뿐입니다."

"네. 플뢰르 드 리스의 활약에 관해서는 저도 익히 들었습니다."

어린 목소리에 내가 선선히 답했다.

"여러분이 자랑하시는 8할의 적중률을 믿고, 2할의 예외에도 주의를 기울이겠습니다. 그러면 되겠죠?"

그리고 생긋하자, 청소년 예언자의 낯이 딱딱히 굳었다. 나는 그에게 가볍게 눈인사하고 옆을 바라보았다. 멍하니 우리를 구경하던 기사들이 허둥지둥 입구를 열었다.

-쿠웅…!

육중한 신전 문이 입을 벌렸다. 나는 에바를 에스코트하며 천천히 입장했다. 뒤쪽에서 가나엘이 '시드르 100잔 마신 것 같아요' 하고 속닥거렸다. 새어 나오는 웃음을 가까스로 참아냈다. 단장은 태자 책봉식 때 나를 엄청 쏘아보던 녀석이니, 한 번쯤은 대거리를 해도 괜찮을 것 같았다.

*　*　*

주인공들의 서임식이 열리는 신전 내부는, 제국 각지에서 몰려든 고위 성직자와 대귀족들로 발 디딜 틈도 없었다. 봄 무도회 때도 손님으로 꽉 찬 광경을 본 적이 있지만 오늘은 아예 공기가 달랐다. 나어린 부제들로 구성된 찬양대가 아주 오래된 언어로 성가를 부르고 있었다. 절로 마음이 경건해졌다. 나는 엄밀히 따지면 신자도 아닌데.

"이쪽입니다, 은하."

"네, 나탈리."

'은하^{恩下}'라는 경칭은 자주 들을 일이 없어서 영 어색했다. 뱅자맹과 가나엘이 신자석 한편에 자리를 잡았고, 에바는 사제석으로 향했다. 나는 나탈리를 따라 추기경이 있는 곳으로 발을 옮겼다. 고해소 옆 단상에는 보랏빛 융단과 금빛 제단이 마련됐고, 금을 통째로 세공해 만든 세 개의 성작^{聖爵}이 가장 높은 곳에서 번쩍번쩍 광을 냈다.

신전 안의 금촛대는 전부 불을 밝히고 있었다. 연례 기도회에서 봤던 주교들이 나를 훔쳐보며 끊임없이 수군댔다. 그래, 어쩌다 보니 내가 주인공들 짝지다. 아니꼬우면 작가한테 삐삐 치든가.

"어서 오렴, 내 제자님."

"전하."

성좌에 앉은 부티에 추기경이 나를 맞았다. 그녀는 호화찬란한 정복 차림이었고 오른손엔 추기경의 성장^{聖杖}을 쥐고 있었다. 내가 정중하게 절하자, 스승님은 왼손으로 축복을 내리며 부드러이 웃었다.

"그러고 보니 왕자님은 주교 지팡이가 없구나. 신국에서 가져온 짐도 단출했으니까."

"아, 네."

내가 애매하게 대답했다. 있는데 두고 온 건지, 처음부터 그런 게 없는 주교였는지는 오직 작가만이 알았다. 스승님의 뒤편엔 한 단

높은 옥좌가 놓여있었다. 나는 그곳에 앉은 이에게도 다소곳이 인사했다.

"지상에 강림하신 태양을 뵙습니다."

"가까이 와라."

프레데리크 황제가 검지를 까닥거렸다. 그녀 곁에는 군주의 검이자 태자의 스승인 요한 경이 서늘한 표정으로 서있었다. 그는 나와 시선이 마주치자마자 눈꼬리를 휘었다. 분위기가 확 달라지네.

"부르셨습니까."

"성석 실험은 어찌 되어가고 있느냐?"

"그게…"

-뎅, 뎅, 뎅…

그때, 맑은 종소리가 대화를 가로질렀다. 두런거리던 장내가 찬물을 끼얹은 듯 조용해졌다. 이어 쿵 하는 울림과 함께 정문이 열리고, 근사한 두 남녀의 실루엣이 모습을 드러냈다. 나는 반사적으로 숨을 들이켰다.

"주책이군."

"죄송합니다."

곧장 반성하는 태도를 보이자 황제가 피식했다. 크리스텔과 태자는 같은 속도로 제단을 향해 걸어오기 시작했다. 신관과 달리 성기사는 정해진 복식이 없어, 두 사람 모두 평소와 비슷한 차림새였다. 다만 눈빛엔 생소한 긴장과 결의가 담겨있었다. 신자들이 넋을 놓고 우리의 공식 커플을 바라보았다. 괜히 뿌듯했다.

-또각, 또각, 또각

추기경 앞에 우뚝 선 남녀가 각자의 방석에 무릎을 꿇고 앉았다. 둘은 어제 요한 경의 지시에 따라 온종일 목욕재계를 하고, 무슨 기도를 하고 사전 교육까지 받았다고 했다. 저렇게 나란히 식을 올리고 있으니 꼭 결혼식 리허설 같아서 가슴이 콩닥콩닥했다.

사회야 뒤엠 후작이 보겠지만 축의금 받는 건 내가 해줄 수 있는데. 그 순간, 슬며시 머리를 든 크리스텔이 나를 단박에 찾아냈다. 그녀는 양안을 번갈아 윙크하더니 후다닥 목을 수그렸다. 실소가 흘렀다.

[위대한 대륙의 긍지 높은 주신께 기도드립니다.]

-파아아앗…!

예식의 시작은 연례 기도회 때와 유사했다. 추기경이 기도문을 읊으며 성소를 전개하자 신자들이 고개를 숙였다. 나도 눈을 감으려는데, 황제가 다시 귀엣말했다.

"신관의 힘이 성석 안정화에 도움이 된다고 하지 않았느냐?"

"네, 그렇게 보고드렸습니다. 어제부터는 신수들을 대상으로 성소를 열어 응용해 보고 있습니다."

내가 답변했다. 그녀는 미간을 찌푸렸다.

"이해가 안 가는군. 신관이 에테르를 주는 방식은 두 가지 아닌가?"

"맞습니다."

나는 머리를 주억였다. 단상 앞쪽에선 추기경이 주인공들을 축성 중이었다. 사제 하나가 옛날 전화번호부처럼 두꺼운 성서를 그녀 옆에 펼쳐 들고 있었다.

[생명으로 주신을 방비하게 하시며, 삶과 죽음 가운데 영원을 선택하게 하시며, 주신께서 임재하지 않는 곳에서도 숨 쉬게 하시며…]

"어째서 신체 접촉으로는 실험하지 않지?"

"신관에겐 성소가 훨씬 안전하고, 에테르를 통제하기 쉬운 환경이기 때문입니다. 다만 접촉 방식도 추후에 시도할 예정입니다."

내가 조곤조곤 설명했다. 황제의 눈 끝이 날렵해졌다.

"그럼 성기사를 데리고 전부 해보도록. 황궁에서 손을 잡든 끌어안든 못 본 척해줄 테니."

"예?"

목소리가 삐끗하고 튀었다. 추기경을 보좌하던 주교 몇몇이 이쪽을 흘끔댔다. 나는 벌게진 얼굴을 소매로 가리며 황제를 보았다. 그녀가 짓궂게 입꼬리를 말아 올렸다. 또 놀림당했다, 젠장.

"내 남편 어릴 때 같아."

"다시 한번 말씀해 주시겠습니까?"

"크리스타너 국왕이 극비리에 친서를 보냈다."

황제가 순식간에 낯빛을 갈무리하고 화제를 바꿨다. 나는 숨이 턱 막히는 것을 느끼며 그녀를 바라보았다. 누가 들었을까 사방을 살폈으나, 다행히 신전의 모든 이들은 서임식에 집중하고 있었다. 그제야 그녀가 나를 굳이 예식 중에 부른 이유를 깨달았다. 황제의 본론은 이것이었다. 입이 쉬이 떨어지지 않았다.

"내용은… 내용을 여쭤봐도 되겠습니까?"

"하나는 내 것이고, 다른 하나는 네게 썼더군. 그건 읽어보지 않앉어. 나도 자식이 있는 사람이니."

'타국에 아들을 보낸 어미의 심정을 농락할 생각은 없다.'

그녀가 중얼거렸다. 나는 손바닥이 축축해지는 것을 느끼며 이어질 말을 기다렸다. 무의식중에 혀가 바싹바싹 마르고 속이 탔다. 설마. 아닐 것이다.

"재협상을 요구하지는 않았어."

"…"

"나와 황실의 안부를 묻고, 네게 작위를 준 데 감사를 표하더군. 그게 전부였다."

문장이 끝남과 동시에 속이 탁 트였다. 나는 깊이 호흡하며 표정을 수습하고자 애썼다. 황제가 나를 보고 어처구니없다는 듯 웃었다.

"그리 돌아가기 싫으냐?"

"…솔직히 말씀드리자면, 그렇습니다. 왕세녀 전하와 2왕녀는 만나고 싶지만요."

그녀가 짧게 혀를 찼다. 그러고는 재차 손가락을 움직였다. 나는 황제에게 더욱 몸을 붙였다.

"식이 끝나면 시종장을 따로 보거라. 친서를 전해줄 터이니."

"감사합니다."

"답장을 쓰겠느냐?"

체리색 눈동자가 나를 똑바로 응시했다. 마법처럼 입술이 딱 붙었다. 전혀 예상치 못한 질문이라 대답이 재깍 나오지 않았다.

"원한다면 모친에게 서신을 보내주마."

"…"

어마어마한 시혜였다. 즉시 머릿속이 팽팽 돌아갔다. 하지만 고민은 길지 않았다. 나는 공손하게 시선을 내리깔며, 불의의 빙의자이자 적국의 볼모가 내놓을 수 있는 최선의 답을 속삭였다.

"폐하의 하해와 같은 성심에 감사드립니다. 허나 저는 어머니의 소중한 편지를 간직할 수 있게 된 것만으로 만족합니다. 더는 바라지 않겠습니다."

* * *

프레데리크 황제가 눈을 가늘게 떴다.

"쯧."

이어 딱하다는 건지, 불만스럽다는 건지 모를 반응을 보였다. 나는 얌전히 그녀에게 바투 서서 답을 기다렸다. 크리스타너 국왕에게 답장을 한다니 있을 수 없는 일이었다. 나는 진짜 예서 왕자가 아니었다.

엘리서와 만나게 되었을 때도 무진장 고민하고 걱정했는데, 무려 친모에게 편지를 쓰는 행위는 곤란했다. 필체의 차이가 뚜렷할 것이고 말투며 형식도 크게 다를 터였다.

[…그대의 생명으로써 주신을 방비할 것을 언약하는가?]

[언약합니다.]

[오직 주신의 의지에 따라 세계의 안팎을 드나들 것을 언약하는가?]

[언약합니다.]

앞쪽에서 부티에 추기경의 나긋한 음성이 들렸다. 크리스텔과 세드리크 태자가 한목소리로 성기사의 맹세를 읊고 있었다. 두 남녀의 심장께에서 황홀한 은백색 에테르가 넘쳐흘렀다. 나는 그 광경을 흐뭇하게 보다가 황제를 곁눈질했다.

"…"

두 번째로, 그녀의 의심을 사는 행동은 하고 싶지 않았다. 물론 나는 후작 위를 받은 그녀의 사람이었고 아들의 친구이자 파트너이기도 했다. 그러나 근본적으로 외국인이었다. 그렇지 않아도 모든 이를 경계해야 하는 황제에게 추가로 신경 쓸 거리를 제공할 마음은 없었다. 적국의 왕에게 보내는 서신 내용을, 그녀가 전혀 의식하지 않는다면 거짓말일 테니까.

"좋다. 네 뜻대로 해."

"황송합니다."

내가 재깍 답했다. 그녀는 팔걸이를 두드리더니 불쑥 다른 말을 꺼냈다.

"네가 영지에서 벌인 일."

"예."

세레니테에서 벌인 일이 한두 가지가 아니지만, 황제가 대놓고 말할 건수라면 역시 아스 남매 사건일 터였다. 나는 긴장해서 그녀를 바라보았다.

"유쾌하더군. 잘했어."

일순 말문이 막혔다. 칭찬을 들을 거라고는 생각지 못한 탓에 적이 놀랐다. 황제는 빙글거리며 나를 들여다보았다.

"상단주가 어설픈 광대라는 말은 일찍이 들었다. 허나 이 몸은 황제이니."

뒷말은 이어지지 않았다. 그러나 의미는 명백했다. 제국의 온갖 대사大事를 숙고해야 하는 그녀에게, 일개 자유 도시의 어린 상단주를 직접 조사하고 심판하는 일은 가당치 않았다.

더 중요한 공무가 산적해 있으니 그럴 여유도 없었을 터였다. 그러니까 우리가 에밀의 잘못을 밝히고 제국군에 넘긴 게… 그녀의 손톱 밑 작은 가시를 대신 빼준 정도는 되는 모양이었다. 아마도.

"감사합니다."

내가 겨우 말했다.

"늦었지만, 고해소를 고쳐주신 것도 고맙습니다. 새것 같아져서 들어갈 때마다 기분이 좋습니다."

마침 단상 옆에 고해소가 보여서 인사도 올렸다. 그러자 황제가 고개를 기울였다.

"잘됐군. 내 지시는 아니지만."

"예?"

"나는 임금이라고 하지 않았느냐. 신전의 보수까지 챙길 시간은 없어."

그렇긴 한데. 지난달에 스승님께 감사를 표했을 때도 비슷한 이야기를 들었기에 혼란스러웠다. 그럼 황궁 목수들이 자발적으로 짬을 내서 손봐준 건가. 나는 상념에 잠긴 채 추기경과 두 성기사를 물끄러미 바라보았다. 어느새 성기사 서임식은 막바지를 향해 가고 있었다. 추기경이 황태자의 머리에 안수하고 축복을 내렸다. 그는 단정히 눈을 감은 채였다.

[…지금 이 순간부터, 주신께서 대주교인 그대의 권능을 영원토록 추인追認하실 것이다.]

"아아!"

대주교! 인파가 환희에 가까운 신음을 토했다. 그럴 거라 예상하긴 했지만, 생각만 하는 것과 교황청에서 그를 실제로 인정하는 건 차원이 달랐다. 제국 최초의 성기사가 무려 대주교로 첫발을 내딛는다니 경사 중의 경사였다. 일부 신자는 울면서 손뼉을 치기도 했다. 사제석에서 에바가 발을 동당대는 것이 보였다. 시선을 돌리는데 태자와 눈빛이 마주쳤다.

'괜찮을 겁니다.'

내가 입 모양을 움직였다. 나와 크리스텔이 도와줄 테니, 그가 염려하는 일은 일어나지 않을 터였다. 내 말을 알아들었는지는 알 수 없지만 주황색 눈동자는 며칠 전보다 훨씬 차분해 보였다. 다행이네.

[대주교인 그대의 권능을…]

"와아!"

"리에스테르 만세!"

같은 은총이 크리스텔의 머리에도 부어질 즈음, 장내는 축제 분위기였다. 주인공이 밝게 웃으며 천장에 손짓하자 파앙! 하고 물보라가 폭죽처럼 터졌다. 신자들이 환호성을 내질렀다. 근엄하게 앉은 주교들마저 신기하고 재밌어했다. 곳곳을 밝힌 촛불이 하나도 꺼지지 않는 게 대단해 보였다.

"이제 일어나셔서…"

웅성거림 사이로 어느 주교의 속삭임이 들렸다. 두 주인공이 방석에서 몸을 일으켜 추기경의 양옆에 나란히 섰다. 동시에 몹시 성스러운 음악이 신전 꼭대기까지 울려 퍼졌다. 이에 맞춰 찬양대가 다시 성가를 부르기 시작했다.

-♪♪♪…

추기경의 인도에 따라, 젊고 아름다운 대주교 두 사람이 천천히 입구 쪽으로 걸음을 내디뎠다. 그들이 지나는 길목마다 신자들이 고개 숙여 절하고 기도를 올렸다. 커다란 주신교 상징과 튤립을 든 사제들이 뒤를 따랐다. 나는 함박웃음과 박수를 보냈다. 원작대로 소드마스터와 공녀 커플이 되지는 않았지만, 물불 안 가리는 성기사 커플도 충분히 보기 좋았다.

* * *

"에이츠 마을에서 다량의 성석이 채굴되고 있습니다, 폐하. 제국군 기사들의 증언에 따르면 어지간한 광산 수준이 될 것이라고 합니다."

"놀랍군."

에르베 뒤엠 근위대장의 보고였다. 프레데리크가 순수하게 감탄했다. 그녀와 오렐리는 성기사 서임식이 끝나자마자 황제궁 집무실에 다시 모인 참이었다. 최근 제국의 정세는 좋은 의미로 숨 가쁘게 돌아가고 있었다. 비록 예서 왕자를 노린 두 차례의 암살 시도가 있긴 했으나, 이외에는 기적이라 부를만한 일들이 연이어 벌어졌다.

먼저 태자가 '화성의 혜검'을 얻었고, 덕분에 몸이 어려지는 위험이 줄어 무사히 책봉을 받았으며, 크리스텔 드 사르네즈 또한 성기사로 각성했다. 게다가 둘 모두 추기경보다 한 단계 아래인 대주교급으로 공인받았다.

신국 출신의 추기경급 성기사도 제국으로 영입했다. 주신의 사자使者라는 신수도 다섯 마리나 황궁에 머물렀다. 그중 하나는 신물이었지만, 어쨌든 백성의 신앙과 충심을 고취하기에는 부족함이 없었다.

여기에, 신국만의 무기라고 여겼던 성석이 이제는 제국에서도 생산되기 시작했다. 프레데리크는 자신의 계약자와 의미심장한 눈길을 교환했다. 끽해야 수레 몇 대 분량을 예상했고, 성석을 캐는 과정에서 마을에 활기가 돌 것이라 짐작했다. 그런데 조그마한 황실 영지의 채광량이 남부에나 있을법한 광산 규모라고 했다. 완전히 뜻밖의 소식이었다.

"네 말이 맞아, 오렐리. 그 녀석은 주신의 총애를 받는 것 같군."

"내 말은 늘 맞았는걸."

황제의 말에 추기경이 부드럽게 응수하며 커피를 음미했다. 그녀는 주교관만 벗은 정복 차림이었다. 프레데리크가 피식하고는 자신의 옆을 지키고 선 요한을 돌아보았다.

"네 추리도 옳았고."

"폐하의 지혜로우신 판단이 유효했을 뿐입니다."

성기사가 선선히 대답했다. 햇무리초와 성석이 함께 발견된 것을 두고, 요한 헤인스는 두 식물과 광물의 분포가 일치할지도 모른다는 추측을 내놓았다. 워낙 보기 드문 것들이 한꺼번에 출몰했으니 그럴듯한 의견이었다. 황제는 마을의 산을 샅샅이 뒤져 햇무리초 군락을 찾아내라 명했고, 과연 약초가 자라는 땅 밑에선 성석이 발견됐다.

"이런 식이라면 국경의 햇무리초 서식지에서도 성석이 나올 공산이 크겠어."

"응. 블랑케르 공작가에 연통을 넣어야겠네. 공작령이 최대 접경지역이니까."

"…그러고 보니, 블랑케르와 다시 사적인 교류를 트게 된 것도 녀석 덕이군. 신국에 돌려보낼 이유가 없겠는데."

황제가 장난기 어린 목소리로 말했다. 오렐리는 계약자가 진심으로 즐거워하는 것을 느끼고 미소했다. 그러자 줄곧 묵묵히 있던 남자가 입을 뗐다.

"폐하, 전하. 부디 예서 페네티안 왕자님을 멀리하실 것을 간언합니다."

"…"

실내가 한순간에 싸늘해졌다. 모두의 시선이 앳된 얼굴에 집중됐다. 에르베는 공기가 불편해지는 것을 느끼며 안면 근육을 꿈틀거렸다. 이윽고 황제가 건조하게 말을 받았다.

"참고하지."

"감히 청하옵건대, 참고에만 그쳐서는 아니 될 것입니다. 그분은 위험한 존재라고 확언할 수 있습니다."

"모데스트 바카리 단장님."

결국 에르베 뒤엠이 나섰다. 그는 신임받는 황실 근위대장으로서 황제를 제법 오래 지켜보았고, 지금의 분위기를 누그러뜨리지 않으면 반드시 후환이 있으리라 예감했다. 근위대장은 예언가를 향해 근사하게 웃어 보였다. 형님에게 배운 것이었다.

"폐하께서는 왕자님이 그간 리에스테르와 태자 전하를 위해 하신 일들을 높게 평가하십니다. 고매한 조언은 감사하지만, 시기가 적절하지 않다고 사료되는군요."

"하루라도 빨리 전해드려야 했습니다."

모데스트가 안경 아래 청은색 눈을 날카롭게 빛냈다. 두 주먹도 꽉 쥐고 있었다. 황제의 음색이 끝내 침잠했다.

"왕자가 위험하다는 근거는? 계시를 받았나?"

"아니요, 그보다 강력한 증거가 있습니다."

"말해."

"그분에게선 아무것도 느껴지지 않습니다."

집무실에 무서운 정적이 흘렀다. 침묵을 깬 것은 황제가 아니라, 그녀의 그림자였다.

"무슨 뜻인지 궁금하네요. 설명을 듣고 싶은데요."

민트색 눈동자가 그믐달처럼 휘어졌다. 요한의 주위로 세풍이 불기 시작했다. 예언자는 성기사의 은은한 압박에도 고개를 떨어뜨리지 않았다.

"말 그대로입니다. 저는 세 살 때부터 불시의 묵시默示를 받았습니다. 지나가는 마차의 마부가 어떻게 죽을지, 말은 또 어떻게 될지 눈앞에 보이는 식이었습니다. 환영이 없을 때는 환청을 들었고 꿈으로도 예언을 받았지요. 제 머릿속은 조용했던 적이 없습니다."

"네 특기에 관해선 대강 알고 있다. 그런데?"

"…한데 왕자님의 주변은 쥐 죽은 듯 고요합니다. 무엇도 보이거나 들리지 않고, 적막만이 맴돌 뿐입니다. 저는 그분을 예측할 수 없습니다."

얼핏 겁에 질린 듯한 표정이었다. 이제 예언자는 제 나이보다도 어려 보였다. 휘이잉, 창밖에서 가을바람이 스산하게 울었다. 에르베는 그것이 계절의 힘인지 성기사의 위협인지 알 수 없었다.

"그분이 무슨 생각을 하고 있고 제국에서 앞으로 무엇을 할지, 누구도 알지 못한다는 뜻입니다. 더구나 왕자님의 곁에 있는 사람도 비슷한 양상을 보입니다. 조금 전 서임식에서는…"

모데스트가 이를 악물었다. 자신의 무능이 치욕스러운지 뺨도 발개졌다.

"그분과 함께 계시던 폐하의 주변까지 잠잠했습니다. 제 평생에 그런 인물은, 그런 일은 처음입니다."

"놀랍네."

추기경이 황제가 내뱉었던 감탄사를 흉내 냈다. 이후로 방 안에는 어떠한 말도 오가지 않았다. 요한의 하얀 머리칼 사이로 마지막 실바람이 숨어들 무렵, 프레데리크가 드디어 입을 열었다.

"그래서 안경을 썼나 보군. 마력을 돋우는 마도구인가?"

"…그렇습니다."

"별 소용은 없었던 모양이지."

그녀가 비웃듯 말했다. 오렐리가 적당히 하라는 의미로 그녀의 부츠를 밟았다. 프레데리크는 인상을 찌푸렸다.

"네 우려는 알겠다. 군주로서 주의를 기울여야 한다는 판단이 서는군. 플뢰르 드 리스의 충고를 무시해서 좋을 건 없겠지. 다만."

그녀의 입꼬리가 비죽 올라갔다.

"프레데리크 리에스테르에게는, 꽤 마음에 드는 경고야."

체리색 눈동자에 호기심이 어렸다. 모데스트가 멍하니 입을 벌렸고, 오렐리는 한숨을 삼켰다. 그녀가 아는 '이브'는 황녀 시절부터 돌발 행동에 사족을 못 쓰는 사고뭉치였다.

황위에 오른 후 점잖아졌다고는 하지만 타고난 성정을 바꾸기란 불가능했다. 누구도 다음 행적을 내다볼 수 없는 이가 가까이 있다는 점이, 그리고 그와 함께하면 자신 역시 그런 존재가 된다는 사실이 기꺼운 게 분명했다. 이를 어쩌나.

"…고견 고마워, 바카리 군. 이만 가보렴."

결국 황제의 반려는, 쓴웃음을 지으며 선지자를 내보낼 수밖에 없었다.

* * *

"귀가 간지럽네…"

"에구. 누가 왕자님 험담했나 봐요."

내가 귓불을 긁적이자 크리스텔이 옆에서 농담했다. 그러고는 형형한 눈빛으로 사방을 둘러보았다. 시종들이 화들짝 놀라 어깨를 수그렸다. 귀 간지럼에 관한 미신이 생소한지 왼편에서 걷던 태자가 미간을 좁혔다.

"아직도 그대를 모욕하는 자가 있나?"

"그럴 리가 있겠습니까."

내가 서둘러 대답했다. 국보나 다름없는 성기사들 틈에 끼어 황제궁 복도를 걷고 있는데 누가 내 욕을 할 수 있겠는가. 정은서나 형이 와도 못 할 것이다.

"아무튼 동행해 주실 필요는 없었는데… 고맙습니다."

나는 애써 웃으며 덧붙였다. 서임식을 무사히 끝낸 우리는 왕의 친서를 전달받고자 시종장을 만나러 가는 길이었다. 혼자 접선할 계획이었는데 어쩌다 이렇게,

"주신 맙소사!"

"허억!"

그때, 옆길에서 누군가 큰 소리를 내며 튀어나왔다. 나는 식겁한 나머지 음 소거 상태로 굳어버렸다!

* * *

"깜짝이야, 뒤엠 후작님?"

놀란 크리스텔의 언성이 높아졌다. 나는 펄떡이는 심장을 진정시키며 삐거덕삐거덕 그를 돌아보았다. 조용히 따라오던 가나엘이 내 등을 쓸어주었다. 간만에 만난 프랑수아 뒤엠이었다. 그는 우리를

보고 당황한 기색이 역력했는데, 그로서는 흔치 않은 반응이었다. 다만 수습도 빨랐다.

"사랑과 재채기는 피할 수 없다더니, 세 분께서 저의 연인이시군요!"

미남이 연분홍빛 눈동자를 휘며 허리를 굽혔다. 오페라 배우 같은 태도는 여전했다.

"황태자 전하, 사르네즈 경. 무사히 대주교가 되신 것을 진심으로 감축드립니다. 제국의 영광이며 경사입니다."

그가 우아한 몸짓으로 크리스텔의 손등에 키스했다. 나는 후작이 내 손까지 잡아 올릴 즈음에야 정신을 차리고 팔을 뺐다. 평소에도 극적인 행동을 보이긴 하지만 그는 오늘따라 좀, 급하다고 해야 하나. 휘몰아치는 느낌이 있었다. 나는 어색하게 웃으며 후작을 관찰했다.

"안녕하세요, 후작. 바빠 보이시네요. 무슨 일 있습니까?"

"전혀요. 수상한 사건이라고는 일절 없었답니다! 제가 오늘 이곳에 있었다는 건, 부디 저의 여동생들에게 비밀로 해주십시오."

여동생들이라고 콕 집어 말한 건, 남동생인 에르베 뒤엠 경을 이미 서임식에서 만났기 때문일 터였다. 앙투아네트 공녀를 비롯한 세 자매는 황도에 함께 올라오지 않은 모양이었다. 크리스텔과 내가 떨떠름한 낯으로 끄덕이자, 그는 화사하게 웃더니 다시금 절했다. 웬일로 먼저 물러가는 듯했다. 그때였다.

-툭!

"후작, 이걸 떨어뜨리셨습니다."

남자의 품에서 반짝이는 카드 하나가 추락했다. 내가 그것을 주워 건네자 후작은 노골적으로 당혹했다. 이 사람 오늘 왜 이래?

"감사드립니다, 왕자님."

탁, 그가 카드를 낚아채다시피 했다. 크리스텔이 미간을 찌푸렸다.

"어디 아프신 건 아니죠?"

"물론입니다, 마담."

"블랑케르 공작가의 가장무도회엔 오시나요?"

"오."

그의 얼굴에서 일순 감정이 지워졌다. 금세 입꼬리를 올리긴 했지만, 무표정의 후작은 평소와 달리 무척 냉랭한 인상이었다.

"아쉽게도… 그날은 세 분과 함께할 수 없을 겁니다."

그는 그렇게 말한 뒤 느른하게 윙크했다. 이어 군더더기 없는 예를 갖추고, 성큼성큼 복도 너머로 사라졌다. 우리는 한동안 말없이 그의 뒷모습을 바라보았다. 뱅자맹이 '폐하의 집무실 방향에서 오신 것도 아니군요' 하고 지적했다. 이건 진짜 의심스러운데.

"…속셈이 있군."

"역시 그렇죠?"

태자가 중얼거렸고, 크리스텔이 즉시 말을 받았다. 하지만 본인이 아무것도 아니라는데 캐볼 명분은 없었다. 가장무도회에서 만날 수 없는 건 아쉽지만, 그의 일상 자체가 가장무도 비슷하긴 했다.

우리는 어깨를 으쓱이고 시종장이 기다리는 사무실로 향했다. 내가 상상한 건 비밀스러운 랑데부였는데, 인원이 많아서 그런 그림은 물 건너갔다. 그래도 태자가 일행에 끼어있으니 누구도 눈길을 오래 두지 않는 건 편했다.

-똑똑

어느덧 도착한 문 앞에서 가나엘이 노크했다. 그런데 묘하게 반응이 느렸다. 출입문이 열리기는커녕 안에서 발소리도 나지 않았다. 소년 시종이 고개를 갸웃하며 거듭 손을 올릴 무렵이었다.

-벌컥!

"주신 맙소사."

낯익은 남자의 얼굴과, 조금 전에 들었던 감탄사의 반복이었다. 우리는 문틈으로 나타난 의외의 인물에 눈을 동그랗게 떴다. 그 또한 우리를 보고 당황했는지 잠깐 말을 잇지 못했다. 먼저 입을 연 건 크리스텔이었다.

"…아버지?"

"크리스텔. 고귀하신 태자 전하와 예서 왕자님을 뵙습니다."

시몽 드 사르네즈 공작이 정중하게 머리를 숙였다. 황제궁에 드나드는 대귀족이 많다는 거야 익히 알았지만, 아는 얼굴을 연달아 마주치기는 처음이었다. 다들 날 잡았나 싶다가도 성기사 서임식이라는 큰 행사가 있었으니 당연한 것 같긴 했다.

"먼저 공작저로 돌아가신다고 들었는데, 여기 계실 줄은 몰랐…"

크리스텔의 말이 뚝 멈췄다. 그럴 수밖에 없었다. 시종장 사무실 안에서, 비서로 보이는 시종이 황급히 매무새를 추스르며 우리에게 절을 올리고 있었다.

발갛게 달아오른 그녀의 **뺨**이며 난감한 표정 같은 것에서 방금 전의 상황을 대강 유추할 수 있었다. 뱅자맹과 가나엘이 헛기침하며 고개를 돌렸다. 순식간에 내 목덜미까지 뜨거워졌다. 우리는, 나는 할 말을 잃고 입을 벙긋거렸다.

"음."

이게… 이건 아니잖아. 로판 주인공의 아버지가 황궁 시종하고 바람을… 아니, 누구라도 이러면 안 되는 거지. 엄청 나쁜 짓이라고. 그렇게 안 봤는데? 너무 충격이 커서 생각이 빠릿빠릿하게 정리되지 않았다. 나는 곧장 크리스텔을 돌아보았다. 그녀의 눈이 어둠 속으로 끊임없이 가라앉고 있었다.

"뭐죠?"

"크리스텔."

"이름 부르지 마시고 설명을 하세요. 아니다. 그거 들어서 제가 뭐 하겠어요. 가세요."

"네가 생각하는 그런 게 아니란다."

"됐습니다. 여기서 이러지 말고 나가세요."

그녀가 한 걸음 비켜섰다. 당장 나오라는 무언의 압박이었다. 통로의 창문이 금방이라도 깨질 듯 위태로이 흔들렸다. 곳곳을 밝힌 촛불이 치이익 소리를 내며 꺼져갔다. 크리스텔의 그릇이 불안하게 넘실거리는 탓이었다. 나는 그녀의 팔꿈치를 살며시 잡고 에테르를 흘려 넣었다. 보다 못한 태자가 입을 열었다.

"공작. 용건이 끝났다면 가보도록."

"…예, 전하."

공작이 반듯하게 예를 차리고 물러갔다. 크리스텔은 몹시 한심한 것을 대하는 눈빛으로, 경멸을 가득 담아 부친의 등을 쏘아보았다. 나는 그녀와 이자벨 공작 부인이 걱정스러워 표정 관리가 되질 않았다.

오직 태자만이 문제의 시종을 덤덤히 응시했다. 그녀는 머리를 푹 숙인 채 공손하게 한편을 가리켰다. 시종장 로라가 있을 사무실 안쪽의 방이, 우리를 기다리고 있었다.

* * *

"무지 크네요."

"예, 왕자님. 워낙 눈에 띄는 귀중품인지라 쉬이 황제궁 외부로 내보낼 수가 없었습니다. 먼 걸음을 하시게 해드려 면목 없습니다."

시종장 로라가 몸을 낮추며 깍듯이 사과했다. 나는 괜찮다고 손사래 쳤다. 크리스타너 국왕의 친서를 쥴리에트 궁으로 바로 보내지 않은 이유가 궁금했는데, 알고 보니 크기와 디테일 때문이었다.

그녀가 아들에게 쓴 편지는 결코 은밀하지 않았다. 금실로 수를 놓은 보랏빛 공단 두루마리는, 전부 펼쳐보니 내 몸뚱이만 했다. 거기다 오색의 보석과 술로 화려한 장식까지 되어있었다. 이러면 비밀리에 보낸 의미가 없는 거 아닌가?

"어서 읽어보십시오, 왕자님."

맞은편 소파에 앉은 크리스텔이 다정하게 말했다. 그녀가 부러 괜찮은 척하는 것 같아 신경 쓰였고, 이자벨에게 가봐도 된다고 말하고 싶었다. 하지만 그녀 역시 나름의 판단으로 남은 것일 테니 앞서 이야기하지 않기로 했다. 나는 상석에 자리한 태자를 흘끔한 뒤 두루마리를 들여다보았다.

"음…"

그리고 신중하게 읽었다. 솔직히 좀 무서웠다. 황제에겐 별말 없었다는데, 나한테는 별말 했을까 봐.

"뭐라고 쓰셨습니까?"

"평범한… 것 같습니다."

내가 이마를 찡그리며 말했다. 이건 예상 밖인데, 진짜로 그랬다.

"제가 잘 먹는다고 들어서 기쁘시답니다. 코르넬리서는 건강히 지내고 있다네요. 반년 동안 키가 제법 자랐다고 합니다."

2왕녀는 만나본 적도 없는 아이인데, 이런 소식을 들으니 괜히 입가에 미소가 번졌다. 물론 안타까운 내용도 있었다. '네가 적국에 볼모로 가있다는 사실을 상기하면 자다가도 가슴이 미어져 침실을 서성인다'라거나, '네 아버지의 안식과 너의 평안을 위해 매일 주신께 기도하고 있다'라는 말.

대부분은 자식의 안부를 묻고 소식을 전하는, 보통의 부모가 적은 글이었다. 거꾸로 훑기도 하고 문장의 첫 글자만 떼서 확인하기도 했지만 숨은 메시지는 보이지 않았다. 너를 빼내고자 백방으로 노력하고 있다느니, 혹은 가면을 벗고 네 정체를 공개하라느니 하는 무시무시한 이야긴 없었다는 뜻이다. 천만다행히 내가 엘리서 앞에서 실수를 하진 않은 모양이었다. 나는 크게 안도하며 고개를 들었다. 곧바로 주황색 눈동자와 시선이 얽혔다.

"다 읽었나?"

"네."

그러자 태자가 목을 기울였다. 그는 몹시 불쾌하다는 눈빛으로 장갑을 벗었다.

"그럼 태우지."

뭐?

"제가 이러니까 집에 못 가!"

크리스텔이 혼잣말인지 호통인지 모를 소리를 했다. 뱅자맹은 한숨을 내쉬며 왕의 친서를 정리하기 시작했다.

* * *

"어째서, 왜 하필 우리 가문을…"

'남자'의 목소리가 벌벌 떨렸다. 황도의 저택으로 어떻게 돌아왔는지 기억조차 나지 않았다. 그는 누가 볼세라 서재의 모든 창에 커튼을 치고, 문이 단단히 잠긴 것을 두 번이나 확인한 후 어둠 속에서 힘겹게 촛불을 켰다. 그러고는 황제궁 시종에게서 어렵사리 받아 온 카드를 꺼냈다.

페네티안 국왕의 친서와 섞여 밀반입된 서신. 편지의 발신지를 아는 이상 감히 마차에서도, 저택의 정원에서도 열어볼 수 없었던 물건이었다. 라일락색 실링에는 흔한 문장紋章조차 찍혀있지 않았다. 그것이 그를 더욱 두렵게 했다. 부스럭, 부스럭.

'W. B.'

편지지의 겉면에, 두 개의 철자가 쓰여있었다. 모르는 이에겐 아무런 의미도 없겠지만 남자는 그것이 누구를 가리키는지 정확히 알았다. 신국의 왕족은, 제국에 있는 첩자에게 지령을 내릴 때 첫 이름과 중간 이름의 머리글자를 썼다. 그리고 현재 왕실에서 W로 시작하는 이름을 가진 자는 한 명뿐이었다.

"베르너르 페네티안."

남자가 절망의 별칭을 뇌까렸다. 그는 태어나 한 번도 세작으로서 명령을 받아본 적이 없었다. 그것은 자신의 증조모 대 일이었고, 그녀 이후로 태어난 자손들은 누구도 적극적으로 그런 짓을 하지 않았다.

물론 증조모가 저지른 일에 관해서는 뼛속 깊이 알고 있었다. 그녀는 무고한 어느 남작에게 죄를 뒤집어씌워 멸문에 이르게 했고, 당신은 고결하고 충성스러운 대귀족으로 남았다. 남자는 증조모의 임종 당시 들었던 말을 똑똑히 기억했다.

'생존을 위한 선택이었다. 그러니 부끄럽지 않아.'

그녀는 삶의 마지막 순간까지도 참회하지 않았다. 어린 증손자에게 그 모습은 아주 강렬한 색채로 남았다.

-바스락, 바스락.

그가 입술을 깨물며 서신을 펼쳤다. 글씨는 마치 책을 인쇄해 놓은 듯 똑발랐고, 크기와 자간 역시 소름 끼칠 만큼 일정했다.

'주신의 시야 밖으로 순례자를 인도할 것.

집행인이 아닌 모략을 요한다.

먹어 치우고 명예를 쳐라.

물리치고 박차는 자,
사냥꾼의 개로 눈감을 것이니.'

수수께끼 같은 말이었다. 그러나 남자에겐 어렵지 않았다. 그는 알쏭달쏭한 상류층 화법에 익숙한 제국의 귀족이었으며, 그전에 세작 집안의 핏줄이었다. 단번에 이해하지 못하는 것이 이상했다.

행간의 모든 단서가 또렷하게 박혀 들자 남자의 손이 바들거렸다. 지이익. 전율을 이기지 못한 종이의 한복판이 무력하게 찢어졌다. 악마의 속삭임이 그의 머릿속에서 한 글자 한 글자를 재정렬했다.

'순례자를 살해하라.
살수는 쓰지 말고 모략을 준비하라.
서찰은 꼭꼭 씹어 없애고 상대의 명예를 더럽혀라.
이 지령을 거부하면,
네 가문이 세작이라는 사실을 드러낼 것이다.'

"헉, 하아…"
끔찍한 요구와 협박이었다. 남자는 숨을 몰아쉬며 어젯밤에 남겨 둔 와인을 병째로 들이켰다. 차마 무고한 사람을 해칠 수는 없었다. 그래서는 안 됐다. 그런데 살기 위해서는 그래야만 했다.

그는 황제를 보필하는 위대한 충신 집안의 가주였고, 그가 책임지는 식솔의 수는 끝도 없었다. 반면 목표는 단 한 명이었다. 순례자. 성지를 찾아 고국을 떠나온 자. 예서 페네티안 왕자.

"증조모님…"

그는 앓는 소리와 함께 책상으로 무너졌다. 그녀가 이룬 죄업이, 선대 가주들이 방관과 모르쇠로 일관하며 쌓은 업보가 기어코 이번 대에 돌아오고 있었다. 남자 자신 또한 결백하다고는 할 수 없었다. 그는 황제궁에서 마주한 보라색 눈동자를 떠올렸다.

당혹한 자신을 향해 근심을 내비치던 하얀 낯이 생생했다. 왕자는 남자뿐 아니라 남자의 가족과도 교류가 있었고, 황실의 애정 어린 관심을 받는 존재였다. 선하고 상냥한 이였다. 국서가 그를 노린 것이 악독하고 잔악한 처사라는 사실을 제국에 모르는 자가 없었다.

"쿨럭, 쿨럭쿨럭!"

기어이 술에 사레가 들렸다. 속이 심하게 울렁거렸다. 그럼에도 그는 결정을 내려야 했고, 그것이 어려워서는 안 되는 사람이었다. 남자가 손끝을 덜덜대며 서신을 쥐었다. 그러고는…

-부욱! *지익!*

종이를 조각조각 짓찢어, 조금씩 입속으로 집어넣었다. 뱃속 깊은 곳에서 헛구역질이 올라올 때마다 그는 와인을 들이켜 억눌렀다. 턱 끝으로 식은땀이 흘러내렸다.

'생존을 위한 선택이었다.'

핏빛 술이 줄어들 때마다 증조모의 목소리가 저주처럼 귓가를 울렸다. 그러나 그는 취할 수 없었다. 세워야 할 모략이 있었으므로.

7. 마탑주의 숲

 따뜻하고 화목한 며칠이 흘렀다. 쥘리에트 궁에선 가을 정취와 마롱글라세 냄새가 났다. 황태자가 불꽃 같은 성질머리를 자랑하긴 했지만, 크리스텔의 활약으로 국왕의 서신이 불타는 일은 없었다. 나에겐 큰 의미가 없는 편지일지라도 훗날 예서 왕자가 깨어나면 그에겐 소중한 물건이 될 수 있었.

 고심 끝에 우리는 두루마리를 커다란 궤에 넣고, 짐마차에 실어 쥘리에트 궁으로 운반했다. 내가 먹을 음식 재료라고 하니 지나가던 일손들도 수긍하는 눈치였다. 세워서 넣으면 내 금고에도 겨우 들어가긴 했다. 다행이었다.

 "…"

 그나저나 친서는 왜 태우려고 한 건데. 신국이 그렇게 싫냐? 나는 옆자리의 세드리크 태자를 흘끔댔다. 가을바람을 받은 창가의 커튼이 그의 머리카락을 간지럽혔다. 내 시선을 느낀 태자가 깃펜을 움직이다 말고 멈칫했다.

"이제 저희 가문의 가주님에 대해서 설명할게요."

에바의 목소리가 응접실, 아니 급조된 교실을 짜랑짜랑 울렸다. 어제오늘은 소공녀가 진행하는 '블랑케르의 문화와 전통' 강의가 있었다. 블랑케르 가문은 폐쇄적이기로 유명한 데다 황실이나 여타 대귀족과의 교류도 적었다. 공작령으로 떠나기 직전에 벼락치기 하는 거지만, 공작의 딸인 에바가 직접 가르치는 정보라면 썩 유익할 터였다.

"제 어머니, 세실 블랑케르 공작께서는 제국 최강의 마법사 중 한 분이십니다. 당연히 8급이시고 특기는 '빛'이에요. 지금까지 숱한 국경의 마찰을 직접 통제하셨고, 존재 자체가 억지력이라고 불리시는 분이세요. 그게 뭔지는 잘 모르겠지만…"

분필을 쥔 소공녀가 뒷말을 얼버무렸다. 곁에서 흑판을 들고 보조하던 요한 경이 부드럽게 미소했다.

"공작님의 반격이 무서워서 상대가 공격할 엄두를 내지 못한다는 뜻이죠. 멋지네요."

"해설이 필요하단 말은 아니었어요!"

에바의 눈매가 날카롭게 섰다. 성기사는 하얀 머리칼을 귀 뒤로 넘기며 꼬리를 뺐다. 교실을 채운 쥘리에트 궁 시종들이 와르르 웃었다. 왼편에 앉은 크리스텔도 실소를 흘렸다. 그녀는 소공녀 선생님의 눈치를 보더니, 내 책상으로 팔을 뻗어 깃펜을 놀렸다. 하얀 종이 위에서 글자들이 왈츠를 추기 시작했다.

'이따 쪽지 시험 있대요.'

절로 입이 벌어졌다. 그런 말은 없었는데, 진짜?

'에바 교수님 너무 빡세요.'

그녀의 필체가 엉망으로 날아갔다. 나는 숨죽여 웃다가 펜을 서걱거렸다.

'가장무도회엔 누구와 함께 가십니까?'

'비밀입니다.'

'파트너가 생겼다는 소문은 사실인가 봐요, 그럼.'

'왕자님 글씨체 왕자님 닮았어요.'

크리스텔이 딴소리를 했다. 눈이 마주친 그녀가 킥킥거렸다. 이거 욕인가?

-끼응

그때, 학생들의 발치를 순찰하던 데미가 내 종아리를 짚고 섰다. 녀석은 수업이 지루한지 눈물이 그렁그렁했다. 레아와 페리는 뒤쪽에서 자신들의 꼬리 잡기에 여념이 없었다. 나는 데미를 무릎에 올려주고 토닥토닥하며 필담을 이어갔다.

'공작 부인께선 잘 지내십니까?'

간단한 안부였지만 다른 의미도 내포하고 있었다. 우리가 황제궁에서 사르네즈 공작의… 현장을 목격한 지도 닷새가 지났다. 나는 조심스레 크리스텔의 표정을 살폈다. 그녀는 아무렇지 않게 답을 적었다.

'네, 아버지께서 그날 오후에 공작령으로 내빼셨거든요.'

나는 펜을 내려놓고 계속되는 문장을 읽었다.

'일이 많으시답니다.'

'어머니께선 사정을 모르세요, 차라리 쭉 모르셨으면 좋겠다가도.'

'…귀족들은 다 이런 걸까요?'

'그런데 두 분도 가장무도회에 가신대요, 어이없죠.'

마지막 말엔 인상이 조금 찡그려졌다. 크리스텔이 고개를 절레절레했다. 그러더니 무언가 생각났다는 듯, 눈을 동그랗게 뜨고 펜을 사각거렸다.

'프랑수아 뒤엠 후작님도 참석한대요! 아까 엘리자베트 경한테서 들었습니다.'

의외의 소식이었다. 나는 앞자리에 앉은 소백작을 곁눈질했다. 그녀는 에바의 설명을 성실히 필기하고 있었다. 서임식 날 황제궁에서 만난 후작은 무척 바빠 보였고, 가장무도회에 불참한다고 말할 때도 자못 진지했다. 한데 어찌어찌 시간을 낸 모양이었다. 간만에 친구들이 많이 모이는 행사가 될 것 같았다. 청회색 눈동자를 돌아보는 순간-

-화륵!

"미친."

오른쪽에서 주먹만 한 불덩이가 내리꽂혔다! 내가 식겁해서 몸을 물리자, 꽃불은 작게 줄어들더니 이내 '치지익' 하며 사그라졌다. 종이도 원목 가구도 그을지 않았다. 나는 와락 얼굴을 구기며 태자를 바라보았다. 주황색 눈동자가 불만에 가득 차있었다. 뭘 잘했다고!

"지금 뭐 하시는,"

"왕자님, 뒤에서 딴짓하신 건가요?"

에바의 목소리가 날아왔다. 일순 철렁했다. 진짜 고등학교 때로 돌아간 기분이었다.

"그게…"

나는 말끝을 흐렸다. 필담을 나누긴 했으니 딴전 부린 게 아니라고 거짓말하기도 그랬다. 크리스텔이 모른 척하며 책상에 얼굴을 묻었고, 엘리자베트 경은 입술을 깨문 채 나를 돌아보았다. 이윽고 소공녀의 눈맵시가 매섭게 변했다.

"마법사의 특기에 관해 말씀해 보십시오."

"…특기란, 마법사가 타고난 마나 감응력을 보이는 마법적 재능입니다. 보통 특기의 발견으로 자녀가 마법사임을 알게 되는 경우가 많습니다. 평범한 마법사는 평생 하나의 특기를 가지며, 이를 발동하는 데는 마법식이 필요하지 않죠. 태자님의 경우 금속 특기를 지니고 계십니다."

내가 찬찬히 대답했다. 사방에서 '오오' 하고 탄성이 흘러나왔다. 요한 경이 '훌륭하세요' 했다. 이런 반응을 예상하진 못했기에 볼이 홧홧해졌다. 그러자 에바는 제대로 심술보가 발동한 얼굴이었다. 아이는 티 테이블에 올려둔 종이를 들여다보더니 또박또박 낭독했다.

"'페네티안 신국에서는 마법사를 성직자와 비교하며 천시하는 풍조가 있다. 마수의 생태와, 마수가 우리 삶에 미치는 영향을 중심으로 신국의 경향성을 서술하시오. 4점.'"

…주관식 논술형이야? 에바도 당황했는지 '이게 무슨 소리예요?' 하고 요한 경에게 소곤거렸다. 자신이 준비한 문제가 아닌 모양이었다. 크리스텔과 소백작은 물론이고 뱅자맹, 가나엘, 다비드까지

기대하는 눈빛으로 나를 바라보았다.

나는 침착히 머릿속을 정리했다. 에바에게 문제지를 제공한 사람이 누구인지 알 것 같았다. 말이 좀 어려워서 그렇지 질문 자체는 쉬웠다. 전부 몇 달 전에 배운 내용이니까.

'성서에 기록된 마나는 '주신께서 쓰고 남은 힘'이란다. 그게 원문이지. 물과 불, 공기와 대지가 아닌 나머지 이적異跡들 말이야.'

부티에 추기경의 목소리가 귓가를 울렸다.

'하지만 이를 두고 일부 성직자들은, 마나가 주신께 버림받은 힘이라고 해석했어. 에테르와 달리 속되고 더러운 기운이라고 비하하기도 했단다.'

"…비하하기도 했습니다. 게다가 신국에서 신관의 권위는 절대적입니다. 그들이 세를 잡은 상류층에서 마법사 직종을 낮잡는 시각이 있으니, 여러 세대에 걸쳐 그런 성향을 띠게 된 것도 이상하지 않죠."

내가 차분히 말꼬리를 이었다.

"마수도 마찬가지입니다. 놈들은 자연 상태의 마나에서 태어나 본능적으로 인간에게 해를 입힙니다. 마나의 부산물인 마수가 혼란스럽고 악한 행위를 하니, 마나를 다루는 마법사 또한 그들 입장에선 좋게 볼 수 없을 겁니다."

그러고는 재빨리 덧붙였다.

"물론 저는 그렇게 생각하지 않지만요."

리에스테르는 이제껏 단 한 명의 성기사도 없이, 검사와 마법사의 무력에 의존해 영토를 확장하고 국경을 지켜왔다. 제국의 고위

마법사는 대부분 유명인이었고 웬만한 대주교만큼 존경받았다. 그런 나라에 볼모로 와서 성직자가 마법사보다 우월하다느니, 마나는 추잡하다느니 헛소리할 생각은 없었다. 말을 맺은 내가 애매하게 입꼬리를 올리자…

"와아!"

이번에는 학생들 사이에서 박수가 쏟아졌다. 요한 경이 눈꼬리를 휘며 '만점이네요' 했고, 에바는 그의 옆구리를 짜증스레 쿡쿡 찔렀다. 쑥스러워서 귀 끝이 달아올랐지만 둘이 그새 친해진 듯해 기뻤다.

답을 들은 태자가 코웃음 쳤다. 돌아본 그는 에바의 강의와 관계없는 정무 관련 문서를 살피고 있었다. 나는 그의 책상에 팔을 올렸다. 마침 파지가 보였다.

'수업 시간에 딴짓하는 건 태자님이시네요.'

그렇게 적자 사내가 미간을 찌푸렸다. 나는 눈길을 에바에게 고정하고 손만 움직였다.

'혼자 두고 다 같이 놀러 가지 않을 테니까, 천천히 하십시오.'

'애 취급 하지 마.'

어지간히 열이 받았는지, 그는 예상치 못한 댓글까지 달고 나를 부리부리 노려보았다. 나는 실실 쪼개며 끄적였다.

'중요한 일이 아니면 도와드릴까요? 저도 읽고 쓸 줄은 압니다.'

그랬더니 태자의 움직임이 우뚝 멎었다. 내가 실언을 했나 싶어 거듭 훑어봤지만, 문제가 될만한 말은 아닌 듯싶었다. 영국 드라마 같은 거 보면 왕이 편한 친구들이랑 국정 논의도 하던데.

"그대의 말이 무슨 뜻인지는 아는 건가?"

…여기서는 그러면 안 되나 보다. 그의 물음에 나는 재깍 납득했다. 암, 서양풍이라고 다 똑같은 게 아니지. 무엇보다 나는 볼모고.

"왕자님, 또 딴짓!"

"죄송합니다."

젠장, 에바한테 다시 걸렸다. 데미가 고소하다는 듯 낑낑 울었다. 엘리자베트 경과 크리스텔이 하이파이브를 하며 낄낄댔다. 둘 중 한 명이 찔렀구나.

"수업을 잘 들으시는 건지 모르겠어요. 다른 분도 아니고 왕자님이 불량 학생이시라니!"

"잘못했습니다."

나는 자세를 바로 하며 사과했다. 학교 다닐 땐 모범생 소리도 종종 들었는데, 어쩌다 빙의해서 불량 딱지가 붙은 건지 모르겠다. 에바가 붉은 고수머리를 흔들며 질문을 퍼부었다.

"블랑케르 영지의 밀림에는 길고 높다란 건물이 있습니다. 대마법사이셨던 초대 가주께서 설계하신 탑이에요. 그것의 이름과 목적이 뭔지, 주인은 누구이며 그분을 뭐라고 부르는지 말씀해 보세요."

"어…"

나는 팽글팽글 잔머리를 굴렸다. 그간 읽었던 몇몇 웹소설과 클리셰가 뇌리를 스치고 지나갔다. 대마법사가 구상한 탑이라면, 역시.

"마탑?"

"우와."

"왕자님은 모르시는 게 없네요."

실내가 웅성거렸다. 에바의 눈초리가 한층 쌀쌀해졌다.

"지으신 목적은 마법 연구와… 국경 수비 및 감시겠죠. 마탑의 주인은 마탑주라고 부를 테고, 현재 가주인 블랑케르 공작이 책임자이실 것 같은데요."

"진짜 약 올라요. 밉습니다!"

에바가 소리쳤다. 내가 놀라있는 동안 소공녀는 드레스 자락을 잡고 밖으로 나가버렸다. 정확히는 그대로 나가려다가, 인사를 잊은 것을 깨닫고 태자와 나에게 예를 차린 후 콩콩 사라졌다. '10분 쉬고 쪽지 시험 칠 거예요!' 하는 경고도 잊지 않았다. 무섭네.

"금번에는 왕자님께서 실수하셨습니다."

소백작이 뒤돌아 앉으며 빙글거렸다. 가나엘이 다가와 우리 앞에 간식을 차렸다. 뱅자맹은 다비드의 도움을 받아 시종들에게 주전부리를 먹이기 시작했다. 태자가 한숨을 쉬었다.

"그런가요? 고마워, 가나엘."

"에바 공녀는 왕자님의 가정교사 노릇을 하고 싶은 눈치거든요. 뭐든지 척척 대답하시니 속상할 겁니다."

"왕자님께서 그런 걸 아셨으면 진작 대륙 제패 하셨을 거예요."

크리스텔이 무스 오 쇼콜라를 크게 한입 떠먹으며 말했다. 나는 호두가 촘촘히 박힌 카트르 카르를 썰다 말고 갸웃했다. 방금 그것도 욕인가?

* * *

이튿날은, 드디어 블랑케르 공작령으로 출발하는 날이었다. 황궁에 긴 마차 행렬이 다시금 늘어섰다. 엘리자베트 경이 휘파람과 손짓으로 근위대를 절도 있게 배치했고, 배웅을 나온 스승님은 태자의 머리를 쓸어주고 있었다. 나는 해수 풀장 앞에서 홀로 심각했다.

"정말 같이 가? 거기 낯선 사람 많은데도?"

-애우우

티테가 목을 길게 빼며 울었다. 나는 녀석에게 세 번이나 확인을 받고 나서야, 뱅자맹이 건네준 수건으로 하얀 몸통을 돌돌 감쌌다. 태자의 어깨에 앉은 뚝심이가 나를 향해 삑삑거렸다.

어떻게 티테를 두고 갈 생각을 했느냐, 네가 그러고도 임시 보호자냐 하는 타박 같았다. 나는 할 말이 없어 쓰게 웃었다. 에바가 영주성에 수조를 마련했다는 고마운 말까지 해주었지만, 꼬마는 황궁에 온 지 얼마 되지 않았다. 괜히 밖으로 나돌게 하는 듯해 걱정스러워서 그랬다.

-아우, 아으

"그래, 형이랑 가자."

태자가 먼저 마차에 올랐고, 나는 티테를 도닥이며 신수들과 문가에 섰다. 추기경이 자애로운 눈빛으로 말했다.

"즐겁게 놀고 오렴, 제자님."

"네. 가서 연락드리겠습니다."

"기쁘네. 세드리크는 그런 애교가 없거든."

그녀는 눈주름이 깊어질 만큼 환히 웃더니, 내 뺨에 입을 맞추었다. 그러고는 빠르게 속삭였다.

"공작령에 가면, 머리장식은 꺼내지 않는 게 좋겠구나. 그곳 백성들에게 반감을 살 거란다."

내가 눈을 깜빡였다. 그녀는 평온한 낯으로 몸을 떼며 복화술을 했다.

"그리고 모데스트 바카리 군을 조심하렴. 왕자님을 위험인물로 보고 있어."

…그 안경 꼬맹이도 가요?

* * *

-다그닥, 다그닥…

말발굽 소리는 일정했다. 나는 아늑한 흔들림 속에서 졸고 있었다. 연달아 포털을 타니 제국 동부는 순식간이었다. 크리스텔이 선물한 머리장식이 아니었더라면, 아마 며칠 전에 출발해서 몇 개의 여관에 묵어야 했을 것이다.

동행하는 친구들은 물론이고 시종과 하인들까지 고생을 했겠지. 주인공 덕분에 심신이 편안한 여행을 하고 있었다. 입꼬리가 절로 올라갔다.

-깨어나세요, 왕자여. 시간이 많지 않습니다.

어디선가 들어본, 아주 근사한 목소리가 들렸다. 남자가 살며시 내 어깨를 잡았다. 나는 번쩍 눈을 떴다. 쪽빛 하늘이 시야에 들어왔고, 머리는 부드러운 금잔디에 닿았다. 잠들기 전까지만 해도 마차 안이었는데 말도 안 되는 배경 전환이었다. 벌떡 몸을 일으켰다.

-*쏴아아아…*

"뭐야…"

낯익은 종탑과 짙푸른 북해가 보였다. 그런데 짭짤한 바다 내음 대신, 공기 중에서는 달콤한 쿠겔호프 냄새가 났다. 갈매기가 노니는 창공에선 새의 울음이 아니라 마차 바퀴 소리가 들렸다. 덜걱, 덜그럭…

"이블린이네. 아니, 꿈이네."

-*비슷합니다.*

내 중얼거림에 익숙한 음색이 답했다. 나는 주저앉은 채로 황급히 뒤를 돌았다. 바람에 긴 흑발이 나부끼고, 남청빛 눈동자엔 파도가 일었다. 황태자를 빼닮은 옥안玉顔. 그는 지난번에 보았을 때와 같은 대마법사의 예복 차림이었다. 나는 겨우 넘어지지 않고 자리에서 일어났다.

"전하. 니키."

-*네, 그대의 굴뚝새입니다.*

"…이거 그냥 꿈이 아니군요. 그러니까, 꿈이긴 한데…"

내가 콧등을 찡긋거렸다. 생각과 말이 동시에 솟아났다.

"공간을 빌린 겁니까?"

-*영리하군요. 역시 마음에 듭니다.*

알렉상드르 리에스테르의 자태를 한 방주가, 눈매를 곱게 휘었다. 기절초풍할 일이었다.

"이게 가능합니까? 지금까지 이런 식으로 말을 거신 적은 없었잖아요."

-그대는 제법 강해졌습니다. 이 정도의 간섭에 그릇이 깨지진 않을 겁니다. 아주 잠깐이니까요.

그렇게 말한 니키는 무섭도록 조용히 내게 다가왔다. 발소리는 물론 옷이 스치는 소음도 나지 않았다. 우습게도 그제야 그가 인간이 아니라는 실감이 났다. 나는 침착하게 남자를 바라보았다. 어쨌든 강해졌다니 좋은 일이었다. 신물의 진단이라면 거짓도 아닐 테고, 그간 에테르 순환을 쉬지 않은 보람이 있었다.

-그리고 이 몸 또한 강성해졌습니다.

"예?"

-우리가 모이고 있으니까요. 이런 일은 처음인지라, 나도 놀랐습니다.

단정한 입술이 다시 침묵했다. 내게 해석할 시간을 주는 것 같았다. 나는 입속말을 했다. 그가 '우리'라고 할만한 존재라면…

"제국의 신물이 한데 모이고 있어서, 강해지고 계시다는 말씀입니까? 덕분에 저의 꿈을 빌릴 수 있었고요?"

그것 외엔 그럴듯한 가설이 없었다. 블랑케르 영지의 밀림에는, 제국의 마지막 신물인 '수목의 신궁'이 잠들어 있었다. 크리스텔에겐 '창해의 축복'이 깃들었고 세드리크 태자는 '화성의 혜검'을 뽑았다. 눈앞의 니키는 '비렴의 방주'였다. 이들 모두가 공작령으로 향하고 있으니, 네 신물이 가까워지는 것은 필연적이었다. 그러자 니키가 기특하다는 듯 미소했다.

-그렇습니다. 하지만 가장 중요한 존재를 잊어서는 안 될 겁니다.

그러고는 검지를 뻗어 내 심장을 가리켰다.

"…"

-그대의 그릇에 담긴 것은, 주신의 섭정이 다스리던 물건입니다. 나는 그에 관해 조금도 아는 바가 없습니다.

나는 마른침을 꿀꺽 삼켰다. 그럴 거라고 오랫동안 생각은 했지만, 니키의 말로써 확실해졌다. 정말로 내 안에는 교황의 신물인 '소원의 성반'이 들어있었다. 괜히 가슴팍에 손이 갔다. 쿵덕쿵덕, 심박이 건강하게 뛰고 있었다. 미남사가 소매로 입을 가리며 웃었다.

-우리는 주신의 의지로 이 땅의 사방위에 흩어졌습니다. 오랫동안 많은 인간을 만났으나 진정한 주인을 택한 적은 없었죠. 그러니…

"모이면 무슨 일이 벌어질지 알 수 없다는 경고입니까?"

-네. 이해가 빠르군요.

그가 대답하고는 머나먼 수평선을 바라보았다. 나는 무심코 그의 시선을 쫓았다. 그리고 눈을 휘둥그레 떴다: 역설적이지만 잠이 확 깨는 느낌이었다. 바다와 하늘이 맞닿은 경계가, 폭풍 속의 모래성처럼 부서지고 있었다.

-와드득, 파사삭…!

해수와 구름이 있던 곳에 시커먼 무無의 골이 팼다. 세상에서 제일 끔찍한 도미노를 목격한 기분이었다. 쿠구궁! 육중한 무엇이 무너지는 울림이 잇따랐다. 나는 다급히 니키를 돌아보았다. 악몽까지는 아니지만, 두려움을 떨치고 물어야 할 것이 있었다. 내 능력으로는 꿈의 '대여'도 여기까지인 듯싶었으니까.

"그게 다입니까?"

-아니요.

그가 걱정스러운 눈길로 나를 보았다.

-그대가 위험합니다.

"네?"

우르릉! 꿈의 침식이 어느새 해안선까지 다가와 혀를 날름거렸다. 니키의 말이 이어졌다.

-이것은 단지 예감일 뿐이며, 내게는 어떠한 근거도 없습니다. 그러나 주신이 그대를 위해 예비한 무언가가 있는 듯합니다.

"…죽는 겁니까? 전쟁에서요?"

자연히 언성이 높아졌다. 이곳의 지고한 존재가 나에게 내릴 운명이라면, 나로선 퇴계공 원작의 흐름을 생각할 수밖에 없었다. 니키는 난감한 표정으로 묵묵했다. 콰지직, 쿠웅! 코앞의 하얀 종탑이 까만 무의식 저편으로 스러졌다. 다각, 다각! 창천의 말발굽 소리가 천둥처럼 크게 들렸다.

-조심하세요. 세계는 이미 그대를 의지하고 있습니다.

"그게 무슨,"

-빠지직!

억, 하는 순간 발밑이 쑥 꺼졌다. 삽시에 눈높이가 떨어지며 뒷골이 서늘해졌다. 검은 절벽을 붙든 대마법사가 나를 간절히 내려 보고 있었다. 끝없는 추락이었다.

* * *

"허억!"

나는 거의 경기하며 잠에서 깼다. 그리고-

-*삐삐삐삐이!*

허벅지 위의 뚝심이가 알람처럼 요란하게 울었다. 나는 가쁜 숨을 쉬며 녀석에게 손을 내밀었다. 굴뚝새는 폴짝 뛰어 손바닥에 안착하더니, 손가락에 몸통과 부리를 비비며 아양을 떨었다. 어이가 없어 헛웃음이 났다. 그런 무시무시한 얘길 해놓고 놀라게 해서 미안쩍다는 거야?

"왕자님, 괜찮으세요?"

건너편에서 크리스텔이 물었다. 고개를 드니, 그녀가 무척 염려스러운 얼굴로 나를 살피고 있었다. 마주 앉은 태자도 보일 듯 말 듯 미간을 구긴 채였다.

옆자리 에바의 눈꼬리엔 먹구름이 잔뜩 걸렸다. 먹던 쿠겔호프를 절반이나 남길만큼 놀란 모양이었다.

"가위에 눌리신 것 같았습니다. 그런데 흔들어도 일어나지 않으시고, 태자 전하와 공녀께선 왕자님의 에테르가 불안하다고 하셔서… 저는 치유 신관도 아니니 태의를 불러야 하나 고민하다가… 혹시 고산병? 그거예요?"

"아뇨. 그냥 좀, 엄청난 꿈을 꿔서요. 인제 멀쩡합니다. 괜찮습니다."

내가 불안해하는 소녀를 달랬다. 태자의 무릎에 있던 레서판다들이 하나둘 내게로 넘어왔다. 티테는 크리스텔의 품에서 바동거리고 있었다. 태자가 혀를 차며 창문 너머로 눈길을 돌렸다. 그의 주먹이 느슨해지는 것이 보였다. 다들 신경 쓰이게 한 것 같아 미안했다. 뚝심이는 이제 손금 위에서 춤을 추고 있었다. 애쓴다.

"저기, 제가 태어난 곳이에요!"

그때, 에바가 창밖을 가리키며 말했다. 나는 동물들을 한가득 끌어안은 채 목전에 펼쳐지는 장관을 구경했다. 턱을 다물 수가 없다. 끝없는 부챗살처럼 겹겹이 드러누운 산맥이, 가을을 맞아 다채로운 붉은색과 노란색을 입고 있었다.

시선이 닿는 곳마다 구름이 있어 이곳이 하늘인지 땅인지 헷갈릴 지경이었다. 경사가 급해지자 바깥의 풍경도 비스듬해졌다. 이내 뾰족한 벼랑 꼭대기에, 웅장한 블랑케르 영주성이 모습을 드러냈다. 날개를 길게 뻗은 맹금류가 첨탑 주위를 비행했다.

"와…"

감탄사가 절로 흘러나왔다. 이런 산중에 저만한 성을 짓기 위해, 도대체 얼마나 많은 사람이 오랫동안 일해야 했을까. 내가 이국적인 광경에 넋을 놓은 사이 크리스텔이 입을 열었다.

"전하께서도 초행이십니까?"

태자가 고개를 까닥였다. 그러고 보니 그렇겠구나. 태자의 부친인 알렉상드르 국서는 가문 대신 사랑을 택했고, 블랑케르 공작가는 첫째와의 인연을 단칼에 끊어냈다. 이후 황실과 사돈 집안 사이에 사적인 교류는 없었다고 하니, 태자가 아버지의 고향을 방문하는 건 이번이 최초였다. 싱숭생숭하겠네.

"앗, 부모님이에요."

에바의 음성이 작아졌다. 나는 성채를 유심히 관찰했다. 과연,

멀찍이서 거대한 성문이 열리고 있었다. 황실의 마차 행렬을 마중 나온 인파가 보였다. 그들의 선두에는 두 개의 실루엣이 서있었다. 세실 블랑케르 공작과 공작 부군.

"후우."

가볍게 한숨을 뱉었다. 그러고는 손등에 올라온 뚝심이와 시선을 마주했다. 제국에서 제일 높은 산맥의 심장부에 다섯 개의 신물이 모일 예정인 데다, 나는 또 위험에 처하게 생겼다. 심지어 그게 어떤 종류의 위기인지도 몰랐다.

하지만 차분히 생각해 보면, 예서 왕자는 빙의 첫날부터 시한부였고 늘 위태로운 인물이었다. 그러니까… 무조건 조심할게. 여기서 누구를 만나고 뭘 하든. 그럼 되는 거지?

-삐뽀!

꼬마가 힘차게 지저귀었다. 마치 내 마음을 읽었다는 양.

* * *

블랑케르 공작 부부는 아주 견고한 사람들이었다. 꼿꼿한 자세부터가 그랬고 빈틈없는 표정도 그랬다. 그들은 우리 마차에서 레서판다 세 마리와 하프물범, 굴뚝새가 나오는 걸 보고도 덤덤했다.

뒤따른 마차에선 요한 경이 이자벨을 에스코트해 내렸고, 사르네즈 공작은 보이지 않았으나 역시 아무렇지 않은 얼굴이었다. 곧 정식 후계자가 될 에바가 인사만 올리고 우리 뒤로 숨었는데도 무반응이었다.

"세실 블랑케르입니다. 고귀하신 세드리크 태자 전하와 예서 페네티안 왕자님을 뵙습니다."

공작이 절했다. 가주를 따라 부군과 식솔들이 예를 차렸다. 그녀는 어깨를 드러낸 드레스를 입고 목에 딱 붙는 목걸이를 하고 있었다. 그 밖에도 황도 귀족과 묘하게 복식이 달랐는데, 자세히 보니 알렉상드르의 대마법사 예복과 유사한 부분이 있었다. 자신의 취향과 마법사 양식을 적당히 섞은 듯했다.

"…불민한 제 자식이 황실과 두 분께 큰 무례를 저질렀습니다. 거듭 사죄드립니다."

로베르 블랑케르의 만행에 대한 사과가 뒤를 이었다. 태자는 턱을 까닥했고 나도 묵례로 말을 받았다. 부부가 찬찬히 허리를 세웠다.

"안으로 모시겠습니다. 누추하오나 지내실 공간을 마련해 두었습니다."

공작이 손짓했다. 태자가 걸음을 떼자 모두 그를 따라 입성했다. 나는 그녀에게 나직이 물었다.

"소공작은 어디 있습니까?"

"…"

공작의 낯에 작은 균열이 일었다. 내가 말을 이었다.

"아직 영지에서 지낸다고 들었습니다. 우리가 이곳에 머무르는 동안 아드님이 에바 공녀와 같은 장소에 있지 않았으면 합니다. 가능할까요?"

"…조치를 취해두겠습니다, 왕자님."

"고맙습니다. 저는 상관없지만 따님이 편치 않을 테니까요."

돌아오는 답은 없었다. 그녀는 깊은 흑갈색 눈동자로 딸과 나를 번갈아 보더니, 다소 심란한 얼굴로 정면을 응시했다. 그러자 에바가 한 손으로 내 팔을, 다른 손으로는 크리스텔의 손을 잡고 해죽대며 걸었다. 엘리자베트 경의 웃음소리가 들렸다.

* * *

블랑케르 공작이 우리를 위해 준비한 곳은 '누추'와 거리가 멀었다. 무려 영주성에서 두 번째로 큰 성탑이었고, 시종과 하인에 근위대까지 짐을 풀었는데도 방이 남아돌았다.

곳곳이 깨끗하게 단장되어 있어 맨발로 복도를 돌아다니는 게 가능할 정도였다. 뚝심이와 애물단지들이 창가에 모여 앉아 삐, 아우, 낑낑거렸다. 새 숙소에 대한 리뷰의 장이 열린 모양이었다. 조식까지 보고 생각하자, 얘들아.

"머리장식은 가방 안쪽에 넣어두었습니다, 왕자님."

"감사합니다. 아까 도착할 때 아무도 못 봤겠죠?"

"예. 태자 전하와 공녀께서 가려주신 덕분입니다."

뱅자맹이 대답했다. 스승님의 조언대로 율리터의 머리장식은 포털 이용 직전에만 쓰고, 이동이 끝나자마자 벗어서 챙겼다. 누가 소문을 듣고 물어봐도 대충 넘길 계획…

"허업. 왕자님, 여기 왕자님의 가장假裝이 들어있어요!"

옷장을 연 가나엘이 큰 소리로 외쳤다. 뱅자맹과 나는 후다닥 소년의 곁으로 다가갔다. 여태껏 에바는 내 무도회 의상에 관해 한마디도 하지 않았다. 내가 이런 말을 하긴 그렇지만, 이건 쥘리에트 궁 식구들까지 내기를 벌인 초미의 관심사였다. 뭐든 좋으니 그놈의 날개만 아니면…

"천사 아니에요, 뱅자맹 님. 저희 또 비상금 날렸습니다…"

가나엘이 시무룩한 목소리로 말했다. 뱅자맹이 탄식을 하건 말건, 나는 환한 낯으로 의상을 덥석 붙들었다. 목깃 사이에 소공녀가 끼워둔 카드가 보였다.

'왕자님은 악마의 유혹에 빠진 흑기사. 아무도 예상 못 할걸요!'

히죽히죽 웃음이 샜다. 기사 좋지, 평범한 게 최고다. 우리 에바도 최고다!

8.　　　　　　　　　　　사랑과 스텝은 꼬이지 않게

우리는 무도회 이틀 전 블랑케르 영주성에 도착했으므로, 푹 쉴 여유가 있었다. 덕분에 나는 머릿속에 정리한 모든 일을 착착 진행할 수 있었다. 당연히 뱅자맹과 가나엘의 도움을 받아서였다. 먼저 에바가 나를 위해 주문한 '흑기사' 의상을 입어봤고,

'저는 솔직히 회의적이었습니다만, 정말 잘 어울리십니다.'

'당장 말 타고 나가서도 모두가 따를 거예요, 왕자님. 너무 멋있습니다!'

…라는 엄청난 칭찬을 받았다. 나로 말할 것 같으면, 천사 콘셉트가 아니라는 점에 무조건 만족이었다. 은회색 갑옷은 뭐로 만들었는지 몰라도 전혀 무겁지 않고 몸에 딱 맞았다. 가장假裝의 장인이 제작했다더니, 과연 움직임도 부드러웠다.

새카만 망토가 무릎 뒤까지 내려오는 게 좀 멋있었다. 까마귀 깃과 흑진주, 오팔, 투르말린으로 화려하게 장식한 칠흑의 뱀가죽 가면은 코 위쪽만 덮는 형태였다. 눈앞에 달린 베일이 눈동자 색을 확

실히 가려주었다. 이거 물건이네.

'오렐리 전하께 포털 우편을 보내고 싶은데, 가능할까요?'

'물론입니다. 윗전들께서 무척 기뻐하실 겁니다.'

내 물음에 뱅자맹이 인자하게 대답했다. 나는 엘리자베트 경과 황실 근위대의 협조를 얻어 비밀스러운 편지도 부쳤다. 안부와 더불어, '비렴의 방주'가 내게 해준 경고를 전달하기 위함이었다. 네 개의 신물이 한데 모이면 무슨 일이 벌어질지 알 수 없다는 내용이었다. 그런 중요한 걸 나만 알고 있을 순 없었다.

'음…'

그래도 내게 위기가 오고 있단 이야기는 쓰지 않았다. 그게 좀… 그렇지 않은가. '제가 위험하대요, 주신이 저를 위해 예비한 무언가가 있답니다'라니. 구체적인 설명도 없이 이런 소리를 하면 누가 읽어도 자의식 과잉 같고 우스울 터였다.

'-세계는 이미 그대를 의지하고 있습니다.'

…로판 세계관에서 혼자 아포칼립스 찍는 것도 아니고. 당사자인 나한테야 의미심장한 발언이지만, 제삼자 입장에선 그냥 오글거리는 대사였다. 니키의 마지막 말은 내가 잊지 않고 명심하는 것으로 족했다.

만일을 대비한 패도 있고, 곁에는 세 명의 성기사가 있으며 신수 넷에 신물 하나까지 함께였다. 괜히 나서지만 않으면 아무렴 내 쪽에서 사고가 터지진 않을 터였다. 그렇게 하룻밤이 지났다.

"아리송하네."

내가 조식으로 나온 시나몬 롤을 자르며 중얼거렸다. 그렇다 하더라도, 세계를 나를 의지한다는 건 무슨 뜻인지 모르겠다. 경계의 신전에 있던 '소원의 성반'을 흡수해서 그런가. 분위기상 그게 대륙에서 제일 중요한 신물인 듯한데, 뚝심이에게 더 묻고 싶어도 그러기가 어려웠다.

녀석이 먼저 말을 걸지 않으면 나는 대화를 시도할 방법이 없었고, 무엇보다 꼬마가 늦잠을 자고 있었다. 강해졌다고 해도 인간의 영혼에 간섭하는 행위는 품이 많이 드는 모양이었다. 그럼 내게 남은 선택지는 하나뿐이었다. 침착하게, 지금 할 수 있는 일을 하자.

-쨍그랑!

나는 반짝 고개를 들었다. 크루아상 푸딩을 옮겨 담던 크리스텔이 딱딱히 굳어있었다. 그녀의 접시가 야무지게 두 쪽 난 탓이었다. 청회색 눈매가 애매한 호선을 그렸다.

"죄송합니다. 힘 조절이 안 돼서… 왕자님 말씀대로 너무 강해졌어요."

그녀가 콧등을 긁적였다. 엘리자베트 경이 괜찮다며 격려했고, 황태자는 무심히 그녀를 일별한 후 식사에 집중했다. 우리는 성탑의 식당에 모여 아침을 들고 있었다. 요한 경이 바닐라 머핀을 집으며 미소했다.

"걱정 마세요, 곧 적응할 거예요. 축복의 힘이 있으니까요."

그렇지. '창해의 축복'은, 말 그대로 축복이었다. 크리스텔은 신물이 몸에 깃들자마자 어마어마한 체능을 얻었고, 작은 상처는 금방 회복했다. 수목의 신궁이 가까워지면서 근력이 크게 상승한 듯싶지만, 적응력이라는 은총도 있으니 금세 안정을 찾을 터였다.

그녀는 고개를 끄덕이며 새 접시에 바게트 조각을 얹었다. 이어 아주 조심스러운 손길로 크림치즈를 바른 뒤, 무채와 아보카도를 올리고 딜을 뿌렸다. 저건 절대로 맛있지.

"그나저나 굴뚝새에게 그런 능력이 있는지 몰랐습니다. 터놓고 말씀해 주셔서 감사합니다, 왕자님."

내가 먹으면서 먹을 것 생각을 하고 있는데, 소백작이 화제를 돌렸다. 나는 씩 웃었다.

"뚝심이는 모두와 친하니까요. 다들 나중에 놀라시는 것보단 제가 미리 알려드리는 게 나을 것 같았습니다."

그랬다. 나는 황제와 추기경에게 털어놓은 뚝심이 관련 이야기를 친구들에게도 들려주었다. 주인공 두 사람은 반드시 알아야 한다는 생각이 들기도 했고, 신물 언급까지 나왔으니 이참에 전부 밝히자는 마음이었다. 여기엔 은서가 남긴 명언도 큰 역할을 했다.

'시발! 세레기 새끼가 지지난주에 크리스텔하고 대화만 했어도 이 지경 안 됐어. 주둥이는 뽀뽀할 때만 씀?'

'정은서, 욕 돼지에 돈 넣고 와.'

…우리 집엔 욕설을 하면 돼지 저금통에 천 원을 넣어야 한다는 규칙이 있었다. 아무튼 요지는, 주인공과 그녀의 동료들 사이에 적절한 소통이 이루어져야 한다는 거였다. 말해도 괜찮은 건 말하는 게 나았다.

"방주 내부에 안내자가 있고, 그가 인간의 말로 계시를 내린다니. 주신께서는 생각보다 실제적인 방식으로 역사하시네요."

엘리자베트 경이 순수하게 감탄했다. 그러더니 세드리크 태자를 보며 눈을 갸름히 떴다.

"너도 숨기는 거 있으면 불어. 혜검이 밤중에 혼자 일어나서 걷는 거 아냐?"

크리스텔이 클클거리며 소백작에게 바게트 반쪽을 넘겨주었다. 나는 이때다 싶어 물었다.

"전 여태 두 분의 무도회 파트너가 누군지 모르는데요."

"…"

"…"

그러자 크리스텔과 태자가 나이프를 오뚝 멈췄다. 입에 든 음식도 씹다 말고 그대로 얼어버렸다. 소백작이 '맞습니다, 있긴 있다는데 저한테도 얘기를 안 하더군요' 하고 거들었다. 요한 경은 눈꼬리를 휘며 자신의 제자들을 바라보았다. 잠깐, 잠깐만… 나 촉 되게 좋거든요.

"설마. 진짜요?"

딸그락. 손에 힘이 빠지고 포크가 접시에 드러누웠다. 나는 눈을 화등잔만 하게 뜬 채 주인공들을 돌아보았다. 남녀는 빵에 시선을 박은 채 말이 없었다. 아니, 크리스텔은 '내가 왜 그랬을까' 같은 소리를 뇌까리고 있었다. 엘리자베트 경의 회색 눈동자가 쏟아질 듯 커졌다.

"정말입니까? 어쩌다가? 그게 가능한 일이었습니까? 세드리크?"

"두 분이 파트너인가요?"

내 목소리가 떨렸다. 크리스텔은 오만상을 썼다.

"그렇긴 한데…"

와, 미친! 나는 자리에서 벌떡 일어나 창가로 다가갔다. 그러고는 곧장 창문에 이마를 박았다. 아악! 입꼬리가 승천하고 광대가 씰룩씰룩 솟았다. 주먹을 들었는데 그걸로 유리를 칠 순 없으니, 입부터 틀어막았다.

애물단지들은 방에 있어서 문지르거나 끌어안고 기쁨을 나눌 대상이 없었다. 절로 하늘을 보며 기도를 올리게 됐다. 신이 내린 베스트셀러 작가님, 감사합니다. 당신도 우리 민족이었어…

"왕자님? 들어보십시오. 오해하시는 거 아니죠? 왜 접때, 태자 전하께서 몸져누우셨던 날 있잖습니까."

"오해 아닌데요."

내가 식탁을 돌아보며 정색했다. 과도한 엔도르핀 분비로 언어 필터링이 되지 않고 있었다. 크리스텔이 차분하게 말을 이었다.

"왕자님께서 기절… 까진 아니어도 자리에서 바로 잠드셨고, 그것 때문에 이런저런 얘기를 하다 보니까 그렇게 됐습니다. 전하와는 봄 무도회 때 호흡을 맞춰본 적이 있으니까요. 모르는 사람하고 급하게 참여하는 것보단 낫지 싶어서,"

"두 분이 다방면에 걸쳐 심도 있는 대담을 나누셨다고요?"

실화야?

"으흑…"

"그러고 보니 그게 있었군."

어느새 테이블에 엎드린 엘리자베트 경의 흐느낌을 뚫고, 태자가 날카로운 목소리로 말했다. 나는 귀를 쫑긋 세웠다. 오늘은 아예 수첩에 일기를 써야지.

"그대가 로메로에 왔을 때, 나는 이 모습이 아니었을 텐데."

"…"

"언제까지 모른 척할 셈이지?"

왜, 갑자기. 찬물을 뒤집어쓴 내가 당황해서 입을 벙긋거렸다. 주황색 눈동자가 숯불처럼 달아오르고 있었다. 크리스텔은 그새 입술을 말아 물며 웃음을 참는 기색이었다. 다급히 요한 경을 바라봤지만, 그는 '무슨 얘긴지 몰라도 참 흥미롭네요'를 이마에 써 붙이고 있었다. 젠장!

"…저는 배가 불러서 먼저 가보겠습니다."

"그럴 리가 없는데요?"

"진짜입니다."

크리스텔이 타당한 의문을 표했으나, 나는 자리를 떠야 한다는 위기감에 그대로 묵례하고 식당을 벗어났다. 이른 식사를 마치고 대기 중이던 뱅자맹과 가나엘이 식겁했다. 왜 이렇게 빨리 나오셨냐, 음식이 상했느냐며 두 사람이 걱정했지만 대충 얼버무릴 수밖에 없었다.

내 흑역사 때문에 얼굴 보기 힘들어서 나왔다고 어떻게 말하나, 나이 스물아홉 먹고… 제길, 역시 아들이 아니라 사생아 동생이라고 했어야 하는데. 창피해서 어디다가 하소연도 못 한다.

* * *

이후 저녁때까지, 내가 먼저 주인공들에게 무도회 이야기를 꺼내는 일은 없었다. 어째 나 빼고 둘이 편을 먹은 기분이었다. 무슨 가장을 하는지라도 묻고 싶었지만 관뒀다. 대신 에바가 나와 한 쌍으로 '흑장미' 의상을 준비했다는 소식과, 가나엘과 엘리자베트 경이 각각 사자와 광대로 분장한다는 이야길 주워들었다.

가면 아래의 모습을 누구도 추측하지 못하게 하는 게 가장무도의 핵심이라는데, 과연 그럴듯했다. 가나엘은 사자보다 강아지 느낌이 강했고, 엘리트 검사인 소백작 또한 광대와는 거리가 멀었으니까. 내가 걸음을 떼며 피식했다.

"재미있을 것 같아요."

"네, 분명 즐거운 일이 벌어지겠죠."

요한 경이 선선히 대답했다. 나는 티테를 위해 준비했다는 수조도 구경할 겸, 그와 밤 산책을 나온 참이었다. 조금 전 성탑 로비에 도착한 유리 상자는 값비싼 산호로 곳곳을 꾸미며 호화찬란했다.

내일 오후엔 북해에서 직접 실어 온 시원한 바닷물을 부을 예정이라고 했다. 블랑케르 공작 부부는 살가운 성격이 아니라고 들었는데, 신수나 신관에게 예우를 다해야 한다는 이곳 상식엔 투철한 모양이었다.

"티테가 좋아하겠다."

-다그닥, 다그닥…

"워어, 워."

내가 탄복하는 사이, 열린 문밖으로 마차 몇 대가 지나갔다. 무도회 참석 손님들이 오전부터 끊임없이 성안으로 들어오고 있었다. 동부 최대의 사교계 행사라는 에바의 말은 허언이 아니었다. 수많은 객을 수용하고 접대하는 영주의 능력도 대단해 보였다.

"뒤엠 후작과 사르네즈 공작은 무소식이네요. 당일에 오시려나."

"아마도요. 둘 다 대귀족 영주이니 바쁠 거예요."

요한 경이 말했다. 내가 고개를 주억였다.

"헤릿은 지금쯤 경의 편지를 받았을까요?"

"네, 전하께서 함께 부쳐주셨으니까요."

성기사가 부드럽게 웃으며 답했다. 헤릿은 제국에 온 뒤 처음으로 아빠를 출장 보냈다. 다행히 황궁 숙소에서 산트의 돌봄을 받고 있었고, 근위대의 호위도 붙었다. 나는 마주 웃다가 무언가를 번뜩 떠올렸다. 품에서 성석 구슬을 꺼내 건네자 요한 경이 머리를 갸웃했다.

"어두운 곳에서의 실험은 끝난 것 아니었나요?"

"신체 접촉으로 해보려고요. 요한 경이 처음입니다."

민트색 눈빛에 즉시 당혹이 스쳤다.

"전하, 저는 제자분들의 분노를 사고 싶지 않아요."

"괜찮습니다. 구슬 많이 깨드셔도 비밀로 할게요."

"…성기사에 관해 아직도 모르시는 게 많네요."

그가 한숨을 섞어 말했다. 그때였다.

"워어! 워!"

우리 앞에서 마차 한 대가 요란하게 급정거했다. 나는 목을 쭉 빼고 상황을 살폈다. 벌써 차가 막히나?

-끼익, 또각, 또각…

반대편에서 문이 열리고, 누군가 계단을 내려오는 소리가 들렸다. 나는 그제야 마차에 박힌 문장紋章을 유심히 살폈다. 자작 가문… '바카리 자작가'.

"다시 뵙는군요, 왕자님."

앳된 목소리가 가을 공기를 울렸다. 예언자는 지난번과 달리 곧바로 예를 차렸다. 나는 마차를 돌아온 청소년을 보며 목을 기울였다. 스승님의 음성이 귓가를 울렸다.

'모데스트 바카리 군을 조심하렴. 왕자님을 위험인물로 보고 있어.'

"안녕하세요, 바카리 군."

내가 스승님의 호칭을 빌려 답했다. 그러자 안경 아래 청은색 눈이 차게 얼어붙었다. 스무 살에 아이 취급을 당한 게 불쾌한 모양이었다. 진남색 머리칼이 마법 조명을 받아 파랗게 보였다. 이번에는 무슨 말을 하려고 마차에서 내려 여기까지 왔을까 궁금해졌다.

"내일 무도회에 크리스텔 드 사르네즈 경과 동반 참석하십니까?"

"아뇨. 그건 왜 묻습니까?"

내가 되물었다. 어려서 그런지, 아니면 원래 이런 성격인 건지 꼬마는 같은 말도 유독 밉게 했다. 내가 꼰대인 건가?

"잘됐군요. 계속 거리를 두시는 게 좋겠습니다."

명백히 하대하는 어조였다. 칼날 같은 바람이 예언가의 로브를 뒤흔들었다.

"사르네즈 경은 황태자비의 운명을 보이는 분입니다. 왕자님만 없다면요."

* * *

"…대박."

나는 무의식중에 중얼거리고 급히 입을 닫았다. 심장이 갓 잡은 광어처럼 펄떡였지만, 예언자의 청은색 눈동자엔 흔들림이 없었다. 아무렇게나 내뱉은 말이 아니라는 뜻이었다. 묵묵히 뒤에 서 있던 요한 경이 옆으로 걸어 나왔다. 그의 음성은 지독히도 가라앉아 있었다.

"단장님, 전하를 경계하는 건 이해하지만 하대는 용납하기 어렵네요. 플뢰르 드 리스가 리에스테르에서 황족 대우를 받던가요?"

-휘이잉…!

바람이 날카로운 울음을 내며 어린 예언가의 머리카락과 옷자락을 마구 뒤흔들었다. 바카리는 성기사의 노골적인 위협에도 눈 하나 깜짝하지 않고 나를 응시했다. 삭! 예리한 소리와 함께 꼬마의 뺨에 가느다란 상처가 났다. 나는 화들짝하며 요한 경을 만류했다.

"요한 경, 다치게 하지는 말아주십시오."

"죄송해요, 전하. 제가 실수했네요."

그가 즉시 눈꼬리를 휘며 물러났다. 추기경급 성기사도 힘 조절에 빈틈이 생길 수 있나…? 묘한 의문이 들었지만 일단 고개를 끄덕이고서 치유 서클을 열었다. 우우웅! 하늘빛 에테르의 울림에 단장이 인상을 찡그렸다.

"필요 없습니다. 저는 호의를 받고자 예지하는 게 아닙니다."

"저도 호의로 이러는 거 아닙니다. 친구가 실수를 했으니 책임을 지려는 거예요."

"…"

그렇게 대꾸했더니 꼬맹이가 조용해졌다. 상처는 옅었지만 핏방울이 또렷하게 올라오고 있었다. 좀 전에 들은 말이 자꾸만 귓가를 맴돌았다. 나는 푸른 에테르 알갱이가 앳된 얼굴에 모여드는 것을 보며 조심스레 물었다.

"사르네즈 경의 운명이 눈앞에 보인다는 겁니까?"

"…그렇습니다. 그분은 지금도 귀하지만, 앞으로 더욱 귀해지실 분입니다."

"잘 봤네요. 용하십니다."

내가 홀린 듯이 대답했다. 동그란 안경 아래의 눈매가 와락 구겨졌다.

"즐거워하실 일이 아닙니다. 왕자님께서 곁에 계실 때는 그렇지 않으니까요. 왕자님은 모든 계시를 어그러지게 만드시는 존재입니다."

"…"

그래서 나를 그렇게 노려봤구나. 앞날이 불투명해서. 음, 중의적이네.

"그러니 선을 알라고 말씀드린 겁니다. 저는 당사자에게 경고할 의무가 있습니다."

남이 듣기엔 괴이하고 무서운 말이겠지만, 나는 바카리의 말뜻을 정확히 이해할 수 있었다. 이곳의 '이방인'은 나뿐이었다. 작품 바깥에서 온 존재가 인물들의 운명을 바꾸는 건 어찌 보면 필연적이었다.

게다가 나는 퇴계공의 내용을 세세히 알지 못했다. 주인공들을 이어주기 위해 최선을 다하고는 있지만, 당장 싫다는 걸 억지로 시킬 순 없으니 한계가 있었다. 와중에 예상치 못한 사건이 터지면 나는 반드시 발을 담갔다. 무시하고 싶어도 노약자나 동물이 얽힌 일이 많아 어쩔 수가 없었다. 아마 내가 아닌 누구라도 나처럼 행동했을 것이다.

"바카리 군."

그럼 이 녀석은… 설마 원작 내용이 예언의 형태로 보이는 건가? 소설에 속하지 않은 나 때문에 정확도가 떨어지는 거고?

"실례지만 부탁이 있습니다."

"저는 의뢰를 받는 직책이 아닙니다."

"압니다. 하지만 워낙… 위대한 능력을 지니고 계셔서 그렇습니다."

그게 내가 생각하는 그런 특기라면 말이지. 뒷말은 속으로 삼켰다. 그러자 청소년의 눈길이 얕게 찰랑였다.

"혹시 힘든 일이 아니라면, 사르네즈 경이나 태자님이 얽힌 중요한 계시가 있을 때 제게도 알려주실 수 있습니까?"

"…"

말해놓고 나서야 이게 무리한 요구임을 깨달았다. 그러니까, 예언도 일종의 개인 정보였다. 비록 적중률이 100%는 아니지만, 어쨌든 누군가의 미래를 담은 지식인데 제삼자에게 제공할 순 없는 노릇이었다. 단장의 낯이 딱딱하게 굳고 있었다. 나는 곧바로 말을 정정했다.

"폐하께 보고하듯이 말해달라는 게 아닙니다. 당연히 모든 예언을 듣겠다는 것도 아니에요. 그저 두 분의 친우로서… 위험에 처할 일이 있다면 돕고 싶은 것뿐입니다. 그리고 당신의 말대로, 제가 빠져야 하는 상황엔 빠져주고 싶기도 하고요."

"두 분이 원하신다면 말이죠."

요한 경이 불쑥 말했다. 나는 쓰게 웃으며 고개를 주억였다. 어느새 단장의 뺨이 깨끗이 아물어 있었다. 할 일을 마친 서클이 느릿느릿 흐려지기 시작했다. 내가 재빨리 덧붙였다.

"불편하다면 더는 청하지 않겠습니다."

"…어차피 왕자님께선 제게 강요하실 수 없습니다. 저는 황제 폐하의 마도구이니까요."

바카리가 작게 대답했다. '그래, 어떻게 그런 정보를 함부로 얻겠어' 하는 생각이 드는 한편 가슴이 철렁했다. 방금 자신을 마도구라고 칭한 건가?

"도구 취급을 받았다는 생각이 들었다면 미안합니다. 상처 주려는 의도는 없었습니다."

"상관없습니다."

"사과할게요."

"…"

내가 진심으로 말했으나, 단장은 말없이 입술을 깨물고는 나에게 예를 차렸다. 그러더니 성큼성큼 걸어 자신이 내린 마차에 다시 올라탔다. 누군가 '공자님, 저 귀한 왕자님과 아는 사이세요?' 하고 묻는 소리가 들렸다. 탁! 문이 닫히고 말들이 발을 굴렀다. 나는 영주성 깊숙한 곳으로 멀어지는 마차를 보며 반성했다.

"…제가 실언을 했습니다. 단단히 미움받겠네요."

나 때문에 계시가 불확실해진다면 좋은 감정을 갖고 있진 않았을 텐데. 방금 전의 대화로 더 미운털이 박혔겠구나 싶었다. 여느 웹소설의 주인공이라면 상대가 누구든 멋지게 이용해 먹었겠지만, 나는 주인공이 아니고 이곳은 내게 현실이었다. 자신을 도구라고 말하는 사람에게 뻔뻔하게 굴기는 힘들었다.

"글쎄요. 제 생각은 조금 달라요, 전하."

그러자 미풍 같은 목소리가 달래듯 말했다. 성석 구슬은 그새 요한 경의 주먹 안에서 가루가 되어있었다. 아직 아무것도 안 했는데 깨 드셨네.

"단장도 금방이겠어요. 석 달이면 넘어가겠네요."

"어디로 넘어갑니까?"

그는 내 물음에 답하는 대신 산뜻하게 웃고는 성탑 안으로 손짓했다. 기왕 나온 거 성석 실험을 하고 싶었지만, 심란해서 애물단지들을 보고 싶기도 했다. 나는 순순히 그의 에스코트를 받아 계단을 올랐다. 은서 또래인 녀석에게 못 할 말을 한 것 같아 속이 편치 않았.

* * *

이튿날. 9월 30일.

"괜히 일찍 왔나 봅니다. 설레서 식사도 넘어가질 않더군요."

"봄 무도회도 갔었지만 요번이 더 즐거울 것 같아요. 가장무도회는 가장무도회만의 맛이 있으니까요."

"소문 들었습니까? 에바 블랑케르 공녀가 오늘 오라비를 밀어내고 소공작이 된다지요."

귀족들이 블랑케르 영주성의 드넓은 복도를 오가며 목청 높여 떠들었다. 커다란 가면과 장신구를 든 시종들이 그들의 뒤를 다소곳이 따랐다. 이제 한 시간 후면, 성안에서 가장 큰 무도회장이 열리고 동부 최대의 사교계 행사가 시작될 터였다.

황태자와 그의 벗들은 물론이고 제국의 내로라하는 대귀족까지 한자리에 모이는 잔치였다. 새로운 염문과 가십을 꿈꾸는 이들로 일찍부터 성내가 후끈거렸다. 하인들은 음식과 술을 차리고, 귀족들의 짐을 나르느라 눈코 뜰 새 없이 바쁘게 움직였다.

"…"

로베르 블랑케르 '소공작'은, 바로 그 틈을 타 복도 구석에 고요히 숨어들었다. 빛이 밝을수록 그림자는 어두웠다. 성의 개구멍을 지키는 이는 없었고, 곳곳이 온갖 소품으로 화려하게 치장된 덕에 은둔할 공간도 많았다.

영지 귀퉁이의 별장에 갇혀, 하루하루 수치와 분노에 찌들어 가던 그가 이곳에 와있다는 사실은 아무도 몰랐다. 남자는 유일하게 자신의 곁에 남은 유모 앞에서, 일부러 다리를 크게 절고 서럽게 울었다. '동생이 보고 싶다', '내가 이 몸으로 무엇을 할 수 있겠느냐'라며 인정에 호소하기도 했다. 심약한 그녀는 철부지 도련님의 눈물바람을 버티지 못했다. 유모는 어스름에 별장 조랑말 한 마리를 빼돌리고, 떠나는 그에게 금화를 몇 개나 쥐여주었다.

'자정에는 꼭 자리를 뜨셔요, 도련님. 내일 새벽에 또 기사단장이 올 겁니다요.'

유모의 신신당부가 머릿속을 맴돌았다. 그도 잘 알았다. 주에 한 번씩 오던 영지 기사단장은 어제저녁 난데없이 별장에 들이닥치더니, '오늘부터 격일로 소공작님을 뵙게 되었다'라고 통보했다. 어머니의 명이라지만 상황은 자명했다. 곧 무도회가 열리니 자신을 더욱 철저히 단속하겠다는 의미였다. 그리고 그건…

"저는 태자 전하도 그렇지만, 역시 예서 왕자님이 몹시 궁금하군요. 그분이 제국에서 참석하시는 첫 무도회 아닌가요?"

"말도 마세요. 무엇으로 가장하셨는지만 알면, 제가 날름 낚아채서 발코니로 모실 겁니다."

"어머나, 백작님! 드디어 남편을 들이시려고요?"

'와하하하!' 복도 저편에서 폭소가 터졌다. 소공작은 텅 빈 전시용 갑옷 뒤에 몸을 구긴 채 이를 악물었다. 그 천한 왕자가, 어머니에게 여우 같은 말을 속살거린 것이 틀림없었다.

그는 적국의 세작이나 마찬가지였다. 태자를 유혹해 자신에게 씻지 못할 불명예와 상흔을 남기고, 동생을 꾀어 자신의 자리를 빼앗은 것도 모자라 이제는 부모님과의 사이까지 이간질하려는 것이다. 소공작은 '결투' 이후 감각을 잃은 오른 주먹을 세게 쥐었다. 바스락. 작은 쪽지가 비명을 질렀다. 거기엔 아주 간결한 전언이 적혀 있었다.

'복수를 원한다면 가장을 하고 올 것.'

얼마 전, 그의 침대 위에 놓인 발신인 불명의 편지였다. 익숙지 않은 손으로 썼는지 필체가 지렁이처럼 기어다녔다. 유모와 하인을 전부 들볶았지만 누구도 그런 종이는 본 적이 없다고 했다.

처음에는 그저 아랫것 중 누군가가 자신을 모욕하기 위해 질 낮은 도발을 한 것이라 여겼다. 그래서 벽난로에 던져버렸다. 그러나 다음 날, 그다음 날에도 침대엔 같은 쪽지가 놓여있었다. 세 번째 쪽지엔 낯선 문장이 추가되었다.

'튤립 뿌리에 좀이 슬도록.'

"…나는 바보가 아니야."

소공작이 중얼댔다. 정말로 그랬다. 그는 잘 배운 가문의 첫째였고, 튤립이 '신관'이나 '신성'을 의미한다는 것쯤은 상식으로 알았다. 그리고 자신이 설욕할 신관은 세상에 단 한 명뿐이었다. 에서 페네티안.

"왕자께선 필시 천사로 분장하시겠지요. 태자 책봉식 전야에 그런 활약을 하셨으니까요."

"과연 그럴까요? 너무 뻔하지 않습니까."

"블랑케르 공녀의 파트너로 오신다니 무엇이든 근사한 의상이겠죠."

귀족들이 헛소리를 하며 멀어졌다. 빠드득. 이가 절로 갈렸다.

-덜컹, 터엉!

인기척이 사라지자마자 그는 거칠게 코앞의 갑옷을 잡아챘다. 가장은 이 정도면 충분했다. 이것이 희롱이라면 한바탕 놀아나 주고, 진정한 기회라면 단숨에 움켜쥘 생각이었다.

　　　　　　　　＊ ＊ ＊

 드디어 무도회 당일이 됐다! 사자와 광대로 요란하게 가장한 가나엘과 엘리자베트 경은 10여 분 전 먼저 본성本城으로 향했다. 소백작이 오늘 가나엘의 파트너 겸 샤프롱 역할이라면, 나의 샤프롱은 뱅자맹이었다. 예정대로 호위는 요한 경이 맡아주었다.

 -철컥, 철컥

 "아이고."

 "괜찮습니다, 왕자님. 옆 사람이 듣기에는 소리가 그리 크지 않습니다."

 뱅자맹이 격려했다. 나는 민망하게 웃으며 두 사람과 함께 성탑 로비로 내려왔다. 갑옷을 걸친 발걸음은 가벼웠지만 발소리 적응이 쉽지 않았다. 검은 가면과 베일로 가려진 시야 역시 불편했다.

 봄 무도회 때 발코니에서 슬쩍 살핀 것 외에는 무도회 경험이 전무한지라, 떨리기도 엄청 떨렸다. 진짜 사람들이 나를 못 알아볼까? 그런 생각을 하면 또 줏대 없이 입가가 씰룩였다.

 -아으우

 "우리 티테, 형 알아보네."

 그때, 로비의 수조를 헤엄치던 티테가 물 밖으로 알은체를 했다. 나는 녀석과 눈을 맞추며 인사했다. 방에 있는 뚝심이와 레서판다들은 여러 번 포옹하고 나왔는데, 하프물범은 당장 안아줄 수 없는 게 아쉬웠다. 티테는 똑똑하게도 내게 물을 끼얹지 않고 얌전히 지느러미발을 흔들었다. 잘 놀다 오라는 뜻인 것 같았다.

"응, 일찍 올게. 너도 여기서 물고기들하고 얼음땡 하고, 좋아하는 배영 실컷 하고, 산호도 가지고 놀…"

내가 산호 너머를 보다가 말끝을 흐렸다. 파랗고 노란 물고기가 헤엄치는 수조 건너편에, 순백의 제복을 입고 하얀 가면을 쓴 사내가 서있었다. 은색 머리칼이 무척 길었고, 자세히 보니 등에는 희고 커다란 날개가 달려있었다.

남자 또한 눈앞을 베일로 가리고 있어 눈동자 색은 확인할 수 없었다. 눈높이는 태자만큼 훌쩍 높았는데, 찰나 시선이 얽힌 느낌이 들었다. 나는 당황해서 물고기들과 함께 입을 뻐끔거렸다.

"저기, 여긴 함부로 들어오시면 안 되는…"

아니구나. 신수를 영접하러 오는 귀족들을 위해, 수조 세 걸음 밖까지 로비를 개방했었다. 참방! 티테의 꼬리질 너머로 상대의 한숨이 들린 것 같기도 했다.

"왕자님, 저 왔습니다! 헙."

그때, 또랑또랑한 에바의 목소리가 로비를 울렸다. 나는 '왕자'라는 단어에 놀라 후다닥 몸을 물렸다. 기껏 가장했는데 벌써 천사 하나한테 정체를 들킨 것 같다, 젠장!

* * *

뱅자맹과 요한 경이 내게 뭐라고 말하고 싶어 하는 눈치였지만, 나는 재빨리 문가의 에바에게 다가갔다. 하관만 보이는 천사의 눈길이 꽁무니에 달라붙는 기분이었다. 어깨도 떡 벌어졌네. 저런 인간은 황태자밖에 없는 줄 알았는데.

"안녕하세요, 에바. 가장이 아주 멋지네요."

내가 미소하며 속삭였다. 소공녀는 머리색과 똑같은 붉은색 장미를 정수리에 한가득 얹고 있었는데, 사이사이 흘러내린 곱슬머리가 덩굴줄기처럼 보여 더욱 앙증맞았다.

가면은 나처럼 검은색이었지만 옥과 에메랄드, 블러드스톤으로 꾸며 차별성을 뒀다. 드레스는 에바의 눈동자와 같은 흑갈색 공단에 다이아몬드를 붙여 제작했다. 비싼 천을 어떻게 꼬고 접은 건지, 농구공만 한 장미가 잔뜩 피어있는 디자인이었다.

움직일 때마다 사락사락하는 소리와 함께 은은한 꽃내음이 났다. 그러니까, 아이는 마치 흑장미 한 다발을 사람으로 빚어놓은 것 같았다. 가면 아래 씩 웃는 눈매가 무척 귀여웠다.

"감사합니다. 왕자님도 엄청 근사해요."

"에바 덕분이죠. 지난번에 무역소에서 사준 셔츠도 밑에 받쳐 입었습니다. 고맙습니다."

그렇게 말하자 소녀가 입가를 씰룩거렸다. 그러고는 고개를 팽 돌리며 화제를 바꾸었다.

"그런데 저 백의의 천사님은 설마…"

"모르는 분입니다."

"네?"

소공녀가 눈을 휘둥그레 떴다. 뱅자맹이 손수건에 대고 기침을 했다. 에바는 그를 딱하다는 눈빛으로 보더니, '왕자님이 그렇게 생각하신다면 그런 거겠죠' 하고 중얼거렸다. 나는 마지막으로 티테에게 손을 흔들어 준 뒤 잽싸게 아이를 에스코트해 성탑을 벗어났다. …저 사람이 내 정체를 동네방네 소문내진 않겠지?

* * *

 대부분의 손님이 이미 무도회장에 입장한 시각이라, 우리는 크게 주목받지 않고 본성에 진입할 수 있었다. 복도를 걷는 동안 에바가 세실 블랑케르 공작과 공작 부군의 성향을 조곤조곤 설명해 주었다. 뱅자맹은 무도회에서 벌어질 수 있는 돌발 상황에 관한 조언을 해주기도 했다. 그가 말미에 덧붙였다.
 "물론 왕자님께서는 관련 경험이 많으시리라 생각합니다. 하지만 이곳은 제국이니, 토박이의 도움말도 무익하지는 않을 겁니다."
 "그럼요. 큰 보탬이 되고 있습니다."
 내가 서둘러 대답했다. 그러고 보니 예서 왕자에게 '신국의 난봉꾼'이라는 별명이 있었지… 온갖 파티와 무도회에 얼굴을 비추고, 수많은 여인과 염문을 일으켰다고.
 나는 난감하게 웃으며 아치형의 높은 창과 복도에 늘어선 조각상 따위를 구경했다. 지척에서 아름다운 선율과 인파의 웃음소리가 들려오고 있었다. 우리를 발견한 무도장 입구의 시종들이 정중하게 절을 올렸다. 그때였다.
 "전하, 뒤엠 후작의 마차가 들어와 있어요. 저쪽엔 사르네즈 공작도 보이네요."
 요한 경이 창밖을 보며 말했다. 나는 그를 따라 시선을 옮겼다.

본성 밖엔 무도회 시간에 맞춰 들어온 마차가 제법 있었는데, 정말로 사르네즈와 뒤엠 가문의 문장도 보였다. 먼저 내린 뒤엠 후작이 마차 안의 누군가를 향해 손을 내밀었다. 나는 멀리서도 그가 몹시 다정한 얼굴을 하고 있음을 알 수 있었다. 댄스 파트너인가?

"두 분의 입장을 도와드리겠습니다."

시종이 공손하게 말을 건넸다. 나는 반짝 고개를 들었다. 옆에 선 에바가 심호흡하며 떨고 있었다. 그제야 생애 첫 무도회가 코밑에 닥쳤다는 실감이 났다. 밀려오는 긴장감 때문에 속이 울렁거리고, 심장이 귓가에서 쿵쿵 뛰었다.

그래도 최대한 어른스럽게 대처해야 했다. 이건 에바의 사교계 데뷔식이고, 아이는 오늘 소공작으로 공표될 예정이었다. 파트너인 내가 제구실을 하지 못하면 에바의 체면도 깎일 수 있었다. 절대로 그런 결과를 바라진 않았다.

"들어갈까요?"

내 팔을 꾹 붙들고 있는 소공녀를 향해, 나는 빙그레하며 물었다. 베일을 들치고 눈을 맞추는 것도 잊지 않았다. 그러자 에바는 잠시 멍한 표정을 짓더니⋯

"좋아요."

하고 비장한 눈빛으로 고개를 끄덕였다.

−덜컥, 끼이익⋯

동시에 거대한 문이 열렸다. 황홀한 음악과 호사스러운 조명이 우리를 반겼다.

* * *

뱅자맹과 요한 경이 각각 시종과 호위를 위한 자리에 남았고, 에바와 나는 무도회장 중앙을 향해 걸었다.

"와…"

"저처럼 눈알만 굴려서 구경하십시오. 목까지 움직이면 촌뜨기 같단 말이에요."

에바가 날카롭게 지적했다. 나는 황급히 턱을 정면으로 고정했다. 무도회장은 물론 봄 무도회 때의 스트로다 궁만큼 화려하지 않았지만, 대신 초대받은 이들이 엄청나게 다채로웠다. 각양각색의 모습으로 분장한 귀족들이 익살스러운 말투로 자신을 숨긴 채 부채를 팔랑이고 있었다. 저 사람 가면은 불꽃 모양이네. 이쪽은 공작새와 나비 커플이고. 저건… 백조인가?

"으음."

객이 너무 많아서 가나엘과 엘리자베트 경은 찾을 수 없었다. 크리스텔과 세드리크 태자가 무슨 가장을 하는지는 끝까지 듣지 못했는데, 가나엘의 말로는 '다비드 님이 혼신의 노력으로 구상한 걸작'이라고 했다. 하지만 다비드는 태자가 거적때기를 입어도 칭송할 사람이니까…

-딸랑딸랑, 딸랑딸랑!

순간 흠칫했다. 다행히 품에서 크리스텔 종이 울린 게 아니라, 무도회의 시작을 알리는 종소리였다. 이어 일부 손님이 무도장 외곽으로 빠져나가고 첫 음악에 춤을 추려는 귀족들만 가운데 남았다.

나는 에바와 마주 보고 서서 가볍게 숨을 뱉었다. 뭐라고 격려라도 해야 하나 싶을 무렵,

-♩ ♪ ♬ …

느린 춤곡이 연주되기 시작했다. 내가 잠깐 얼어붙은 사이 에바가 절을 했다. 나는 그제야 화다닥 인사하고, 외운 대로 에바의 손등에 입을 맞춘 후 첫발을 뗐다. 천만다행히 암기한 동작을 까먹지는 않았다.

-탁, 타닥!

모두의 옷자락과 구두가 박자에 맞춰 스치고 부딪혔다. 그게 은근히 재미있었다. 나는 소공녀와 함께 자리에서 빙글빙글 돌고, 손을 잡았다가 놓았다가 했다. 같은 스텝인데 거울처럼 방향만 반대였다. 동시에 콩콩 뛰니 아이가 까르르했다.

"정말 다 외우셨네요."

"폐를 끼칠 순 없죠."

내가 에바의 팔 밑으로 머리를 내밀며 답했다. 걱정했던 것처럼 제풀에 넘어지거나 에바의 드레스를 밟는 일은 없었다. 한참을 속살거리니 어느덧 첫 춤이 끝나있었다. 음악이 잦아들자 우리는 마주 보고 절했다. 무도회장 여기저기서 박수가 터져 나왔다. 이다음은 뭐더라?

"이제 다 같이 추는 거예요."

"네."

맞다, 그거였지. 이번엔 모두가 커다란 원을 그린 채 한 쌍으로 춤을 추되, 안쪽에 있는 사람이 옆으로 이동하면서 파트너를 바꿔

야 했다. 이내 새로운 음악이 흘러나왔다.

-♬ ♩ ♪…

악단의 합주는 부드럽고 듣기 좋았다. 나는 에바의 허리를 단단히 받쳐 아이가 실컷 뛰어놀 수 있도록 보조했다. 그 뒤로 두어 번 댄스 파트너가 바뀌었는데, 다들 내게 딱히 불만이 있는 것 같진 않아 마음이 놓였다. 누군가와 호흡을 맞춰 춤추는 건 초등학교 운동회 때 이후로 처음이었다. 목을 빼고 살핀 에바는 무척 즐거워 보였다. 연습한 보람이 있네.

"튤립 뿌리는 잘 심었습니까?"

그때, 새로이 내 앞에 선 파트너가 불쑥 물었다. 나는 놀라서 눈을 깜빡였다. 상대는 나보다 훨씬 본격적인 갑옷을 갖춰 입은 데다 머리에 투구까지 쓰고 있었다. 뭐지, 요즘 사교계에서 유행하는 인사말인가?

"글쎄요. 정원사분들이 알아서 잘하시지 않았을까요?"

내가 절뚝거리는 그를 부축하며 대답했다. 갑옷이 끼어 그런 건지, 원래 다리가 불편한 건지는 알 수 없었다. 그러자 그가 멈칫하며 나를 바라보았다. 진짜 본 건지는 모르겠지만 어쨌든 그런 기분이 들었다. 남자는 내 대꾸가 영 마음에 차지 않은 듯, 말없이 기계적으로 동작을 소화했다. 바라는 답이 따로 있었나.

-… ♩ ♪♬!

멋들어진 마무리로 음악이 끝나자, 갑옷은 인사도 하는 둥 마는 둥 하더니 내 앞을 떠났다. 나는 갸웃거리며 바깥으로 빠져나왔다. 화장실이 급한가?

"수고하셨습니다, 왕자님. 간식 드시지요."

"감사합니다. 이것도 운동이라 배가 빨리 꺼지네요."

뱅자맹과 요한 경이 다정하게 나를 맞아주었다. 두 사람이 찜한 테이블엔 훈제 연어 무스와 올리브, 온갖 과일과 채소를 올린 카나페가 즐비했다. 손바닥보다 작게 담아낸 피셀 피카르드 역시 열댓 그릇은 나와있었.

핑거 푸드로 배를 채우겠단 각오가 느껴지는 상차림이었다. 나는 웃음을 터뜨리며 시원한 블루베리 에이드부터 들이켰다. 그사이 음악이 바뀌고, 다시 한번 요란한 춤판이 벌어졌다. 에바도 좀 먹고 놀아야 할 텐데.

"헉."

그 순간, 나는 소름 돋을 만치 고혹적인 여인을 발견했다. 그녀는 성탑 로비에서 마주친 문제의 '천사'와 춤을 추고 있었는데, 심각하게 안 어울리는 그림이었다. 나만 그렇게 느낀 게 아닌지 두 남녀는 뭇사람의 묘한 시선을 받고 있었다.

물론 숙녀분이 춤을 좀⋯ 못 추기는 했다. 과장 살짝 보태 크리스텔만큼 소질이 없는 듯싶었다. 하지만 짝꿍과 대비되는 파격적인 의상과 특유의 매혹은, 그야말로 치명적이었다.

"인기 되게 많으시겠다."

내가 컵에 입을 묻은 채 웅얼댔다. 그녀의 등엔 박쥐를 닮은 시커먼 날개가 달려있었다. 배트맨⋯ 일 리는 없으니까 악마 콘셉트일 터였다. 뱀 모양 팔찌가 그녀의 팔목을 야무지게 감쌌고, 불길한 느낌의 푸른 머리는 양 갈래로 말아 올린 것이 꼭 염소의 뿔 같았다. 해골 가면 아래의 핏빛 입술이 호선을 그렸다. 어?

"으와."

나는 해괴한 소리를 내며 재깍 뒤를 돌았다. 얼굴이 따끈따끈하게 달아올라서, 식은 음식을 볼에 넣으면 금방 데워질 듯했다. 어마어마한 미인이 날 보고 웃었어? 진짜야?

"전하, 목이 빨갛네요."

"조용히 해주십시오, 요한 경."

"저기 악마로 분장한 공녀에게 관심이 있으시다면 제가 소개해 드릴 수 있어요. 마침 아는 분이거든요."

그는 은근히 즐기는 눈빛이었다. 이게 바로 기혼자의 여유인가? 아니, 이게 아니라!

"정말요?"

"예서 왕자님."

귀에 익은 목소리에 나는 움찔하며 몸을 틀었다. 남의 몸에 들어와 있는 놈이 어디 감히 허튼 생각을 하느냐고 혼쭐이라도 난 기분이었다. 코앞에 나타난 상대가 순식간에 가면을 벗었다. 나는 아연해서 베일을 걷었다.

"…바카리 군?"

"저도 이렇게 금방 다시 뵐 생각은 없었습니다."

예언자가 호두까기 인형처럼 딱딱거리며 예를 갖추었다. 이어 믿을 수 없는 말을 소곤거렸다.

"본래라면 폐하의 아드님이신 태자 전하께 말씀을 전해야겠지만, 전하께서 무엇으로 가장하셨는지 알 수 없어 왕자님을 찾았습니다."

"저는 티가 난다는 뜻입니까?"

"당연한 말씀을 하시는군요."

이 무슨 청천벽력 같은…

"경계하십시오. 이곳에 죽음의 그림자가 보입니다."

"잠깐만요, 왜 코피가 나."

나는 식겁하며 뱅자맹에게서 냅킨을 받아 들었다. 꼬마가 코에서 피를 줄줄 쏟아내기 시작한 탓이었다. 냅킨으로 코를 막아주고 다시 보니, 예언가는 낯이 창백하고 피부도 차디찼다. 요한 경이 빠른 손놀림으로 칸막이의 시폰 커튼을 쳤다. 내가 급히 물었다.

"원래 이럽니까? 계시를 받을 때 출혈이 있어요?"

"아뇨, 처음입니다… 지금껏 이런 오작동은 없었습니다."

"그런 단어 쓰지 마십시오."

내 말에 바카리가 입을 꾹 다물고 비틀거렸다. 나와 뱅자맹, 요한 경이 차례로 눈길을 교환했다. 아무래도 여기서 무슨 일이 벌어지고 있는 모양이었다.

* * *

'평범한 예지와 달랐습니다. 눈앞이 어두워지고 모략의 악취가 풍겼습니다. 피가 역류하는 느낌이…'

나는 단장의 말을 곱씹으며 커튼 밖으로 걸어 나왔다. 청소년은 내 치유 서클의 도움으로 안정을 찾았고, 지금은 소파에 잠든 채 하인들의 보살핌을 받고 있었다. 처음에는 테러를 뜻하는 건가 싶어 가슴이 철렁했다. 그런데 바카리는 그런 종류의 계시가 아니었다고 단언했다.

'단 한 사람의 고통에 관한 일입니다. 불과 폭발, 검과 피는 보이지 않았습니다.'

'아무튼 이 안에 수상한 자가 있다는 거네요. 그자가 떠나기 전에 잡는 게 좋고요.'

'…그럴 겁니다.'

그렇다고 쳐도, 바카리의 컨디션이 마음에 걸렸다. 평소와 다른 예지라는 건… 설마 원작에 없는 내용을 본 건가? 그래서 몸에 반작용이 오는 거야?

"단서가 너무 없어. 다 추측이네."

나는 중얼중얼하며 아무데나 섰다. 뱅자맹은 블랑케르 공작 부부에게 소식을 전하기 위해 자리를 떴다. 요한 경이 1층부터 꼭대기 층까지 개방된 테라스와 발코니를 확인하는 동안, 나는 장내의 손님들을 둘러보기로 했다. 중간에 에바나 엘리자베트 경 커플을 찾으면 당연히 그들에게도 알릴 생각이었다. 크리스텔하고 태자 놈도 나한테 먼저 말이나 걸어주면 좋겠는데…

"흡!"

"…"

나는 어느새 눈앞에 서있는 이를 보고 숨을 들이켰다. 조금 전의 그, 매력적인 악마 아가씨였다.

* * *

"…안녕하세요."

내가 겨우 운을 뗐다. 아름다운 악마 아가씨는 내게 예를 갖추고 싱긋하더니, 천천히 오른손을 내밀었다. 나는 마른침을 꿀꺽 삼키며 그녀의 손을 받들고 손등에 입을 맞추었다. 무도회장에 처음 들어올 때처럼 긴장되고 머릿속이 하얘지는 기분이었다. 이제 어떡하지? 뭐라고 더 말을 걸어야 하는 거야? 대학 때 단체 미팅 한 번 나가본 게 전부라고!

-♬ ♩ ♪!

눈알을 두룩두룩 굴리고 있는데, 다행인지 불행인지 우아한 선율이 흘러나오기 시작했다. 그녀는 물 흐르듯 매끄러운 움직임으로 내 어깨에 한쪽 팔을 둘렀다. 같, 같이 춤도 춰요?

"음, 잘 부탁드립니다."

내가 조심스레 말하자 여인이 재미있다는 듯 숨죽여 웃었다. 혹독한 연습의 결과로, 당황한 와중에도 스텝이 꼬이거나 그녀의 발을 밟는 불상사는 벌어지지 않았다. 시선 처리는 어떻게 해야 좋을지 몰라서 헤매다가 대충 그녀의 귀 옆을 보기로 했다. 그러자 아가씨가 다시 한번 키득거렸다. 엄청나게 창피해서 귀가 따끈해졌다. 몇 없는 친구들이나 회사 동료들 앞에선 안 이러는데. 진짠데…

-사르륵, 사르륵사르륵

"하하하!"

연주에 맞춰 망토와 드레스가 하늘거리고, 아드레날린으로 적당히 흥분한 객들이 소리 높여 웃었다. 악마 아가씨는 타고난 박치인 듯했지만 내가 보조를 하니 괜찮았다. 나는 그녀의 허리를 지탱한 채 이 사람이 혹시, 어쩌면 크리스텔일 가능성에 관해 생각했다. 하지만…

'-부우욱!'

'이런 시발.'

크리스텔은 나와의 첫 만남에, 신전에서 값비싼 드레스를 단박에 찢어버린 전력이 있었다. 이후로 그녀는 어지간하면 드레스를 입지 않았다. 예뻐서 좋긴 하지만 실용성이 떨어져 포기할 수밖에 없다고 했다. 자주 망가뜨린 데다 제풀에 넘어지기도 했다고 들었으니, 이렇게 자연스레 소화하고 있을 것 같진 않았다.

"왕자님."

그때 에바의 목소리가 들렸다. 나는 흠칫해서 옆을 돌아보았다. 다른 아가씨와 살랑살랑 춤을 추던 소공녀가, 나를 보며 짓궂게 입꼬리를 올리고 있었다.

"정말로 '악마의 유혹에 빠진 흑기사'가 되신 거예요?"

아이가 놀리듯 속닥였다.

"…"

그 말에 번뜩 정신이 났다. 이럴 때가 아니었다. 나는 베일에 가려 희미한 악마 공녀의 눈을 들여다본 뒤, 입을 악다물었다. 모데스트 바카리, 플뢰르 드 리스의 어린 단장은 이곳에서 죽음의 그림자를 목격했다고 했다. 테러나 암살 같은 중차대한 일은 아니지만 분명 장내엔 수상한 자가 있었다. 나는 곳곳에 흩어져 있을 친구들에게 상황을 전하고 그자를 찾아내야 했다. 왜냐하면…

'-그대가 위험합니다.'

'-주신이 그대를 위해 예비한 무언가가 있는 듯합니다.'

비렴의 방주, 니키의 음성이 머릿속을 울렸다. 물론 그가 말한 위험이 이게 아닐 가능성도 다분했다. 이번 일은 나와 일절 관계가 없고, 내가 설레발을 치는 것일 수도 있었다. 그러나 만약 예언자 꼬마가 '원작에서 벗어난 내용'을 예지한 거라면, 나와 무관할 거라 단정하긴 어려웠다. 그렇다면 어느 쪽이든 해결해서 나쁠 건 없지 않은가.

"마담, 혹시…"

내가 악마 아가씨에게 소곤거렸다. 조금만 움직여도 코끝이 닿을 것 같은 거리에서, 그녀가 나를 올려보았다. 나는 말꼬리를 붙이려다가 입술을 딱 닫았다. '수상한 자를 보면 저를 찾아주십시오' 하고 말하려 했는데, 그 수상쩍은 사람이 바로 이쪽일 가능성도 잊어서는 안 됐다.

"크리스텔 드 사르네즈 경이나 황태자님을 보시면 제게 알려주십시오."

그래서 방향을 돌렸다. 그러자 그녀가 파안하며 고개를 끄덕였다. 이후 나는 차분하고 맑은 머리로 악마 아가씨와의 춤을 이어갔다. 그녀는 내 목덜미에 얹은 손가락을 음악과 전혀 다른 박자로 까딱이거나, 정해진 동작을 벗어나 움직이곤 했다.

그녀를 돕는 동안 의심스러운 사람이 있을까 사방을 둘러봤지만 두드러지는 인물은 없었다. …진짜로, 단서가 너무 부족했다. 아무나 잡고 불심 검문을 하기도 곤란하고.

"감사합니다."

어느덧 춤이 끝났다. 나는 그녀와 정중히 인사를 나눈 후 재빨리 인파를 빠져나왔다. 테이블에선 뱅자맹과 요한 경이 나를 기다리고 있었다. 소파에 누워 쿨쿨 잠든 예언가도 보였다.

"어떻게 됐습니까?"

"블랑케르 공작 부부에게 계시를 전했습니다. 부군이 무도회를 중단해야 하는 것 아니냐고 우려하더군요. 다만 세실 공작의 의견은 달랐습니다. 현재까지 본성에서 나간 손님이 없으니, 이대로 폐쇄하고 의심쩍은 자가 있으면 현장에서 잡는 게 좋지 않겠느냐는 입장입니다."

뱅자맹이 설명했다. 그럴듯한 말이었다. 일단 영주성의 병력이 충분한 데다 지금 이곳의 무력은 무지막지한 수준이었다. 8급 마법사인 공작 본인은 말할 것도 없고 크리스텔과 태자, 엘리자베트 경, 조금 전에 도착한 뒤엠 후작까지 있었으니까.

"이상한 낌새를 보이는 자는 있었습니까?"

내가 요한 경을 향해 물었다. 그는 무척 난감한 얼굴로 미소했다.

"테라스나 발코니에서 밀회를 갖는 사람은 많아요. 그런데 무슨 이야기를 하느냐고 묻기엔… 분위기가 제법 뜨거워서요."

그런… 그렇구나. 응, 그렇겠지. 예서 왕자도 그러고 놀았다는 소문이 있고. 나는 갑옷으로 덮여 차가운 손잔등에 뺨을 문질렀다.

"수고하셨습니다. 저는 소득이 없었습니다. 사르네즈 경이나 태자님도 못 찾았어요. 죄송합니다."

이어진 내 말에 뱅자맹이 깊게 탄식하더니, 걱정 말라는 듯 손을 내저었다.

"제가 다비드 님을 찾아 말씀을 전했으니 지금쯤 소식을 접하셨을 겁니다. 댄스 파트너인 사르네즈 경도 함께 들었겠지요."

"잘됐네요. 애쓰셨습니다."

역시 뱅자맹은 우리의 해결사였다. 나는 엄지를 세우며 무도회장을 거듭 살폈다. 마침 에바가 이쪽으로 오고 있기에 재빨리 손을 흔들었다. 애 간식 먹이면서 예언 이야기를 하고, 간단하게라도 작전을 짜서 움직여야 할 듯싶었다. 어? 엘리자베트 경하고 가나엘도 보였다!

* * *

"졸려요."

둥근 소파에 몸을 묻은 에바가 중얼댔다. 그도 그럴 것이, 벌써 11시 반이 넘은 시각이었다. 곁에 앉은 엘리자베트 경이 혀를 차며 아이의 가면을 벗기고 머리칼을 쓸어주었.

아무런 실마리가 없는 상태에서 막연히 '의심 가는' 손님을 찾기란 몹시 까다로웠다. 은쟁반에 샴페인을 담아 나르는 시종들까지 전부 가면을 쓰고 있는 판국이었다. 게다가,

'이 코르사주는 사정이 있어서 뗄 수 없습니다. 제 안의 흑.염.룡.이 날뛰고 말 테니까요.'

'아… 네.'

가장 콘셉트에 취한 귀족들은 툭하면 심오한 대사를 뱉었다. 에바는 내 팔짱을 낀 채 실내를 돌며 열심히 사교 활동을 했는데, 두 시간쯤 지나선 지친 기색이 역력했다. 다 그만두고 싶었는지 '왕자님이에요, 왕자님이 여기서 제일 미심쩍어요' 하고 나를 저격하기도 했다. 딱히 틀린 말도 아니어서 나는 긍정하고 말았다.

"눈을 붙이세요, 에바. 부모님이 나오시면 깨워주겠습니다."

소백작이 다정하게 말하며 에바를 자신의 무릎에 눕혔다. 8급 검사의 체력은 어마어마했고, 그녀의 약혼자인 가나엘도 아직 팔팔했다. 두 남녀 또한 지금껏 무도회장을 샅샅이 뒤졌지만 이렇다 할 성과가 없었다. 블랑케르 공작 부부로부터 특별한 전언이 있지도 않았다. 나는 미동도 없이 자고 있는 바카리를 흘끔했다.

"깨워서 다시 물어볼까요, 왕자님?"

사자 가면을 벗어 옆구리에 낀 가나엘이 물었다. 나는 작게 고개를 저었다. 요한 경이 이미 확인했지만, 단장은 평범한 수면이 아니라 마법사들의 휴식인 '마나 휴지기'를 갖고 있었다. 체내의 마나 흐름이 평온해질 때까지는 깨어나지 않을 터였다.

"제가 다시 다녀오겠습니다. 엘리자베트 경과 가나엘은 잠깐 쉬십시오."

내가 눈앞에 베일을 드리우며 말했다. 요한 경이 줄곧 애써주고 있었고 나도 아직은 버틸만했다. 생존과 귀가를 위해 무엇이든 최선을 다하기로 결심했으니, 수확이 없어도 부지런히 몸을 굴려볼 생각이었다. 이러다 별일 안 생기면 그게 제일 좋은 거고.

* * *

"앗. 죄송합니다."

"제 충성을 얻으려거든 더 노력하셔야겠습니다, 흑기사님."

나는 기어코 어느 춤 상대의 구두를 밟고 말았고, 〈파드트루아의 유령〉 코스프레를 한 그는 점잖게 나를 비판했다. 좀 피곤해서 주의력이 떨어진 모양이었다. 쓰게 웃으며 예를 차리는데 순식간에 곡이 넘어가고 파트너가 바뀌었다. 나는 코앞에 나타난 남자를 얼떨떨하게 올려다보았다.

"응?"

"…"

-♪♬♩

성탑에서 만났던 '천사'였다. 은발의 사내는 무슨 씨름 하듯이 나를 단단히 붙들더니, 출중한 리드로 왈츠를 추기 시작했다. 당혹스러웠지만 몸에 힘을 풀어도 돼서 편하긴 했다.

앞뒤로 왔다 갔다, 잔잔한 호수처럼 뱅글뱅글. 나는 기계적으로 발을 놀리며 사방을 꼼꼼히 살폈다. 밤이 깊어지면서 춤보다는 담소를 나누는 귀족들이 많아지고 있었다. 무도장 한복판은 몇 시간 전에 비해 훨씬 사람이 적었다.

"저기, 제 정체를 함구해 주셔서 고맙습니다."

그러고 보니 이 얘기를 안 했다. 하지만 내 속삭임에도 천사의 턱은 반듯이 다물려 있을 뿐이었다. 말수가 적네. 콧대 우뚝한 것도 그렇고 하는 짓까지 누구랑 똑,

"잠깐."

내가 눈을 휘둥그레 뜨며 그를 바라보았다. 일순 팔뚝에 소름이 돋았다. 나는 두 걸음 밖까지 팽이처럼 돌아 나갔다가 리듬에 맞춰 복귀했다.

"설마 제가 생각하는 그분입니까?"

"…"

남자는 묵묵부답으로 일관했다. 이러니까 더 진짜 같아서 무서울 지경이었다. 새하얀 가면 위로 반반한 얼굴이 겹쳐 보이는 것 같기도 했다. 이런 다리 길이를 자랑하는 놈이 제국에 둘이나 있으리라 생각한 것도 문제였지만, 만약 이놈이 정말… 태자라면 아까 그 악마 아가씨는 크리스텔이었다. 젠장! 집에 보내줘!

"두 분이, 저 놀리려고 여태 테이블에 인사도 안 온 겁니까? 야식은 어떻게 하고요?"

"튤립 뿌리는 잘 심었습니까?"

그 순간, 배후에서 거친 목소리가 들렸다. 동시에 몹시 불길한 예감이 뒷골을 강타했다. 재깍 머리를 돌려 뒤를 살폈지만, 춤추던 이들은 다른 귀족 사이로 숨어 보이지 않았다. 설마 아까 그 갑옷 걸친 사람인가? 여태 다른 사람들한테 저 질문을 하고 있는 거야?

"이상한데."

내가 고개를 이리저리 빼며 중얼거렸다. 목이 쉴 때까지 같은 질문을 반복하고, 답을 들은 후엔 인사치례조차 없이 떠나는 남자. 그저 콘셉트라기엔 과했다. 음악은 점점 경쾌해지고 있었다. 나는 무의식중에 미간을 찌푸리고 턱에 힘을 주었다. '천사'는 내가 쏘아

보는 방향을 흘끗하더니-

-♩ ♪ ♬!

"어억!"

내 허리를 박자에 맞춰 번쩍 들어올렸다. 나는 순간 숨이 턱 막히고, 쪽팔리고 충격받은 데다 놀라기까지 해서 괴이한 소리를 내질렀다!

"위치는 확인했나?"

천사가 무뚝뚝하게 물었다. 그럼 그렇지, 태자 놈 맞잖아!

"야, 이…!"

이런 목소리는 메인 남주가 아니면 낼 수 없었다. 바로 땅에 두 발이 닿았는데도 황당함이 가시질 않았다. 우리뿐 아니라 춤을 추는 모두가 일시에 소화한 동작이었으나, 절대 익숙해질 수 없… 아니지. 목적을 잊지 마라, 정예서.

"흠, 큼. 놓쳤습니다. 한 번 더 가죠."

내가 목을 가다듬고 베일을 걷으며 비장하게 말했다. 태자는 빙그르르하며 턱을 까닥였다. 그러고는,

-♬ ♩ …!

"컥!"

다음 박자에 나를 쌀가마니처럼 쳐들었다. 나는 호흡을 참아가며 쌍심지를 켜고 무도회장을 수색했다. 갑옷으로 전신을 가린 채 절뚝거리는 손님 하나가, 누군가를 따라 급히 발코니로 향하고 있었다. 잡았다, 이놈!

"뒤를 부탁드립니다!"

탓! 바닥에 착지한 나는 태자를 남겨둔 채 달렸다. 쌍쌍을 이룬 귀족들 틈에서 빙글빙글 나아가고 있자니, 꼭 핀볼 속의 구슬이나 떨어지는 바람개비가 된 기분이었다. 발코니까지는 금방이었다. 나는 가쁜 숨을 내쉬며 두 개의 발코니를 번갈아 바라보았다. 제길, 어지러워서 그런가. 다 와서 헷갈리네!

-착!

"실례합니다!"

우선 왼쪽의 커튼부터 세차게 걷었다. 여기가 아니면 곧장 오른쪽을 털어보면 되는,

"아…"

나는 찰나 말을 잃었다. 프랑수아 뒤엠 후작과 그의 댄스 파트너로 보이는 소녀가, 난간에 기댄 채 놀란 낯으로 나를 바라보고 있었다. 명백히 양쪽 모두에게 갑작스러운 전개였다. 잠시간 간단한 목례는 물론이고 안부조차 오가지 않았다. 내 손끝이 잘게 떨렸다. 가을이라 그런지 밤공기가 유독 서늘하게 느껴졌다. 잘못, 짚은 건가? 그치?

"예서 왕자님."

마침내 후작이 예의 근사한 표정으로 말을 걸었다. 나는 움찔했다. 이어,

"아윽, 큭…"

1층의 뜰에서 누군가가 고통스럽게 신음했다. 우두둑! 나뭇가지 부러지는 소리가 났다. 아래를 내다보지 않고도 직감적으로 알 수 있었다. 갑옷을 입은 그자가, 발코니에서 뛰어내려 달아났다.

9.   출구

나는 성큼성큼 난간을 향해 걸었다. 프랑수아 뒤엠 후작이 낯선 소녀를 보며 상냥하게 말했다.

"테레즈, 왕자님께 인사 올리거라."

"…테레즈 뒤엠입니다. 신국의 달이신 예서 페네티안 왕자님을 뵙습니다."

아직 10대로 보이는 공녀가 내게 절을 했다. 같은 뒤엠이라면 후작의 세 여동생 중 한 명일 공산이 컸다. 내가 알고 지내는 그의 혈육은, 에르베 뒤엠 경과 앙투아네트 공녀뿐이었으니까.

"안녕하세요. 저기, 죄송합니다."

나는 짤막하게 예를 차린 후 남매 사이를 파고들었다. 예의가 아닌 건 알지만 이쪽이 더 급했다. 후작이 당혹한 눈길로 보았으나 아랑곳하지 않고 난간 아래를 살폈다. 때각! 오지끈! 관목들이 부러지며 신음했다.

"…됐어, 잡았어! 밧줄 가져와!"

"큭, 이거 놔! 내가 누군지 알아?!"

"투구 벗겨! 투구부터!"

하아… 눈앞에 펼쳐진 광경에 안도의 한숨이 흘렀다. 공작가의 병사들이 화단으로 우르르 몰려와, '갑옷남'을 찍어 누르고 제압하는 중이었다. 그는 내가 들어온 발코니와 오른쪽 발코니의 중간 지점쯤을 나뒹굴고 있었다.

본성을 폐쇄하고, 수상한 자를 현장에서 잡겠다던 세실 블랑케르 공작의 말은 진짜였다. 일순 긴장이 풀리면서 어깨와 다리에 힘이 쭉 빠졌다. 테레즈 공녀는 겁을 먹었는지 후작에게 꼭 붙어 섰다. 나는 난간에 온몸을 기댄 채 오른 방향을 곁눈질했다. 그리고 소스라치게 놀랐다.

"저건…"

"사르네즈 공작이군요. 저와 같이 입장했답니다! 이 아이가 좋아하는 〈파드트루아의 유령〉 분장을 했지요."

후작이 옆에서 여느 때와 같은 말투로 설명했다. 공녀가 표정을 풀고 조금 웃었다. 하지만 나는 함께 웃을 수가 없었다. 오른쪽 발코니에 홀로 나와있던 공작이, 누군가의 방문에 놀란 듯 굳어있었다.

불청객은 거친 손놀림으로 자신의 해골 가면을 벗어던지고 그를 노려보았다. 박쥐를 닮은 검은 날개와, 염소의 뿔처럼 말아 올린 푸른 머리칼. 그리고 가을밤의 마르카브처럼 빛나는 청회색 눈동자. 악마 아가씨.

"…크리스텔."

내가 중얼거렸다. 무도회장에 있던 그녀 역시, 내가 수상쩍은 자를 쫓는 걸 알고 따라온 모양이었다. 크리스텔이 나 대신 저쪽을 확인해 준 게 다행인지 불행인지 알 수 없었다. 말소리는 들리지 않았지만 누가 봐도 분위기가 나빴다. 나는 마른침을 꿀꺽 삼키고, 눈을 질끈 감았다 떴다. 차분해져야 한다. 마음을 가라앉히고 정리해야 했다.

"…"

그러니까, 바카리의 계시를 전해 들은 우리는 '죽음의 그림자'와 '모략의 악취'를 풍기는 의심스러운 자를 찾았다. 그놈은 누구와 접선하려는 것처럼 줄곧 '튤립 뿌리는 잘 심었습니까?' 하고 물었다. 그게 암호라도 되는 양.

그러더니 누군가를 따라 뒤엠 후작이 있는 이곳, 또는 사르네즈 공작이 있는 저쪽 발코니를 거쳐 화단에 몸을 던졌다. 이게 시사하는 바는 몇 가지가 있었다. 첫째. 어쩌면 두 대귀족 중 하나가 정말로… 말 못 할 꿍꿍이를 품고 갑옷남과 공모했거나.

"이거 놔! 투구 내놔! 제기랄! 꺼지라고-!"

"세상에, 소공작님이야!"

"야단났군. 기사단장님을 불러!"

'맙소사.'

뒤엠 후작이 경악했다. 나는 입을 떡 벌렸다. 밑에선 이제 상상도 못 한 막장이 펼쳐지고 있었다. 1층 테라스는 벌써 구경꾼들로 발 디딜 틈도 없었다. 곳곳의 발코니가 객으로 가득 찼다. 나는 당황해서 중얼거렸다.

"로베르 블랑케르잖아."

…둘째. 저놈이 제삼자와 모의를 끝낸 후, 오직 달아나기 위해 발코니를 이용했을 가능성도 있었다. 나는 번쩍 고개를 들어 후작을 바라보았다. 달빛에 반짝이는 연분홍색 눈동자는 나를 피하지 않았다.

"후작, 혹시 방금까지 블랑케르 소공작이 여기 있었습니까?"

"유감스럽게도 그런 유희는 누리지 못했습니다. 저는 테레즈와 담소를 나누고 있었으니까요. 소개가 늦었군요, 왕자님. 제 막냇누이랍니다!"

그가 어린 공녀를 감싸며 말했다. 테레즈는 오빠와 똑 닮은 눈매를 둥글게 휘더니, 부끄러운 듯 그의 어깨에 얼굴을 폭 묻었다. 나는 할 말을 찾지 못했다. 그때였다.

-우르르릉!

산맥 너머에서 천둥소리 비슷한 것이 났다. 밖에 나와있던 이들은 찬물이라도 뒤집어쓴 듯 조용해졌다. 이어,

-쿠구궁…!

"어어어!"

"으악!"

땅이 울리고 본성 안팎에서 비명이 터져 나왔다. 처음에는 핸드폰 진동처럼 잘았던 떨림이, 점차 지진처럼 커지고 있었다. 후작이 비틀거리는 테레즈와 나를 다급히 붙들고 마나를 뿜어내기 시작했다. 찰나 마주한 그의 눈빛은 티끌 하나 없이 진중했다.

* * *

-끼이, 끼이, 낑

"아니야, 아무 일 없어. 응. 아무도 안 다쳤네?"

뱅자맹이 성탑에서 급히 데리고 와준 애물단지를, 나는 열심히 어르고 달랬다. 겁보인 레아가 품에서 떨어질 생각을 하지 않아 데미와 페리는 각각 요한 경과 가나엘에게 맡겼다. 뚝심이는 황태자의 정수리에서 모카빵이 되어가고 있었다.

갑작스러운 땅울림으로부터 30여 분이 지났다. 블랑케르 영주성에 초대받은 손님 전원과 그들의 사용인, 성의 식솔들이 광장에 전부 모였다. 나는 뒤엠 후작의 '순간 이동' 특기 덕분에 가장 빠르게 이곳으로 대피할 수 있었다. 에바는 잠이 홀라당 깼는지 눈빛이 말똥말똥했고, 세드리크 태자와 크리스텔은 가발까지 전부 내버리고 와서 내 곁에 섰다. 기분 탓인지 다비드가 조금 슬퍼 보였다.

"두 분, 다치신 데는 없습니까?"

"저희는 괜찮습니다. 왕자님은요?"

"저도 멀쩡합니다."

나는 크리스텔과 짧은 대화를 주고받았다. 그녀는 티테를 업고 이자벨 공작 부인과 나란히 서있었는데, 발코니에서 있었던 일 때문인지 표정이 좋지 않았다. 사르네즈 공작은 몇 걸음 뒤에 있었다. 하인의 등에 업힌 모데스트 바카리도 보였다.

"믿을 수가 없네요. 이게 무슨 일이래요?"

"마수가 깨어난 것 같대요! 역시 동부는 야생적이군요."

"아주 드문 일은 아닙니다. 8, 9년 전에도 가장무도회 중에 이런 일이 있었지요."

반쯤 가장을 벗은 귀족들이 걱정과 흥분이 뒤섞인 말을 쏟아냈다. 대체로 술이 거나하게 들어간 탓에 언성이 높았다. 공작가의 병사들은 널따란 광장을 둥글게 감싼 채 모두를 호위하고 있었다. 국경은 마찰이 잦고 산맥엔 마수가 많다더니, 과연 냉철한 얼굴들이었다.

"저기, 어머니가 오십니다."

에바가 한곳을 가리켰다. 우리는 일시에 시선을 돌렸다. 남편과 기사단장을 대동한 블랑케르 공작이, 신속하고 우아한 몸놀림으로 광장에 들어서고 있었다. 제법 긴박한 형국인데도 얼굴에는 빈틈이 보이지 않았다. 포박당한 블랑케르 소공작이 그녀의 뒤로 질질 끌려왔다. 귀족들은 부채를 팔랑이며 뭐라고 쑥덕거렸다.

"전하."

"공작."

공작은 무리의 맨 앞에 서있는 태자를 향해 절제된 예를 보이더니, 에바에게 잠깐 시선을 주고는 운을 뗐다.

"즐거움과 축복만이 있어야 할 날에, 이런 불길한 일을 겪게 해드려 면목 없습니다. 영지 내 산맥에 있는 두 개의 던전 중 하나가 불시에 개방되었다는 전언입니다. 현재 기사단 전원이 전투 준비 태세에 들어갔습니다. 동틀 녘까지 마수 떼를 진압하고, 던전을 봉쇄하는 것이 저와 마탑의 목표입니다."

"…"

그녀의 말투는 오찬 메뉴판을 읽는 것처럼 덤덤했다. 하지만 고요한 것은 우리 일행뿐이었고, 귀족들은 이제 크게 웅성이며 불안을 나누고 있었다. 크리스털 종이 잠잠한 걸 보면 마수들과 영주성 사이의 거리는 상당했다.

나는 눈을 깜빡이다가 태자와 시선을 마주했다. 주황색 눈동자가 침착한 빛을 냈다. 퇴계공 세계관에서 '던전'이라고 함은, 마수가 쇄도하는 아주 못된 동굴을 의미했다. 주로 높은 산등성에 위치했고 활화산처럼 특별한 관심이 필요했다.

마수 대토벌 당시 뒤엠 후작령에서 열린 던전은 1년에 한 차례 개방되는 놈이었고, 때맞춰 소탕이 진행되기에 영지민들이 안심하고 살아갈 수 있었다. 블랑케르 공작령에 있는 두 개의 던전 또한 철저하게 관리되고 있다고 에바에게 배웠다.

비록 정기적으로 활동하는 지형은 아니지만, 밀림 깊숙이 자리한 마탑이 24시간 마나를 감지하기에 마수의 출현을 곧바로 포착할 수 있다고 했다. 그렇다면 이건 우연인가? 하필 두 주인공이 영지에 있을 때 던전이 터진 게? 아니, 그럴 리가 없지. 내가 속닥였다.

"신물 때문일 가능성이 큽니다."

"그렇겠지."

태자가 낮게 대답했다. 사람들이 신물이라고 인지하는 건 그가 지닌 화성의 혜검뿐이었다. 하지만 실은 내 몸에도 신물이 깃들어 있고, 크리스텔도 마찬가지고, 모두가 '왕자의 깜찍한 굴뚝새'라 여기는 뚝심이는 그냥 그거였다.

숲에 있는 수목의 신궁을 포함하면 총 다섯 개의 신물이 한 영지에 있는 셈이었다. 마수는 신물에 본능적인 공격성을 보이니, 잠자던 던전이 폭발한 것도 이상하진 않았다. …설마 이게, 니키가 말한 그건가?

'-그렇습니다. 하지만 가장 중요한 존재를 잊어서는 안 될 겁니다.'

신물이 한데 모이면서 점점 강해지고 있고, 진짜로 만나면 어떻게 될지 알 수 없다던 경고가 떠올랐다. 나는 그가 가리켰던 심장 부근을 슬쩍 문질렀다. 그게 불안해 보였는지 크리스텔이 손을 뻗어 나의 손등을 덮어주었다. 피식 웃음이 샜다.

"괜찮습니다."

"그래도요."

그녀가 소곤거렸다. 어쩐 뒤통수가 따끔따끔했다. 공작의 말이 이어졌다.

"손님들께서 각자의 저택이나 영지로 돌아가시는 것을 제가 막을 권한은 없습니다. 다만 던전을 나온 마수가 산길을 덮칠 수 있으니, 정오까지는 성에 머무르시는 쪽을 권합니다. 저와 제 기사들이 잔챙이를 처리하는 데는 그 정도면 충분할 겁니다."

"이건 미친 짓이야. 나는 여기서 나가겠소."

어느 노인이 재킷을 챙겨 입으며 투덜거렸다. 몇몇 귀족이 그녀에게 동조해 큰소리를 냈다. 공작은 존중하겠다는 듯 고개를 까닥였다. 영화 같은 데 보면 꼭 저런 사람들이 제일 먼저… 아니, 연로하신 분인데 이런 생각 하면 안 되지. 나는 후다닥 머리를 내저었다.

"그리고 한 가지 더 말씀드릴 것이 있습니다."

"긴급한 상황 아닙니까, 공작님?"

누군가 불쑥 물었다. 말이 길어진다는 불평이었다. 공작은 눈도 깜짝하지 않고 발언을 계속했다.

"이미 아시겠으나, 여기 있는 제 아들 로베르가 태자 전하와… 전하의 손님이신 예서 왕자님의 명예를 더럽히고 추문을 일으켰습니다. 부끄럽지만 이전에도 가문의 이름에 먹칠을 한 적이 더러 있었지요. 그리고 오늘은 영주성에 무단 침입하는 만행을 저질렀습니다."

"…"

이번에는 다들 입을 다물고 우리를 빤히 바라보았다. 목덜미가 따끈따끈해지는 느낌이었다. 나는 모르는 이들의 눈길을 너무 의식하지 않으려고 턱에 힘을 줬다. 옆에 선 에바도 같은 표정을 짓고 있었다.

"하여 저와 남편은 로베르가 우리 가문의 후계자가 될 자격이 없다고 판단했습니다."

"어머니! 공작님-!"

소공작 놈이 쩍쩍 갈라지는 목소리로 외쳤다. 소공녀가 양 주먹을 꼭 쥐는 것이 보였다. 엘리자베트 경이나 내 팔을 붙잡고 싶은 것을 간신히 참는 듯했다. 나는 와중에도 그런 에바를 보며 미소했다. 역시 아이들은 모두가 도와주면 잘 자라는구나.

"안 됩니다!"

"지금 이 시각부터는, 제 둘째 자식인 에바가 블랑케르 소공작이 될 겁니다."

"와아!"

귀족들이 탄성을 터뜨렸다. 그럴 상황이 아닌데도 일부는 박수까지 보내주었다. 에바는 한밤에 핀 월하미인처럼 환하게 웃으며 나를 올려다보더니, 몸통 박치기를 하듯 나의 허리춤을 끌어안았다. 좀 아팠지만 그것보다 훨씬 기뻤다.

"하하하."

-끼응!

레아가 에바의 뺨을 핥았고, 크리스텔이 축하를 속삭였고, 엘리자베트 경은 그동안 고생했다며 소공녀의 머리에 뽀뽀를 해주었다. 아이의 몸에서 작다란 금빛 알갱이가 퐁퐁 솟아났다. 기분이 너무 좋아 에테르를 주체하지 못하는 모양이었다.

그리고 공작 부부는 우리의 모습을 정말 남 일처럼, 다소 심란한 눈길로 바라보았다. 나는 에바의 등을 쓸어주며 입술을 깨물었다. 모성애나 부성애 없는 부모도 있다는 얘기야 들었지만, 이렇게까지 사무적일 수 있는 건가.

"그럼 해산하셔도 좋습니다. 전하, 허하신다면 성탑으로 모시겠습니다. 상황이 종료되는 대로 보고를 올리겠습니다. 로베르를 취조한 결과도 전해드리도록 하지요."

공작의 말과 동시에 귀족들이 뿔뿔이 흩어지기 시작했다. 태자가 턱을 까닥였고, 1분 전까지 소공작이었던 공자는 시뻘게진 낯으로 고함치며 허공에 발길질을 해댔다. 보다 못한 기사단장이 그의 입에 재갈을 물렸다. 주인의 품격을 지키기 위한 고육책이었다.

"방으로 가시지요, 왕자님. 목욕물을 받아드리겠습니다."

나는 뱅자맹의 말에 고개를 끄덕였다. 온갖 장식을 단 채 종종거리는 인파 사이로, 마차에 오르는 사르네즈 공작과 뒤엠 후작 남매가 보였다. 저 사람들은… 떠나게 둘 수밖에 없나?

* * *

나는 깨끗이 씻고, 잠옷을 입고, 베개와 티테를 안은 채 초대받은 침실 앞에 섰다. 가장무도회와 던전 소동 때문에 새벽 1시를 훌쩍 넘긴 시각이었다. 뱅자맹과 가나엘이 뒤에서 빙그레하고 있었다.

이게 뭐라고 조금 긴장이 됐다. 똑똑. 문을 두드리자 '들어오세요!' 하는 씩씩한 목소리가 들렸다. 크리스텔이었다. 그녀와 야영을 한 적은 있지만 한방에서 자게 되는 건 처음이었다. 으음… 나는 조심스레 문을 열었다.

"실례합니다."

-끼잉

-끼으

-끼잇

-삐잇

내가 한마디 했더니, 애물단지들과 뚝심이가 전부 한마디씩 보태며 방으로 뛰어들었다. 침상에 앉아있던 네 사람이 일어나 절을 올렸다. 나는 여기 출신도 아닌데, 잠옷 차림으로 친구들을 만나니까 어쩐지 민망하고 부끄럽고 그랬다. 마주 인사하자 이자벨 드 사르네즈 공작 부인이 난감하게 웃으며 입을 열었다.

"딸아이의 생각이었답니다, 왕자님. 이렇게 와주셔서 감사합니다."
"네. 불러주셔서 고맙습니다."

나는 기어들어 가는 목소리로 답했다. 내가 어색해하는 걸 느꼈는지 크리스텔이 짓궂게 웃었다. 엘리자베트 경의 품에 안긴 에바는 늦은 시간인데도 눈빛이 살아있었다. 소공작이 되었다는 사실에 흥분해서 밤이라도 새울 기세였다. 아이가 나를 보며 큰 소리로 선언했다.

"파자마 파티 진짜 재밌습니다. 오늘은 저희 성에서 다 같이 하는 거예요!"

"기대되네요. 그렇죠, 전하?"

흠칫. 말을 받은 건 뻔뻔히 서서 웃고 있는 요한 경이었다. 나는 언제부터 있었는지 모를 남자를 보며 경악했다. 여성분들만 모여있는 침실에 혼자 잘도 앉아있었네!

* * *

그리하여 다른 방도 아니고, 세실 블랑케르 공작이 사르네즈 공작 부부를 위해 내준 공간이 우리의 파자마 파티 장소가 됐다. 개요는 의외로 단순했다. 사르네즈 공작이 무도회 시작 시각에 맞춰 왔다가 행사가 끝나자마자 떠나버렸고, 이에 열 받은 크리스텔은 이자벨과 함께 자기로 했다.

그런데 생각해 보니 이대로 특별한 날을 보내기는 아까웠단다. 그래서 친구들을 모두 부르고, 바닥에 푹신한 이부자리를 몇 채나 깔았다. 영주성 사용인들에게 부탁해 술과 안주를 준비하고 벽난로엔 땔감도 잔뜩 집어넣었다.

-탁, 타닥타닥…

장작 타는 소리가 듣기 좋았다. 곳곳을 밝힌 촛불이 아늑한 분위기를 더해주었다. 나는 뜨끈한 코코아를 두 손으로 쥔 채 벽난로를 보고 앉았다. 곁에는 네 신수와 굴뚝새가 한 덩이로 뭉쳐 새근새근 잠들어 있었다.

"그러면 창립식 일정이 11월로 밀릴 수도 있는 거예요?"

"응. 너도 같이 가면 좋겠다."

"왕자님이 태자 전하와 동행하시면 갈 수 있어요."

딱 붙어 앉은 엘리자베트 경과 가나엘이 소곤소곤하고 배시시 웃었다. 모를 때는 남매처럼 친하다고만 느꼈으니 이제 와서 생각하는 건데, 진짜 커플 염장이 장난 아니었다.

우리네 주인공들은 언제 저렇게 예쁜 한 쌍이 되는 거지. 나는 어느새 옆자리에서 나이트가운 화보를 찍고 있는 황태자 놈을 뜨겁게 노려봐 주었다. 이런 자리에 안 빼고 참석한 건 기특하다만…

"할 말이 있으면 해."

"아닙니다."

옆통수에도 눈이 달렸나. 나는 그의 말을 넘기며 속으로만 툴툴거렸다. 요한 경은 벽난로의 불빛을 빌려 헤릿에게 편지를 쓰고 있었다. 뱅자맹과 다비드도 와인을 마시며 대화 중이었는데, 대충 들어도 우리 시중드는 이야기라 쓴웃음이 나왔다. 침대에서 이자벨과 속닥속닥하던 크리스텔이 나의 왼편에 털썩 주저앉았다.

"사르네즈 경이다."

왈츠를 흥얼거리며 신수들을 쓰다듬던 에바가, 반색하고 그녀의 무릎에 드러누웠다. 크리스텔은 미소와 함께 아이의 곱슬머리를 어루만져 주었다. 내가 나직이 물었다.

"부인은요?"

"주무십니다. 평소 일찍 잠자리에 드시거든요. 오래 버티신 거예요."

나는 멀찍이 떨어진 침상을 살피고는 고개를 끄덕했다. 크리스텔이 에바에게 말을 걸었다.

"우리 소공작님. 더 멋진 분위기에서 발표돼야 했는데 아쉽진 않습니까? 한 말씀 해주시죠."

"기대도 안 했습니다. 예서 왕자님이 있는 데선 꼭 이상한 일이 생기는걸요."

소공녀, 아니 우리의 블랑케르 소공작이 입을 비죽이며 말했다. 그러더니 눈치를 할끔 보고는 나의 바짓단을 꾹 붙들었다. 혹 내가 마음이 상했을까 봐 이러는 모양이었다. 나는 피식하며 화제를 바꿔주었다.

"공작께서 에바가 신물의 축복을 받았다는 이야긴 안 하시더군요. 그것도 귀한 소식인데."

"아마 자존심 때문일 겁니다. 어머니께선 신물을 지키시는 분인데 신궁의 축복을 누가 받았는지도 정확히 몰랐다고 하면… '가오'? 그게 안 살잖아요."

"예?"

일순 귀를 의심했다. 맹세컨대 내가 에바 앞에서 저런 단어를 쓴 적은 한 번도 없었다. 나는 황당해서 크리스텔을 바라보았다. 그녀가 당혹한 표정으로 에바의 정수리를 빠르게 문질렀다. 그만해요, 그러다 탈모 오면 어떡합니까.

"이제 주무세요, 소공작님. 푹 자야 키가 큰답니다."

크리스텔이 속삭였다. 에바는 기다렸다는 듯 눈을 붙였다. 요한경이 깃펜을 내려놓고 아이에게 담요를 덮어주었다. 어이가 없어서 실소가 새는데, 그런 모습을 보고 있으니 내 눈꺼풀도 감길락 말락 했다. 나는 무릎에 얼굴을 묻고 몇 분간의 침묵을 즐겼다. 깜빡 졸았다 깨니 크리스텔이 조용조용 말을 이어가고 있었다.

"엄청 강해져서 왕자님을 지키고 싶지만, 왕자님만 지켜드리고 싶은 건 아니에요. 어머니가 행복하셨으면 좋겠고 다른 친구들도 건강하게 지냈으면 좋겠어요. 지금처럼 별일 없이. 그런데 아버지는 제 서임식 이후로 영주성에 콕 틀어박혀서…"

-우르릉…

먼 곳에서 땅이 울렸다. 컴컴한 창밖이 번개 치듯 번쩍였다. 비도 오지 않는 가을밤에, 공작과 그녀의 기사단이 산맥 어딘가에서 마수 떼를 소탕하고 있었다. 나는 게슴츠레 에바의 낯을 살폈다. 이제 겨우 열여섯인데, 이런 상황이 익숙한지 금세 깊이 잠든 모양새였다.

"프랑수아 아저씨는 아닐 겁니다. 성격상 꿍꿍이를 품을 수가 없는 사람입니다. 오늘 일찍 간 것도 사정이…"

반짝. 다음 찰나에 들린 것은 엘리자베트 경의 목소리였다. 손에 쥐고 있던 코코아 잔이 어느새 멀찍이 놓여있었다. 내가 겉잠에 드는 걸 보고 누군가 빼내 준 모양이었다. 중요한 이야기가 오가고 있었으므로 나는 미간에 힘을 줬다. 주인공이 아닌 걸 이런 데서 티 낼 필요는 없었다. 조금만 더 버텨줘, 일반인 체력아…

"그러면, 사르네즈 공작님이 로베르 공자와 만난 걸까요?"

가나엘이 걱정스레 속닥였다. 나는 잠결에 고개를 볼쏙 들었다. 나와 관련 있을 수도 있는 모략의 중심에 시몽 드 사르네즈 공작이 있다고 생각하니, 이건 이것대로 불안하고 심란했다. 마주친 크리스텔의 눈빛이 한없이 가라앉고 있었다.

"플뢰르 드 리스를 과신하는군."

한참을 묵묵히 있던 세드리크 태자가 불쑥 말했다. 크리스텔과 나는 동시에 그를 바라보았다. 주황색 눈동자가 벽로의 불꽃과 같은 빛으로 넘실거렸다.

"단장의 말이 거짓일 수도 있어."

"참, 그렇군요…"

태자의 단호한 의견에 가나엘이 고개를 주억였다. 그건 그랬다. 평균 적중률은 8할이니까.

"일단 로베르 공자를 취조한다고 하니 그쪽 결과를 기다려 보시죠. 튤립 관련 질문이 걸립니다만, 공자의 단독 범행일 가능성이 있습니다. 누군가를 '따라서' 발코니에 들어간 게 아니라 그냥 그리 보였던 것일 수도…"

소백작이 진지하게 말했다. 나도 한 번은 했던 생각이라 절로 머리가 끄덕여졌다. 가물가물한 시야에 뒤엠 후작의 얼굴이 스쳐갔다. 막냇동생을 향한 눈길은 무척 온화했고, 나를 대피시키던 시선엔 흔들림이 없었다. 후작은 말이 많고 몸짓도 요란한 남자였지만 기본적으로 좋은 사람이었다. 그리고 사르네즈 공작은…

-쿵

"아으."

나는 아무 데나 이마를 박고 신음했다. 이건 거의, 야근 끝난 퇴근길 지하철의 내 모습이었다. 춤을 많이 춘 데다 오래 걷고 뛰었으니 더 버티긴 무리였다. 정수리 근처에서 낮은 한숨 소리가 들렸다. 그리고 다음 순간, 나는 폭신한 베개에 누워 이불을 말고 있었다.

"어…"

눈앞에 크리스텔의 얼굴이 보였다. 이거 꿈인가?

"꿈 아니에요. 다들 이제 자려고 누웠습니다."

그녀가 내 생각을 읽고는 속살거렸다. 내가 아무래도 선잠을 잔 듯했다. 근데 왜 내 옆에 누워있는 거야?

"침대에 자리가 없어서요. 야영 때도 이랬는데 뭐 어떻습니까."

음, 그건 그래.

"흐흐흐. 왕자님 지금 비몽사몽이라 전부 얘기해도 될 것 같고 그래요. 제가 숨기는 것들. 말 안 하는 거… 아침엔 기억도 못 하시겠다."

다정한 미성이 귓가에 나비처럼 내려앉았다. 나는 느리게 눈을 끔뻑였다. 그럴지도.

"제 눈이 별나거든요. 이게 실은 눈의 문제인지 뇌의 문제인지도 모르겠습니다. 그냥 누구는 4K로 보이고 누구는 480p로 보인다고 말하는 게 제일 쉬운데… 그거랑 차이가 있긴 해요. 단순히 보이는 문제가 아니라, 마음에 와닿는 존재감? 생동감? 그런 게 달라요.

이상하죠."

괜찮아요…

"그렇게 말씀하실 줄 알았어요. 저도 깊이 생각하지 않으려고 했는데… 요즘은 신경이 쓰여서요. 혹시 이것도 축복의 일종일까요? '창해의 축복' 말입니다."

부스럭, 부스럭. 창가 쪽에서 누가 뒤척였다. 크리스텔이 숨을 죽였다. 그녀가 이번엔 머리끝까지 이불을 뒤집어쓰고 속닥거렸다.

"아무튼 아버지도 그렇고 뒤엠 후작님도, 갑자기 생명감이 또렷해졌어요. 후작님은 평소에도 빛이 났는데 오늘 보니까 더 그래요. 다른 이유 때문일 수도 있지만 그게 괜히 걸려서… 왕자님은 특별한 존재잖아요. 남들은 몰라도 전 알거든요."

…

"그래도. 걱정 마세요. 제가 있으니까."

서늘한 손가락이 코끝을 톡 두드리고 물러갔다. 이내 그녀의 음성이 아득히 멀어졌다.

* * *

-꾸르르르, 꾯!

"아이고. 일어납니다, 일어나요…"

나는 배를 꾹꾹 누르는 데미를 끌어안으며 잠에서 깼다. 레아와 페리가 잠옷 소매를 물고 늘어졌다. 오래 자긴 했는지 커튼 사이로 높은 햇살이 쨍하고 비쳐 들었다. 바닥에서 잤으니 허리가 아플 줄 알았는데 의외로 멀쩡했다. 공작가는 침구도 좋구나.

"…다들 어디 갔대?"

내가 사방을 둘러보며 중얼거렸다. 난로가 여전히 터덕거리는 걸로 봐선 누가 아침에 와서 장작을 넣어준 것 같은데, 모든 이부자리가 텅 비어있었다. 내가 깰까 봐 안 치웠나? 꼭 수련회에서 하룻밤 자고 나 혼자 늦게 일어난 기분이었다. 그게 벌써 10년도 더 된 일이지만 비유를 하자면 그랬다. 지금이 몇 시냐.

-애우

저쪽에서 티테가 잠덧을 했다. 비척비척 자리에서 일어나 침상을 확인하니, 에바가 신수를 안고 숙면 중이었다. 잠보 하나 추가요.

"다 걷어차고, 감기 걸리려고."

나는 두 꼬마의 이불을 꼼꼼히 덮어주고서 방문 쪽으로 향했다. 이자벨을 포함한 모두는 일찌감치 일어나 조식을 먹으러 간 것 같았다. 뚝심이가 창가에서 포드닥 날아와 내 어깨에 앉았다. 천천히 문고리를 돌리는데 기분이 묘했다. 아무도 없으니 잠잠한 게 당연하건만, 어째 스산할 만치 적막한 느낌이었다.

-달칵

"와, 왕자님. 일어나셨어요?"

문 너머에서 가나엘이 곧장 나를 맞았다. 마침 나를 깨우러 오던 길인 듯했다. '좋은 아침' 하고 말을 건네자 소년이 불안해하며 '네에' 하고 대답했다. 나는 목을 갸웃했다. 이 애는 연기를 못 하고, 불편하면 낯빛에 바로 티가 났다.

"가나엘, 무슨 일 있어? 왜 그래. 뱅자맹은?"

"뱅자맹 님은 왕자님의 조식을 들이고 계십니다. 그리고, 저기…"

그때였다.

-쿠우우웅…!

지난밤보다 몇 배는 큰 땅울림이 영주성을 뒤흔들었다. 나는 즉시 가나엘의 머리를 품에 숨기고 가까운 탁자 밑으로 기어들었다.

"데미, 에바한테 가! 너희는 뱅자맹을 보호해 줘!"

-끼응!

-끼이!

레서판다들이 빠르게 침대와 복도로 내달렸다. 흙 부스러기 떨어지는 소리가 나고, 천장의 마법 조명과 촛대들이 파들파들 몸을 뒤틀었다. 쨍그랑! 멀리 도자기 깨지는 소음이 요란했다.

'으아악!' 창밖에선 누군가 비명을 질렀다. 한낮의 천재지변에 소름이 끼쳤다. 나는 뚝심이까지 보듬고서 이를 악물었다. 끔찍한 진동은 다행히 오래가지 않았다. 체감상 두 시간처럼 무서웠지만, 아마 2분 정도가 지난 듯싶었다.

"하…"

사위는 거짓말처럼 고요했다. 가나엘의 금색 눈동자가 불길하게 요동쳤다.

"왕자님, 블랑케르 공작이 간밤에 던전을 봉쇄하지 못했답니다. 아직도 전투 중이에요."

…뭐?

"마탑과 기사단의 능력으로는 역부족이었다고 합니다. 태자 전하와 사르네즈 경이 해 뜨기도 전에 산골짜기로 들어가셨어요. 무테 경과 근위대도…"

소년의 말끝이 벌벌 떨렸다. 피가 식는 기분이었다.

* * *

"영주성에 상주하는 사제 둘이 함께 떠났…"

나는 가나엘의 말을 끝까지 듣지 않았다. 그 길로 욕실에 뛰어들어 박박 씻고, 편한 셔츠와 바지를 걸치고 부츠를 신었다. 아침은 따뜻한 우유와 쇼송 오 폼 세 조각으로 때웠다. 내가 먹는 양을 본 가나엘은 당장이라도 울음을 터뜨릴 듯한 표정이었다. 나는 순식간에 준비를 마치고 소년과 뱅자맹 앞에 섰다.

"다 챙겼습니다. 마실 물, 간식, 진통제, 깨끗한 천, 여벌 옷, 비상용 단검. 크리스털 종은 여기 들었고요. 혹시 몰라서 머리장식도 넣었습니다."

내가 가슴팍을 가로지르는 짐 가방을 짚으며 말했다. 가나엘은 낯이 하얗게 질려있었고 뱅자맹 또한 무척 염려스러운 기색이었다. 둘은 '황태자 전하와 사르네즈 경이 왕자님을 생각해서 그랬다'라고 말하면서도, 나를 적극적으로 말리지는 못했다.

나는 화가 나서 자꾸 딱딱해지는 얼굴을 풀어보려 애썼다. 아무리 나한테 물리력이 없다지만, 어떻게 나를 쏙 빼고 갈 수가 있냐. 난 너희 신관 짝꿍인데!

"왕자님, 호위는요? 혼자 가실 순 없잖아요."

"요한 경이 있으니까 괜찮아."

내 대답에 가나엘이 입을 벙긋거렸다. 나는 마지막으로 무릎을 굽혀 데미, 레아, 페리와 티테를 안아주었다. 내 생각을 읽었는지 데미가 배를 꾹꾹 누르며 칭얼댔다. 그래, 내가 우리 대장님을 어떻게 속여.

"너희는 성에 있어. 토벌 때보다 위험할지 모르니까."

-끼이이

"미안해. 대신 여기서 친구들을 지켜줘. 티테도 돌보고. 할 수 있지?"

-끼응…

데미의 까만 콩알 눈이 촉촉해졌다. 마음이 몹시 약해졌지만 나는 끝내 같이 가자고 말하지 못했다. 크리스텔과 태자 놈이 내게 한 짓을 신수들에게 똑같이 한다고 지적해도 어쩔 수 없었다. 뛰어난 능력이 있다고 한들 이 녀석들은 인간의 말을 하지 못하는 작은 동물이었다.

마수 대토벌이 끝날 무렵, 레아와 페리가 갈대밭 구석에 숨어 떨고 있었던 것을 나는 똑똑히 기억했다. 선택지가 없는 상황이라면 모를까 멋대로 신수들을 병기 삼아 데려가는 건 말도 안 됐다. 나는 임시 '보호자'라고.

"너만 믿는다, 데미."

나는 녀석과 악수하고 손등에 앉은 뚝심이를 바라보았다. 굴뚝새가 몸통을 갸웃거리며 나와 눈을 마주했다.

"뚝심, 너는 신물이라 따라오면 안 돼. 알지?"

-삐삐

"응, 세상에서 제일 똑똑한 새니까 두 번 말 안 할게."

나는 꼬마의 가슴을 간지럽히고 자리에서 일어났다. 뚝심이와 모종의 거래를 하긴 했지만 내가 녀석의 주인인 건 아니었다. 게다가 신물이 한데 모이면 무슨 일이 일어날지 모른다고 경고한 건, 다른 누구도 아닌 '비렘의 방주'였다. 뚝심이가 다른 신물들이 모여있는 밀림으로 향했다간 대형 사고가 터질지 몰랐다.

"다녀올게."

-애우

티테가 짧게 울었다. 신수들을 두고 나온 나는 복도 끝, 이자벨 공작 부인의 침실을 흘끗했다. 에바는 아직 일어나지 않은 모양이었다. 그 애도 어린 데다, 나와 달리 이런 쪽 경험이 전무하니 동행할 수 없었다.

"에바를 잘 부탁드립니다."

"예, 왕자님."

"요한 경은 어디 있습니까?"

"…아마 로비에 있을 겁니다."

뱅자맹이 나직이 답했다. 나는 성탑 로비로 바삐 걸음을 옮겼다. 요한 경이 두 주인공의 행태를 말리지 않은 게 조금 섭섭했지만, 차라리 잘됐다고 생각하기로 했다. 만약 그마저 밀림으로 떠났다면 나는 강력한 호위를 둘 수 없었을 테니까.

-탓, 타닥, 탁!

"좋은 아침입니다, 요한 경."

"안녕하세요, 전하."

마지막 계단은 두 걸음씩 뛰어 내려왔다. 평소처럼 단정히 백발을 묶어 내린 요한 경이, 가슴께에 한 손을 올리며 예를 차렸다. 티테의 수조에 새로운 해수를 채우던 사용인들도 절을 올렸다. 나는 마주 묵례하고 후다닥 성기사에게 다가가 말을 쏟아냈다.

"제 호위로 와주셨으니 부탁드리겠습니다. 저를 사르네즈 경과 세드리크 태자님이 계신 곳으로 데려다주십시오. 필요한 건 전부 챙겼고 말 두 필만 있으면 됩니다. 블랑케르 공작 부군에게 이야기하면,"

"전하, 죄송하지만 그렇게 해드릴 수 없어요."

요한 경이 선선한 어투로 말허리를 잘랐다. 나는 순간 말을 잃고 그를 올려다보았다. 이런 반응을 예상했는지 가나엘과 뱅자맹이 작게 신음했다.

"성기사에 관해 모르시는 게 많다고 말씀드린 걸 기억하시나요?"
"네. 갑자기 그 얘기는 왜 하십니까?"
"이게 바로 그중 하나예요."

민트색 눈동자가 부드럽게 휘어졌다.

"부티에 전하의 교육을 받으셨으니 이해해요. 짝의 곁에 있어주는 것이 최고의 도리라 배우셨을 테고, 실제로 그건 맞는 말이죠. 황제 폐하와 전하의 사이만 봐도 알 수 있어요. 성약으로 맺어진 관계와는 질적으로 다르지만, 결은 비슷해요."

"…"

"하지만 성기사의 심리는 지독하게 복잡하고 모순적이에요. 신관과 사고방식부터 달라요."

나는 가방끈을 세게 쥐었다. 이건 예상치 못한 전개였고, 이럴 시간이 없었다. 그가 협조하지 않는다면 성에 남은 기사를 구해서라도 빨리 떠나야 했다. '실례하겠습니다' 하고 그의 어깨를 피해 문밖으로 나서려는데-

-탁

요한 경이 보이지도 않는 속도로 나를 막아섰다. 나는 놀라서 그를 바라보았다.

"요한 경."

"정도의 차이가 있지만, 모든 성기사는 자신의 신관에게 집착해요. 에테르를 얻고자 강압적으로 굴면서도 상대를 지키기 위해 목숨을 걸죠. 논리적이지 않은 판단도 쉽게 하고요."

"비켜주십시오. 호위로 가달라는 말은 취소하겠습니다."

"그래서 전투 능력이 없는 짝을 막사에 남겨두고 출전하는 일도 잦았다고 해요."

"…"

그의 눈빛이 폭풍의 색깔처럼 어두워졌다. 나는 차마 말꼬리를 잇지 못했다. 그가 말한 '출전'이 전쟁 시대의 일임을 모르지 않았다. 그런데 일순 뒷골이 서늘해지고 소름이 돋았다.

마치 이대로 시간이 흘러 원작의 전쟁이 발발한다면, 두 남녀가 나를 두고 전장에 나갈 것이라는 의미로 들렸다. 그건 반년 전의 내가 간절히 바란 전개이기도 했다. 하지만…

"저는 보탬이 됩니다. 대주교예요. 거기다 에테르 품질은 대륙 최고일 거라고 자부합니다. 전투 능력은 없어도 방어 능력은 있고, 마수 대토벌 때도 큰 부상 없이 살아남았어요."

하지만 지금은 아니었다. 그 녀석들이 나 없는 데서 다치거나 위험에 처하는 건 바라지 않았다. 젠장. 나는 주인공도 아닌데, 반년 만에 입장이 바뀌어도 상관없잖아. 사람이 살다 보면 생각도 달라지고 하는 거지!

"보내주세요."

"마르티어 제일스트라 경이 엘리서 왕세녀 전하를 황궁까지 수행해 왔었다죠?"

뜬금없는 말이었다. 나는 미간을 찌푸리며 긍정했다. 그러자 요한 경이 서느런 목소리를 냈다.

"전하, 저보다 잘 아시겠지만 제일스트라 경은 성직자예요. 그런데도 도끼를 휘두르며 어지간한 검사나 마법사만큼 힘을 쓰죠. 전투 신관이니까요."

…몰랐다. 마르티어가 '전투 신관' 같은 존재였다니 금시초문이었다. 나는 슬슬 요한 경이 하려는 이야기를 알 것 같아 이를 악물었다. 그가 난감하게 미소했다.

"전하께선 그분만큼 강하지 않으시니 보내드릴 수 없어요. 저는 이곳에서 전하와 성을 지키라는 태자 전하의 명을 받았거든요."

* * *

빌어먹을.

-우르르릉!

산맥 쪽에서 다시금 땅울림이 났다. 이번엔 지진으로 이어지지 않았지만 하늘 저편에서 하얀 섬광이 번쩍거렸다. 나는 창턱에 걸터앉아 신수들을 끌어안고 툴툴거렸다. 간만에 무력감이 느껴졌다. 뒤로 빠져있는 게 생존에 유리하다는 거야 당연히 알았다. 나도 주제 모르고 나대다가 일찍 죽을 생각은 없었다. 그런데 말입니다.

"왕자님, 왜 스테크 에 프리츠를 두 접시밖에 안 드셨습니까? 저희 주방장 게 제국에서 제일 맛있단 말이에요."

티 테이블에 앉아 카페오레를 마시던 에바가 입을 비죽였다. 정말로 몰라서 묻는 건 아니고, 내가 점심을 깨작거린 것이 속상한 모양이었다. 나는 쓰게 웃으며 사과했다. 그러자 우리의 소공작이 즉각 목표물을 변경했다.

"예랑이도 마찬가지입니다. 소백작님은 무려 8급 검사이신데, 그렇게 죽상을 할 필요가 있나요? 긁힌 상처 하나 없이 돌아오실 거예요. 우리 성의 신관들은 모두 치유 신관이니까요."

맞은편에 앉은 동갑내기 가나엘이 화들짝하며 턱을 주억였다. 그래도 에바가 저런 식의 위로를 몇 번이고 해주니, 소년은 오전보다 안색이 나았다. 나는 피식하며 창밖으로 시선을 돌렸다.

"…"

그러니까, 예서 왕자가 퇴계공의 조연인 거야 내가 가장 잘 알았다. 두 남녀가 어디서 경험치를 쌓아 레벨 업 해오면 나는 '그랬구나, 대단하네' 하고 손뼉 치면 됐다. 주인공들이니 절대 죽을 일 없고, 중상을 입고 실려 올 가능성도 희박했다. 모든 게 기우라는 걸

머리로는 이해하는데 속이 갑갑해서 음식이 잘 넘어가지 않았다. 우물가에 애들 보낸 기분이네.

"글쎄, 돌아가겠다니까."

물론 내가 방향치인 게 조금 걸렸다. 국경을 접한 영지이기에, 이곳 병사들이 적국의 왕자인 내게 호의를 보이지 않는다는 점도 알았다. 집착이니 집밥이니 하는 것도 아주 대강은 이해했다. 그래도 그렇지, 이건 좀…

"은하. 갑자기 이러시면,"

"갑자기는 무슨. 나는 간밤에도 공작에게 떠나겠단 이야기를 했네!"

나는 그제야 반짝 눈길을 돌렸다. 바깥에서 소란이 일고 있었다. 우리 성탑의 후방을 지키던 기사와 병사들이 누군가를 만류하는 모양새였다. 대주교 평복을 입은 노인이 시종과 하인, 짐꾼까지 잔뜩 거느린 채 길을 나서고 있었다. 슬쩍 열린 창틈에 귀를 대자 말소리가 더욱 잘 들렸다.

"그때 떠나셨다면 저희도 잡지 않았을 겁니다. 허나 지금은 영주성이 폐쇄됐고, 공작님께서 안전하다고 천명하시기 전까지는 누구도 성 밖으로 나가실 수 없습니다. 길이 위험합니다, 마담."

"그래봐야 손님방보단 안전하겠지. 내가 떨어지는 조명에 맞아 죽을 뻔했으니!"

그녀가 성장을 휘두르며 언성을 높였다. 어느새 창가로 다가온 가나엘이 속닥거렸다.

"외제니 케시에 대주교입니다. 어제 광장에서…"

소년의 말에 불현듯 떠오르는 장면이 있었다.

'이건 미친 짓이야. 나는 여기서 나가겠소.'

재킷을 걸치며 공작에게 쏘아붙이던 노령의 여인. 나는 눈을 깜빡였다.

"그분이 아직 안 가신 거야?"

"무슨 생각인지는 모르겠지만요. 저 사람이 그 사람입니다, 왕자님. 세레니테에서 왕자님 만나 뵙기를 거부했던 대주교요."

입이 스르륵 벌어졌다. 첫 영지 시찰에서, 나는 분명 세레니테를 포함하는 서남부 지역 대교구의 대주교를 만나고자 했었다. 그런데 상대방이 바쁘다는 이유로 거절했고, 뱅자맹은 그녀가 나를 견제해서 그런 것이라 설명했다. 그게 저 할머님이었다니.

"비키게. 내 신자들이 기다리고 있어."

"은하!"

곤란해하던 기사가 결국 그녀를 쫓아 나섰다. 인영이 창틀 너머로 사라지고 나서도 '제발 안에 계시라'고 애원하는 목소리가 들렸다. 나는 남 일처럼 듣고 있다가 퍼뜩 정신을 차렸다. 대박. 그럼 지금 뒤쪽엔 기사가 없는 거잖아.

"얘들아, 드디어 너희가 활약할 시간이다."

내가 레서판다 한 묶음에 얼굴을 묻고 음침하게 속삭였다. 가나엘과 에바가 동시에 흠칫했다.

* * *

"딱 좋다. 역시 우리 신수분들이 최고네. 주신의 사자님들, 앞으로도 받들어 모시겠습니다."

-끼이!

-끼우!

-낏헴

레아, 페리, 데미가 순서대로 자신의 우월함을 어필했다. 나는 차량용 방향제처럼 고개를 끄덕이며 창밖으로 다리를 내놓고 앉았다. 혹시나 해서 그대로 챙겨둔 가방을 다시 걸치고, 몸에 두른 덩굴을 꼼꼼히 확인하고 심호흡도 여러 번 했다. 소식을 듣고 온 뱅자맹이 가나엘과 나란히 서서 나를 보고 있었다. 에바는 먼저 로비로 내려간 상태였다. 요한 경의 주의를 분산하기 위해서였다.

"걱정 마십시오. 병사 한 분에게 신탁을 걸어서 안전하게 진입할 겁니다. 전투 지점까지 가지 않고 멀리서 확인만 하겠습니다. 두 분 상태가 괜찮은 것 같으면 바로 올게요."

깝죽거리다가 민폐 캐릭터가 될 생각은 추호도 없다. 낌새가 이상하면 곧바로 튀어 올 계획이었다.

"조심하십시오, 왕자님."

뱅자맹이 침대 기둥에 묶은 넝쿨을 단단히 잡으며 간청했다. 나는 그를 향해 엄지를 올리고 씩 웃어준 후, 망설임 없이 성탑의 벽을 타고 하강했다. 정예서는 《퇴사했더니 이계 공녀 2》로 돌아온다.

-탁!

하강 속도가 제법 빨랐지만 군에서 유격을 두 번 했던 경험이 도움이 됐다. 음, 코끝이 찡해지는군.

-탓!

"좋아, 다 왔…!"

"전하."

엄마! 나는 온몸이 경직되는 것을 느끼며 5미터 높이에서 우뚝 멈췄다. 산들바람 같은 음성에 전율이 일었다. 목이 돌아가며 삐걱 삐걱 소리를 내는 듯했다.

"왕자님, 죄송해요. 속일 수가 없었습니다. 요한 경은 백여우예요!"

성기사에게 빤짝 들린 에바가 발버둥 치며 외쳤다. 제길, 다시 원점이잖아!

* * *

콱! 세실 블랑케르 공작이 자갈과 나무뿌리 사이에 자신의 지팡이를 박아 넣었다.

-파아아앗!

그러자 눈부신 섬광이 다시금 숲을 밝혔다. 빛의 특기를 쓰는 마법사의 힘이었다. 세드리크는 익숙하게 눈꺼풀을 내리고 나무 뒤편에 몸을 숨겼다. 이미 몇 차례나 반복된 일이었다.

크르렁, 크아아악! 던전에서 빠져나온 마수들이 순백의 광채를 견디지 못하고 고통스러운 울음을 토했다. 공기가 진동하고 나뭇잎이 전율했다. 하나, 둘, 셋. 황태자는 빛살이 스러지는 정확한 순간에 눈을 떴다. 그리고 엄폐를 해제함과 동시에-

-스팟!

가로로 검을 그었다. 새카만 검신에서 붉은 꽃불이 짐승 떼처럼 튀쳐나왔다.

-화르르륵!

-키에에엑!

-커억! 커어어억…!

사자를 닮은 마수들이 성화^{聖火}에 불타는 몸뚱어리로 뾰족한 소리를 내질렀다. 벌써 열두 번은 더 본 광경이었다. 가죽이 두꺼운 몇 놈이 죽음에 저항하듯 태자를 향해 내달렸다. 사내는 피하지 않았다. 그의 검 끝에서 핏방울 같은 불티가 뚝뚝 떨어졌다.

"어딜!"

-타닷!

스컥! 삽시에 나타난 엘리자베트가 레이피어를 휘둘렀다. 마수의 근육이 질긴 탓에 깔끔하게 목을 자르진 못했으나-

-콰악!

-커헉, 켁, 끼르르…!

소백작의 왼손에 들린 맹 고슈가 성공적으로 숨통을 끊었다. 투웅! 마수가 쓰러진 것을 확인한 세드리크는 재깍 주변을 관찰했다. 형형하게 빛나는 청회색 눈동자가 보였다.

-콰아악! 푹! 콰악!

"다음!"

크리스텔이 거칠게 외쳤다. 분홍색 머리칼이 거센 파도처럼 물결쳤다. 주변의 냇물을 끌어와 여러 개의 얼음 단창^{短槍}을 만들어 낸 그녀는, 쉬지 않고 그것을 마수들의 대가리에 꽂아대고 있었다. 여기서는 힘 조절을 할 필요가 없으니 창해의 축복이 이끄는 대로 날뛰는 게 분명했다. '꾸에에엑!' 너구리 비슷한 마수가 그녀의 공격을 피해 달아나자-

"이리 안 와?!"

-철써덕!

크리스텔이 무시무시한 목소리로 채찍을 휘둘렀다. 휘리릭, 착! 어느 나무줄기에 감긴 가죽끈이 팽팽해졌다. 미친 듯이 꽁무니를 빼던 마수는 그녀의 덫 앞에 제때 멈춰 서지 못했다.

-터엉!

두 앞다리가 줄에 걸리고,

-꾸웨엑…!

쿠당탕! 놈이 요란하게 흙과 돌멩이 위를 뒹굴었다. 크리스텔은 날아오르듯이 뛰어 마수의 목덜미에 콰직! 하고 날카로운 고드름을 쑤셔 넣었다. 놈은 단말마의 소리조차 내지 못했다. '하! 후우!' 앞머리를 불어 넘긴 그녀가 똑바로 일어나 태자와 눈길을 마주했다. 두 사람 모두 날이 선 상태라 서로의 에테르가 더욱 불편하게 느껴졌다.

"…"

"…"

하지만 이 정도는 참을 수 있었다. 그들의 짝꿍은 둘 사이의 쓸데없는 갈등을 좋아하지 않았다. 크고 위험한 놈들은 이런 식으로 세드리크와 엘리자베트, 크리스텔, 블랑케르 공작이 해치우고 있었다.

  황실 근위대와 블랑케르 기사단은 양옆이나 후방으로 빠져나가는 잔챙이를 맡았다. 작고 대단치 않다고 해도 평범한 백성들에겐 똑같이 공포스러운 존재였다. 끝없는 반복이었다.

  상급 이상의 까다로운 마수가 간헐적으로 출현했던 대토벌과 달리, 이곳에선 하급에서 중급 사이의 놈들이 연속적으로 쏟아졌다. 세드리크는 혜검을 거두고 신관들이 기다리는 곳으로 향했다. 다음 공격이 있을 때까지, 짧은 휴식을 효율적으로 이용해야 했다.

  "태, 태자 전하. 에테르를 바치겠습니다."

  영주성에서 따라온 사제가 서클을 연 채로 허리를 푹 숙였다. 세드리크는 조아림을 받는 데 익숙한 남자였으나, 자신에게 에테르를 주는 자가… 이런 식으로 나오는 건 어쩐지 불편했다. 결코 시선을 꺾지 않는 누군가에게 적응한 모양이었다.

  예상은 했지만 이곳 신관들의 에테르 또한 탁하기 그지없었다. 그래도 이번에는 불만을 드러내지 않았다. 그는 학습력이 뛰어난 편이었다. '신관에게 해서는 안 되는 행동' 따위는 대모님과 마뜩잖은 스승, 짝꿍에게서 귀에 못이 박히도록 들었다. 언제부턴가 산트는 그를 보고 피하거나 울상을 짓지 않았다.

  "뒤엠 후작님이 남았다면 좋았겠습니다."

  반대편에 앉아 다른 사제의 에테르를 받던 크리스텔이 불쑥 말했다. 옆에 선 엘리자베트가 씩 웃으며 고개를 끄덕였다. 친우는 그것을 '전력이 아쉽다'라는 의미로 받아들인 모양이지만, 세드리크는 크리스텔의 말뜻을 예리하게 파악했다. 그녀는 뒤엠 후작이 예서 왕자를 이곳으로 데려와 주길 원했다. 지금 당장.

"그자를 잡아둘 방법은 없었어."

태자가 답했다. 프랑수아 뒤엠은 대귀족이었고, 대귀족은 뚜렷한 물증이 없다면 살인을 제외한 어떤 혐의로도 즉시 붙잡히거나 조사받지 않았다. 이는 강력한 특권이자 오랜 관습이었다. 크리스텔은 그의 답변이 의외라는 듯 눈을 깜빡이더니, 피식 웃으며 무릎에 뺨을 기댔다. 마수의 사체가 이곳저곳에 널려있는데도 싱그러운 낯빛이었다.

"뭐 하고 계실까요?"

주어가 없었지만, 세드리크는 다시 한번 그녀의 의미를 포착했다. 그사이 엘리자베트는 근위대의 보고를 받느라 옆으로 빠졌다. 태자가 심장께의 온기에 집중하며 입을 열었다.

"후식을 먹고 있겠지."

"목걸이 한 번만 만지게 해주십시오."

"웃기지도 않는군."

"치사하십니다."

그렇게 말하는 크리스텔의 표정은 나쁘지 않았다. 거절당할 것을 뻔히 알면서도 장난을 건 게 틀림없었다. 세드리크는 생일 선물로 받은 성석 목걸이를 그대로 간직하고 있었다. 안에 든 에테르는 한 올도 소모하지 않았다. 기사단장과 대화하는 블랑케르 공작을 보며, 크리스텔이 다시 딴소리를 했다.

"화나셨겠죠. 두고 왔으니까."

"…"

"그래도 어쩔 수 없었습니다. 왕자님은 우릴 이해 못 하시겠지만요."

세드리크가 작게 인상을 썼다. 그는 왕자의 이해가 필요 없는 제국의 후계자였지만, 그런 가정이 불쾌하기는 했다. 어째서 보호받는 삶을 받아들이지 못한단 말인가. 황위 계승자의 짝이라면 평생을 황궁 심처에서 보내도 모자랐다. 게다가 그는 두 번이나 생명의 위험에 처한 적이…

"전하, 조심스럽지만 희소식을 전해드리고자 합니다."

공작의 고저 없는 음성이 상념을 끊어냈다. 태자가 그녀를 바라보았다.

"제1 던전은 이로써 봉쇄된 듯합니다. 더는 마나 반응을 일으키지 않는 것으로 보이며, 마탑에서도 같은 보고를 올렸습니다."

"주신이시여, 감사합니다."

여기저기서 비틀거리던 공작의 병사들이 안도의 숨을 흘렸다. 태자는 반의반도 차지 않은 자신의 '그릇'을 물리고 성소를 벗어났다. 사제가 깜짝 놀라 그를 돌아보았다.

"병사들을 치유하도록."

"예, 예. 전하."

어차피 왕자가 아닌 이의 에테르로 충족감을 얻기는 불가능했다. 그는 살면서 그런 경험을 해본 적이 없었다. 엘리자베트가 턱짓하자 근위대 일부가 마지막 순찰을 나섰다. 앞으로 한두 시간이면 모든 상황이 종료될 듯했다.

"바로 돌아가실 겁니까?"

소백작이 태자에게 경어로 물었다. 그가 입술을 떼는 찰나-

-콰아아앙!

산맥 저편에서 고막을 고문하는 소음이 울렸다. 병사 두엇이 피로와 충격을 이기지 못해 기절했다. 동시에,

-꽈강! 우르르릉…!

지금까지와는 비교도 되지 않는 땅울림이 천지를 뒤흔들었다. 마치 지하에서 벼락이 치는 것 같았다. 입을 잘못 다물었다간 혀가 잘리거나 턱이 부서질 듯한 강도였다. 태자는 검집으로 자세를 지탱했고, 나동그라진 크리스텔 위로 엘리자베트가 몸을 날렸다. 그녀가 회색 눈동자를 번쩍 들며 외쳤다.

"산맥 제2던전! 그쪽입니다, 전하! 윽!"

그녀가 잔돌에 머리를 맞고 신음했다. 흙투성이가 된 블랑케르 공작이 거대한 방어 마법식을 전개해 일행을 지켰다. 그녀의 입술이 찢어져 피가 흐르고 있었다. 태자는 이를 악물며 전방을 주시했다. 불길함이 엄습했다.

-뚜둑! 우지끈! 빠가각…!

빽빽한 밀림 어딘가에서, 오래된 나무가 연달아 꺾이는 끔찍한 소리가 났다. 스릉! 세드리크는 혜검을 뽑아 버티고 섰다. 그의 직감이 속삭였다.

'이것은 올바른 흐름이 아니다.'

하지만 프레데리크 리에스테르의 아들로서, 그는 물러나거나 도망친다는 개념을 이해하지 못했다. 그러니…

-쿠웅! 쿵! 쿠웅! 쿵!

"..."

무엇이 와도, 어떤 고난이 닥쳐도 맞설 뿐이었다. 체내의 에테르는 턱없이 부족했지만 그에겐 혜검의 불꽃이 있었다. 적어도 모습이 변하거나 혼절하는 일은 없을 터였다.

-쿠웅! 쿵…!

퍼드덕! 까아악! 새들이 멀리서 몸서리치며 날아올랐다. 사내는 본능적으로 알았다. 그건 발소리였다. 아주 육중한 무언가가, 산맥을 딛고 바수고 정복하며 접근하고 있었다. 비틀거리며 일어난 크리스텔이 그의 오른편에 섰다.

엘리자베트가 그의 왼편에 자리했고, 블랑케르 공작은 긴 지팡이를 짚은 채 온몸에서 붉은 마나를 뿜어냈다. 그녀는 어젯밤부터 여태 조금도 쉬지 못했으나, 국경의 억지력답게 꺾이지 않는 모습이었다.

-빠드득! 쿠궁…!

지척에서 암석이 깨지고 땅이 찢어졌다. 이내 먹구름이 낀 것처럼 온 숲이 급속도로 어두워졌다. 가장 먼저 하늘을 올려다본 건 크리스텔이었다. 그녀가 넋을 놓고 중얼거렸다.

"미친, 저게 뭐야…"

-쿵! 쿵! 쿵!

'그것'은, 애초에 마수조차 아니었다. 머리로 보이는 곳엔 눈, 코, 입 중 무엇도 달려있지 않았다. 거대한 바위를 진흙으로 조악하게 붙여 만든 인형. 딱 그 정도의 묘사가 어울리는 괴물이었다. 머리부터 발끝까지 소름이 질주했다. 놈은 누군가의 조종을 받는 것처럼 삐걱거리며, 손발이 닿는 곳마다 무차별적으로 파괴해 나갔다.

 -콰콰콰콰…!

블랑케르 공작의 목소리에 처음으로 균열이 일었다.

"…'골렘'."

"네?"

"골렘입니다. 자크!"

"예! 공작님!"

머리에서 피를 흘리던 기사단장이 곧장 대령했다. 공작은 흑갈색 눈동자를 부리부리하게 빛냈다.

"폐하께 연통을 보내게, 어서! 자네가 직접 가야 하네!"

"명 받들겠습니다!"

단장이 갑옷에 피를 닦으며 빠르게 방어 마법식을 벗어났다. 그러자 골렘이 곧바로 이끼 낀 팔을 휘둘렀다.

 -우우웅!

둔중한 암석이 단장을 덮쳤다. 쌔애액! 크리스텔이 그를 끌어오고자 채찍을 휘둘렀다. 그러나 너무 늦었다. 성기사와 병사들의 목소리가 비통하게 갈라졌다.

"안 돼!"

"단장님, 단장님-!"

그때였다.

[정지!]

 -파아아앗…!

허공에서 신성한 금빛이 터져 나왔다. 온 산맥이 황금으로 물드는 것만 같았다.

*　*　*

 허억! 나는 착지하자마자 다급히 환자를 살폈다. 주인공들만 보내놨더니 또 난리가 났네!
 "괜찮으십니까? 혹시 스치셨어요?"
 "아뇨, 아닙니다… 왕자님, 어찌 이곳에…"
 블랑케르 기사단장이 숨을 몰아쉬며 혼란스러운 얼굴로 나를 바라보았다. 이마에 출혈이 있어서 철렁했는데, 다행히 저 무식한 돌덩이에 맞아 다친 건 아닌 듯싶었다. 치유 서클을 열어 살펴주고 싶지만 당장은 성지를 해제할 수가 없었다. 맞아, 깨끗한 천. 천을 챙겨왔는데.
 "잠시만요, 가방에 지혈할 만한 게 있습니다."
 "예서 왕자님-!"
 크리스텔이 거의 악을 쓰며 내게 달려왔다. 눈가가 촉촉한 게 제법 놀란 것 같았다. 하룻밤 만에 웬수 같은 얼굴을 봤으니 화가 나야 하는데, 왠지 정색하기가 힘들었다. 나는 단장에게 천을 건네며 입술을 말았다.
 "웬일이야. 어떻게 여기까지 어떻게 오셨어요?"
 "저분 덕분에요."
 나는 하늘을 향해 눈짓했다. 둥둥 떠있던 요한 경이 크리스텔을 향해 손을 흔들었다. 태자가 미간을 찌푸렸다.

"명을 어겼군, 선생."

"예상하신 것 아니었나요? 제가 어떻게 왕자 전하를 막겠어요, 전하."

그가 싱긋했다. 그러고는 딱딱히 굳은 돌덩이 거인을 서늘한 눈빛으로 일별했다. 신탁이 제때 먹힌 게 천만다행이었다. 물론, 요한 경이 입장을 바꿔준 게 첫 번째 행운이었지만. 그는 한 팔로 에바를 든 채 미동도 없이 이렇게 말했더랬다.

'이 정도면 성기사 관련 교육은 충분하겠죠. 이제 전하를 모시고 가도 되겠어요.'

'…예?'

'이거 내려놓으세요! 재밌긴 해도 용서는 안 해줄 겁니다. 밥보! 백여우!'

'제자님들에겐 신관 관련 교육을 한 거예요. 짝을 전장에서 떨어뜨려 놓고 싶어도, 지금쯤이면 그래서는 안 됐다고 생각하고 있겠죠. 이왕 이렇게 된 거 반성문도 쓰게 할까요?'

그러니까 두 남녀를 이대로 보낸 것도, 나를 막았던 것도 가르침의 일환이었다. 우리 스승님과는 여러모로 다른 교육법이었다. 남자가 나긋하게 말했다.

"저게 설마 '골렘'이라면… 폐하께서 아셔야겠네요. 제가 기별을 넣죠."

"그리고 영주성을 부탁합니다."

세실 블랑케르 공작이 힘겹게 말했다. 신국 출신의 성기사에게 성을 맡기는 상황이 속 쓰리겠지만, 빠르고 현명한 판단이었다. 요한 경이 고개를 까닥이고는 순식간에 하늘 저편으로 사라졌다. 크리스텔이 하얗고 고른 이를 딱딱거렸다.

"잘못했습니다, 왕자님. 돌아가면 반성문 쓰겠습니다."

어쭈.

"뭘 잘못했는지는 아십니까?"

"두고 온 거요. 그런데 걱정이 돼서 그랬습니다. 다치시면 안 되니까요. 왕자님은 우리의 보배인걸요!"

그녀가 열심히 말했다. 그거 설마 '보조 배터리'라는 뜻?

* * *

크리스텔이 나를 보조 배터리로 생각하지 않는다는 거야 알지만, 괜히 심술이 났다. 시선을 피하며 대답을 돌려주지 않자 주인공의 커다란 눈동자에 먹구름이 꼈다.

"다시는 안 그럴게요."

"우리는 짝꿍이지 않습니까. 편하고 좋을 때만 같이 다니고, 어려울 때는 따로 다니는 짝꿍이 어디 있어요. 게다가 이번에도 저와 논의하지 않으셨습니다."

"맞아요. 하지만 위험하니까, 아니. 왕자님 말씀이 다 옳습니다."

-쿠구구구…

그때, 바위가 움직이고 공기가 흐느꼈다. 우리는 동시에 어두운 하늘을 올려다보았다. 내 신탁으로 조각상처럼 굳어있던 '골렘'이…

-빠드드득…!

주먹을 이어서 휘두르고 있었다. '맙소사!' 병사들이 경악하고 블랑케르 기사단장이 이를 갈았다. 그는 이마를 지혈하던 천을 품에 넣고서 검을 뽑았다. 다행히 모두가 내 성지 안에 들어왔다. 세실 블랑케르 공작이 지팡이를 번쩍 치켜들었다. 파아아아! 온 세상을 하얗게 물들이는 빛이 쏟아졌다.

"왕자님, 눈 감으세요!"

크리스텔이 내 몸을 반대로 홱 돌렸다. 쿵, 쿠웅! 골렘의 발소리가 멀어졌다 가까워지기를 반복했다. 눈알이 없는 놈에게도 섬광이 혼란을 주긴 하는 모양이었다. 와지끈! 콰앙! 우리와 관계없는 방향에서 수풀이 꺾이고 돌이 박살 났다. 엘리자베트 경이 소리쳤다.

"저게 골렘이라면, 영혼이 없으니 신탁은 통하지 않을 겁니다. 단순히 왕자님의 에테르에 놀라서 멈췄던 것 같습니다!"

"해치울 방법은요?!"

크리스텔이 물었다. 나는 필사적으로 머릿속을 뒤졌다. 《마수 대백과》에서 분명히 읽은 적이 있었다. 골렘은 마수가 아니라, 설화에 등장하는 '마물魔物'이었다. 놈은 자연 상태의 마나가 오랜 시간 고이고 응축된 곳에 만들어지는데, 영혼과 지능을 갖춘 마수와 달리 사고하는 능력이 없었다.

옛 대륙인들은 골렘을 '주신의 심판자'라고 불렀다. 신탁이 먹히지 않는 데다 물과 불로 퇴치하기도 어려웠으니, 당시 사람들 입장에선 신벌이나 다름없는 존재였을…

-콰아앙-!

"으아악!"

골렘이 드디어 우리의 머리 위를 내리쳤다. 성지의 금빛 돔이 공격을 막아냈고, 일행을 치유하던 사제들은 비명을 내질렀다. 나는 눈을 번쩍 떴다. 블랑케르 공작이 빛을 거두고 다음 일격을 준비 중이었다. 어느새 내 가방에서 비상용 단검을 갈취한 황태자가,

-치이익…!

-파파파팟!

자신의 단검과 내 칼을 빨갛게 달궈 골렘의 오른쪽 어깨로 날렸다. 진흙으로 이루어진 연결 부위를 노린 것이었다. 사삭! 어찌나 속도가 빨랐는지 칼날이 위아래로 통과하는 예리한 소리가 났다.

동시에 블랑케르 공작이 염력 마법으로 들어 올린 거대한 암석을, 콰아앙-! 놈의 왼쪽 어깨에 투하했다. 역시 팔을 자르려는 시도였다. 크리스텔이 채찍을 단단히 쥔 채 내 앞을 가로막고 섰다. 우리는 마른침을 꿀꺽 삼키며 상황을 살폈다.

-찌어억…

"됐습니다! 잘렸습니다, 공작님!"

기사단장이 들뜬 목소리로 외쳤다. 정말로 진흙이 떨어지며 골렘의 양팔이 분리되고 있었다. 병사들의 얼굴에 일순 화색이 돌았다. 그러나…

-우우웅!

몹시 불길한 소음이 뒤를 이었다. 추락하던 질흙과 석암이 허공에 뚝 멈추고, 이내 그곳엔 시뻘겋게 압축된 마나가 깃들었다. 세드리크 태자가 혀를 찼다. 최악의 상상이 현실로 이루어지고 있었다. 우웅, 쿠우웅! 요란한 울림과 함께 놈의 팔뚝이 중력을 거슬러

어깨에 붙었다. 신관들이 주신을 찾으며 애타게 기도를 올렸다.

"전설대로군요. 놈을 즉시 잠재울 방법은 존재하지 않습니다. 체내의 모든 마나를 소모하고 자연히 소멸할 때까지 산중에 묶어둘 수밖에 없습니다."

블랑케르 공작이 차분하게 말했다. 제길, 진짜 그랬다. 책에서도 그런 식으로 서술했었다!

"자크, 자네는 기사단을 이끌고 제2 던전으로 가게. 놈은 우리가 맡지."

"공작님!"

"쉬운 일이 아니야. 만일 그곳에 다른 골칫거리가 출현했다면 자네들이 목숨으로 막아야 하네."

그녀가 흑갈색 눈동자를 진중하게 빛냈다. 단장이 입을 악다물고 묵례했다. 엘리자베트 경 또한 황실 근위대에 명령을 내렸다.

"너희는 영주성으로 돌아간다."

"부근위대장님, 그게 무슨!"

"공작님과 같은 이유야. 폐하의 두 번째 검으로서 제국 백성을 지켜라!"

-쿠웅! 쿵! 쿠웅…!

빛이 사라진 밀림을, 골렘이 다시 휘젓기 시작했다. 놈이 한 걸음을 떼자 거리는 순식간에 좁혀졌다. 나는 황급히 공작과 소백작을 돌아보았다. 땅이 우는 탓에 목소리가 자연스레 커졌다.

"사제님들은 기사단과 근위대가 한 분씩 데려가게 하십시오. 여러분은 제가 책임지겠습니다!"

두 사람이 비장하게 고개를 끄덕였다. 크리스텔이 긴장한 미소를 지었고, 태자는 묵묵히 장갑을 벗으며 나를 바라보았다. 나는 안심하라는 뜻으로 입꼬리를 올렸다. 그래, 인마. 인제 네 힘 실컷 써도 돼.

* * *

-쿠우웅! 쿠웅…!
"저 무식한 새끼!"
크리스텔이 단풍잎과 자갈 위로 공중제비를 돌며 외쳤다. 푸욱! 조금 전까지 그녀가 서있던 자리에 깊은 구멍이 팼다. 타앗! 엄청난 도약으로 골렘의 다리에 매달린 엘리자베트 경이, 거대한 무릎에 레이피어를 박아 넣고 검기를 내뿜었다.

놈의 사지를 끊임없이 잘라 재생력에 마나를 쓰게 하고 있지만, 수백 년간 원기옥을 모은 덕인지 돌덩이는 끄떡도 없었다. 어딜 그리 열심히 쿵쿵거리며 가나 했더니…

"신궁은 제가 맡겠습니다."
타앙! 블랑케르 공작이 지팡이를 짚으며 고목 앞에 버티고 섰다. 골렘도 결국은 마나로 이루어진 괴물이었고, 본능적으로 신물에 공격성을 드러냈다. 나와 크리스텔, 화성의 혜검을 두고 놈은 굳이 '수목의 신궁'을 찾아 숲을 파고들었다. 나는 밀림의 심장부에 자리한, 장엄하고 웅대한 존재를 불안스레 돌아보았다.

-쿠궁! 쿵…!

"…예감이 안 좋은데."

수목의 신궁은, 언뜻 보면 그냥 나무였다. 물론 크기가 어지간한 아파트 한 채만 하고, 나이는 2천 살쯤 먹었다는 점에서 결코 평범하진 않았다. 몸통 한가운데 찬란하게 박힌 녹빛 보석은 나무가 신물이라는 사실을 명백히 드러내고 있었다.

어딜 봐도 활의 모습은 아니었지만, 뚝심이와 마찬가지로 이게 본신이 아닐 가능성이 컸다. 에바가 이렇게 깊은 곳까지 들어와서 신물의 축복을 받았었다니.

-탓, 타닥! 휙!

나는 화들짝하며 전방을 주시했다. 내 에테르를 잔뜩 받은 태자 놈이 아주 날아다니고 있었다. 그는 가벼운 몸놀림으로 골렘을 등반하더니, 삽시간에 놈의 뒷골까지 도달했다. 콰앙! 빠지직! 골렘이 헤엄치듯 마구 팔을 내저었다. 블랑케르 공작은 쉬지 않고 광파와 전격 등의 공격 마법을 쏘아댔다.

-싸아아앗!

-콰르릉…!

"…"

마나 휴지기를 갖기는커녕 잠깐 앉지도 못했다는 중년의 마법사는, 이제 정말로 지쳐 보였다. 꼿꼿한 자세는 그대로였으나 어두운 눈가에 피로가 묻어났다. 열여섯 시간 연속으로 마나를 써댔으니 당장 기절하지 않는 게 경이로울 지경이었다. 나는 성지를 전개한 채로 태자가 돌려준 단검을 쥐고 홀로 전전긍긍했다. 상황이 안 보이면 불안하지만, 막상 본다고 해서 마음이 놓이는 것도 아니-

―쌔애애액!

"공작!"

8급 마법사의 움직임에 빈틈이 생긴 찰나, 골렘의 집채만 한 주먹이 그녀에게 날아들었다. 나는 미친 듯이 공작을 향해 달렸다. 그리고 아슬아슬하게…!

―카아아앙!

"큿!"

내 성지가 그녀와 신궁 일부를 감싸 보호했다. 나는 가쁜 숨을 내쉬며 주저앉았다. 마법사가 충격으로 비틀거렸다.

"공작, 아무래도 휴지기를 가지시는 게 좋겠습니다. 이대로는 힘드실 겁니다."

"저것이 쓰러지기 전까지는 저도 쉴 수 없습니다."

"심정은 이해합니다만,"

―화르르륵! 콰악!

불길이 솟는 소리와 끔찍한 파열음이 들렸다. 다급히 뒤돌아보니, 새빨간 불꽃을 날름거리는 혜검이 골렘의 목덜미에 박혀있었다. 지상에 사뿐히 착지한 태자가 흑발을 흩날리며 일어나 왼손을 뻗었다. 그러자―

―우우웅, 쌔애액!

검이 반대편으로 뽑혀 나와 휘리릭 그의 손아귀에 감겨들었다. 이어 사내가 오른 손가락을 튕겼다. 딱!

―콰아아앙―!

골렘의 목이 날아갔다. 그가 흙더미 속에 촘촘히 심어둔 불씨가 일시에 폭발한 것이다. 쿠웅! 쿵! 육중한 몸뚱어리가 이내 방향을 잃고 헤매기 시작했다. 상대는 뇌도 없는 놈이지만 대가리가 중요하긴 했던 모양이었다. 이윽고 굵직한 두 정강이가 꼬이더니,

-우르르르! 쿠구궁…!

골렘이 돌탑 무너지듯 두서없이 우당탕 쿠당탕 쏟아져 내렸다. 벌써 몇 번째인지 모를 다리 절단을 시도하던 크리스텔과 소백작이 잽싸게 자리를 피했다. 마물의 붕괴로 은근하게 땅이 진동하고, 사방에서 흙먼지가 피어올랐다.

"콜록콜록! 쿨럭!"

나는 소매에 입을 묻고 주변을 관찰했다. 주인공들과 소백작, 공작 모두 무사했고 여기까지 따라온 잔챙이 마수도 없는 듯했다. 해체된 골렘은 마치 고대의 돌무덤처럼 보였다. 하도 신체 재생을 많이 해서 드디어 마나가 바닥난 듯싶었다. 안도의 한숨을 쉬자 팔등이 뜨끈뜨끈해졌다.

"왕자님, 다치신 데는 없습니까?"

"네, 저야 성지 안에 있었으니 괜찮습니다. 다들 이리 오세요. 치료해 드리겠습니다!"

엘리자베트 경이 그제야 생긋하며 피투성이 소매를 걷고 다가왔다. 크리스텔도 옷이 군데군데 찢어져 찰과상이 상당해 보였다. 태자는 말없이 혜검을 한 번 휘둘러 검집에 넣었다. 그래, 너는 안 다쳐서 좋겠구나. 형도 기쁘다. 나는 서둘러 블랑케르 공작을 살폈다. 그녀는 길게 숨을 내뱉고 있었다.

"공작께서도 휴식을 취하십시오. 혹시 몰라 마도구 신호탄도 얻어

왔습니다. 거동이 힘드시면 성에서 지원이 올 때까지 기다리셔도,"

-콰아아앙-!

그때, 골렘의 팔뚝이었던 부위가 공작을 노렸다. 정확히는 신궁을 향한 최후의 발악이었다. 그렇게 모든 것은 찰나에 일어났다. 내가 몸을 던져 그녀를 끌어안고 뒹굴자마자,

-쿠르르르…!

괴성과 더불어 기어코 대지가 분열하기 시작했으며,

"왕자님!"

"크리스텔 경, 안 됩니다-!"

내게 달려오는 크리스텔을 엘리자베트 경이 온몸으로 막아냈다. 마지막으로 본 것은 골렘의 잔해에 맞서 검을 빼 든 태자의 뒷모습이었다.

-콰르르르…!

"아윽!"

위태롭던 바닥이 쑥 꺼졌다. 깊디깊은 숲의 중심부, 시커먼 구렁텅이가 입을 벌렸다. 나는 전신의 털이 곤두서는 와중에 본능적으로 손을 허우적거렸다. 콰악!

"헉, 큭…!"

젖 먹던 힘까지 짜낸 팔이 터질 듯 부들부들 떨렸다. 기적이었다. 그렇게밖에 설명할 수 없었다. 나는 의식을 잃은 블랑케르 공작을 오른팔로 안은 채, 칡인지 나무뿌리인지 모를 것에 두 사람의 무게를 싣고 왼팔로 매달렸다. 코끝에 비릿한 쇳내가 맴돌았다. 공작의 머리에서 다량의 피가 흐르고 있었다. 밀려오는 공포심에 신음이

흘렸다. 턱에 절로 힘이 들어갔다.

"왕자님, 조금만 버티세요! 거기 계시는 거 맞죠?!"

"네! 저 밑에 있습니다!"

크리스텔이 절박하게 소리쳤고, 나는 최대한 쩌렁쩌렁 답했다. 하지만 지상은 너무 높았다. 내가 여기서 죽을 노력을 다해 조금씩 기어오른다고 해도, 두 발을 딛기 전에 기운이 빠져 추락하는 게 빠를 것 같았다.

우르르릉! 그런 와중에 대지가 진동하며 정수리로 흙과 돌멩이를 쏟아냈다. 밖에선 다시 전투가 벌어지고 있었다. 나는 간신히 정신을 집중해 치유 서클을 열었다.

"괜찮습니다. 공작께선 신물의 축복을 받으셨으니… 장수하실 거예요."

'이런 데서 돌아가실 분이 아니에요.'

내가 힘겹게 속삭였다. 빨간 곱슬머리에 고운 리본을 단 채, '왜 저는 안 데려가십니까? 저도 이제 소공작이에요!' 하고 쏘아붙이던 에바가 떠올랐다. 입가에 쓴웃음이 걸렸다. 역시 데려오지 않길 잘했다. 꼬마들은 평화롭고 안전한 곳에 있어야지.

"제발, 제발…"

"…"

나는 간절히 되뇄다. 푸른 에테르 알갱이가 공작의 옆머리에 모여들고 있었다. 출혈이 심한데 내 서클로는 빨리 멎지 않아 불안했다. 너무 힘들어서 목이 뻣뻣해지고 허리와 허벅지가 저렸다. 왼팔엔 이제 감각조차 없었다. 그래도 포기해선 안 됐다. 그래도…

-콰아아앙!

　"윽!"

　무지막지한 충격이었다. 나는 그대로 심연에 곤두박질쳤다. 세상이 느릿느릿 멀어졌다. 노을이 내린 하늘 한편에, 에메랄드빛 신광神光이 오로라를 그리고 있었다.

　나는 눈을 질끈 감고 공작의 머리를 부둥켰다. 치유 서클도 해제하지 않았다. 어머니를 동경하는 에바에게 나쁜 소식을 전하고 싶진 않았다. 그런 일을 '우리' 말고 누군가 또 겪는 건…

　-삐이, 삐삐삐!

　익숙한 새소리가 귓가를 감쌌다. 눈꺼풀이 뻔쩍 뜨이는 순간-

　-펄럭, 펄럭펄럭!

　-쌔애애액!

　몸이 총알처럼 천공으로 치솟았다. 허억! 꾹꾹 참고 있던 숨이 탁 트였다. 뚝심이에게 고마움을 전할 틈도 없이, 눈길이 닿는 모든 곳에서 오색의 광채가 쇄도했다. 나는 그제야 상황을 파악했다. 짜릿하다 못해 고통스러운 소름이 등줄기를 강타했다.

　-파아아아아!

　"하…"

　총 다섯 개의 신물이, 한자리에서 힘을 개방하고 있었다.

* * *

　그때가 생각났다. 헤인스 경이 나를 죽이기 위해 공격하고, 작은

새가 방주를 열어 나를 지켜주었던 순간.

-휘우우…

"이게…"

그런데 이번엔, 뚝심이의 등장 외에 모든 것이 너무나 달랐다. 벌써 수십 번째 재생을 시도하던 골렘은, 그대로 시간이 멈춘 듯 조각조각 허공에 걸렸다. 나는 여전히 의식이 없는 세실 블랑케르 공작을 안고, 그녀의 피로 피투성이가 된 채 공중을 날고 있었다.

뚝심이가 날갯짓을 할 때마다 온몸에서 후드득 흙먼지가 떨어졌다. 그러나 그중 무엇도 신경 쓸 수 없을 만치 코앞은 온통 '빛'이었다. 나는 눈을 가느스름하게 뜨고 지상을 살폈다. 제일 먼저 시야에 들어온 건 크리스텔이었다. 그녀는 무척 놀란 얼굴로 자신의 몸을 내려다보고 있었다. 물방울을 만들어 내던 주인공의 전신에서 새파란 광채가 뿜어져 나왔다.

-파아아아…!

"크리스텔 경!"

엘리자베트 경이 대경하며 그녀에게 달려갔다. 크리스텔에게서 터져 나온 빛살이, 핏빛 해가 지고 하얀 달이 뜨는 우주의 중심을 꿰뚫었다. 그녀의 두 발이 땅에서 떠올라 축 늘어졌다. 이적異跡은 거기서 멈추지 않았다.

-우우우웅!

"…"

붉은 보석에서 광휘를 내뿜던 황태자의 혜검 역시, 크리스텔을 따르듯 빨간 빛줄기를 천정天頂까지 쏘았다. 세드리크 태자가 미간을 찌푸리며 자신의 검을 내려 보았다. 소백작이 다급히 크리스텔을 끌어안았지만 그녀는 이미 의식을 잃은 듯했다. 내가 내려가고자 발을 굴렀으나,

-사아아아…!

"윽!"

뚝심이, 비렴의 방주의 날갯죽지 끝에 달린 보석에서 연보랏빛 광선이 쇄도했다. 나는 반동으로 휙 밀려나며 휘청거렸다. 뚝심이의 빛줄기 또한 천공의 동일한 지점을 향해 눈부신 일직선을 그렸다. 마지막은 동부의 신물, '수목의 신궁'이었다.

-지이이잉…!

나무 한가운데 박혀있던 녹색의 보석에서 황홀한 빛보라가 폭발했다. 에메랄드빛 줄기가, 다른 세 개의 신물과 정확히 같은 곳으로 질주했다. 높다랗고 끝없는 하나의 천점天點으로 네 가지 색 빛의 신비가 모여들고 있었다.

대륙의 극단에서도 볼 수 있을 만큼 아름답고 오싹한 정경이었다. 그러나 다음에 벌어진 일은 나를 포함한 누구도, 아마 '퇴계공'의 작가조차 예상치 못했을 이변이었다.

'두근!'

"헉."

내 심장이 크게 뛰었다. 아니, 어쩌면 멈춘 것도 같았다. 나는 순식간에 꽉 막혀오는 숨통과 하얗게 물드는 머릿속에 경악했다. 뻣뻣해진 온몸이 용암처럼 달아올랐다가 빙하처럼 차가워지기를 반복했다.

"하, 윽, 으…!"

나는 목 대신 가슴에 한 손을 얹고 고통에 몸부림쳤다. 호흡을 할 수가 없는데, 단순한 '질식'과는 본질적으로 다른 감각이었다. 마치 내가 이곳에 있어서는 안 된다는 것처럼, 내 영혼은 여기 속하지 않는다는 것처럼 온 세계로부터 거부당하는 느낌. 뭔가 잘못됐다는 본능적인 공포로 턱이 쩍 벌어지고 입술이 덜덜거렸다. 내 발버둥에 당혹한 방주가 고도를 낮추었다. 그건 천만다행이었다.

-털썩!

"허억!"

나는 부들거리는 팔로 땅에 블랑케르 공작을 내려놓고, 그녀를 피해 엉금엉금 기기 시작했다. 목적지가 어디든 상관없었다. 이것은 아주 위험한 조짐이었다. 직감적으로 내가 몹시 불길한 존재가 되었음을 알았다. 사람이 없는 곳으로 가야 했다. 관자놀이에 핏대가 서고 눈알이 튀어나올 것 같았다.

"끄으, 컥…!"

"왕자님! 예서 왕자님!"

크리스텔을 안고 주저앉아 있던 엘리자베트 경이 소리쳤다. 그녀의 목소리가 불안에 젖어있었다. 괜찮다고 말해주고 싶은데 고개를 가눌 기력조차 없었다. 허리에 힘이 쑥 빠지고 당장이라도 넘어질 듯했다. 위태롭게 비틀거리는 찰나…

-탁!

"큿…"

"뭐지?"

내 시선이 강제로 올라갔다. 시야가 뿌예 사내의 얼굴이 또렷하지 않았으나, 가닛을 박아 넣은 듯한 주황색 눈동자만큼은 알아볼 수 있었다. 그가 검집 끝으로 내 턱을 더욱 치켜들었다. 눈앞이 한 차례 맑아졌다가 다시 흐려졌다.

"문제를 말해."

"…쳐."

"똑바로."

"…망치, 라, 끅…"

'쯧.'

그가 자세를 낮추고는 거친 손놀림으로 내 가방을 뒤지기 시작했다. 진통제를 비롯한 각종 약, 급하게 챙긴 여러 도구 따위가 흙바닥에 와르르 흩어졌다. 태자는 내 상태를 흘끗 살피고 마도구 신호탄을 주워들었다. 아무 약이나 먹일 순 없으니 지원을 부르는 게 빠르리라 판단한 것 같았다. 나는 속이 울렁거리는 와중에도 헐떡이며 머리를 내저었다. 멍청아, 그게 아니라…!

"끄… 허윽."

"예서. 크게."

"꺼, 지라고…!"

삐이이이! 귓가에 이명이 울렸다. 단전에서부터 무언가 울컥하고 올라왔다. 동시에 시야가 완전히 희게 변하고-

-콰아아아아!

"세이디!"

내 몸에서 황금빛 섬광이 폭주했다. 소백작의 외침이 환상처럼 흩어졌다.

* * *

"억!"

-우당탕!

"일어나라, 에르베."

프레데리크 리에스테르가 나른하게 웃으며 머리를 쓸어 넘겼다. 오른손에 들린 그녀의 보검, 뒤랑달이 날렵한 자태를 뽐내고 있었다. 여느 때와 다름없는 리에스테르 황궁의 오후였다. 지난 6월, 온갖 묵은 때와 상흔을 벗고 새로 태어난 실내 연무장은 황제의 마음에 쏙 들었다.

아들 녀석과 사르네즈 꼬마가 연무장을 반파시킨 것은 거슬리는 일이었으나, 수리가 끝난 후 호화로운 오닉스 소파와 은으로 세공한 탁자를 들였으니 만족했다. 오렐리는 눈살을 찌푸리면서도 간만의 사치를 못 본 척해주었다.

"큭, 폐하… 1분만 기다려 주시면 황명을 수행하겠습니다."

"엄살이 과하군. 5초 주겠다."

"윽."

연무장 구석에 처박혀 끙끙 앓던 황실 근위대장이, 주인의 명을 거스르지 못하고 힘겹게 상체를 일으켰다. 에르베 뒤엠은 커다란 체구와 뛰어난 민첩성을 자랑하는 제국 최강의 마법사 중 하나였지만, 안타깝게도 황제에겐 상대가 되지 않았다. 기실 그녀가 이렇게 대련을 해주는 것도 그에겐 무한한 영광이자 몇 없는 성장의 기회였다.

"프레데리크, 살살해. 에르베가 몸져누우면 어쩌려고?"

"그럼 내가 궁을 지켜야겠지. 엘리자베트 녀석도 없으니."

'우웅!' 뒤랑달의 날 끝에 소드마스터의 오라가 맺혔다 사그라들었다. 황제가 어깨를 으쓱이자 오렐리는 못 말리겠다는 듯 고개를 저었다. 그녀가 커피를 한 모금 마신 후 입을 열었다.

"아이들은 여태 연락이 없네. 오늘 온다고 하지 않았나?"

"춤바람이 난 모양이군."

"그럴지도 모르겠어. 세드리크가 왈츠를 잘 추니까."

"내가 가르쳤잖아."

겸손 따위 모르는 황제가 입꼬리를 올리며 말했다. 에르베는 속없이 크게 웃다가 그녀의 날카로운 눈길을 받았다. 추기경은 이번에야말로 미소를 참지 못했다.

제국 방방곡곡에서 말썽을 피우고, 남을 도우며 자라는 아이들을 기다리는 일은 즐거웠다. 하지만 오랜 친구와 반려가 함께하는 휴식도 그에 못지않게 기꺼웠다. 요즘은 하루하루가 평화롭고 따스하게 느껴졌다.

"광역 포털에 아이들 마중이라도 나갈까?"

-벌컥!

그때, 누군가 연무장의 문을 무례하게 열고 들이닥쳤다. 황제와 근위대장의 시선이 곧바로 움직였다. 추기경의 베이지색 눈동자가 둥그렇게 커졌다. 상대는 놀랍게도 시종장 로라였다. 지난 수십 년

간 그녀가 이런 식으로 행동한 적은 단 한 번뿐이었다. 그리고 그 날, 프레데리크와 오렐리는 세상에서 가장 소중한 남자를 잃었다.

"로라? 무슨 일이야?"

추기경이 자리에서 급히 일어났다. 달칵! 당황한 탓에 뜨거운 커피를 엎질렀으나 신경 쓸 겨를조차 없었다. 빠르게 다가온 프레데리크가 그녀의 손목을 움켜쥐고 혀를 찼다. 로라는 서둘러 예를 차리고 운을 뗐다.

"폐하, 요한 헤인스 경의 급보입니다. 제국 동부에 골렘이 나타났습니다. 블랑케르 공작령에… 골렘의 준동이 있었다고 합니다."

"뭐?"

"태자 전하 일행이 블랑케르 공작과 합세하여 저지하고 있으나, 직전에 제1 던전이 개방되어 처리가 쉽지 않아 보인다는 전언입니다."

"…"

체리색 눈동자에 당혹감이 스쳤다. 믿을 수 없는 소식이었다. 골렘의 출현에 관한 기록은 500년, 아니, 거의 600년 전이 마지막이었다. 황제는 지극히 황당하고 혼란스러운 와중에도 신속한 판단을 내렸다. 그것이 군주의 최우선적 의무였으므로.

"당장 귀족원을 비상 소집해. 대귀족 본인이 황도에 부재중이라면 후계자를 참석하게 하고, 제국군 3천과 5급 이상의 기사 30을 공작령으로 보낸다. 공작의 요청이 있을 때까지 영지 경계에 대기시키도록."

"명 받들겠습니다. 그리고 폐하."

"또 있나?"

황제가 자신의 오른팔을 일별했다. 로라의 밀밭 색 머리카락 몇 올이 빠져나왔고, 진중한 눈빛이 깨질 듯 흔들리고 있다는 사실을 프레데리크는 그제야 깨달았다. 시종장이 떨리는 음성으로 말을 이었다.

"밖에, 동쪽 하늘에… 변고가 생겼습니다. 나와서 보셔야 합니다."

"도대체 그게 무슨…"

황제가 인상을 구기며 발걸음을 옮겼다. 추기경과 근위대장이 뒤를 따랐다. 타앙! 프레데리크는 연무장 문을 걷어차다시피 하며 밖으로 나섰다.

"…빌어먹을."

뒤이어 욕지거리를 했다. 온 황궁이 무질서했다. 길바닥에 기절한 이가 더러 눈에 띄었다. 황제의 행차에도 눈길을 돌리는 자가 없을 만큼, 충격과 두려움에 사로잡힌 모두가 한곳만을 응시하고 있었다. 프레데리크는 정원사와 시종, 하인과 병사들이 넋 놓은 동녘 하늘을 뚫어져라 쏘아보았다. 궁 바깥은 지금쯤 미쳐 돌아가고 있을 게 분명했다.

"…로라."

"예, 폐하."

"제국군은 지금부터 군사 대비 태세에 들어간다. 남부의 코를레오네 제독에게 연통을 넣도록."

그녀가 씹어뱉듯 말했다. 오렐리는 눈을 감았다. 그러고는 하나뿐인 제자의 이름을 읊조렸다.

* * *

피.

"우욱! 쿨럭쿨럭! 콜록! 욱…"

입에서 쉬지 않고 피가 쏟아졌다. 비리고 짜고 역한 맛이 혀와 볼을 가득 채웠다. 무섭고 끔찍한데, 언제부터 이러고 있었는지 기억조차 할 수 없다는 사실이 더 소름 끼쳤다. 후드득! 갈기갈기 찢어진 셔츠 사이로 성석 구슬이 우박처럼 떨어졌다. 나는 피 웅덩이에 빠진 구슬들을 멍하니 보며 기침했다.

"콜록콜록! 우으, 하아…"

-사아아…

그런데 성석 구슬이, 피를 흡수하기 시작했다. 나는 숨을 몰아쉬는 와중에도 그 광경을 보며 기함했다. 새빨간 혈액이 생명수라도 되는 양, 성석들은 스펀지처럼 나의 피를 빨아들이고 있었다. 뒷골이 서늘해져 반사적으로 몸을 물렸다. 흙을 밀어내는 발밑에 거친 바닥의 촉감이 와 닿았다. 쿨룩. 불행인지 다행인지 피와 기침이 멎어가는 것 같았다.

"하, 읍…"

나는 구역질이 올라오는 것을 가까스로 참고 사방을 살폈다. '빛'은 이제 없었다. 등에 매달린 방주의 존재감이 선연했다. 내가 내려두었던 모습 그대로 누워있는 블랑케르 공작과, 어느 나무 밑동에 쓰러진 태자가 보였다. 반대편엔 역시 기절한 크리스텔과 엘리자베트 경이…

-쿠구구구…

하늘에서 지진 소리가 났다. 나는 번쩍 고개를 들어 비행하는 마수가 있는지를 살폈다. 성지를 개방해서 사람들을 지켜야, 응?

"…저게 뭐야."

내가 망연하게 중얼거렸다.

-구구구구구…

SF 영화에나 나올법한 장면이었다. 네 개의 광선이 모였던 하늘 한복판의 빛점이, 급속도로 크기를 키워가고 있었다. 점은 곧 면이 되고, 면은 삽시에 광활한 구멍으로 변했다. 당장이라도 위험천만한 외계 생명체나 UFO가 넘어올 듯한 모습이었다.

네 신물이 모이면 무슨 일이 벌어질지 모른다던 경고가 다시금 뒤통수를 후려쳤다. 아냐, 보고도 모르겠어. 이 몸이 정상인지도 모르겠고. 대체 이게 어떻게 된…

"…헉. 훗."

뒤이어 펼쳐진 광경에, 숨이 턱 막혔다. 손끝이 벌벌 떨렸다. 나는 뭐에 홀린 듯 자리에서 일어났다. 천궁에 뚫린 광대한 '구멍' 너머로 드러난 건…

"우리 집… 우리 집 베란다잖아."

-펄럭!

두 다리가 붕 떠올랐다. 나는 눈앞이 흐려지는 것을 느끼며 높이, 더 높이 날아올랐다. 잘못 볼 수가 없는 공간이었다. 정은서가 중

학교 때 키운 잔디 인형이 화분으로 자리 잡은 곳. 형이 가끔 낚시 의자를 놓고 앉아 비눗방울을 불고, 무협 소설의 다음 내용을 쥐어짜 내던 자리. 나는 미친 사람처럼 양손을 뻗었다.

　-펄럭, 펄럭펄럭!

　저건 집으로 돌아가는 출구였다.

　"은서-"

　-퍼억!

　이어 강력한 충격이 전신을 덮쳤다. 신음조차 흐르지 않았다. 바스스, 빠스락! 나는 푹신한 단풍잎 더미 위를 무참히 나뒹굴었다. 짙은 피 냄새를 풀과 꽃내음이 덮어 내렸다. 사내가 가쁜 숨을 내쉬는 것이 느껴졌다. 자신의 몸통을 들이받아 날개를 꺾은 그가, 분노와 배신감에 젖은 눈빛으로 나를 노려보고 있었다. 까무룩 멀어지는 의식 끝에 주홍빛 시선이 번졌다.

　"미안…"

　상처 주려던 건 아닌데. 내가 속삭였다. 그리고 시야가 암전했다.

10. 허울뿐인 대주교

꿈결에, 몹시 다정하고도 서글픈 음성을 들은 것 같았다.

'아무것도… 느껴지지 않는구나. 네 말이 맞아, 세이디.'

'반드시 그렇게 해야겠니?'

"흐학."

나는 해괴한 소리를 뱉으며 눈을 번쩍 떴다. 천장의 무늬와 화려한 금장이 익숙했다. 숨이 진정되고 나서야 이곳이 쥘리에트 궁의 내 방임을 깨달았다. 커튼 사이로 들어오는 햇살은 이른 아침의 빛이었다.

곁엔 아무도 없었고, 대신 고소하고 향긋한 냄새가 사방을 가득 채웠다. 천천히 이불에 묻힌 몸을 일으키는데 뱃속이 꼬르륵하고 애처롭게 울었다. 이게 그러니까…

"아."

퍼뜩, 블랑케르 공작령에서 있었던 일들이 주마등처럼 눈앞을 스치고 지나갔다. 전신에 소름이 돋고 두려움이 되감겼다. 가장무도회 중에 개방된 산맥 제1 던전. 마수를 소탕하기 위해 떠났던 세실 블랑케르 공작 일행.

계획과 달리 그녀는 다음 날 오전까지 던전을 봉쇄하지 못했고, 결국 크리스텔과 황태자와 엘리자베트 경이 나 몰래 그녀와 합세했다. 나는 친구들이 걱정되어 요한 경에게 부탁해 뒤를 따랐다.

'-쿠웅! 쿵…!'

'[정지!]'

…그리고 골렘이 나타났다.

"제길."

거기서부터 모든 게 뒤틀렸다. 아니, 따지고 보면 제1 던전이 공작과 기사단의 힘으로 봉쇄되지 않은 것부터 이상했다. 서로 지근거리는 아니었지만 영지에 신물이 너무 많이 모인 탓일 터였다.

그건 올해 마수 대토벌의 난도가 대폭 상승했던 이유와도 일맥상통했다. 골렘이 난동을 피울 무렵 공작은 확실히 지쳐있었고, 나는 그녀를 보호하고자 몸을 던졌다. 하지만 골렘의 공격 여파로 땅이 꺼져서 추락하고 말았는데…

'-펄럭!'

"미친, 뚝심이."

나는 식겁하며 침대 밑으로 발을 디뎠다. 나를 구하러 와주었던 녀석이 보이지 않았다. 서둘러 굴뚝새를 찾으려는데 협탁 위의 잡지가 눈에 띄었다. 〈격주간 리에스테르〉 10월 15일 호.

"…10월 15일?"

요한 경과 산에 들어간 게 10월 1일이었는데, 내가 2주 이상 누워있었다고…? 충격에 턱이 쩍 벌어졌다. 나는 급히 잡지를 집어 들었다. 표지에 대문짝만하게 인쇄된 글자들이 시야를 사정없이 찔러댔다.

'골렘의 준동, 천공穿孔의 하늘'

'케시에 대주교와의 대담 – 주신의 뜻 전격 분석'

'목격자 인터뷰'

'군사 대비 태세란 무엇인가?'

무시무시한 삽화도 있었다. 서쪽으로 해가 지고 동쪽에서 달이 뜨는 천궁의 중심에, 새카맣고 커다란 구멍이 뚫린 그림이었다. 손에서 힘이 쭉 빠졌다. 그날 본 것이 떠오르자, 속에서 무언가 울컥하고 치솟다 가라앉았다. 마지막으로 마주한 오렌지색 눈동자가 뇌리에 선명했다.

'미안…'

-탁!

잡지가 맥없이 바닥으로 떨어졌다. 그 소음에 흠칫하고 다시 정신을 차렸다. 일단 상황을 정확히 파악해야 했다. 거기서 본 게 우리 집 베란다인 건 분명했지만, 진짜인지 환상인지는 알 수 없었다.

-착!

빠른 손놀림으로 커튼을 쳤다. 하늘을 샅샅이 살폈으나, 구멍은커녕 구름 한 점 없이 가을볕만 쨍쨍했다. 순식간에 마음이 내려앉았다. 나는 심호흡하며 생각을 가다듬었다.

네 개의 신물과 내가 일으킨 반응은 결코 심상치 않았지만, 무슨 원리로 멀쩡한 하늘에 균열이 생겼는지는 아직 몰랐다. 그러니 당장 중요한 건 사람들이 무사한지 어떤지였다. 기절했던 크리스텔과 엘리자베트 경, 피를 많이 흘린 블랑케르 공작. ⋯그리고 그 녀석도.

-팍, 파바밧! 파밧!

나는 화들짝하며 문 쪽으로 시선을 돌렸다. 밖에서 누군가 침실 출입문을 박박 긁고 있었다.

-끼이, 끼이, 끼이이⋯

"데미!"

벌컥! 문고리를 뜯어내다시피 당겨 문을 열자,

-끼우으웅!

-아으우!

-삐르르르!

데미, 레아, 페리가 티테까지 데리고 와서 내 품에 마구잡이로 뛰어들었다. 뚝심이는 작은 날개가 부서져라 파닥거리며 내 잠옷을 물고 쪼았다. 나는 무릎을 꿇은 채, 따뜻한 체온을 한가득 보듬고 사과와 고마움을 전했다.

'놀라게 해서 미안해.', '기다려 줘서 고마워.'

녀석들은 그간 억울하고 슬픈 일이 많았는지, 두서없이 입을 벌려 울고 화를 냈다. 그러면서도 앞발과 귀 끝에서 온갖 꽃다발과 약풀을 피워냈다. 티테가 지느러미발을 팔딱거리자 카펫 위에 해초가 쑥쑥 자랐다. 나는 끝내 웃음을 터뜨렸다.

"약초랑 미역국 끓여 먹고 빨리 나으라고? 형 주는 거야?"

-끼

"이제 멀쩡한데. 그래도 고맙다."

나는 레서판다들과 코를 한 번씩 맞대고, 하프물범의 하얀 등을 가볍게 토닥여 주었다. 그때였다.

-쨍그랑!

그릇 깨지는 요란한 소리가 났다. 깜짝 놀라 고개를 들자, 곁방 한복판에서 눈물을 뚝뚝 떨구는 금색 눈동자가 보였다. 소년의 발치에 산산조각 난 티 세트와 은쟁반이 나뒹굴었다. 내가 다급히 말했다.

"가나엘, 조심해. 잘못 밟으면 다쳐."

"왕자님!"

요령 좋게 유리 조각을 피해서, 와다닥 달려온 소년이 나와 애물단지들을 끌어안았다. 그러고는 엉엉 소리 높여 울기 시작했다.

'다시는 못 뵈는 줄 알았다', '온몸이 피투성이였다'라며 끅끅거리는 아이를 보니 나까지 코끝이 찡해졌다. 나는 차마 말을 얹지 못하고 가만가만 가나엘의 등을 쓸어주었다. 죄책감이 밀려들어 쉬이 입술을 뗄 수 없었다. 괜찮으니 걱정 말라는 말 한마디조차 가볍지 않았다.

"윽, 흑! 허엉…"

"…"

이런 애들을 두고 그냥 가려고 했냐, 정예서. 인사도 안 하고. 설명 한 줄 없이.

* * *

내가 깨어나자 쥘리에트 궁은 그야말로 '발칵' 뒤집혔다. 주방장 로랑스가 와서 한바탕 눈물바람을 하고 내려갔고, 시종과 하인은 물론 복도를 지키는 기사들까지 교대로 들어와 인사를 올렸다. 내 상태를 살피러 온 태의는 '왕자님께서 건강하시다'라고 선언해 모두의 박수를 받았다.

그래도 당분간은 매일 얼굴도장을 찍을 거라고 했다. 침실에 빵과 차향이 그득했던 이유도 금세 밝혀졌다. 내가 언제든 일어나서 밥을 먹을 수 있도록, 식구들이 매일 끼니때마다 침대 옆에 식사를 차려 둔 것이었다. 이 이야기를 들을 때쯤엔 죄의식이 하늘을 찔렀다.

"참으로 주신의 은총이야."

나는 반짝 상념에서 빠져나왔다. 마주한 베이지색 눈동자가 상냥하게 휘고 있었다.

"네. 와주셔서 감사합니다."

"천사 같은 얼굴이 반의반이 됐어. 마음이 아프구나."

부티에 추기경이 나직이 속삭였다. 솔직히 반의반까지는 아니지만, 나는 그녀가 내 뺨을 쓰다듬는 동안 얌전히 얼굴을 내주었다. 이마와 머리에 키스도 여러 번 받았다. 황제궁에서 기다리지 않고 외진 곳까지 와준 스승님에게 감사한 마음이 들었다.

테이블 맞은편에 선 뱅자맹이 손수건으로 눈가를 찍어냈다. 늘 차분하고 진중한 그마저 감정을 드러내는 걸 보니 속이 쓰렸다. 걱정시키고 싶어서 그런 꼴이 된 건 아니었지만, 그래도.

"더 먹으렴."

"네, 엄청 맛있네요."

나는 따끈한 빵 위에 구운 거위 콩피와 흰콩을 탑처럼 쌓고, 스튜를 끼얹어 촉촉하게 만든 뒤 한입에 쏙 넣었다. 바삭바삭한 거위 껍질 아래 기름진 살코기가 살살 녹아내렸다.

비교적 거칠고 딱딱한 바게트는 보드라운 흰콩과 부서지며 근사한 식감을 자아냈다. 국물의 간도 적당히 달콤하고 짭조름한 게, 아주 환상적이었다. 내가 오물거리며 씩 웃자 스승님이 다른 접시도 앞으로 밀어주었다. 2주 공복에 3인분 먹어도 괜찮나? 안 괜찮다. 배고프니까 4인분 먹어야지.

"사르네즈 경은 언제쯤 만날 수 있을까요? 엘리자베트 경하고 에바도요."

내가 세 번째 나바랭 그릇에 숟가락을 담그며 물었다. 그래도 일어나자마자 희소식이 많았다. 크리스텔은 그날 혼절하고 하루 만에 의식을 되찾았다고 했다. 찰과상과 타박상 외엔 신체에 큰 이상이 없고, 기억이나 성격도 우리가 아는 그대로인 데다 에테르 또한 멀쩡하단다. 창해의 축복이 그녀의 몸에서 빛을 뿜어내기에 염려했는데 다행이었다. 소백작 역시 치유 신관의 도움으로 부상을 금방 회복했다고 들었다.

"…"

"다들 무사하다니 정말 잘됐습니다. 특히 블랑케르 공작은 잘못되실까 봐 철렁했거든요."

스승님은 대답이 없었지만, 나는 기분이 좋아져서 말을 이었다. 빨갛고 뜨거운 나바랭에선 오래 끓여 깊고 진한 육수 맛이 났다. 토마토의 얼큰한 풍미는 내가 여기 와서 사랑하게 된 것 중 하나였는데, 보름이나 쓰러져 있다가 먹어도 국물이 끝내줬다. 나는 양고기를 건져 잘게 찢고, 촉촉한 샬롯을 얹어 깔끔히 먹어 치웠다. 라구 ragout를 와구.

"어쩐지 지하로 떨어질 때 초록빛이 보인다 싶었습니다. 자신의 주인이 아닌데도… 신물이 공작을 낫게 해준 거군요."

수목의 신궁은 자신을 수호할 인간을 선택하고, 장수의 은총을 내리는 것으로 유명했다. 그런데 거기서 끝이 아니었다. 대지 속성의 신물은 '치유'의 권능까지 지니고 있었다.

영주성에서 지원이 도착해 일행을 발견했을 무렵엔, 이미 공작의 머리 상처가 아문 뒤였다고 한다. 그녀는 마나 휴지기를 포함하여 사흘 후에 깨어났다. 공작도 공작이지만 에바가 많이 놀랐을까 봐 근심스러웠다.

"그날 이야기는 나중에 하자."

추기경이 보일 듯 말 듯 미소하며 내 앞머리를 넘겨주었다. 의외의 반응이었으나, 그녀가 나를 생각해서 그러는 것 같았으므로 선선히 고개를 끄덕였다. 피를 한 바가지 토하긴 했어도 지금은 아무렇지 않은데.

"세드리크 태자님은 좀 어떤가요? 제가 보름이나 에테르를 못 드렸는데… 그간 다른 신관님의 도움을 받았습니까?"

나는 자연스레 화제를 돌리며 니수아즈 살라드를 공격하기 시작했다. 그런데 색색의 싱그러운 생채소와 삶은 달걀, 올리브를 포크로 찍는 동안에도 돌아오는 답이 없었다. 묘한 불안을 느끼며 추기경을 바라보자 그녀가 어렵사리 입을 열었다.

"그 애는 왕자님을 만나지 않겠다는구나."

"…"

"속상한 일이 있었나 봐. 시간이 조금 필요할 것 같아."

달래는 듯한 어투였다. 나는 할 말을 찾지 못하고 느릿느릿 포크를 내려놓았다. 스승님이 내 손등을 감싸며 말을 이었다.

"그리고 당분간은… 황족이 아닌 자의 쥘리에트 출입이 제한될 거란다. 손님을 맞기는 어려울 거야."

"그건,"

"크리스텔, 엘리자베트, 에바, 요한 모두. 정원에서부터 접근이 불가능하게 됐어."

"왜요? 무슨 일이 있었습니까?"

내가 황급히 물었다. 이건 유폐와 다를 게 없는 처분이었다. 천장에 뚫린 구멍 때문에 국내외 상황이 걷잡을 수 없이 심각해졌나? 〈격주간 리에스테르〉는 아직 각 잡고 읽어보지 못했다.

"…로메로 궁주의 고유 권한이라는 일이 있었지."

추기경이 쓰게 웃으며 답했다. 설마 싶었다.

"쥘리에트 궁 책임자는 로메로 궁의 주인이고, 그가 쥘리에트에 관해 결정하는 사안은 황제라 해도 함부로 번복할 수 없단다. 이건 로메로 선황 때부터 굳어진 관습이야."

잠깐만요.

"요컨대 태자님이 저를 가두기로 했다는 말씀이십니까?"

"응."

나는 입을 벙긋거렸다. 화다닥 뱅자맹을 올려다보았지만, 그는 침통한 표정으로 고개를 주억일 뿐이었다. 아니… 진짜로?

* * *

나 또 갇혔냐?

"어떡하지?"

-끼으?

내가 창가를 방황하며 중얼거리자, 데미가 가슴팍을 기어오르다 말고 갸웃했다. 마치 '어떡하긴 뭘 어떡해, 그냥 궁돌이로 살아' 하는 것 같았다. 나는 헛숨을 흘리며 녀석의 엉덩이를 받쳐주었다. 나도 그게 편하고 좋기야 했다.

쥘리에트 바깥을 빽빽하게 두른 병사들을 보니, 밖으로 한 걸음 내디딜 의지조차 생기지 않았다. 건너편의 로메로 궁은 동장군처럼 뻣뻣이 선 채 이쪽의 시야를 막고 있었다. 하지만 내게 집에 돌아갈 방법이 생긴 것일지도 몰랐다.

그게 아니더라도, 크리스텔과 소백작에게 인사 정도는 하고 싶었다. 에바가 무도회와 골렘의 준동 이후 어떻게 지내는지 진심으로 궁금했다. 잔챙이 마수 떼로부터 영주성을 지켰다는 요한 경과 황실 근위대도… 맞다.

"데미, 너도 페리 데리고 성문 밖까지 나가서 싸웠다며. 뱅자맹한테 들었어."

-끼응!

과연, 마수 대토벌에 따라나서겠다고 사람(나)을 물던 신수다웠다.

"진짜 용맹하다. 사실 네가 퇴계공 주인공인 거 아니야?"

-꾸릇!

그러자 신수가 조그마한 혀를 쏙 내밀더니, 내 몸통에 거꾸로 매달리는 재롱을 부렸다. 실없는 농담이 녀석에겐 엄청난 칭찬이었던 모양이었다. 나는 밝게 웃으며 꼬마에게 에테르를 건네고자 손을 뻗었다. 그러고 보니 식사 때도 과일과 꽃만 챙겨주고, 정작 중요한 주식은 먹이지 못했다. 산트가 애들 밥 챙기느라 고생했겠네. 답례를 해야 하는데.

"자, 우리 데미 좋아하는 거."

나는 다섯 손가락을 척 펼쳤다. 그러고는 금빛 에테르 알갱이를 와르르…

"어?"

-꾸?

데미가 내 목과 같은 방향으로 꼬리를 기울였다. 순간 당황해서 눈이 질끈 감겼다. 그런데 눈꺼풀을 들어 올려도, 내 손끝엔 아무런 반응이 없었다. 충격적인 무감각이었다. 나는 우두커니 서서 심장께를 내려다보았다. 왜 에테르가 안 나와…?

* * *

침착해, 정예서.

"뱅자맹, 가나엘."

침착해.

"저 백수 되게 생겼습니다."

아주 침착하지는 못했다. 사태 파악을 끝낸 나는 신수들을 온몸에 주렁주렁 매단 채 나아가 선언했고, 두 시종의 얼굴에 그늘이 지는 것을 실시간으로 목격했다. 울상이 된 가나엘이 양손을 내저으며 '그럴 일은 절대 없습니다. 금방 에테르를 되찾으실 거예요!' 했다. 뱅자맹은 점잖게 고개를 끄덕였다. 어? 잠깐만.

"어떻게 아셨습니까?"

내가 눈을 깜빡였다. 에테르가 안 나온다는 이야기는 하지 않았는데, 둘은 이미 내 컨디션에 관해 알고 있는 것 같았다. 뱅자맹이 소년과 눈길을 교환하더니 어렵사리 운을 뗐다.

"왕자님께서… 의식을 잃으신 후부터 꿈자리가 예전으로 돌아왔습니다. 쥘리에트 궁 사용인들은 모두 그것을 절실히 느끼고 있지요. 다만 소리 내어 말하는 자는 없습니다."

아. 그게 있었지, 참.

"갑자기 악몽에 시달리는 것은 아닙니다. 그저 왕자님께서 입궁하시기 전의 겨울과 비슷해졌습니다. 먼저 말씀드리면 충격을 받으실 것 같아 함구하고 있었습니다."

"…"

"저희는 다시 보통으로 돌아온 것뿐입니다, 왕자님. 유감스러워하지 마십시오."

'오히려 그간 저희가 귀한 분께 신세를 졌지요. 황송합니다.'

중년인이 인자하게 미소했다. 진짜로 내게서 에테르가 흐르지 않고 있고, 그걸 주변의 평범한 이들도 안다. 그렇다면 당연히 황태자 녀석도 내 상태를 인지하고 있을 것이다. 나는 겨우 턱을 까닥이며 사방으로 튀어 나가는 토막생각을 한데 모으려고 애썼다. 내내 당황한 채로 지낼 수는 없었다. 차분하게 앞으로의 계획을 짜야 했다.

"오렐리 전하께서 제게 남기고 가신 게 있습니까?"

내가 물었다. 스승님은 황궁에서 가장 먼저 나를 진찰했을 사람이었다. 이런 특수한 상황을 모를 리 없는 데다, 그녀의 대자代子에겐 신관 파트너가 필요하니 어쩌면 나보다 황실이 더욱 절박한 처지였다. 내 질문에 뱅자맹과 가나엘이 동시에 고개를 주억였다. 예상이 적중했다.

"살펴보실 책 몇 권과 편지를 두고 가셨습니다. 시간이 나는 대로 또 걸음 하시겠다는 말씀도 하셨습니다."

가나엘이 조심스레 답했다. 나는 등에 업은 하프물범을 어르며 비장하게 입을 악다물었다. 그래, 간만에 환궁했으니 다시 기존의 일정을 소화할 시간이었다. 쥘리에트 고시원에 콕 박혀서 열심히 공부하고 밥도 잘 챙겨 먹어야 했다. 초능력이 사라졌다고 의지까지 꺾여서는 안 됐다. 무슨 일이 있어도 살아남아서 집에 돌아가기로 했으니까.

* * *

그렇게 다음 날이 됐다. 꼭 빙의 직후의 3월로 돌아간 기분이었다. 아무 능력도 없이, 그저 살기 위해 성실한 수험 생활을 하던 첫 일주일.

"'신관은 사망에 이른다…' 이건 아니고."

나는 따스한 가을볕을 받으며 1층 테라스에 나와있었다. 열풍이 부는 시기를 제외하면 황도는 날씨가 연중 온화한 편이라고 들었는데, 진짜 그랬다. 10월 중순이 되었는데도 해 지기 전까지는 공기가 나름 훈훈했다.

널찍한 테이블엔 간식 접시와 찻잔이 그득했고, 〈격주간 리에스테르〉와 주신교 해설서를 비롯한 온갖 책이 펼쳐져 있었다. 《와장창! 이브의 대모험》을 요약해 둔 수첩 페이지가 바람에 일어섰다 눕기를 거듭했다. 스승님이 내게 전한 서신은 중앙에 떡하니 놓여있었다.

"들어 봐, 티테. 신관이 에테르를 못 쓰게 되는 경우는 크게 두 가지래."

-애으

내가 무릎 위의 하프물범에게 설명했다.

"하나는 심장이 멈추는 거야. 그러면 체내에서 에테르를 더 생성하지 못하게 돼. 죽는단 거지."

-우우…

꼬마에겐 너무 무서운 얘기였는지, 티테가 까만 눈과 코를 뒤로 쭉 빼고는 누드김밥처럼 납작해졌다. 그러자 테이블 한편에서 책등을 깨물던 레서판다들이 몰려와 폭신한 꼬리로 나를 마구 때렸다. 바깥사람들은 전혀 모르지만, 제국의 신수들은 이토록 포악하고 폭력적이었다. 나는 헛웃음을 흘리며 사과했다.

"미안하다, 너희 막내 겁줘서. 일부러 그런 건 아냐."

-끼응

"반성할게. 그리고 두 번째는, 언약을 어겨서 에테르를 상실하는 거. 이건 성기사와 비슷한 경우야."

나는 주신교 성직자의 언약에 관한 몇 가지 사실을 떠올렸다. 이들은 언약을 저버리면 '상실'이라는 페널티를 얻는데, 신관의 그것이 무작위인 데 반해 성기사는 오직 '힘의 봉인'이란 신벌을 받았다.

거꾸로 말하면 신관이 재수 없게 힘의 봉인을 당하는 일도 발생할 수는 있었다. 사서를 들춰 보니, 돈이나 기억을 잃는 대신 에테르를 빼앗기고 일반인으로 돌아간 경우가 실제로 없지는 않았다. 다만 이건 몹시 중대한 언약을 깨뜨렸을 때나 적용되는 듯했다.

"그런데 나는? 언약을 어긴 적이 없지. 그러니까 이것도 아니고."

내가 수첩에 줄을 죽죽 그었다. 애초에 언약을 한 적도 한 번밖에 없었다. 그게 벌써 5개월 전의 일이었다. 열풍이 다가오던 밤.

'[맹세한다.]'

'내게 언약을 하는군.'

나는 세이디에게, 신국과 내통하지 않았고 앞으로도 그러지 않으리라 약속했다. 그걸 어기진 않았으니 페널티로 에테르를 봉인당한 것도 아니었다. 당연하지만 내 몸은 일반적인 케이스에 해당하지 않았다. 부티에 추기경의 편지가 다시금 눈에 들어왔다.

'…주신의 하늘에 천공이 생기던 날, 왕자님이 에테르 폭주를 일으켰다고 들었어. 내가 직접 본 것이 아니라 그것이 폭주인지, 폭주와 유사한 다른 증세였는지는 모르겠구나.'

그날, 엘리자베트 경과 세드리크 태자가 나를 목격했었다. 두 사람은 내 안에 '소원의 성반'이 들어있다는 걸 모르니, 그게 에테르 폭주처럼 보이긴 했을 것이다. 강렬한 금빛 에테르 폭발에 뒤따른 각혈과 실신을 생각해 보면 타당한 결론이었다.

'그것이 폭주였다면, 나는 당시 충격의 영향으로 왕자님의 그릇이 잠시 닫힌 게 아닐까 해.'

'일종의 후유증이라 가정하고 연구를 진행 중이란다. 에테르 폭주로 일정 기간 힘을 잃은 신관이 있었는지도 조사하고 있어.'

후유증… 나는 목덜미에 대롱대롱 매달린 레아를 쓰다듬으며 입속말했다. 생각을 정리하려는데 페리가 깃펜을 물고 놔주지 않았다. 데미는 아예 수첩에 퍼질러 앉아 미동도 안 했다.

'형 이제 안 아파, 무리하는 거 아니야. 오늘은 너희 놀이방에서 같이 잘게.'

그렇게 한참을 달랜 뒤에야 필기구를 돌려받을 수 있었다. 까만 글씨가 하얀 종이 위를 빠르게 달렸다.

-집으로 가는 '게이트'가 열렸다
· 원인 1: 네 개의 신물이 한곳에 모여 발동
· 원인 2: 네 신물이 한곳에 모여 발동+소원의 성반 발동

…아마 원인 2가 진실에 가까운 추리겠지. 나는 그날 본 장면을 한 프레임씩 곱씹었다.

'-우우우웅!'

먼저 뚝심이를 포함한 네 신물이 빛을 뿜었다. 그러고는 하늘의 중심을 향해 각각 레이저 포인터처럼 똑바른 광선을 쏘았다. 잠시 후 내게서 이상 반응이 나타났다.

'두근!'

심장이 크게 한 번 박동했고,

'허억!'

호흡이 힘들어짐과 동시에 무척 불길한 느낌이 들었다. 온 세상이 나를 거부하는 듯한 감각이 말초신경을 끊임없이 압박했다. 마지막으로 본 건, 내게서 에테르가 터져 나와 허공을 향해 일직선을 그리는 광경이었다. 정신을 차렸을 때는 피를 토하고 있었고 창공엔 이미 구멍이 뚫려있었다. 그럼…

-끼이익!

"미안. 형이 너무 세게 잡았지. 많이 아파? 진짜 미안해."

나는 레아의 외침에 화들짝하며 회상에서 깨어났다. 손바닥이 축축했다. 내게 꼭 붙들린 레서판다가 놀라서 입을 벌리고 있었다. 급히 사죄하고 등을 토닥여 주니, 녀석이 나 죽는다고 티테 옆에 발라당 드러누웠다. 힘없는 임시 보호자는 부지런히 까만 배를 문지르고 '호' 해줄 뿐이었다. 다른 손으로는 수첩에 또박또박 필기를 이었다.

· 게이트 개방 원리(추측): 신물 네 개가 하늘에 닿음 > 무슨 일이 생김 > 성반이 발동함 > 집에 가고 싶다는 소원을 들어줌

"…그럴듯한데? 괜찮아 보이는데."

내가 중얼댔다. 이게 다 맞는다면, '무슨 일이 생김' 부분이 특히 중요하고 이상야릇했다. 지금껏 내 몸속의 성반은 조용했다. 물론 엄청나게 깨끗한 순수 에테르를 다량으로 제공했고, 내 성지가 다른 대주교에 비해 큰 것도 아마 신물 덕분이겠지만 거기까지였다. 녀석은 내 소망이나 마음에 직접적으로 응답한 적이 없었다. 으음. 상상력을 동원해 보면…

"나머지 신물 네 개가 일종의 판을 깔아준 거지. 그래서 얌전하던 성반이 발동을 했어. 근데 그 뒤로 에테르가 안 나와."

-꾸르르

나와 데미가 마주 보며 목을 갸웃했다.

"설마 게이트 연다고 힘을 다 써버렸나?"

-꾸릇?

아니… 그럴 가능성은 적어 보였다. 애초에 죽은 예서 왕자에게 두 번째 기회를, 즉 나를 심어 시간을 되돌린 것도 성반의 힘이었다. 적어도 내 짐작은 그랬다. 신물이 일회용이었다면 내가 그토록 막대한 에테르를 고스란히 지닐 순 없었을 것이다. 그냥 살려놓고 땡이었겠지.

게다가 나처럼 신물이 몸에 깃든 크리스텔은 힘을 조금도 잃지 않았다. 나는 오렌지 껍질 절임을 오징어 다리처럼 씹으며 미간을 찌푸렸다. 그러면 정말로 후유증인가? 언제 낫는데?

-삐르르, 삐삐삐

그때, 오후 산책을 마친 뚝심이가 테라스 난간에 내려앉았다. 나는 굴뚝새에게 인사를 건네려다 식겁했다.

"뚝심, 이리 와. 뭐 물어왔어?"

녀석의 작은 두 발 옆에 번쩍이는 것이 보였다. 황제나 황궁 손님의 보석이라도 털었을까 봐 철렁했다!

—삐

"뒤돌지 말고 가져와. 하나."

—삐릿

"둘."

—삐르르

"둘 반."

—삐뽀!

뚝심이는 못 이기겠다는 듯 나를 휙 돌아보더니, 자신의 몸뚱이만 한 금붙이를 용케 물어서는 내 앞에 툭 뱉어놓았다. 그리고 매우 불만스러운 날갯짓으로 티테의 등에 척 올라탔다. 뭐, 열 받아서 드라이브라도 가시게요?

"너 이렇게 부리 버릇 나빠져서 어떡할래. 응? 누가 이런 거 가르쳤어?"

—삐이

"이러면 남들한테 정 씨네 굴뚝새라고 말도 못 해. 부끄러워서."

나는 뚝심이가 가져온 반짝이를 유심히 살폈다. 이거 무슨 휘장徽章 같은데. 한가운데 리에스테르 황실 문장이, 미친.

"정뚝심, 너 이거…!"

나는 순진한 눈망울의 사고뭉치를 보며 입을 벙긋거렸다. 다급히 테이블에 애물단지들을 내려놓고, 난간으로 다가가 허리를 쭉 내밀었다. 정원 저편에 익숙한 실루엣이 보였다.

어디서 행사가 있었는지, 예복을 입고 화려한 망토까지 두른 사내가 시종을 거느리고 서있었다. 가슴팍 한 칸이 빈 걸 보니 뚝심이가 저기서 휘장을 훔쳐낸 것 같았다. 그의 주황색 시선이 실타래처럼 얽혀들었다.

"…"

태자는 이쪽으로 다가오지도, 내게 눈인사를 건네지도 않았다. 이어 아무것도 보지 못했다는 양 곧장 로메로 궁으로 들어가 버렸다. 완벽한 무시였다.

"…사과해야 하는데."

내가 중얼거렸다. 저 녀석에게 상처를 줬으니 제대로 사과를 하고 싶은데, 당장은 기회조차 만들기 어려워 보였다.

* * *

"서신 정도는 전해도 되잖아, 세드리크."

엘리자베트가 불만을 터뜨렸다. 그녀의 옆에 꼭 붙어 앉은 에바는 시종일관 안절부절못하는 표정이었다. 낯빛이 어두운 것은 둘뿐만이 아니었다. 상석에 앉은 세드리크의 오른편에서, 크리스텔이 청회색 눈동자를 날카롭게 빛냈다.

"보호를 위한 유폐라면 이해합니다. 폐하께서도 엘리서 왕세녀 전하가 왔을 때 그리하셨고, 왕자님은… 지금 최고로 무력하신 상황이니까요."

"…"

그녀의 목소리가 작아졌다. 사전에 부티에 추기경의 전언이 있었음에도, 크리스텔은 황궁에 들어서자마자 깊이 절망했다. 쥘리에트의 지척에 있는 로메로 궁까지 왔는데도 왕자의 따뜻하고 맑은 에테르가 느껴지지 않은 탓이었다.

질 나쁜 속임수나 감쪽같은 마술처럼, 정말이지 흔적조차 없었다. 성기사의 본능은 자연히 좌절하고 슬퍼했다. 하지만 그건 그거고 이건 이거였다. 예서 왕자는, 그녀의 파트너이기 이전에 친구였다.

"그런데 편지와 선물까지 막으신 건 이유를 모르겠네요. 왜 이렇게까지 하시는 겁니까?"

"황족의 뜻은 논할 필요가 없어."

태자가 으르렁거렸다. 이어 그의 에테르가 사납게 날뛰며 크리스텔을 위협하고 겁박하기 시작했다. 그녀는 간신히 그의 뜨거운 도발을 버티는 가운데 오만상을 썼다. 이상했다. 태자는 명백히 과민하게 반응하고 있었고 이건 그답지 않았다. 아무리 보름이나 왕자님의 에테르를 받지 못했다지만…

"역시 그날 뭐가 있었던 거죠?"

크리스텔이 고개를 기울이며 태자의 얼굴을 살폈다. 그녀 또한, 중간에 잠깐 의식을 되찾았을 무렵 본 것이 있었다. 그러나 헛것인지 참인지 분간할 수 없을 만치 찰나였다. 그래서 더 신경 쓰였다.

어쩐지 목이 타고 초조한 기분이 들었다. 자신이 본 것을, 짝꿍이나 짝꿍의 짝꿍도 보았는지 궁금했다. 시커먼 구멍 너머, 한국으로 보이는 어느 집의 베란다를.

* * *

다시 하루가 잔잔하게 흘렀다. 나는 쥘리에트 궁 발코니에 서서 로메로 궁을 뚫어져라 바라보았다. 크리스털 종을 햇빛에 반사해 몇 번이나 암호를 보냈는데도 돌아오는 답이 없었다. 뭐, 녀석 성격을 생각하면 당연하지만…

"으음."

난감했다. 모든 게 여기 처음 왔을 때와 비슷하면서도 달랐다. 당시에는 황태자가 내 산책 시간마다 연무장에 나와서 칼질을 해댔다. 돌이켜보면 그건 아마 내 에테르를 의식한 결과였을 것이다. 에테르의 주인이 어떤 인간인지 궁금했겠지.

하지만 나는 놈을 피하고자 안간힘을 썼고, 이웃에 살면서도 한 달 가까이 세드리크 태자와 마주치지 않았다. 아, 물론 세이디는 제외였다. 그놈이 그놈일 줄 내가 어떻게 알았겠냐고.

-끼이!

-끼잉!

-끼응!

레서판다들이 등에 티테를 얹고 정신없이 내 주변을 뛰어다녔다. 나는 피식하며 데미의 입에 달큰한 배 조각을 물려주었다. 아삭아삭, 녀석이 과육과 내 손가락을 간지럽게 깨물었다.

지금은 입궁 직후보다 상황이 나빴다. 내가 열공 중인 것만 똑같지, 쓸 수 있는 에테르가 없는 데다 산책까지 불가능했다. 황궁 손님들이 정원에 못 들어오게 된 탓에 발코니에서 화객花客 구경을 하기도 힘들었다. 병사들과 정원사분들을 살피는 재미도 있긴 한데…

"다들 날 안타깝게 보니까, 좀 그렇지."

-꾸

데미가 과즙을 짭짭거리며 답했다. 나는 물수건으로 녀석의 입과 수염을 닦아주었다. 친구가 약해졌다고 집에 가둬버리는 게 능사냐, 태자야. 네가 그러니 일부 독자들한테 세레기 소리를 듣는 거다. 그런 혼잣말이 혀끝에 맴돌았다. 문득 그날의 한 장면이 머릿속을 스쳤다.

'은서-'

'-퍼억!'

…나를 찍어 누른 태자가 원망스럽지 않느냐고 묻는다면, 글쎄. 분명히 아쉽기도 했지만 녀석의 눈빛을 보니 미안한 마음이 더 컸다. 그런 식으로 집에 돌아갈 수 있으리라 상상한 적이 없기도 했다.

본능적으로 몸을 일으켰고, 내 속을 읽은 뚝심이가 날갯짓을 해주었으나 뒷생각을 안 했던 건 맞았다. 그때 내가 하늘에 뚫린 구멍을 넘어갔다면, 정말로 집에 갈 수 있었을까? 그럼 예서 왕자는? 그의 몸은 여기 두고 영혼만 빠져나가게 됐으려나? 온갖 물음표가 머릿속을 도배했지만 이제 와서 얻을 수 있는 답은 없었다.

"솔직히 그 짓을 두 번은 못 하겠어."

-삐삐이

난간에서 볕바라기를 하던 뚝심이가 동의했다. 난 정말 지극히 평범한 보통의 인간이었다. 온 세계로부터 몸이 거부당하는 충격에다, 웅덩이가 고일 정도의 각혈에 2주 실신이라니…

가능하면 그것보다는 덜 극단적이고 안 무서운 방법을 찾고 싶었다. 차원을 넘어가는 게 그리 쉽겠냐고 핀잔해도 할 말은 없지만, 원래 사람 마음이라는 게 간사한 법이었다. 원해서 빙의된 것도 아닌데 억울했다. 올 때도 자다가 편히 왔으니 갈 때도 꿀 빨면서 가고 싶었다.

"미안하다, 뚝심. 너랑 거래한 게 있는데."

-삐릿

나는 오르락내리락하는 굴뚝새의 작은 몸을 쓸어주며 속삭였다.

"당분간은 약속을 수행하기 힘들겠어. 나한테 에테르가 없어서 아무데도 못 가거든."

그러자 굴뚝새가 이해한다는 듯 고개를 까닥였다. 나는 결국 소리 내어 웃었다. 뚝심이와의 거래는, 진짜 별것 없었다. 대단하신 신물과의 흥정치고는 제법 단순했다. 나는 에이츠 마을에서 있었던 일을 떠올리며 입꼬리를 올렸다. 태자 책봉식 전야제에 가기 위해 튼튼한 날개가 필요했던 순간.

'내가 네 주인이 아니라고 했던 거, 기억나?'

'-삐이'

'그러니까 거래를 하자.'

나는 녀석을 손등에 얹고 즉흥적으로 머리를 굴렸다.

'내가 원할 때 네 날개를 빌려주면, 나는 네 주인을 찾아줄게.'

'-삐?'

'네가 섬길만한 멋진 사람. 신력이 뛰어나고 인품도 훌륭한 위인으로. 너 지금까지 제대로 된 주인을 택한 적이 없다며. 내가 온 대륙을 뒤져서라도 얻게 해줄게.'

그 무렵엔 그런 말을 하는 게 가능했다. 나는 스승님께 미리 말씀을 드리기만 하면 어디든 갈 수 있었고, 태자 역시 그걸 싫어하는 것 같진 않았으니까. 게다가 두 주인공의 파트너로서, 열심히 둘을 쫓아다니기만 해도 작중 주요 인물을 만나기는 쉬울 듯싶었다.

그러다 보면 뚝심이의 주인을 물색하는 일도 어렵지 않을 듯했다. 요컨대 허풍을 떤 건 아니었다. 하지만 굴뚝새는 나를 유심히 관찰할 뿐 이렇다 할 반응이 없었다.

'그게 내 조건이야. 어때?'

나는 초조하게 말을 맺었다. 잠시 후.

'-우우웅!'

꼬마 새가 연보라색 광채로 눈부시게 빛났다. 이어…

'-펄럭!'

커다란 날개로 변해 나의 등에 자리 잡았다. 거래가 성사된 것이다. 그게 벌써 두 달도 더 된 일이었다. 여태껏 뚝심이 주인 찾기에 별 소득은 없었지만.

"양해해 주셔서 고맙습니다, 위대하신 비렴의 방주 님."

-*삐뽀*

내가 허리 숙여 예를 표하자, 꼬마도 쪼끄만 날개를 활짝 펴고 마주 절했다. 환장하게 귀여웠다.

-똑똑

"왕자님."

그때 뒤편에서 가나엘의 목소리가 들렸다. 돌아본 소년은 아주 희한한 낯으로 발코니에 나와있었다. 뭐에 당황한 것 같기도 하고, 뭐가 우스운 것 같기도 했다.

"가나엘, 왜 그래?"

"그, 음… 왕자님께서 식사를 잘 못 하신다는 소문이 났나 봐요."

"갑자기? 어쩌다가?"

딱히 양이 줄지는 않았는데. 내가 고개를 갸웃하자 금색 눈동자가 이리저리 방황했다.

"시름에 잠긴 옥안으로 테라스에 나와 한숨을 지으시고, 신수님들이 아니면 말벗도 없어서 외로움에 메말라 가신다는 말이 돈답니다."

"왜곡이 심하네."

황궁 식솔들이 가십을 좋아하는 건 알았는데, 생각보다 루머 양산에 적극적이구나. 정정한다고 달라질 것도 없을 듯해 나는 그렇게 한마디만 했다. 친구들 소식이 궁금하고, 만나서 밥 한 끼 같이 하며 회포도 풀고 싶지만 많이 힘들진 않았다. 쥘리에트 궁엔 뱅자맹과 가나엘이 있는 데다, 일손들 모두 에테르가 없는 내게 여전히 상냥했다. 좋은 사람들이었다.

"네. 아무튼 그런 민원이 로메로 궁에도 접수된 듯싶습니다."

"민원?"

내 루머가 민원이 됐어? 로메로가 무슨 주민 센터야?

"무테 경과 사르네즈 경, 블랑케르 소공작이 태자 전하께 간언을 드렸답니다. 왕자님을 이렇게 가둬두기만 하시면 안 된다고요. 그런 이유로… 전하께서 줼리에트 궁에 광대를 부르셨는데요."

"뭐를 불렀다고?"

나는 테이블을 정리하다 말고 눈을 휘둥그레 떴다. 무의식중에 목소리가 커졌는지 가나엘이 화들짝했다.

"와, 왕자님께서 싫으시면 돌려보내셔도 된다고 합니다! 황도에서 제일 유명한 광대패인데, 오늘 새벽에 황실 근위대의 철두철미한 신체검사와 소지품 검사를 받고 입궁했답니다. 피에르가 신이 나서 천장에 머리가 닿을 만큼 뛰고 있어요. 로랑스도 기대하는 눈치입니다."

맙소사… 인제 보니 가나엘의 표정은, 당황과 우스움이 아니라 난감함과 설렘이었다. 온갖 곡예와 인형극을 볼 수 있는 기회가 생겨 두근거리는 모양이었다. 내가 거절하면 물릴 수밖에 없으니 곤란할 테고. 어린 시종들의 머릿속이 훤히 보여 헛웃음이 났다.

"게다가 왕자님을 웃게 하지 못하면 경을 칠 테니, 광대패가 분명 최선의 노력을 다할 거랍니다."

"…"

내 입가가 싹 굳었다. 제국의 태자는 참말이지 미친놈이 틀림없었다. 나한테 사과받고 말로 풀면 되는 일이잖아. 왜 애먼 남을 잡아? 크리스텔은 이런 놈팡이랑 연애하고 결혼해도 괜찮은 건가? 새삼스레 원작 커플에 대한 걱정이 솟았다. 내 얼굴이 심란해 보였는지 가나엘이 덩달아 눈썹을 늘어뜨렸다.

"내보내라고 할까요, 왕자님?"

"아니야, 들여도 돼. 재밌겠네."

나는 서둘러 대답했다. 거부했다간 죄 없는 광대패가 어떤 수모를 겪을지 모르니, 그들을 위해서라도 이건 받는 게 나았다. 그러자 가나엘이 안색을 밝히며 절하고 물러갔다. 이내 문밖에서 '와아!' 하고 환호성이 터졌다. 그게 듣기 좋았는지 신수들과 뚝심이가 제자리에서 폴짝폴짝 뛰기 시작했다.

"못 살겠다."

나는 헛숨과 함께 머리를 내저었다. 25개월 꼬마를 저대로 둘 순 없었다.

* * *

로메로의 밤은 고요했다. 낮에도 조용한 궁이었으나 야간엔 더욱 그러한 편이었다. 세드리크는 집무실 테이블에 놓인 잡지를 무심하게 훑었다. 그는 〈격주간 리에스테르〉도, 그 편집장도 혐오하는 쪽에 가까웠으나 매체의 파급력이나 정보력을 낮잡아보지는 않았다.

이어서 자신에게 올라온 근위대의 보고서를 확인했다. 기사와 내용의 차이가 있는지 살폈지만, 공문 쪽이 확실히 세밀하다는 것 외에 두드러지는 점은 없었다. 귀족들의 과장 섞인 인터뷰 따위는 취급하지 않는 그였으니 당연한 결론이었다. 팔랑, 종이가 넘어갔.

'로베르 블랑케르 공자 취조 결과'.

사건 개요는 다음과 같았다. 로베르 블랑케르는, 세드리크와의 '결투' 이후 회복할 수 없는 상처를 입고 영지 구석의 별장에서 근신

중이었다. 그러다 가장무도회 소식을 접했다. 동생에게 소공작 자리를 빼앗길지도 모른다는 위기감과 분노에 눈이 멀어, 그는 유모의 도움으로 별장을 탈출했다.

그러고는 영주성에 잠입해 갑옷으로 외관을 가리고 무도회장에 숨어들었다. 동생을 해코지할 생각이었지만, 막상 현장에 들어오니 그녀가 친구들의 철통같은 보호를 받고 있어 엄두가 나지 않았다고 한다.

그는 결국 현장을 빠져나가기로 결심했다. 그러나 수상함을 눈치챈 왕자 일행 때문에 정상적인 방법으로는 달아나기 어려웠고, 발코니를 통해 도주하다 덜미를 잡혔다.

'…실내에 들어와 정식으로 대화한 자는 없고, 어느 발코니에서 뛰어내렸는지도 기억이 나지 않는다고 진술했습니다. 튤립 뿌리와 관련한 질문은 춤 상대를 겁주어 자신의 정체를 숨기기 위한 것이었다고 밝혔습니다.'

주황색 눈동자가 예리하게 글씨를 읽어 내렸다.

'세실 블랑케르 공작 부부는 아들의 연금을 3분의 1로 줄이고, 평생 영주성과 에바 블랑케르 소공작에게 접근하지 않겠다는 각서를 받아냈습니다. 이를 어길 시에는 영지에서 영원히 추방하고 파문하겠다는 공언公言이 있었습니다. 현재 블랑케르 공자는 별장에 머무르고 있습니다.'

"…"

세드리크가 미간을 찌푸렸다. 깔끔한 처리였음에도 묘하게 뒷맛이 개운하지 않았다. 불현듯 크리스텔 드 사르네즈의 목소리가 귓전을 울렸다.

'역시 그날 뭐가 있었던 거죠?'

그는 끝내 그녀의 물음에 대답하지 않았다. 그날의 일과 가장무도회 모두 거슬리는 점이 한둘이 아니었다. 치이익, 태자가 손끝의 불꽃을 억누르며 마음을 다스렸다. 그때였다.

-대구루루…

그가 기민하게 턱을 들었다. 작고 동그란 무언가가 카펫을 굴러가는 소리였다. 범상한 자라면 듣지 못할 만큼 옅은 소음이었다. 그러나 그는 거리의 필부가 아니었다. 세드리크가 혜검을 쥐고 기척 없이 자리에서 일어났다.

불청객은 침실로 통하는 곁방에 있었고, 태자는 검사의 날카로운 육감으로 그가 자신의 시종이 아님을 알았다. 빠르게 문가로 접근해 손잡이를 잡아당기자,

-댁대구루루…

세상에서 가장 어처구니없는 광경이 보였다.

"핫."

상대가 놀란 숨소리를 냈다. 또 다른 물체가 요란하게 바닥을 굴렀다. 밤손님은 몹시 당혹한 손짓으로 떨어진 성석 구슬을 줍기 시작했다. 세드리크가 곁방 탁자에 올려둔 물건이었다. 가을의 달빛을 받은 금발이 찬란하게 반짝이고 있었다. 그의 허리와 발치엔 튤립 핀 덩굴이 가득했다.

-끼!

"쉿, 데미. 들킬라."

-끼으으으
"아직 아무도 모른다니까."
'형 귀 밝아.'
그가 소곤거렸다. 귀는 밝은데 인기척엔 어두운 모양이었다. 세드리크는 탄식과 화를 동시에 삼키며 왕자의 뒤로 접근했다. 이제 보니 상대는 어둠에 숨은 검을 읽어내는 능력도 전무했다. 지금껏 베르너르 국서의 손아귀에서 살아남은 것이 경이로울 지경이었다.
"됐다. 침실로 쳐들어가자. 저번에 와 봐서 알아."
-꾸르르
"저쪽."
왕자가 자신 있게 집무실 방향을 가리켰다. 세드리크는 인내를 포기했다.
-스릉!
"허억!"
태자가 혜검을 뽑아 하얀 목을 겨누었다. 보랏빛 눈동자가 즉시 그를 올려다보았다. 마침 구름이 걷히고, 세드리크의 짐승 같은 실루엣이 모습을 드러냈다. 왕자의 목울대가 꿀떡였다. 태자는 끓는 듯한 음성으로 으르렁거렸다.
"적국의 볼모가 태자의 궁에 침입했군."
"저기."
"어떤 의미로 받아들여야 하지?"
"태자님."
"죽고 싶은가?"

"야."

왕자가 오만상을 썼다. 그의 눈이 울컥하고 빛났다. 자신에게 이토록 불경한 언사를 하는 것도, 오직 예서 페네티안뿐이었다.

"보내주신 광대들이 줄타기를 잘하길래 한번 따라 해봤습니다. 사과하고 싶은데 들어주실 생각을 안 하니까요. 이렇게라도 해야지 별수 있습니까?"

"…"

"대화로 합시다, 대화. 말로 해결 못 할 거 하나도 없어요."

그의 품에서 대지 속성 신수 세 마리가 우르르 쏟아졌다. 세드리크는 이를 악물었다. 사내의 의지와 관계없이 날 끝이 하강했다.

* * *

휘릭! 하고 황태자가 검을 거두는 소리가 났다. 진짜 미친놈. 인성 스탯까지 모조리 얼굴에 때려 박은 놈 같으니.

"하…"

나는 안도의 숨을 내쉬며 사방으로 뛰어나가려는 레서판다들을 품에 챙겼다. 불청객이긴 해도 손님은 손님이니 예의를 지켜야 했다. 차분히 가장 먼저 물어야 할 것을 물었다.

"애들 풀어놔도 될까요?"

"…"

세드리크 태자가 부리부리하게 나를 노려보았다. 남들이라면 부정적인 의미로 받아들이겠지만, 나는 이제 녀석의 화법과 제스처에 익숙했다. '될 것 같나?'라는 답이 나오지 않았으니 이건 괜찮다는 뜻이었다.

꼬마들을 내려주자 레아와 페리가 태자에게 토도독 달려가 무릎에 엉겼다. 엄청 반가워하는 기색이었다. 둘을 바라보며 미소 짓다가 고개를 드니, 사내가 조금 전보다는 가라앉은 낯으로 나를 보고 있었다. 여전히 손님 대접할 생각은 없는 것 같지.

"일단 앉으시죠, 태자님."

나는 그렇게 말하며 천천히 자리에서 일어섰다. 어둠에 적응돼 주위가 제법 또렷하게 보였다. 벽난로에 불씨도 남아있고 잔이랑 주전자는 있으니까… 구색은 갖출 수 있겠네.

* * *

-쪼르륵…

나는 두 개의 잔에 신중하게 차를 따랐다. 마침 곁방 맨틀에 민들레차 상자가 있어서 그걸 직접 우렸다. 다행히 큰 실수를 하진 않았다. 뱅자맹과 가나엘이 하는 걸 매일 눈여겨보길 잘했다. 과자도 곁들이면 좋겠지만 내 방과 달리 이곳엔 주전부리가 전혀 없었다.

뭐, 밤늦게 먹는 건 좋지 않으니까. 턱을 들자 태자와 시선이 마주쳤다. 그는 내가 곳곳에 촛불을 켜고, 차를 끓이고, 신수들에게 착하게 있으라고 주의를 주는 내내 고요히 앉아있었다. 성기사가 아닌 내 눈에도 다소 예민하고 불안정해 보였다. 에테르는 잘 보급받고 있는 건가.

"그, 음…"

잔에서 따스한 김이 오르는 동안, 나는 잠시 발코니 쪽으로 눈길을 주었다. 말을 꺼내기 전에 머릿속을 정리하기 위해서였다. 내가 건너온 구름다리가 난간에 걸려있었다. 레서판다 세 마리가 넝쿨로 정성을 다해 만들어 준 것인데, 덕분에 나는 쥘리에트 궁 발코니에서 여기까지 오며 지상에 발을 디딜 필요가 없었다.

아슬아슬했지만 보초에게 들키지도 않았다. 참고로 이쪽까지 덩굴이 닿게 하는 데는 뚝심이의 공이 컸다. 굴뚝새가 줄기 끄트머리를 물어다가 조용히 옮겨준 덕에, 시행착오 없이 다리 제작에 성공할 수 있었으니까. 아니, 이게 아니라.

"미안합니다."

"…"

내가 곧바로 사과했다. 태자는 나를 묵묵히 응시했다.

"말도 없이 달아나거나 떠날 생각은 없었습니다. 지금도 없고요. 그때는… 저도 모르게 그냥."

쓴웃음이 흘러나왔다. 정말로 그렇게밖엔 설명할 수 없었다. 귀소 본능이 모든 계산과 생각을 앞질렀던 순간이었으니까.

"그래도 제가 태자님과 사르네즈 경의 짝꿍이라는 걸 잊은 적은 없습니다. 함께 움직이기로 한 것도요."

그러자 태자의 홍채가 낮보다는 밤에 가까운 색으로 침잠했다. 나는 거듭 강조했다.

"상처를 주려던 건 아닙니다."

"조악하기 짝이 없는 분재."

그가 스산하게 말했다. 나는 그게 무슨 의미인지 몰라 눈을 깜빡였다.

"손바닥만 한 의자에 창살까지."

"…"

"그런 곳으로 돌아가고 싶었나?"

사내가 나를 을러댔다. 이게 뭔 소리인가 싶었는데, 곱씹어 보니 잔디 인형을 심은 화분과 낚시 의자를 말하는 듯했다. 입이 스르르 벌어졌다. 너도 우리 집 베란다 봤냐…?

"왕성에서 어떤 취급을 받았는지 알겠군."

"잠깐만요."

"황궁의 사치와 자유는 익숙지 않았겠지."

"그렇긴 한데요."

미치겠네. 내가 중얼거렸다. 너는 지금 착각의 늪에 빠져있다고 말하고 싶은데, 예서 왕자가 신국의 천덕꾸러기였다는 걸 아는 입장에서 아니라고 하기도 이상했다. 경제적으로 어려운 가정은 아니지만 제국의 태자에게 우리 집은 거의 외양간으로 보였을 테고. 으음.

"전적으로 틀린 말씀은 아닙니다. 하지만,"

-*끼잉, 끼이*

"데미. 친구 집 물건 함부로 건드리면 안 돼."

나는 태자의 눈치를 보고 급하게 몸을 일으켰다. 테이블 근처를 어슬렁거리던 애물단지가, 아까 떨어뜨린 성석 구슬에 다시 호기심을 보인 탓이었다. 녀석은 둥근 앞발로 성석이 담긴 금반金盤을 톡톡 건드리고 있었다. 나는 데미의 토실한 배를 받쳐 안으며 사과했다.

"죄송합니다. 아시다시피 데미가 궁금증이 많아서…"

그러다가 말을 뚝 멈췄다. 어어? 이제 보니 쟁반 위의 성석 구슬이 전부 불꽃이나 물꽃, 바람꽃을 품고 있었다. 붉고 푸르고 하얀 특수 에테르는 각각 태자와 크리스텔, 요한 경의 힘이 분명했다. 조금 전 실수로 떨어뜨렸을 때는 경황이 없어 미처 발견하지 못한 부분이었다. 나는 눈을 휘둥그레 뜨고 사내를 바라보았다. 목소리가 삐끗했다.

"제가 쓰러져 있는 동안 성석 안정화 비결을 알아내신 겁니까?"

"전적으로 틀린 말은 아니야."

그가 내 말을 그대로 따라 했다. 슬쩍 째려봐 주자 서늘한 음성이 흘러나왔다.

"그대의 피."

"예?"

"신관의 피를 머금은 성석은 성기사의 힘을 안정적으로 보존하더군."

"…"

일순 소름이 끼쳤다. 그날, 내가 토한 피를 빨아들이던 구슬의 모습이 떠올랐다. 성석이 내 에테르만큼은 누설 없이 받아들이기에, 신관의 역할이 중요하리라 예상은 했다.

하지만 순수 에테르를 성석에 미리 코팅하거나, 신체 접촉으로 순수 에테르와 특수 에테르를 동시에 불어넣는 정도만 생각했지 혈액이란 무서운 발상은 해본 적이 없었다. 제국의 황제조차 그런 식의 제안을 하진 않았다. 나는 간신히 입을 뗐다.

"…이건 실험용 구슬이지 않습니까. 전쟁 시대에 페네티안에서 무기로 쓴 성석은 이보다 훨씬 컸던 걸로 압니다."

작게는 사람의 몸뚱이, 크게는 마차만 한 성석을 투석기에 실어 던졌다는 기록이 있었다. 로메로 선황의 제국군은 압도적인 군세를 자랑했음에도 에테르를 품은 신성神性 무기에 밀려 빠르게 승기를 잡지 못했다. 나와 길게 눈길을 마주한 태자가 대답을 내놓았다.

"더 많은 피를 흡수시켰겠지."

필요하면 신관을 죽여서라도. 그는 거기까지 말하지 않았지만 나는 뒷말을 쉬이 예상할 수 있었다. 신국은 독심毒心을 품지 않고서는 패전이나 항복을 피하기 어려웠을 것이다.

당시 국왕이었던 릴리아너는 '철혈의 인형술사'라고 불렸다. 그녀는 군의 사기를 올리고자 열다섯 살 난 외아들을 최전방으로 보낼 만큼 냉혹한 전략가였다. 릴리아너라면 신관의 피를 쏟아 무기를 제작한다는 발상도 충분히 가능했을 터였다. 끔찍한 설정이었다. 심지어 전쟁의 원인은 정치적, 종교적 갈등이 아니라 어느 연인의 치정이었다.

"…폐하께서는 뭐라고 하십니까?"

내가 조심스레 물었다. 마침 황실 영지인 에이츠 마을에서 성석이 채굴되고 있었다. 황제가 전쟁을 싫어한다는 건 알지만, 만일에 대비해 병기를 만들 의향이 있을지도 몰랐다. 요한 경의 망명을 받아들인 이유 중 하나도 추기경급 성기사를 영입할 수 있다는 점이었으니까.

"경멸하시더군."

태자가 답했다. 불친절하리만치 짧은 문장이었지만 나는 곧장 안색을 밝혔다. 과연 당대 황제는 달랐다. 정치인으로서 수많은 선택지를 고려하는 사람이라고 해도, 넘지 않는 선은 확실한 모양이었다. 민들레차 향이 코끝을 맴돌며 마음을 진정시켜 주었다. 나는 데미를 안고 자리에 앉아 씩 웃었다.

"저는 역시 리에스테르가 좋습니다."

멋진 군주와 그녀를 보좌하는 추기경, 쾌활한 주인공과 좋은 친구들이 있는 곳.

"…"

"가능하면 계속 여기 있고 싶습니다. 전에도 말씀드렸지만요."

"감언은 통하지 않아."

태자는 날카롭게 대답한 뒤 찻잔에 입술을 묻었다. 내가 자신의 비위를 맞추기 위해 제국을 치켜세운다고 생각한 모양이었다. 진심인데.

"다른 친구들도 만나게 해주시면 안 됩니까?"

내가 살짝 떠봤다. 네 살이나 어린 놈한테 접견 허락을 받으려니 자존심이 상하긴 했다. 하지만 빙의하고 나서 이런 경험이 처음도 아니지 않은가. 나는 태자의 목덜미를 기어오르는 레아를 간절한 눈길로 보며 답을 기다렸다. 저러다 떨어져서 아프다고 울면 안 되는데.

"두렵지 않은가?"

그가 되물었다. 이게 웬 말이야?

"그대에겐 당장 아무런 힘도 없어."

"아."

그 얘기였냐, 난 또 뭐라고. 내가 피식했다. 반대로 태자는 미간을 찌푸렸다.

"오렐리 전하께 들으셨겠지만, 제 에테르는 어느 날 갑자기 생긴 겁니다. 제가 신국에서 허울뿐인 주교라고 불렸다는 건 이미 아시겠죠."

"…"

"그러니 지금의 제가 오히려 진짜 저에 가깝습니다. 허울뿐인 대주교쯤 되려나요. 무력은 물론이고 방어력도 0인 상태니까요."

나는 성공적으로 태자의 덜미에 탑승한 레아를 보며 활짝 웃었다. 녀석이 나를 따라 입을 방긋거렸다. 좋아하는 형아 만났다고 신났네.

"위험에 처할 확률이 높아진 건 좀 무섭긴 합니다. 조심해야죠. 그래도 30년 가까이 에테르 없이 살았으니 괜찮을 겁니다. 태자님을 비롯해서 주변에 도와주시는 분도 많고요."

이건 현실에서도 똑같았다. 우리 삼 남매 곁엔 좋은 분이 많았다. 이모와 고모는 번갈아 우리를 돌봐주시다가 단짝이 됐고, 오래 알고 지낸 부모님의 친우분들도 꾸준히 연락을 주셨다. 한동네에 눌러살아서 가까운 이웃도 많았다. 초능력 같은 것 없이도, 우리는 따뜻한 이들의 보살핌으로 힘든 시기를 잘 버텨냈다.

"…에테르가 회복되지 않는다면."

사내가 낮게 말했다. 그의 주황색 눈동자가 음울하게 빛나고 있었다.

"그럼 태자님이 걱정입니다."

내가 대답했다. 나야 괜찮은데 몸만 훌쩍 자란 녀석이 염려스러웠다. 크리스텔과 달리 태자에겐 치명적인 약점이 있으니까.

"제국의 유이한 성기사이신데 짝꿍이 제구실을 못 하는 거니까요."

"…"

"저는 영혼 수양 꼬박꼬박 하고, 공부도 열심히 하고, 최대한 몸 사리면서 에테르가 돌아올 수 있게 애써보겠습니다. 태자님은 비상사태에 대비해서 새로운 신관을 찾으시는 것도 좋겠습니다."

-투웅!

그가 자리에서 일어났다. 의자가 쓰러져 바닥을 굴렀다. 질겁한 레아와 페리가 후다닥 태자에게서 내려와 내 허벅지를 기어올랐다. 나는 놀라서 그를 바라보았다. 형형한 시선은 닿기만 해도 화상을 입을 것처럼 뜨거웠다.

"힘을 되찾을 때까지 가둘 것이다."

"왜 원점이냐…"

"황족의 삶에서 벗어날 생각 하지 마."

-꾸엑

그의 손끝에서 불씨가 튀었다. 레서판다 셋이 경계하듯 꼬리를 바짝 들어올렸다. 나는 어이를 상실한 채 주섬주섬 녀석들을 보듬었다. 퇴계공 독자들이 욕하는 포인트를 이제야 좀 체감할 것 같았다. 메인 남주의 청력엔 이상이 없는데, 도통 말이 통하질 않았다.

이걸 주인공이 고쳐 써야 한다니 내 눈앞이 다 캄캄해졌다.

"짝꿍을… 관두겠다는 뜻이 아닙니다."

침착하자. 어릴 때 사회화가 덜 돼서 그래. 내가 여기서 조금이나마 이놈을 바로잡아 주면 나중에 크리스텔이 덜 고생하겠지.

"황위 계승자로서 합리적으로 판단하셔야 한다는 거죠. 특히 종교적 반려를 얻으시려면 대주교를 중심으로 살펴보시는 게-"

"산책과 접견은 제한적으로 허용하지."

태자가 내뱉었다. 내가 뭐라고 말을 얹기도 전에 다음 명령이 떨어졌다.

"왕자를 쥘리에트 궁으로 데려가도록."

"명을 받들겠습니다, 전하."

"억!"

내가 레서판다 모둠을 끌어안고 식겁했다. 어느새 문가에 다비드가 서있었다. 중년인이 내게 깍듯이 예를 차렸다.

"언제부터 거기 계셨습니까?"

"'애들 풀어놔도 될까요'부터 있었습니다, 왕자님."

완전 처음부터 있었잖아요!

* * *

…그렇게 쫓겨나긴 했지만, 정말로 이튿날부터는 정원 산책을 할 수 있었다. 게다가 '제한적으로' 손님맞이도 가능했다. 태자에게 알현 신청을 하고 허가받은 자라면 누구나 나를 보러 올 수 있었다.

나는 유일하게 그의 심사를 통과했다는 손님을 기다리며 기분 좋게 정원을 거닐었다. 뱅자맹과 가나엘은 상대가 누구인지 알고 있었지만, 둘에겐 미리 말하지 말아달라고 부탁했다. 추측하는 재미가 있어서였다.

"여자분, 남자분?"

"남자분입니다."

"성기사야?"

"아뇨."

"마법사?"

"아닙니다."

가나엘이 싱글벙글하며 뚝심이와 박자 맞춰 걸었다. 나는 울긋불긋한 단풍과 바깥공기를 만끽하다가 멈칫했다. 성기사나 마법사가 아닌 남자라면 산트인가? 태자가 허락할 사람이라면 산트 정도가 한계일 듯싶은데…

"저기 손님이 오는군요, 왕자님."

뱅자맹이 부드러이 말하며 정원 입구를 가리켰다. 나는 후딱 고개를 돌렸다. 예상치 못한 상대가 반갑고 놀라워서 웃음이 터졌다.

"헤릿! 삼촌 만나러 왔어?"

요한 경의 손을 꼭 잡고 있던 꼬마가, 큼직한 배낭을 메고 와다닥 뛰어왔다. 나는 아이의 허리를 번쩍 들어 안아주었다. 어리고 커다란 민트색 눈동자가 나와 같은 감정으로 반짝거렸다. 뒤를 돌아보니, 출입을 허락받지 못한 요한 경이 멀찍이 서서 눈꼬리를 휘고 있었다.

11.

해독解讀

-끼이이이!

-끼잉!

신난 레서판다들이 꽃밭 근처를 마구 뛰어다녔다. 뚝심이는 어디로 놀러 갔는지 보이지 않았고, 티테는 시종 피에르가 해수 풀장으로 데려다주어서 쥘리에트 궁에 없었다. 나는 근엄한 태도로 애물단지들에게 주의를 주었다.

"일하시는데 방해하면 안 돼. 얌전히 놀아."

-끼응

그러자 데미가 판다처럼 몸을 바닥에 굴리며 까불었다. '싫은데, 내 맘대로 할 거야'라는 의미였다. 헤릿이 내게 매달려 키득거렸다. 입가에 한숨과 미소가 절로 섞여 들었다.

가을의 쥘리에트 궁 정원은 아주 예뻤다. 부지런한 정원사들이 이곳저곳에서 나무를 손질하고 새로 핀 화초를 돌봤다. 나는 꽃 이름에 약하지만 뱅자맹은 달랐다. 헤릿과 나는 그의 설명에 힘입어

새로운 식물을 잔뜩 배울 수 있었다.

저기 있는 자주색 꽃은 대상화, 여기 무늬가 있는 화려한 다발은 수염패랭이꽃. 뒤쪽은 루드베키아. 나비와 잠자리까지 함께하는 야외 티타임은 근사했다. 날씨가 화창하고 하늘도 높은 데다, 간만의 손님을 맞아 기분이 들떴다.

"맛있지. 더 달라고 할까?"

내가 헤릿에게 물었다. 간식을 꼭꼭 씹던 아이가 눈을 휘며 고개를 주억였다. 라르동과 에멘탈치즈와 버섯을 내 취향대로 잔뜩 올린 타르트 플랑베는 타르트보다 피자에 가까웠다. 꼬마의 입맛에도 맞는다니, 역시 주방장 로랑스의 손맛엔 거부할 수 없는 마력이 있었다.

"가나엘, 이거하고 푸아스 세 접시씩 부탁할게. 푸아스는 오렌지 콩피가 든 걸로. 헤릿이 좋아해서."

"네, 왕자님!"

테이블 곁에서 시중을 들던 가나엘이 안색을 활짝 밝히며 물러갔다. 헤릿이 깜짝 놀라 나를 바라보았다. 그렇게 많이는 못 먹는다는 표정이었다. 나는 아이의 턱에 묻은 소스를 닦아주며 작게 웃었다.

"걱정 마. 삼촌이 도와줄게."

그러자 헤릿이 눈에 띄게 안심했다. 생각해 보니 지난번 야영을 같이할 때 내가 제법 열심히 먹긴 했다. 첫인상이 강렬했겠군. 나는 아이가 따뜻한 우유를 마시는 것을 확인하고 옆을 돌아보았다. 뱅자맹이 곁탁자에서 신중하게 차를 따르고 있었다. 내 시선을 느낀 그는 즉시 하던 일을 멈추고 헤릿의 가방을 건네주었다. 진짜 눈치 빠르시다니까.

"고맙습니다. 헤릿, 열어봐도 돼?"

끄덕끄덕. 아빠를 꼭 닮은 꼬마 헤인스의 백발이 색바람에 나부꼈다. 요한 경은 아까 헤릿을 정원 입구까지 데려다주고 로메로 궁으로 들어갔다. 어쩌면 내내 창밖으로 아들을 보고 있을지도 몰랐다.

헤릿이 메고 온 가방은 아이의 등을 전부 가리는 크기였고, 빵빵하게 부풀어 있었다. 나는 조심스레 가방을 열었다. 내용물을 보자 자연히 입꼬리가 올라갔다.

"편지가 한가득하네. 헤릿이 집배원이었구나."

아이가 '흐흐흥' 하며 즐거워했다. 헤릿이 먹을 약과 읽을 책도 한 권 들어있었지만, 나머지는 전부 친구들이 내게 부친 편지였다. 나는 각양각색의 카드와 서신을 꺼내며 꼬마와 눈길을 맞추었다.

"정말 고마워. 친구들 소식이 궁금했는데. 오면서 무겁지 않았어?"

도리도리.

"다행이네."

나는 가방을 싹 비운 뒤, 천천히 손을 뻗어 헤릿의 머리칼을 정리해 주었다. 아이가 기분 좋다는 듯 방긋거렸다. 친절한 뱅자맹이 헤릿의 햇무리초를 가져가 차를 우려주기 시작했다. 약이 꽤 쓰다고 들었는데도 꼬마는 싫은 기색 하나 없이 다리를 달랑달랑하며 기다렸다. 안쓰러울 만큼 착하고 순했다.

"어디 보자."

이후로는 매우 평화로운 시간이 흘렀다. 나는 크리스텔, 엘리자베트 경, 에바, 뒤엠 후작, 산트와 아녜스를 비롯한 친구들의 편지를 즐겁게 살폈다. 세레니테 영주성의 시종 총괄인 샹탈이 보낸 것도 있었다. 보낸 이의 목소리가 귓가에 들리는 듯해 더욱 재미있었다. 헤릿은 내가 읽는 양을 흥미롭게 구경했다.

'…태자 전하께서 자꾸 선을 넘으시네요. 어저께는 말이 통하지 않아서 결투 신청을 할 뻔했습니다. 그래도 왕자님이 무사히 깨어나셨다니 정말 다행이에요. 피를 쏟으셨다는 소식을 듣고 너무 놀라서 침대를 부숴먹었거든요. 어머니가 소리를 듣고 맨발로 달려오셨어요.'

크리스텔의 필체가 분노와 흥분에 가득 차있었다. 황도에 와있다는 에바는 자신이 요즘 무얼 하고 지내는지 시시콜콜 전부 적어 보냈는데, 힘들거나 나쁜 일은 없는 것 같아 마음이 놓였다. 엘리자베트 경은 차분한 어조로 황궁 바깥의 상황을 전해주었다.

'황도는 물론이고 온 제국이 떠들썩합니다. 〈격주간 리에스테르〉에서 보셨겠지만 실제로는 그보다 훨씬 반향이 뜨겁습니다. 군사 대비 태세는 일주일간 유지한 후 해제되었으나, 거리의 백성들은 여전히 당시의 하늘과 골렘의 준동에 관해 이야기합니다. 불길한 소리를 하는 자가 있는 한편 주신의 축복이라고 여기는 이도 많습니다.'

나는 소백작의 해설을 곱씹었다. 골렘의 준동 자체는 몹시 위험한 일이었지만, 몇백 년에 한 번꼴로 놈이 출현할 때마다 제국이 대풍년을 맞았다는 기록이 있었다. 엇갈린 반응이 나오는 것도 무리는 아니었다. 엘리자베트 경의 양친인 카롤린 무테 변경백 부부도 상냥한 안부 카드를 보냈다. 특히 미셸 경의 서신이 길었다.

'왕자님께서 지난여름 선물해 주신 마석 살수기 덕에, 저희 온실의 꽃나무들이 건강하게 자라고 있습니다. 부디 왕자님께서도 몸조리에 힘쓰시기를 기원합니다.

(중략)

왕자님께서 폐하께 햇무리초를 황궁에서 키우게 해달라는 간청을 올리셨다 들었습니다. 진정으로 현명하신 판단이었습니다. 햇무리초의 경이로운 해독력과 무궁무진한 재생력은, 식물학자이자 의사인 제게 대단히 흥미로운 연구 대상입니다. 자애로우신 폐하께서는 저를 황궁에 부르시어 직접 뿌리와 잎을 관찰하고, 꽃을 말려 보관할 수 있게 해주셨습니다. 현재 헤인스 경의 아들인 헤릿의 증세와 관련하여 탐구 중인…'

나는 미셸 경의 서신을 읽다 말고 헤릿을 일별했다. 어느새 뱅자맹으로부터 잔을 받아 든 아이가 의젓하게 약차를 마시고 있었다. 갓난아이 때부터 같은 약을 복용 중이라고 들었는데, 쓴맛은 적응이 되지 않는지 자그마한 미간이 구깃구깃했다. 나는 마르멜루 젤리 한 조각을 포크로 찍은 채 묵묵히 기다렸다. 다 마시면 바로 먹여줘야지. 그때였다.

"응?"

헤릿이 커다란 눈동자를 몇 번 깜빡이고는, 마시던 찻잔을 불쑥 내게 내밀었다. 두 모금 정도가 남아있었다. 나는 목을 기울였다.

"다 마신 거야?"

내 물음에 아이가 고개를 내저었다. 그러더니 내게 더욱 가까이 잔을 뻗었다. 조금 당황스러웠다.

"삼촌 주려고?"

작은 머리가 위아래로 움직였다. 주문한 빵과 더불어 디저트까지 한 아름 가져온 가나엘이 놀라서 숨을 들이켰다. 찰나 뱅자맹도 난감한 낯을 했다. 두 측근을 비롯한 주변인들은, 햇무리초와 달무리초가 내게 어떤 영향을 미쳤는지 똑똑히 기억하고 있었다.

헤인스 경은 내 찻잔에 햇무리초 진액을 발랐고, 이후 내가 달무리초 끓인 차를 마시게 해 에테르 교란을 일으켰다. 그리고 그를 이용해 나를 죽이려 했었다.

"…고맙다, 헤릿. 그런데 삼촌은 안 아파서 괜찮아. 네 약이니까 양보해 주지 않아도 돼."

내가 조심조심 말을 골랐다. 민트색 눈동자가 크게 흔들렸다. 아이는 벙긋거리며 뭐라고 말을 하려는 것 같았지만, 목소리가 나오지 않았다. 그게 서러웠는지 이내 하얀 낯이 잔뜩 흐려졌다. 아이고.

"진짜야. 삼촌 멀쩡해. 그러니까 헤릿이 다 마시자. 아빠도 그러길 바라실 거야."

"흐으…"

어린 입에서 울음소리를 닮은 신음이 흘렀다. 나는 식겁해서 잔을 든 아이의 양손을 내 손으로 덮어주었다. 헤릿이 간절한 눈빛으로 나를 보고 있었다.

"왕자님, 드시지 않아도 됩니다."

"네."

뱅자맹이 조용히 말했고, 나는 곧장 턱을 주억거렸다. 미색 찻물에선 약차 특유의 씁쓸한 향내가 올라왔다. 에테르 교란을 일으키는 건 햇무리초의 '진액'과 달무리초의 혼합물이었다. 햇무리초를 말려 우린 차는 내게 아무런 악영향도 끼치지 않을 거라는 걸 머리로는 알았다. 그러니 황태자 녀석도 아이가 약을 반입하는 걸 허락했겠지.

"…"

차의 수면이 얕게 진동하고 있었다. 나는 한참 후에야 그것이 내 손의 떨림 때문이라는 사실을 깨달았다. 아직도 무서워하는구나, 내가.

"헤릿도 삼촌이 쓰러졌다는 얘기 들었나 보다. 그래서 약을 주는 거지?"

천만다행히 내 목소리는 여상스러웠다. 꼬마가 그렁그렁한 눈으로 나를 보며 끄덕거렸다. 헤릿은 열 살이지만, 아기 때부터 몸이 약했던 탓에 체구가 일곱 살처럼 작고 가냘팠다. 나는 아이를 보며 씩 웃어주고는…

"왕자님!"

꿀꺽, 꿀꺽. 햇무리초 약차를 훌훌 마셨다. 가나엘은 내가 독이라도 삼킨 것처럼 안절부절못했지만, 헤릿의 손가락은 기쁨과 안도로 꼼질거렸다. 빈 잔을 테이블에 내려놓자 아이가 재빨리 마르멜루 젤리를 내 입에 넣어주었다. 부드럽고 달콤한 맛이 입안 가득 녹아내리며 쓴맛을 지워냈다. 이번에야말로 너털웃음이 터졌다.

"헤릿 덕분에 삼촌 튼튼해지겠는데. 내일 당장 에테르 돌아오는 거 아니야?"

나는 헤릿의 입에 보라색 베를랭고 사탕을 물려주었다. 꼬마 우체부 겸 의사 선생님이 환하게 웃으며 고개를 끄덕였다. 내 말이 사실이라는 것처럼.

* * *

그날 밤.

"크리스텔 드 사르네즈 경, 평소 무척 존경하고 있습니다. 만나 뵙게 되어 무한한 영광입니다. 골렘과 맞서 싸우셨다니… 선조님들만큼 용맹하십니다."

"고맙습니다. 저도 만나서 반가워요."

황도의 중심지, 르고 지구에 자리한 고급 술집이 발 디딜 틈도 없이 북적거렸다. 크리스텔은 밝게 웃으며 어느 귀족 아가씨의 인사를 받아주었다. 그러자 상대는 얼굴을 붉히고 어쩔 줄 몰라 하더니, 그녀의 손등에 키스하고는 물러갔다. 오늘 저녁만 해도 벌써 다섯 번째 비슷한 경험을 하고 있었다.

"내 딸이 인기가 많아서 좋아."

"네, 저도 나쁘지 않네요."

이자벨의 속삭임에 크리스텔이 눈웃음으로 응수했다. 실상 엇비슷한 나이의 두 모녀가 잔을 맞대고 키득거렸다. 어린 성기사는 그날 보았던 한국의 광경을 떠올리지 않기 위해 애썼다.

그건 자신을 심란하게 만들 뿐이었다. 다시 하늘에 구멍을 낼 방법도, 그곳까지 도달할 길도 확실하지 않았다. 본래 세상으로 돌아갈 수 있을지 모른다는 부질없는 희망으로 고문받고 싶진 않았다.

차라리 깔끔히 잊는 게 나았다.

"건배."

"짠!"

달고 씁싸래한 와인의 맛이, 기억을 싣고 목뒤로 넘어갔다. 제국군이 군사 준비 태세에 들어갔던 2주 전까지만 해도 시가지는 텅텅 비어있었다. 황도 수비대 소속 기사들이 밤낮으로 거리를 순찰했고, 마법이나 검술에 소질이 없는 평범한 귀족과 평민들은 집에 콕 틀어박혔다.

하지만 지금은 달랐다. 국경 지역을 제외한 제국 전역이 평시 상태로 돌아왔다. 오히려 하늘에 구멍이 뚫리고 골렘이 나타나기 전보다 더 활기가 넘치는 것 같기도 했다. 크리스텔은 근처에서 밀려오는 수다의 파도에 귀를 맡겼다.

"벌써 다음 달이면 수확제로군요. 영지에서 얼마나 걷힐지 기대가 됩니다."

"오, 저는 지난달에 영주성 곳간이 털렸어요. 이참에 메꿔야 할 텐데."

"맙소사, 남작님. 설마 그 도둑이었나요?"

그녀의 청회색 시선이 무심히 술집 내부를 훑었다. 그러다 한곳에 우뚝 고정됐다. 로브를 뒤집어쓰고 있었으나, 구석 테이블에 앉은 남자는 분명 크리스텔이 아는 얼굴이었다.

그러고 보니 블랑케르 영주성에서 마지막으로 보고 안부를 주고받은 적이 없었다. 충동적인 호기심과 장난기가 동했다. 크리스텔은 사환을 불러, 저쪽 신사분에게 술을 한잔 대접하고 싶다고 말한 뒤 종이와 펜을 요청했다. 그러고는 흥겹게 글씨를 휘갈겼다.

'원샷을 못 하면 장가를 못 가요. 아, 미운 사람.

블랑케르 공작령에서 했던 예언은 어떻게 된 겁니까?

- C. S.'

사환이 빠른 발놀림으로 모데스트 바카리에게 샴페인과 쪽지를 전달하는 동안, 크리스텔은 입꼬리를 말아 올리며 상대의 얼굴을 구경했다. 어린 예언자는 난데없는 호의에 당혹한 표정이었다.

크리스텔은 바카리와 친분이 없지만, 그가 태자 책봉식 때 왕자님을 무시무시하게 노려본 자라는 사실은 알았다. 가장무도회에서 왕자님과 친구들에게 섬뜩한 예지를 남겼다는 얘기도 똑똑히 들었다. 그의 경고를 접하고 무도회장 수색에 협조한 이로서, 그녀는 자신이 뒷이야기를 들을 자격이 있다고 여겼다.

그런데 상대가 희한한 반응을 보였다. 바카리는 멀리서 크리스텔을 한 번 바라본 후, 사환을 부르더니 자신의 답장을 쓰기 시작했다. 이건 또 흥미로운 전개였다. 크리스텔은 사환이 전해준 예언가의 쪽지를 침착히 읽어 내렸다.

'술 감사히 받겠습니다.

예언은 무슨 말씀이신지 모르겠습니다, 사르네즈 경.

유감스럽게도 저는 그날 밤의 기억을 잃었습니다.

- M. B.'

"…이게 무슨 소리야?"

그러고는 표정을 차갑게 굳혔다. 설마 예지했던 기억이 통째로 날아갔다는 거야?

* * *

말이 돼? 흔한 점쟁이도 아니고 플뢰르 드 리스의 단장씩이나 되는 자인데.

"어머니, 저 잠깐 저쪽 자리에 다녀올게요."

크리스텔이 이자벨을 보며 말했다. 공작 부인은 다소 놀란 기색이었지만, 딸의 돌발 행동에 익숙해지기도 했으므로 선선히 머리를 끄덕였다. 지난봄, 그녀의 기도로 깨어난 크리스텔은 무엇이든 마음이 가는 대로 했고 후회하지 않았다.

어쩌면 후회를 남기지 않기 위해 뜻대로 행동하는 것 같기도 했다. 물론 기억이 돌아온 후를 걱정해 중요한 결정은 스스로 내리지 않으려 했지만, 적어도 언행에 있어서는 거침이 없었다. 이자벨의 허락이 떨어지자 크리스텔은 사르네즈 공작가의 호위 기사를 불렀다.

"어머니를 잘 부탁해요."

"걱정 마십시오, 아가씨."

허리에 검을 찬 여인이 듬직하게 답했다. 크리스텔은 고개를 주억이고 모데스트 바카리가 홀로 앉아있는 테이블로 향했다. 상당수의 시선이 그녀에게 꽂혔다가 수군거리며 멀어졌다.

"안녕하세요, 바카리 단장님."

"크리스텔 드 사르네즈 경."

앳된 얼굴이 그녀를 올려보았다. 로브 그늘 밑에서 둥근 안경테와 청은색 홍채가 은은하게 빛났다. 크리스텔은 그의 쪽지를 품에 넣으며 여상하게 말했다.

"술을 혼자 드시네요. 고독을 안주 삼는 취향이십니까?"

"그런 편입니다."

청소년이 망설임 없이 대답했다. 겨우 스무 살이라고 들었는데 벌써 혼술을 즐긴다니, 눈앞의 꼬마는 제법 재밌는 구석이 있었다. 크리스텔은 바카리의 맞은편 자리를 눈짓했다. 의미를 파악한 그가 고개를 끄덕했다. 누구도 예상치 못한 합석이 순식간에 이루어졌다. 눈치 빠른 사환이 잔을 하나 더 가져다주었다.

"가장무도회에서 예서 왕자님 앞에 나아가 예지를 하신 것으로 압니다. 죽음의 그림자가 보인다고 하셨다죠. 모략의 악취가 풍긴다느니, 한 사람의 고통에 관한 일이라느니. 저도 들었습니다. 그래서 친구들과 같이 무도회장을 수색하기도 했고요."

크리스텔이 돌직구를 던졌다. 그러자 예언자가 고개를 떨어뜨렸다. 밤빛 머리칼이 힘없이 쏟아졌다.

"…저도 그리 들었습니다."

소년과 청년의 중간에 선 목소리는 몹시 침울하게 들렸다. 바카리가 손을 뻗어 크리스텔이 보낸 샴페인을 쥐었다.

-탁

크리스텔은 병을 가로채 그의 빈 잔을 채워주었다. 단장이 당황한 눈빛으로 그녀를 바라보았다.

"자작하면 재수 없습니다. 대체 무슨 소린가요? 원래 예언하면 기억이 통째로 날아가나요?"

"…결코 그런 일은 없습니다. 오직 그날이 예외였던 겁니다."

바카리가 샴페인을 빤히 보더니, 단숨에 입속으로 털어 넣었다. 소주도 아닌데 정말로 한 번에 비울 줄은 몰랐다. 크리스텔이 상대를 차분히 응시했다.

"제가 가장무도회에서 본 그쪽은, 이미 잠들어 있었습니다. 마나 휴지기에 들어갔다고 하던데요."

그가 가면을 벗고 소파에 누워 간호받던 모습이 생생했다. 그러나 블랑케르 공작령의 갑작스러운 던전 개방 때문에 경황이 없었다. 모두가 광장으로 대피하느라 바빴고, 그날은 바카리 가문 식솔에게 따로 말을 붙이지 못했다.

프랑수아 뒤엠 후작과 크리스텔의 아버지, 시몽 드 사르네즈 공작은 아무 혐의가 없는 것으로 결론이 났다. 둘은 애초에 자신들이 어떤 의심의 대상이 되었다는 사실조차 몰랐다. 예지가 워낙 추상적이었던 데다, 망나니 로베르 블랑케르는 누구와도 접촉한 적이 없다고 진술했으니까.

"네. 참언 직후 휴지기에 들어가야 했을 정도로 엄청난 양의 마나를 소모했더군요. 우리 집안의 하인들도 제가 다량의 코피를 쏟았다고 확인해 주었습니다. 하니 말씀하신 내용은 사실일 겁니다. 다만…"

"본인은 잊었다는 거죠?"

"그렇습니다."

답하는 음성이 아주 작았다. 그는 명백히 현실을 부정하고 싶어했다.

"이해할 수 없는 일입니다. 올해 플뢰르 드 리스의 단장으로 취임

한 이래… 저는 한 차례도 이러한 오류를 범한 적이 없습니다."

오류? 이상한 단어 선택이었다. 성기사는 미간을 구기며 다시 술을 따라주었다. 바카리가 기다렸다는 듯 샴페인을 들이켰다. 안주로 나온 최고급 브리치즈와 생굴이 차게 굳어가고 있었다. 빈속에 알코올만 때려 붓네. 어린 게 좋긴 좋다.

"폐하의 마도구인 제게 이런 결함이 있어서는 안 됩니다. 저는…"

"단단히 취했네."

크리스텔이 단칼에 그의 말을 끊어냈다. 무슨 인공지능도 아니고, 스스로에게 결함이 있다느니 오류를 냈다느니 하는 소리는 듣고 싶지 않았다. 그녀는 미련 없이 자리에서 일어났다. 남자의 흐릿한 눈길이 그녀를 따라 움직였다.

"아무튼 이유는 모른다는 거네요. 그럼 저는 이만 가보겠습니다. 어머니께서 기다리시거든요."

"…"

"그리고 사람은 도구가 아니에요. 곧 필름 끊기실 것 같은데… 제가 후회할까 봐 말하고 가는 겁니다."

"왕자님과 비슷한 말씀을 하시는군요."

"예서 왕자님요?"

크리스텔이 큰 소리로 되물었다. 자신이 아는 왕자님이라면 분명 그런 말을 하고도 남을 사람이긴 했다. 다만 이 스무 살짜리 혼술러와 허브차만 마시는 미인 사이에 교류가 있었다는 게 흥미로웠다. 그녀는 잠시 생각에 잠겨있더니, 입꼬리를 씩 올리며 마지막 말을 남겼다.

"다음부터는 힘들면 혼자 술 먹지 말고 쥘리에트 궁이라도 찾아가 보십시오. 지금은 접근 금지 구역이지만 조만간 풀릴 테니까요. 저는 그렇게 믿고 있어요."

"그게 무슨…"

"석 달이면 넘어가겠다."

크리스텔은 그렇게 중얼거리고 걸음을 옮겼다. 예언가가 기억을 잃은 탓에 건진 건 없었지만, 거꾸로 보면 망각했다는 사실 자체가 큰 소득이었다. 그날 밤이 싹 잊힐 정도로 극심한 충격을 받았다면 계시도 그만큼 중요한 정보일 가능성이 높았다.

왕자님한테도 알려줘야지. 그녀가 생각했다. 어린 나이와 무해함으로 황태자 놈의 신뢰를 얻은 헤릿이라면, 자신의 편지를 몇십 통이라도 전해줄 수 있을 터였다.

* * *

네. 저는 현재 쥘리에트 궁 정원에 나와있습니다. 특별 손님 헤릿과 식구들이 함께하는 가을볕 아래 티타임, 사흘째가 밝았는데요.

"헤릿 헤인스 군, 오늘도 외부인으로서는 유일하게 쥘리에트 출입 허가를 받으셨습니다. 소감이 어떠신지."

"흐흥."

내가 바슈랭을 한 숟갈 떠서 아이의 입술 앞에 마이크처럼 갖다 댔다. 헤릿은 쑥스러운 얼굴로 웃더니, 입을 벌려 아이스크림을 받아먹었다.

'기분이 좋으신가 보네요.'

나는 그렇게 능청을 떤 뒤 내 것도 한입 크게 떠먹었다. 햇밤 페이스트와 퓌레가 들어간 바슈랭에선 평소보다 찰지고 깊은 단맛이 났다. 혀 위로 시원하고 부드럽게 녹아내리는 크림에 절로 기분이 좋아졌다.

나는 헤릿을 따라 놀러 온 고라니 밤톨이를 쓰다듬어 준 후, 두 꼬마가 뜰 한편으로 달려가는 것을 웃으며 지켜보았다. 상냥한 가나엘이 보호자로 따라나섰다. 뱅자맹은 곁탁자에서 원고를 집필 중이었고, 신수들은 똘똘 뭉쳐 낮잠을 자고 있었다. 정원사가 애물단지들을 피해 조심조심 발을 디뎠다.

"다시 공부해야지."

나는 각오를 다지며 테이블을 훑었다. 필기용 파지, 책, 편지, 수첩과 깃펜으로 사방이 어지러웠다. 내달이면 전국적인 수확제가 열린다고 했다. 며칠만 하고 끝나는 게 아니라 11월 내내 이어지는 대축전이었다.

황궁 음식이야 대부분 신선한 제철 재료로 만들지만, 축제가 다가온다는 감각은 외진 냉궁에서도 분명히 느낄 수 있었다. 곳곳에 화려한 장식이 놓이고 들뜬 낯의 사용인들이 여기저기를 바삐 돌아다녔다.

세드리크 태자와 크리스텔을 찾는 자리가 많아질 것이 뻔했다. 특히 전자는 컨디션 관리가 필수였다. 12월에도 굵직한 일정들이 있으니 그전까지는 내가 뭐라도 정확히 파악해 놔야 했다.

―방주의 경고
· 신물이 모이면 어떻게 될지 모름: 이제 대충 아니까 패스
· 주신이 나를 위해 예비한 위험: ?

나는 두 번째 줄을 깃펜으로 툭툭 두드렸다.
이어 화살표를 그리고 옆으로 뻗어나갔다.

· 주신이 나를 위해 예비한 위험: ? → 바카리가 예견했을 가능성

이게 핵심이었다. 모데스트 바카리는 가장무도회에서 대단히 섬뜩한 예언을 했는데, 나는 그가 원작에서 벗어난 내용을 본 것일지 모른다고 짐작했다. 지금까지와는 계시의 방식이 다르다는 이유에서였다. 그 외엔 단서가 없어서 확실치 않았지만… 나는 눈동자만 굴려 수첩 옆의 편지를 거듭 살폈다.
'왕자님, 접니다!
식사는 맛있게 하셨어요? 오늘도 헤릿이 잘 전해주리라 믿고 편지를 씁니다. 다름이 아니라 그저께 술집에서 플뢰르 드 리스의 바카리 단장을 만났어요. 그런데…'
크리스텔을 똑 닮은 필체가 하얀 종이 위를 망아지처럼 뛰어다니고 있었다. 그녀가 전한 소식은 무척 놀라웠다.
"기억이 없다고."
내가 입속말했다. 앞날을 내다보며 피를 쏟고, 예언을 마치자마자 마나 휴지기에 들어가야 했을 정도로 육체와 정신이 큰 충격을

받았는데, 의식을 되찾은 후엔 당시의 일을 떠올리지도 못한다니.

 진짜로 원작에서 벗어난 내용을 엿본 건가? 그랬다면 작가가 바카리의 머릿속에 직접 개입하거나… 여하튼 무슨 수를 써서 등장인물의 기억을 지워버린 것일 수도 있었다. 좀 무서웠다. 나는 매화차를 마시며 침착히 생각을 정리했다.

· 주신이 나를 위해 예비한 위험: ? → 바카리가 예견했을 가능성 → 기억이 사라진 걸 보니 원작 내용 아닐 확률 높음 → 여기서 원작이 아닌 존재는 나뿐임

…이걸 정리라고 해놨냐, 정예서. 생각나는 대로 갈겨쓰니까 하나도 눈에 안 들어오잖아. 나는 혀를 차며 수첩에 줄을 좍좍 그었다. 차라리 그림을 그리는 게 낫겠다.

　　주신
　　↓
(위험)　↓　← 바카리가 엿봄
　　↓
　　나

"훨씬 낫네."

 내가 턱을 주억거렸다. 실은 로베르 블랑케르 놈이 동생에게 해코지를 하려고 했다기에, 바카리가 에바에 관한 예지를 한 것은 아

닐까 추측하기도 했다. 하지만 그런 경우라면 굳이 기억을 잃을 이유가 없어 보였다. 에바는 내게 소중한 아이지만, 퇴계공 원작에선 주요 인물이 아니었을 테니까. 은서에게서 들어본 적이 없는 이름이었다.

"원작에 없는 내용이라고 치면 전쟁 관련도 아니고. 모략이라고 했지… 나에 관한 음모."

뒤엠 후작과 사르네즈 공작의 얼굴이 뇌리를 스쳤다. 나는 빠르게 머리를 흔들었다. 둘 다 아니다. 아니었으면 좋겠다. 아닐 거야.

"우선 넘어가."

나는 애써 수첩의 다음 장을 펼쳤다. 찝찝하지만 지금은 더 파헤칠 수 있는 게 없기도 했다. 그러니 당장 고민해야 할 건 이놈이었다.

-소원의 성반 발동 '후유증': 에테르가 막힘
· 언제 낫는가?
· 나을 수는 있는가?

이 문제도 며칠 열심히 먹고 자며 추리한 바가 있었다. 일단 성반은 일회용이 아닐 테니, 아직 내 몸에 깃들어 있는 게 확실하다고 가정했다. 이것이 제삼자의 눈에 에테르 폭주로 보일만큼 강력한 힘을 쓰고 쥐 죽은 듯 조용해졌다. 그렇다면 내가 쥐어짜 낼 수 있는 경우의 수는 하나였다.

"쿨타임."

역시 그거지. 나는 비장하게 중얼거렸다. 성반은 '스킬'보단 '아이템'에 가까운 존재지만, 하여간 그런 맥락으로 이해하면 상황을 받아들이기 쉬웠다. 퇴계공은 결국 21세기의 한국인 작가가 쓴 소설이었다. 게임 시스템에서 영감을 받지 않기도 어려웠을 것이다.

· 언제 낫는가?: 성반 쿨타임 차면
· 나을 수는 있는가?

나는 깃펜을 놀린 뒤, 아랫줄을 노려보며 찻잔을 입가에 가져다 댔다. 내 몸은 말짱하고 성반도 아마 멀쩡할 테니 언젠가 나을 순 있을…

"어으, 왜 이렇게 써."

오만상을 쓰며 찻잔을 확인했다. 인제 보니 내가 마시던 매화차가 아니라 헤릿이 남긴 햇무리초 약차였다. 실수로 아이의 잔을 집은 모양이었다. 그제 처음으로 마시고 나서 아무런 효과가 없었는데, 꼬마는 포기하지 않고 어제도 나와 약을 나눠 마셨다.

미셸 경의 햇무리초 관련 편지를 읽은 이후라 거부감은 덜했다. 이것도 일부러 내 손이 닿는 곳에 두고 간 듯한데… 그냥 홍삼 마신다 생각하고 싹 비울까.

"윽, 홍삼보다 더 쓴데. 응?"

그때였다. 나는 드디어 헛것이 보이나 싶어 눈을 깜빡였다.

-사아아…

내 손끝에서, 작은 금빛 알갱이들이 솟아오르고 있었다. 믿을 수 없는 전개에 입이 저절로 벌어졌다. 갑자기? 쿨타임이 끝났다고?

"아니, 잠깐만."

내가 황급히 빈 찻잔을 들어 위아래로 살폈다. 이건가? 설마 햇무리초 약차 때문이야?

-타앙!

-쨍그랑-!

나는 흠칫하며 후방을 올려보았다. 뱅자맹도 깜짝 놀라 눈길을 들었다. 로메로 궁의 어느 발코니 문이 깨지고 부서져 걸레짝처럼 너덜거리고 있었다. 태양을 빼닮은 주황색 눈동자가 무시무시한 빛을 뿜으며 나를 오시했다. 뒤편의 다비드가 가슴을 치는 가운데, 땅을 파고드는 중저음이 귓가를 울렸다.

"…드디어."

와, 에테르 돼지 감지력 좋은 거 봐라!

* * *

-다그닥, 다각…

"나, 참. 살면서 별일을 다 겪는군."

프레데리크가 투덜거렸다. 황실에서 가장 크고 호화로운 마차에 오른 이는 언제나 그렇듯 그녀와 오렐리뿐이었다. 쥘리에트 궁에서 '경이로운 급보'가 날아온 게 벌써 몇 시간 전이었다.

마음 같아선 당장이라도 에서 왕자를 황제궁으로 불러 정황을 파악하고 싶었으나, 유감스럽게도 그녀는 군주였다. 급한 건을 먼저 처리하고 덜 급한 일은 미루는 과정에도 추가로 시간이 들었다. 맞은편에 앉은 추기경이 화사하게 미소했다.

"사는 재미가 있잖아. 세드리크도 무척 기뻐하겠는걸."

"네가 더 좋아하는 것 같은데."

황제의 적안이 불만스레 빛났다. 오렐리는 그녀의 말을 굳이 정정하지 않았다. 하나뿐인 제자가 에테르를 되찾았다는 사실은 추기경을 깊이 안도하고 행복하게 했다. 소중한 대자를 위하는 마음이 컸지만, 왕자에 대한 애정과 그가 추기경으로 성장하는 모습을 보고 싶다는 욕심도 있었다. 그러니 모두에게 잘된 일이었다.

"황제가 쥘리에트에 가는 게 얼마 만이야?"

"내가 이제껏 그 애길 한 거잖아."

울컥하는 프레데리크를 보며 오렐리는 결국 소리 내어 웃었다. 그도 그럴 것이, 둘은 왕자의 상태를 확인하기 위해 친히 냉궁으로 행차하고 있었다. 전쟁 시대 이후 전례가 없는 일이었다.

왕자가 법도대로 황제궁에 오지 못한 까닭은 명백했다. 로메로의 주인인 황태자가 그의 외출을 금했기 때문이었다. 황제는 후계자의 폭정에 어이가 없어 턱이 빠질 것 같았다.

"세이디가 언제부터 그리 손에 쥔 것에 연연했지?"

"글쎄, 아직 쥔 건 아니던데."

"끔찍한 소리 하지 마, 아당. 지금도 어미를 오라 가라 한다고."

그때, 마차의 속도가 느려졌다. 창밖으로 노을 지는 쥘리에트 궁이 보였다. 곱고 아기자기하게 꾸며진 정원에서 조막만 한 신수들과 새끼 고라니가 뛰어놀고 있었다.

왕자와 시종들이 짐승들을 진정시키기 위해 진땀을 빼는 듯했다.

굴뚝새로 변한 신물은 천연덕스레 태자의 가마에 내려앉았다. 왕자의 허리춤에 매달린 백발의 소년도 시야에 들어왔다. 누가 봐도 용병 녀석의 아들이었다. 한숨이 절로 나왔다.

"황궁에 꽃동산을 차렸군."

"응, 보기 좋지?"

황제가 반려를 밉지 않게 흘겼다. 이윽고 마차가 완전히 정지했다. 뒤따르는 마차에서는 시종장 로라를 비롯한 황제궁 일손과 손님들이 우르르 내렸다. 멀리서 왕자의 보랏빛 눈동자가 땡그랗게 굳었다. 황제를 영접하고자 나와있던 주제에, 막상 당도한 인파를 보니 긴장이 되는 모양이었다. 프레데리크의 입꼬리가 짓궂게 올라갔다.

"뭐, 바람을 쐬어서 나쁠 것 없지."

달칵, 마차의 문이 열리자마자 황제가 땅에 내려섰다. 태자를 위시한 일행이 극도로 정중한 예를 차렸다. 프레데리크는 오렐리를 에스코트한 뒤, 그녀를 대동하고 여유 있는 걸음으로 왕자에게 다가갔다. 신수들이 황제를 빤히 올려보며 고개를 갸웃거렸다.

'티테, 저분이 제일 큰 어른이셔.'

다급히 속삭이는 목소리가 썩 우스웠다.

"네게 경사가 있다고 해서 왔다."

"황송합니다, 폐하. 제가 찾아뵈어야 했는데 이리 오시게 해 송구스럽습니다."

왕자가 머리를 조아렸다. 가을 햇살을 받은 금발이 보석처럼 반짝거렸다.

"그거야 네 탓이 아니지."

황제는 그렇게 답하며 아들을 일별했다. 평소와 다름없이 묵묵한 표정이었으나, 그녀는 어머니의 눈길로 자식의 일렁이는 눈동자를 포착해 냈다. 아주 방방 뛰는구나.

"적당히 했으면 침실로 들어가 준비해라. 내 너에게 황은을 내리러 온 것이니."

"예?"

왕자가 깜짝 놀라 고개를 번쩍 들었다. '황은'이라는 단어에 두 뺨이 순식간에 벌게졌다. 프레데리크가 웃음을 터뜨리기 직전, 추기경이 신속한 손놀림으로 황제의 팔뚝을 꼬집었다.

"아."

"질 나쁜 농담이란다, 왕자님. 가서 몸 상태를 살펴볼까?"

그러고는 자애롭게 눈매를 휘었다. 황제는 속으로만 궁시렁거렸다.

* * *

나는 얌전히 거실 한편에 앉아서 상황에 협조했다. 눈을 두는 곳마다 사람이 보였다. 쥘리에트 식구들이 정신없이 돌아다니며 다과를 나르고, 테이블과 의자 등을 옮겼다. 궁에서 가장 넓은 공간이 이렇게 붐비는 건 처음 봤다.

"햇무리초는 독성이 거의 없는 식물입니다. 결코 일반적인 경우는 아니지요."

"그래, 역시 그게 해답인 듯싶어. 왕자님이 스무날 가까이 에테르를 쓰지 못했는데 사흘간 약차를 복용했다고 하니…"

"전하, 왕자님의 호흡과 맥박은 정상이라고 합니다."

다수의 신관과 태의, 그들의 시종과 조수, 급히 입궁한 미셸 경, 거기다 가장 중요한 프레데리크 황제와 부티에 추기경까지. 손님이 끝도 없었다. 조금 전엔 황명으로 요한 경마저 불려 온 참이었다.

궁 밖에선 에르베 뒤엠 근위대장과 엘리자베트 경이 삼엄한 경비를 자랑하고 있었다. 지금 이 순간, 리에스테르에서 제일 안전한 곳은 단연 쥘리에트 궁이었다.

-애우응

"어, 사람 많지. 갑자기 난리 났다."

내가 티테의 엉덩이를 두드려 주며 달랬다. 꼬마는 낮잠에서 깬 것이 어지간히 속상한 기색이었다. 그때쯤 헤릿의 손을 꼭 잡은 요한 경이 입을 뗐다. 모두의 눈길이 그에게 모였다.

"헤릿의 병에는 원인이 없습니다. 적어도 의사들은 그렇게 말하더군요."

시종장 로라가 빠르게 손짓해 불필요한 인력을 물렸다. 이내 응접실엔 소수의 인원만이 남았다. 헤릿의 지병부터 확실히 파악해야 햇무리초의 효능을 알 수 있었고, 그래야 그것이 내게 미친 영향도 이해하기 쉬웠다. 이건 어쩌면, 정말 잘하면 많은 이를 돕는 약초가 될지도 몰랐다.

"신국엔 제 자식과 비슷한 증세를 보이는 아이가 제법 있는데, 그곳 백성들은 이를 '신증神症'이라고 부릅니다. 고통을 이기지 못해

숨지는 유아도 많습니다."

황제가 커피를 마시다 말고 미간을 구겼다.

"어린아이만 걸리는 병인가?"

그러자 요한 경이 헤릿의 두 귀를 살며시 막았다.

"…정확히는 살아남아 어른이 되는 경우가 적습니다."

"쯧."

황제는 혀를 차며 헤릿을 관찰했다. 꼬마둥이가 어쩔 줄 모르겠다는 듯 몸을 배배 꼬았다. 나는 그녀가 헤릿을 보며 태자의 어린 시절을 떠올리고 있음을 깨달았다.

"신증이라는 병명만 들으면, '그릇'이나 에테르에 관한 질환인 듯하구나."

"예. 하지만 신국은 제국보다도 신관의 권위가 높습니다. 평범한 백성은 평생 치유 신관에게 아이를 보이지 못해요. 햇무리초를 약차로 쓰면 도움이 된다는 사실이 널리 알려져 있지만, 그조차 워낙 값비싸고 귀해 구하기 어렵습니다."

요한 경의 답을 들은 스승님의 얼굴에 균열이 일었다. 그녀가 슬픈 목소리로 물었다.

"그럼 네 아이도 치유 신관의 진찰을 받지 못한 거니?"

"…"

성기사의 시선이 땅에 떨어졌다. 내 우측에 앉아있던 태자가 불편한 기색을 드러냈다.

"제국에 망명한 후로는 어렵지 않았을 텐데."

"황궁에도 치유 신관이 있습니다, 요한 경. 전부 뛰어나신 분들이에요."

"…염치가 없어서요."

성기사가 나를 보며 쓰게 웃었다.

'맙소사.'

미셸 경이 탄식했다. 나는 요한 경의 말뜻을 이해하고 큰 충격을 받았다. 요컨대, 나와 친구들을 속이고 해치려 한 게 미안해서 도움을 청하지 않았다는 의미였다. 황궁에서 햇무리초를 키우고, 헤릿에게 무상으로 약을 제공하는 것만으로 분에 넘치는 은혜를 입었다고 생각하는 게 분명했다.

요한 경은 태자와 대귀족의 스승이었고 태사라는 공식 직함도 있었다. 원한다면 언제든 고위급 치유 신관과 연줄을 만들 수 있었을 텐데… 주먹에 절로 힘이 들어갔다. 내가 너무 무신경했다. 어련히 알아서 신관에게 보였을 거라 생각했다. 바보같이.

"꼬맹이, 이리 와라."

황제가 소년을 보며 불쑥 말했다. 봉제 인형을 들고 흔드는 몸짓이 어쩐지 능숙해 보였다. 상석 근처엔 지난 사흘 동안 모인 헤릿의 완구가 가득했다.

"괜찮으니."

그녀가 말을 이었다. 여전히 귀가 가려져 있었지만, 아이는 고귀한 입 모양을 읽어내고 아빠를 올려보았다. 요한 경이 선선히 아들을 놓아주었다. 헤릿이 주뼛거리며 다가가자 황제는 씩 웃으며 돼지 인형을 손에 들려주었다.

"성기사의 핏줄은 용감하군. 나와 눈을 맞추는 꼬마는 흔치 않아."

아이가 수줍게 웃었다. 황제는 나를 바라보았다.

"장난감들은 네가 하사한 것이냐?"

"대부분은 친구들이 헤릿에게 선물한 겁니다. 저에게 편지를 전해주는 것에 대한 답례로요."

"알만해."

그녀가 태자를 보며 덤덤하게 말했다. 그러더니 요한 경에게 눈길을 두었다.

"네 양심은 존중한다. 허나 아비라면 더 뻔뻔하고 구차하게 살아도 좋아. 다시 죄를 짓는 게 아닌 이상, 자식 가진 자라면 누구도 손가락질하지 않을 것이다."

"…"

"네 심정을 내가 모르겠느냐?"

그녀의 체리색 눈동자가 무겁게 가라앉았다. 나는 그제야 황제와 성기사의 공통점을 기억해 냈다. 일찍이 세상을 떠난 배우자와, 젖먹이 시절부터 아팠던 하나뿐인 아이. 고개를 돌리자 해님이 깃든 눈과 곧장 시선이 닿았다.

"내가 봐도 될까?"

침묵을 깬 것은 스승님이었다. 황제의 곁에 서있던 그녀가 한 발 움직여 헤릿에게 다가갔다. 꼬마는 낯을 가리면서도 다정한 손길을 피하지 않았다. 아주 천천히, 요한 경이 한쪽 무릎을 꿇고 두 어른 앞에 머리를 숙였다.

"…부디, 부탁드립니다."

남자의 목소리는 작고 낮았다. 하지만 방에 있는 모두가 똑똑히 그의 말을 들었다.

* * *

제국의 유일한 추기경. 황제의 종교적 반려이자 태자의 대모. 두 번이나 공작 위를 거절한 자. 그리고 리에스테르 최고의 치유 신관.

-사아아…

부티에 추기경의 맑고 푸르른 치유 서클이, 소파에 누운 헤릿을 포근하게 감쌌다. 옆에 선 요한 경은 아이를 달래고자 부드러운 얼굴을 하고 있었다. 서클의 문양은 인간의 머리론 절대 외울 수 없을 만치 복잡하고, 입이 떡 벌어질 만큼 화려했다.

스승님은 어릴 때부터 치유 신관으로 교육받진 않았지만, 워낙 치유력이 뛰어나 스스로 재능을 개발한 케이스였다. 20대 중반 무렵 치유의 길을 걷기 시작했는데도 일인자의 자리에 오르는 데 10년이 채 걸리지 않았다.

과연 '세기의 천재'라고 불리던 이는 달랐다. 오늘날에도 황족의 건강 상태는 그녀와 태의가 먼저 점검했고, 내가 쓰러질 때마다 처음으로 살피는 사람도 스승님이었다.

"그냥 보기만 해도 알겠어요. 전하께서 얼마나 대단하신 분인지요."

크리스텔이 부티에 추기경의 치유 서클을 멍하니 보며 감탄했다. 그랬다, 나는 드디어 퇴계공의 주인공을 다시 만났다! 크리스텔은 외부인 중 첫 번째로 나의 회복 소식을 전해 들었다. 쥘리에트 출입 허락이 떨어지자마자 출발해, 마차가 서기도 전에 뛰어내렸다는 그녀는 여태 몸이 찼다.

원래도 체온이 낮은 편인데 가을의 저녁 바람을 잔뜩 맞은 탓이었다. 성기사가 감기에 걸린다는 소리는 들어본 적이 없지만, 혹시나 싶어 담요를 가져다주고 뜨거운 해당화 차를 대접했다. 그러자 그녀가 태자를 보며 뿌듯하게 웃었다. 간만에 모여서 기분이 좋은 듯싶었다. 나도 그랬으니까.

"아직 완벽히 힘을 되찾으신 건 아닌 듯해요, 왕자님. 에테르의 흐름이 약하거든요."

"그렇습니까?"

"네. 그래도 조금씩 강해지시는 것 같습니다. 아까 문 열고 들어왔을 때보다 지금이 더 선명하게 느껴져요. 정말 축하드립니다."

크리스텔이 어느 때보다 밝은 얼굴로 재잘거렸다. 태자도 공감하는지 별다른 말이 없었다. 당장 에테르 내놓으란 얘기를 안 하기에 조금 의아했는데, 녀석 또한 그걸 인지하고 있던 모양이었다. 배려해 줘서 고맙지만 나한테도 귀띔 좀 해주지 그랬냐.

"저쪽 발코니는 왜 저 꼴이지?"

커피잔을 들고 창가를 구경하던 황제가 불퉁하게 물었다. 산산조각 난 로메로 궁의 유리문을 발견한 것이다. 그러자 다비드가 평정을 잃고 자신의 주인 대신 변명을 늘어놓기 시작했다. 진짜 극한 직업이네…

"대충 알겠군. 세레니테 후작이 인기가 많다는 것도 알겠고."

황제가 작은 탁자를 턱짓하며 대꾸했다. 나는 목을 쭉 뺐다. 저기에 뭐가 있더라? 헉.

"그런 건 아닙니다, 폐하."

나는 황급히 부인했다. 그녀가 발견한 건 블랑케르 공작령에서 온 서신이었는데, 다수는 그 지역 기사와 병사들이 부친 것이었다. 주로 세실 블랑케르 공작과 기사단장 자크를 구해줘서 고맙다는 내용이었다. 공작 본인과 부군의 감사 편지도 있었다.

"그저 인사차 보낸 겁니다."

"신국의 왕자가, 인심 사납기로 유명한 동부의 마음을 얻다니. 그것도 국경을 접한 공작령에서 말이야."

그녀가 장난스러운 어조로 말했다. 난감한 표정을 짓고 있는데 저편에서 추기경이 숨을 들이켰다. 우리의 시선이 동시에 방을 가로질렀다.

[세상에, 요한.]

스승님의 베이지색 눈빛이 당황으로 얼룩지고 있었다. 놀란 요한 경이 그녀를 바라보았다.

[이 아이의 그릇에 에테르가 있어.]

* * *

"그게 무슨 말씀이신지…"

항상 평온을 유지하던 요한 경의 음성이 떨리기 시작했다. 나는 놀라서 일어났다. 프레데리크 황제가 '허' 하는 소리를 냈고 크리스텔은 턱을 쩍 벌렸다.

"왕자님, 이리 온."

부티에 추기경이 신탁을 거두고 침착하게 나를 불렀다. 헤릿이 놀라지 않도록 천천히 소파로 다가가자, 반듯이 누운 꼬마가 나를 보며 방실방실했다. 리에스테르에 온 뒤로 아픈 것 같진 않아 다행이었다. 그렇지만 몸속에 에테르가 있다니, 이게 웬 말인지 모르겠다. 요한 경도 금시초문이라는 표정이었다.

"어떻게 된 겁니까?"

내가 스승님의 곁에 서서 작게 물었다. 그녀가 자신의 치유 서클을 가리키며 나를 응시했다.

"저길 보렴. 문양의 바탕을 알아볼 수 있겠니?"

나는 손가락 끝이 향한 곳을 열심히 살폈다. 어마어마하게 복잡한 무늬가 겹겹이 쌓여, 극도로 정교한 모양을 만들어 내고 있었다. 그러나 스승님은 내게 새로운 서클을 가르칠 때마다 늘 같은 방식으로 접근할 것을 조언했다.

'원의 배경이 되는, 가장 단순한 그림부터 찾는 거야. 그러면 어떤 증상에 관한 서클인지 쉽게 알 수 있단다.'

"…영혼. '그릇'의 형태를 들여다보는 기초 서클입니다."

내가 답했다. 그녀가 고개를 까닥이고는 아이의 아버지를 바라보았다.

"맞아. 그런데 이곳을 보면, 반응이 무척이나 약해. 그릇 자체엔 이상이 없지만… 두께가 몹시 얇구나."

"문제가 되는 겁니까?"

요한 경이 헤릿의 손을 잡아주며 물었다. 목소리가 너무나 절박해서 마음이 좋지 않았다. 스승님은 안타깝다는 듯 눈썹을 늘어뜨렸다.

"헤릿이 평범하게 태어났다면, 아무런 문제도 아니었을 거야. 하지만 그릇 안에 극소량의 에테르가 있어."

"…"

"신관의 힘을 지녔다면 매한가지로 아프지 않았을 거라 생각해. 순수 에테르는 정적인 성질을 띠고, 따라서 그릇에 큰 무리를 주지 않으니까. 한데…"

"특수 에테르였군요."

요한 경이 거의 앓듯이 말하고는 헤릿의 손바닥에 이마를 묻었다. 그 모습이 안쓰러웠는지 크리스텔이 다가와서 그의 등을 쓸어 주었다. 그러고는 고개를 돌려 추기경에게 질문했다.

"그러면 헤릿은 성기사인가요? 하지만… 저희는 아무것도 느끼지 못했습니다. 선생님이나 태자 전하도 마찬가지였을 거예요."

그랬다. 성기사는 다른 성직자의 에테르를 감지할 수 있었고, 상대가 적극적으로 감추지 않는다면 그것으로 몸 상태나 감정을 파악하는 일도 가능했다. 그런데 제국에 있는 세 명의 성기사 중 누구도 헤릿의 에테르를 알아차리지 못했다. 나는 빠르게 상황을 이해하고 입을 열었다.

"에테르가 헤릿의 영혼 밖으로 나온 적이 없으니까요. 보통 사람보다 연약한 그릇이 언제 깨질지 모르니, 본능적으로 자신을 보호한 결과일 겁니다. 에테르를 드나들게 하지 않고 안에만 가둔 거예요."

"잠깐만요, 특수 에테르는 체외로 발산되는 성질이…"

크리스텔이 말끝을 흐렸다.

'그래서 아이가 줄곧 아팠군요.'

그녀가 중얼거렸다. 추기경이 슬픈 얼굴로 시선을 내리깔았다. 특수 에테르는 자꾸만 몸 밖으로 나오려고 하는데, 헤릿의 위태로운 그릇은 지금껏 온 힘을 다해 그것을 막아냈다.

에테르의 흐름 자체가 그릇에 부담을 주니 생존을 위해 원천 봉쇄를 택한 것이다. 그 외로운 싸움이 영혼의 고통을 유발했다. 자연스레 몸의 성장이 느려지고 체력도 약해졌다. 얼마나 힘들었을까.

"그럼… 나을 방법은 없겠군요."

요한 경이 무너질 듯한 얼굴로 말했다. 그는 눈물을 흘리지 않는데도 우는 것처럼 보였다. 타고난 그릇을 고치는 법은 존재하지 않고, 체내의 에테르를 제거할 수도 없으니 그의 말이 옳았다. 이건 선천적인 불치병이었다. 추기경은 대답으로 그를 더욱 아프게 하는 대신 침묵하는 쪽을 택했다.

나는 소파 앞에 주저앉아 헤릿과 눈을 맞추었다. 오늘 하루 맛있는 걸 잔뜩 먹고, 약도 챙겨 마시고, 정원에서 밤톨이와 신나게 뛰어논 아이는 이제 졸린 낯을 하고 있었다. 나는 씩 웃으며 꼬마의 가슴팍을 토닥여 주었다. 그렇지. 요만할 때는 어른들이 심각한 얘기를 해도 그게 내 일인가, 남 일인가 싶지.

"말 안 했는데도, 삼촌 에테르에 문제가 있는 걸 느꼈구나. 그래서 약차를 나눠준 거야."

끄덕끄덕. 작은 머리가 느리게 움직였다. 이렇게 착한데.

"고마워. 덕분에 빨리 튼튼해지겠다. 우리 헤릿이 똑똑이네."

내가 속삭였다. 배시시 웃는 얼굴이 몹시 어여뻤다.

"저녁 식사 전에 깨워줄게. 잠깐 자도 돼. 그동안 너무 애썼으니까."

아이가 순하게 눈을 감았다. 크리스텔이 자신의 담요로 헤릿을 꼼꼼히 덮어주었고, 다비드는 벽난로에 장작을 더 넣었다. 어느새 가까이 온 황태자가 말했다.

"…햇무리초는 영혼의 통증을 소거하는군요."

"응. 그릇에 도움을 주거나, 에테르에 도움을 주거나. 혹은 둘 다일 거야."

"약을 오랫동안 먹었는데도 끊으면 다시 통증을 호소한다니, 영구적인 효과를 누릴 수는 없는 거고요."

내가 나직이 부연했다. 크리스텔이 눈을 빛냈다.

"부작용이 없다면 햇무리초를 최대한 많이 먹이는 건 어떨까요? 그러면 아이 부담이 좀 덜어질지 모르잖아요. 저희가 돕겠습니다."

요한 경이 그녀를 돌아보았다. 주인공은 거침없이 말을 이었다.

"약차만 마시게 하는 건 정 없으니까요. 햇무리초 푸딩, 햇무리초 케이크, 햇무리초 오리 파르망티에."

'햇무리초 김치도 담글까.'

그녀가 진지하게 중얼댔다. 우리는 결국 작게 웃음을 터뜨렸다. 마지막 말은 나밖에 알아듣지 못했지만.

"베르너르 페네티안은 정말 빌어먹을 놈이군."

묵묵히 듣고 있던 황제가 불쑥 말했다. 모두의 눈길이 창턱에 기댄 그녀에게 향했다. 붉은 눈동자가 분노와 혐오감으로 출렁이고 있었다.

"왕족씩이나 되는 자가 저 '신증神症'의 상세를 모를 리 없다. 백성들이야 먹고살기에 급급하니 무지할 수밖에 없다고 해도 상류층은 달라."

"…"

"부모라는 자가 어찌."

황제는 거기까지 말하고 입을 다물었다. 찰나 그녀의 보검 뒤랑달이 파르르 떨린 것 같기도 했다. 그러자 요한 경이 아들의 손등을 쓰다듬으며 운을 뗐다. 조금 전보다는 많이 진정된 낯빛이었다.

"전하의 말씀대로라면 헤릿처럼 신증을 앓는 아이들은 성기사가 되지 못합니다. 영혼의 장애를 지니고 태어난 것과 진배없고, 고통을 더는 일조차 약이 부족해 힘드니까요."

"…"

"그러니 페네티안 왕실은 이들을 불필요한 존재로 여겼을 겁니다. 같은 병을 앓는 귀족 자녀라면 햇무리초를 구해 무난하게 자랄 수 있겠지만, 거기까지겠죠."

나는 할 말을 찾지 못했다. 경악스러웠다. 아무리 약초의 절대적인 물량이 달린다고 해도, 아픈 아이들이 '유능한' 인력으로 자랄 수 없다 해도… 그래도 같이 살아가는 사람인데. 병증을 알면서 백성을 그렇게 방치할 수 있는 건가. 크리스텔이 뭐라고 상욕을 읊는 소리가 들렸다. 황제가 시종장에게 눈짓했다.

"로라, 일주일 안에 귀족원을 다시 소집한다. 제국에도 비슷한 환자가 있는지 알아봐야겠군. 황제궁 사서에게 알려 서고에서 관련 기록을 찾게 해. 필요하다면 태의를 불러도 좋다고 말해 두도록. 옛 문헌을 해독할 인력도 필요하겠어."

"분부 받들겠습니다, 폐하."

로라가 빈틈없는 몸짓으로 절을 올리고는 물러갔다. 그사이 미셸 경이 뱅자맹과 가나엘의 협조를 얻어 따끈한 햇무리초 약차를 대량으로 준비했다. 나는 가만히 생각을 정리하며 세드리크 태자를 올려다보았다. 굳세고 날렵한 턱선이 시야에 들어왔다.

"…"

저 녀석도 어릴 때부터 에테르 고갈이 심각했다는데. 요즘도 아이로 변할 만큼 상태가 좋지 않은데… 헤릿과 유사한 질환을 앓는 건 아닐까. 그렇다면 도움을 받을 수 있으려나.

"이제 제 영혼을 확인하시죠, 전하. 저도 보탬이 되고 싶습니다."

내가 스승님에게 시선을 돌리며 말했다. 그러자 추기경이 조금 놀란 표정을 짓더니, 이내 다정하게 미소했다.

* * *

그러다 보니 판이 엄청나게 커졌다. 해가 지고 나서도 황제가 거처로 돌아가지 않자 모든 보고가 쥘리에트 궁으로 올라오기 시작했다. 이어 로메로 궁에서도 일손이 투입됐고, 응접실은 일종의 오픈형 비즈니스 센터… 내지는 놀이방처럼 변했다. 진짜 놀이방에선 뚝심이와 신수들과 밤톨이가 놀고 있지만, 아무튼.

"더 드실 분 계십니까?"

커다란 금쟁반에 팡 바냐와 오렌자 주스를 한가득 올린 시종들이, 방 곳곳을 돌아다니며 물었다. 나는 손을 반짝 들고 속으로 숫자를 헤아렸다. 황명하에 저녁 식사도 간단히 때우기로 했다. 산트는 방금 왔으니까 두 개 더 먹고, 크리스텔하고 태자도 하나씩은 더 먹을 거고, 요한 경은 오늘 힘들었으니까 더 먹고, 나도 좀 더 먹고.

"팡 바냐 여섯 개 부탁합니다. 주스는 빈 잔에만 채워주세요."

"네, 왕자님. 열 개 드리겠습니다."

시종과 내가 대화하는 것을 보던 스승님이 소리 내어 웃었다. 나는 당황해서 자세를 바로 했다. 그녀의 청청한 치유 서클이 나를 중심으로 느릿느릿 돌고 있었다.

"제가 말을 해서 흐름이 깨졌습니까?"

"아니, 아니야. 왕자님은 맛있는 걸 먹으면 에테르 흐름이 아주 강해진단다."

…좋은 건가. 좋은 거겠지. 나는 고개를 주억이며 팡 바냐를 크게 한입 깨물었다. 통밀빵의 바삭한 식감 아래서 고소한 참치와 토마토, 삶은 달걀, 올리브가 차례로 섞였다.

주방장 로랑스의 비네그레트소스는 언제나처럼 환상의 비율을 자랑했다. 셀러리와 피망이 절묘하게 균형을 잡아줘, 딱 좋을 만치 상큼하고 깔끔한 맛이 났다. 음, 진짜 끝내준다. 급하게 만들었다고 했는데도 완벽해. 세상엔 로랑스를 주인공으로 하는 웹소설도 있어야 한다.

"이런 경험은 태어나서 처음 해봅니다."

"그죠. 앞으로도 못 하지 싶어요."

소파에 앉아 샌드위치를 먹던 산트와 크리스텔이 말했다. 연통을 받고 황급히 달려온 사제는, 자초지종을 듣고 펑펑 울었다. 어쩐지 자신이 성소를 열 때면 헤릿이 나비 쫓는 강아지처럼 좋아했다고 말하기도 했다.

그간 어린 복사服事를 돌보고 이것저것 가르치며 정이 많이 든 모양이었다. 맞은편에 아빠와 나란히 자리한 헤릿이 주스를 홀짝이다 말고 창가를 힐끔거렸다. 나는 무의식중에 꼬마의 눈길을 쫓았다. 재킷을 벗고 크라바트를 풀어 헤친 황제가, 일인용 소파에 아무렇게나 앉은 채 서류를 검토하고 있었다. 분위기가 심각하긴 했지만 저렇게 편한 차림은 처음 보는 듯싶었다.

"멋있으시지."

내가 소곤댔다. 헤릿이 머리를 주억거렸다.

"웃으면 더 근사하셔."

그러자 아이의 눈동자가 초롱초롱해졌다. 후작 위 받던 날의 이야기를 해줄까 고민하는데, 상석에 앉아있던 태자 놈이 내게 뜨거운 시선을 쏘아댔다. 또 왜?

"왕자님이 새아버지 될까 봐 저러시나 봐요."

"콜록! 콜록콜록! 쿨럭!"

뭔! 야! 나는 말도 안 되는 발언을 들은 고통과 사레라는 이중고에 몸부림쳤다. 소매에 입을 묻고 기침하는데 크리스텔과 태자가 엄청난 눈싸움을 벌이는 게 보였다. 와중에 주인공의 드립이 취향

저격이었는지, 신중히 내 영혼을 살피던 스승님이 귀가 붉어질 만큼 흐느끼고 있었다. 젠장…

"오렐리? 무슨 일이야?"

황제가 저편에서 물었다. 추기경은 순식간에 표정을 수습하고 단안경을 고쳐 썼다. 와, 역시 어른.

"아무것도 아니야. 왕자님의 에테르가 생생히 반응해서."

"팔불출이 따로 없군."

"응, 기쁘네. 느리지만 분명하게 심장에서 힘이 생성되고 있어. 쓰러져 있을 때는 일반인과 똑같았거든."

그녀가 나를 보며 설명했다. 나는 어색하게 심장께를 문지르며 웃어 보였다. 여기 깃들어 있던 소원의 성반이, 쿨타임을 마치고 다시 일하기 시작했다. 아무래도 햇무리초 덕분에 시간이 무지 단축된 것 같은데.

"왕자님, 지금 약차를 한번 마셔보겠니? 서클로 변화를 확실히 포착해 보자."

"네."

추기경의 시종인 나탈리가 때맞춰 잔을 건네주었다. 나는 접시에 샌드위치를 내려놓고 찻잔을 받았다. 그때였다.

-똑똑

"폐하, 전하."

엘리자베트 경이 다급히 발을 놀리며 실내로 들어왔다. 심상치 않은 기세에 모든 눈길이 집중됐다. 눈치 빠른 로라가 음식을 나르던 이들을 밖으로 내보냈다. 부근위대장이 방 안을 둘러보았다. 황제가 곧장 턱짓했다.

"들어도 상관없는 녀석들이야. 말해봐."

"황실 영지, 에이츠 마을에서 온 급보입니다."

그녀가 목을 가다듬었다.

"성석 채굴 중 유골이 발견됐습니다. 족히 수십 구는 되는 것으로 보인다고 합니다. 최근에 매장된 유해가 아닌 듯하며, 함께 나온 패물 등으로 미루어 짐작하건대…"

회색 눈동자가 얕게 흔들렸다. 나는 괜한 긴장감에 잔을 꾹 쥐었다.

"이들은 제국 땅에서 전사한 신국의 신관으로 추측됩니다."

* * *

"…블랑케르 공작령에서는?"

"아직 소식이 없습니다. 하지만,"

"그래. 같은 상황이 발생할 확률이 높겠어."

그렇게 말한 프레데리크 황제는 한참 묵묵했다. 황태자와 요한 경은 맥락을 아는 눈치였지만, 크리스텔과 나를 비롯한 일부는 의문에 빠졌다. 갑자기 여기서 블랑케르 공작령이 왜 나오지? 신국 신관의 유골이라고?

머릿속이 팽글팽글 돌아가는 한편 소름이 돋았다. 일단 엘리자베트 경과 황제의 대화로 미루어 볼 때, 공작령에서도 성석 채굴이 이루어지고 있는 모양이었다. 어쩌다 거기서 그런 작업이…

"아."

나는 흠칫하며 손에 쥔 찻잔을 바라보았다. 미색의 햇무리초 약차가 홀로 평화로웠다. 황제가 나를 향해 예사로이 말했다.

"햇무리초와 성석의 분포가 대략적으로 일치한다. 약초가 자라는 곳의 땅을 파면 광물이 나오더군. 매장량도 상당해."

"그래서 국경의 햇무리초 서식지도 확인해 보신 거군요. 공작령은 최대 접경 지역이니까요."

내 말에 그녀가 고개를 까닥였다. 이제 리에스테르에서도 성석이 본격적으로 생산되는 듯했다. 그러나 핏빛 눈동자는 음산할 만치 어두워졌다.

"햇무리초는 에테르나 그릇에 도움이 되는 약성을 지녔고, 그것이 자라는 지하에선 성석이 나오며, 그보다 깊은 곳을 파면… 신관의 유해가 발견된다는 건가."

응접실이 한겨울처럼 싸늘해졌다. 마른침이 꿀꺽 넘어갔다. 나는 반사적으로 찻잔을 내려놓았다. 온갖 선뜩한 상상과 가설이 뇌리를 스치고 지나갔다. 아니, 이쯤 되면 기정사실이나 다를 바 없었다.

신관의 주검이 장기간에 걸쳐 성스러운 돌을 만들고, 신성한 약초를 피워냈다. 누구도 선뜻 말문을 열지 못하는 가운데 의외의 인물이 반짝 거수했다. 황제가 말해보라는 듯 턱짓했다.

"저기. 신국에서는 장례 후 시신을 매장하지만, 제국에선 화장을 한다고 들었습니다. 그런데 찾으셨다는 유해들은…"

산트였다. 청년이 주뼛거리며 묻자 부근위대장이 의문을 이해한다는 눈빛을 보냈다.

"실제로 제국에서 전사한 신국군은 대부분 화장해 '고요의 바다'에 뿌렸습니다. 제국군이 할 수 없을 때는 백성들이 나서서 태우기도 했죠. 그러니 금번에 출토된 유골이 예외적인 겁니다."

"아마 제국군이 후퇴하거나, 백성들이 대피하는 와중에 버려진 시신일 거예요. 국경에서도 유해가 나온다면 에이츠 마을보다 수가 많겠군요. 최후의 전투가 치열했으니까요."

엘리자베트 경의 설명에 요한 경이 덧붙였다. 뱅자맹과 가나엘을 위시한 시종들이 크게 술렁였다. 이번에는 크리스텔이 번쩍 손을 들었다. 황제가 다시금 발언을 허했다.

"신관의 시신이 약초를 틔우는 거라면, 왜 황궁에 옮겨 심은 햇무리초는 멀쩡히 잘 자라는 걸까요? 궁 밑엔 아무것도 없는데 말입니다."

"그건 지금부터 살펴봐야 할 겁니다."

답을 내놓은 것은 미셸 무테 경이었다. 그가 소백작의 어깨를 두어 번 두드려 주고는 말을 이었다.

"짐작 가는 구석이 몇 있습니다만, 우선 식물의 효능을 뚜렷이 파악해야만 앞뒤가 분명해지겠지요. 오렐리 전하와… 에서 왕자님의 협조가 필요할 듯합니다."

실내의 모든 시선이 내게 꽂혔다. 나는 민망하기도 하고 햇무리초가 섬뜩하기도 해서 눈을 내리깔았다. 잔잔한 찻물의 수면은 이제 보고만 있어도 오싹했다. 이게 그, 원효대사 해골 물 효과인가.

"…열심히 하겠습니다."

내가 겨우 운을 뗐다. 솔직히 역겨운 느낌마저 들고, 차를 다시 입에 대기도 꺼림칙하지만 이것으로 누군가를 도울 수 있을지도 몰랐다. 당장 코앞에도 헤릿과 태자가 있었고 알려지지 않은 제국의 환자는 또 얼마나 될지 알 수 없었다.

막 회복하기 시작한 내 '그릇'은, 현재 가장 훌륭한 실험 대상이었다. 그러니까 나만 이를 악물고 몇 번 참으면 됐다. 모든 걸 알고도 평생 햇무리초를 섭취해야 하는 아이가 있는데 감히 엄살 피울 계제가 아니었다. 비장한 얼굴로 고개를 들자, 맞은편의 부티에 추기경이 격려의 미소를 보냈다.

* * *

어느덧 밤이 깊었다. 쥘리에트 궁이 이렇게 늦게까지 붐비기는 처음이었다!

"다비드 님, 저 상자들은 버려도 되겠습니까?"

"아니다. 차후에 미셸 경이 다시 쓰실 듯하니 그대로 두고…"

"시종장님, 군 보고서는 황제궁에 가져다 두라 이를까요?"

응접실은 물론 복도까지 곳곳이 부산스러웠다. 가나엘이 빈 손님방 중 하나로 헤릿을 데려갔고, 신나게 뛰어놀며 하인들의 혼을 빼놓은 애물단지들은 내 곁으로 와서 쿨쿨 잠들었다. 스승님과 나를 포함한 일부는 아예 씻고 편한 옷으로 갈아입었다.

크리스텔은 엘리자베트 경의 당직용 침의를 빌렸다. 공작저로 돌아가 쉬어도 된다고 얘기했지만, 그녀는 내 상태와 햇무리초의 효능을 정확히 알기 전까지 물러날 생각이 없어 보였다. 나는 주인공의 파트너이기도 했으므로 더 만류하지 않았다.

"음."

상황에 맞지 않는 감상인데, 꼭 친구들을 집으로 초대해서 노는 기분이었다. 세레니테 영주성에서 함께했을 때와는 달랐다.

"옳지, 마지막으로 반 모금만 더 마셔볼까?"

"네."

나는 퍼뜩 상념에서 깨어났다. 이어 스승님의 지시에 따라, 벌써 몇 잔째인지 모를 약차를 비웠다. 꼴깍, 무섭고 쓰디쓴 액체가 목구멍을 넘어갔다. 그러자…

-사아아…!

그녀의 치유 서클 한편이 불을 켠 듯 환하게 밝아졌다. 내 영혼이 약품에 반응한 결과였다. 치유 신관 두 명이 커다란 양피지에 그것을 바쁘게 적고 그림으로 남겼다. 본래 황궁에 상주하는 신관은 나와 부티에 추기경뿐인데, 공식적인 기록이 필요하다는 이유로 그들마저 퇴근하지 못하고 있었다. 미셸 경이 중간에서 검토와 첨삭을 맡았다. 이윽고 이들의 결과물을 살핀 스승님이…

"다 됐어. 인과가 명료해졌구나."

하고는 서클을 해제했다. 드디어 빛이 사라졌다!

"와, 끝났다…"

나는 거의 탈진해서 바닥에 나동그라졌다. 입천장에서도 쓴맛이 났다. 체력은 썩 괜찮은 편이라고 생각하는데, 한나절을 긴장하고 있던 탓인지 몸에 힘이 쫙 풀렸다.

나탈리가 급히 다가와 찻잔을 치워주었고, 크리스텔은 너무 애쓰셨다며 팔뚝을 토닥였다. 뱅자맹이 누가^{nougat}를 입에 물려줄 무렵엔 결국 웃음이 샜다. 그사이 스승님이 자애로운 낯으로 나를 내려다보았다. 여섯 시간 이상 에테르를 쏟았는데도 전혀 지치지 않은 얼굴이었다.

"고생했어, 내 제자님. 진심으로 고마워."

"시키시는 대로 한 것뿐인데요. 수고하셨습니다…"

내가 답했다. 그녀는 내 머리칼을 다정하게 쓸어주고 눈길을 들었다.

"프레데리크, 이쪽은 마무리됐어. 괜찮다면 와줄래?"

그러자 인기척이 들렸다. 나는 서둘러 몸을 일으켰다. 황제는 나를 보며 코웃음 치더니, 앉아있으라는 의미로 대충 손짓했다. 그녀와 세드리크 태자가 소파에 자리하자 추기경이 좌중을 둘러보았다. 어? 뒤엠 형제까지 와있잖아.

"왕자님."

프랑수아와 에르베 뒤엠이 나를 보며 동시에 윙크했다. 잘생겨서 좋겠고 반가운 마음도 공감하지만 그건 넣어둬요…

"먼저 햇무리초는, 그릇이 아닌 에테르에 영향을 미치는 것으로 확인됐어. 왕자님과 요한의 그릇을 동일한 조건에서 분석한 결론이야."

"…그렇군."

황제의 반응이 묘하게 느렸다. 하지만 중후한 표정에선 어떠한 정보도 읽어낼 수 없었다. 스승님이 말을 계속했다.

"또한 성기사와 신관에게 작용하는 방식이 완전히 달라. 성기사의 동적인 에테르는 진정시키는 효험을 보이는 데 반해, 신관의 정적인 에테르는 햇무리초를 만나면 무척 활발해져."

"그래서 헤릿에게 도움이 됐군요. 신기합니다."

부근위대장이 놀란 목소리로 말했다. 체외로 빠져나가려는 특수 에테르의 성질을 약풀이 순화해 준 덕에, 아이는 그릇이 흔들리는 고통을 느끼지 않을 수 있었다.

"그리고 왕자님에게도."

추기경이 말을 받았다. 나는 애매하게 웃으며 부연했다.

"네. 햇무리초를 마시면 심장의 에테르 생성 속도가 빨라지는 걸 확인했습니다. 순수 에테르가 더욱 힘을 얻는 거죠. 사르네즈 경의 말로는 제 에테르의 흐름도 급속히 강해졌다고 합니다. 다만 복용하지 않은 채로 시간이 지나면 모든 게 원래대로 돌아옵니다. 영구적인 효과는 없습니다."

황제가 흥미롭다는 눈빛을 했다. 요컨대, 햇무리초가 성반의 쿨타임을 줄여주었을 거라는 내 추측은 대강 맞았다. 차를 마시지 않았더라도 언젠가는 에테르가 돌아왔겠지만, 깊이 잠들어 흔적조차 느낄 수 없던 힘을 약초가 빠르게 일깨운 건 확실했다. 배경 설정이 끔찍한 만큼 효험이 뛰어난 묘약이었다. 나는 작게 몸서리치며 머리를 흔들었다.

"햇무리초가 황궁에서 자라는 건은 어떻게 됐지?"

"그 역시 에테르의 작용입니다, 폐하."

미셸 경이 황제의 물음에 답변했다. 중앙에 급하게 마련된 테이블엔 각종 마도구와 초자 기구가 즐비했다. 시종들이 뿌리째 캐온 햇무리초는 여러 모양으로 잘리고 쪼개져 있었다. 전부 실험의 흔적이었다. 나도 아까 저기서 에테르 좀 부어드렸는데.

"사르네즈 경의 물 속성 에테르와, 왕자님의 에테르를 같은 시간 동안 햇무리초 뿌리에 노출한 뒤 결과를 비교했습니다."

"그런데?"

"예상대로였습니다. 햇무리초는 신관의 유골에서 에테르 잔해를 먹고 피어난 만큼, 특수 에테르엔 반응하지 않더군요. 설령 그것이 물 속성이라고 해도 말입니다. 허나 왕자님의 에테르를 받은 쪽은 잎사귀 크기마저 달라졌습니다."

"경이롭군."

황제가 중얼거렸다. 그러고는 나를 뚫어져라 응시했다. 나는 괜히 졸아붙어서 눈알을 굴렸다.

"또 너다. 예서 페네티안."

"예?"

"미셸의 말은, 황궁의 햇무리초가 네 에테르에 힘입어 자라고 있다는 뜻이지. 오렐리는 내 계약자니까."

그야, 그랬다. 부티에 추기경의 그릇은 '쌍성의 맹약'을 통해 황제의 그릇과 하나가 됐다. 즉, 그녀는 자신의 계약자를 제외한 누구와도 영혼을 통하지 못했다. 타인에게 에테르를 나누어 줄 수 없었고 성기사조차 그녀의 힘을 감지하는 게 불가능했다. 황제의 말이 옳았다. 성석이 없는 이곳에서 약초가 자라는 건… 내 에테르의 영향이었다.

"최근 온실의 햇무리초가 시들했던 것도, 왕자님의 영향력이라고 생각하면 이상하지 않습니다. 왕자께서 한동안 에테르를 쓰지 못하셨으니까요."

나는 미셸 경의 말에 경악했다. 내가 쓰러진 것 때문에 죄 없는 식물까지 힘들어했단 말이야?

"책임이 막중하군."

순식간에 소리 없이 다가온 소드마스터가, 손을 뻗어 내 턱을 들어올렸다. 나는 하릴없이 황제와 시선을 마주했다. 체리색 눈이 가늘어졌다.

"저 약초의 재배는 당분간 네 관할이다. 원하는 바를 생각해 둬."

"폐하."

잠깐만요!

"에이츠 마을이건 공작령이건, 약풀이 망자의 원혼을 뿌리 삼아 자라는 꼴을 내가 두고 볼 성싶으냐?"

"…"

"피를 탐한다는 광석 또한 내게는 필요 없어."

나는 입을 딱 다물었다. 프레데리크 리에스테르는 분명 그런 것을 원할 사람이 아니었고, 그녀의 제국 역시 잔혹한 병기 없이도 막강한 나라였다. 황제는 나를 보며 피식하고는, 자못 부드럽게 얼굴을 놓아주며 명령을 내렸다.

"신국 신관의 유해는 전부 발굴해 화장하고, 전사자로 예우해 고요의 바다에 흘려보내라. 전문가인 제독에게 맡기면 되겠지. 블랑케르 공작에게도 명을 전하도록."

"예, 폐하."

"채굴된 성석은 황실 영지인 에이츠에 보관하고 감시한다. 횡령과 악용을 좌시할 생각은 없으니."

"그리하겠습니다."

"이 과정에서 캐낸 햇무리초는 황궁으로 운반해. 왕자가 돌볼 것이다."

시종장 로라가 허리를 숙이고 물러갔다. 이어 황제가 손가락을 움직여 뒤엠 형제를 불렀다. 전시 포털에 관한 이야기가 나오는 걸 보니, 아무래도 대대적인 신국군 유골 수색이 개시될 듯싶었다.

하룻밤 사이에 엄청나게 중요한 결정들이 이루어지고 있었다. 나는 크리스텔이 내밀어 준 팔을 잡고 자리에서 일어났다. 황제궁은 늘 이렇게 파란만장할까?

"이제 꽃도 키우시겠네요, 왕자님."

그녀가 고운 눈동자를 휘며 놀리듯 말했다. 말이 좋아 키우는 거지, 그냥 지금까지 그랬던 것처럼 황궁에서 볼모 생활만 성실하게 하면 되는 건데…

"어깨가 무겁네요."

내가 진심을 담아 말했다. 요한 경이 잘 부탁드린다며 너스레를 떨었다. 실소를 흘리고 있는데, 문득 발코니 근처에 서있는 태자와 눈이 마주쳤다. 언제 저리로 갔나 싶었다. 그러고 보니 황실 어른들은 햇무리초의 약효를 논하면서도 태자에 관해선 줄곧 조용했다. 아마 그의 몸 상태가 극비이기 때문이겠지. 나라도 슬며시 가서 약차를 권해봐야 할 것 같았다.

"태자님, 드릴 말씀이…"

그 순간, 사내의 주황색 눈동자가 지독히 절망스러운 빛을 띠었다. 나는 놀라서 숨을 들이켰다. 그래서였다. 온기라곤 초승달밖에 없는 발코니로 녀석을 따라 달려 나간 건.

* * *

'먼저 햇무리초는, 그릇이 아닌 에테르에 영향을 미치는 것으로 확인됐어.'

'…그렇군.'

숨이 턱 막혔다. 황제와 추기경의 대화는 이후로도 이어졌다. 세드리크는 더 버틸 수가 없었다. 버텨야 한다는 것을 알면서도 그 순간만큼은 소리, 빛, 시선 따위에서 벗어나고 싶었다.

자리를 지키며 어머니와 앞으로의 일을 의논해야 한다는 생각이 들었으나 이내 사라졌다. 성석과 약초에 관한 처분을 함께 결정했으니, 지금부터는 혼자 있고 싶었다. 그는 빠르게 걸음을 옮겼다. 유치하고 충동적인 판단이었다.

-벌컥!

-쏴아아아…

발코니로 나가니 소슬바람이 불어왔다. 하지만 그의 몸과 머리는 뜨거워서, 어지간한 냉기로는 얼어붙게 할 수 없었다. 그러니 개의치 않았다. 가능하다면 이곳에 밤새 서있고 싶었다.

누구도 알아차리지 못하는 곳에서 홀로 심장을 태우고, 재를 뿌리고, 다시 황태자로 돌아가면 그만이었다. 어머니와 대모님이 자신만큼이나 절망했으리라는 사실은 잘 알았다. 검은 머리칼이 정처 없이 흩날렸다.

-휘우우…

"…"

'그릇'은 고칠 수 없다. 영혼의 수선이 가능했다면 인간은 불사의 존재가 되었을 것이다. 오랜 진리임을 알고 있었으면서 자신은 무엇을 기대했던가. 장갑 낀 손이 강하게 주먹을 쥐었다. 파직, 암석을 깎아 만든 난간 끄트머리가 부서졌다.

-달칵

그때, 잠기지 않은 문을 열고 불청객이 입장했다. 얼굴이나 목소리를 확인하지 않아도 상대가 누구인지 알 수 있었다. 수백 걸음 떨어진 곳에서도 그를 느끼긴 어렵지 않았으니까.

태자의 목에 걸린 보물과 같은 기운을 지닌 이는, 온 대륙을 통틀어 단 한 명뿐이었다. 이제 막 힘을 되찾았음에도 교결한 에테르는 한결같았다. '냉궁'이라 불리던 곳을 불필요한 온기로 가득 채운 자.

"나가."

세드리크가 뒤도 돌아보지 않고 으르렁거렸다. 지금 그와 말을 섞고 싶지는 않았다. 자신이 몹시 취약한 상태에 있다는 걸 절감했다. 이런 모습을 보일 수는 없었다.

"조용히 있겠습니다."

그러자 덤덤한 목소리가 돌아왔다. 신관은 다정을 꾸며내지도,

그에게 쓸데없는 질문을 하지도 않았다. 이어 의자에 앉는 인기척이 났다. 세드리크는 이제 그를 축객하지 못하는 자신이 우스울 지경이었다.

에테르에 휩쓸리고 눈이 머는 삶은 지긋지긋했다. 어째서 이런 운명을 타고난 건지, 주신이 도대체 무엇을 위해 자신과 가족을 이토록 시험하는지 궁금했다. 아니… 고해하건대 그러한 호기심은 일찍이 휘발되고 없었다. 세드리크는 프레데리크와 비슷하면서도 달랐다. 그는 주신을 신앙하면서도 증오했다.

-삐뽀!

"아이고."

왕자가 당황한 듯 중얼거렸다. 작은 날갯짓 소리도 들렸다.

"뚝스, 왜 여기 있냐. 자다 말고 나온 거야?"

-삐삐삐이

"그거 돌려주려고? 네 거 한다며."

난감한 음색이었다. 태자는 헛숨을 내뱉었다.

"내일 주자, 내일."

-삐삐

"옳지. 대륙에서 제일 착한 굴뚝새네."

세드리크가 참지 못하고 뒤돌아보았다. 곧장 눈길이 마주쳤다. 어둑한 시간에도 왕자의 눈동자는 자수정처럼 반짝거렸다. 그가 조금 곤란한 낯으로 운을 뗐다.

"죄송합니다. 가만히 있으려고 했는데 담요에서 뚝심이가 나왔어요."

"…"

 그건 세드리크가 최근에 본 것 중 두 번째로 어처구니없는 광경이었다. 첫 번째는 왕자가 자신의 침실 곁방에 침입했던 순간이었다. 그는 이번엔 세이지 차가 든 찻잔을 쥐고, 반대쪽 옆구리에 두툼한 모포를 끼고 있었다. 무릎 위 접시엔 큼직한 타르트 트로페지엔을 올렸다.

 굴뚝새가 왕자의 어깨에 앉아 천연덕스레 고개를 갸웃거렸다. 부리 틈엔 태자가 얼마 전 도난당한 황실 휘장이 물려있었다. 불만이라도 있느냐는 콩알 눈빛에 세드리크가 기어이 미간을 찌푸렸다.

"그게 무슨 꼴이지?"

"다비드가 차를 준비해 줬습니다. 담요는 엘리자베트 경이 챙겨줬고, 타르트는 제가… 춥고 배고프실 것 같아서요."

 왕자가 해명했다. 코웃음이 흘렀다. 불 속성의 성기사가 추위를 탈 것이라 여기는 이가 있다는 게, 심지어 그게 자신의 측근이라는 사실이 기가 찼다. 그러나 무엇보다 맹랑한 것은 눈앞의 왕자였다. 세드리크는 나가라고 명했던 몇 분 전의 기억조차 잊고 쏘아붙였다.

"가관이군."

"나중에 말 붙이시면 다과나 건네려고 했죠. 필요할지도 모르잖아요."

"내가 그대를 무시하면?"

 왕자가 비로소 눈썹을 늘어뜨렸다. 거기까진 생각해 보지 않은 듯했다. 어리석은…

"그래도 힘들 때 혼자인 것보단 낫지 않습니까."

"…"

"무시할 상대라도 있는 게, 음. 그렇다고 저를 무시하란 말씀은 아니고요."

그가 씩 웃으며 말을 이었다.

'친구 사이에 기본적인 존중은 해주셔야죠.'

그러고는 발코니 문 너머로 황제와 추기경을 바라보았다. 언제까지고 기다릴 수 있다는 듯 평온한 얼굴이었다. 상냥한 눈길엔 존경과 애정이 넘실거렸다. 굳이 넘겨짚을 필요도 없었다. 왕자는 이미 이곳의 모두에게 마음을 주고 있었다. 세드리크는 그 티 없이 맑은 기만에 이를 악물었다. 제국이 기껍다면 그것으로 만족할 순 없나?

"…"

인정한다. 그는 왕자가 신국으로 돌아가지 않기를 바랐다. 조약의 힘과 황실의 권위로 강제하지 않아도, 그가 스스로 리에스테르를 선택하길 원했다. 태자는 신관의 발치를 묵묵히 내려다보았다.

"차 정말 안 드십니까? 다 식는데."

…주신께 맹세코, 다치게 해서 묶어둘 마음은 없었다. 두 어른도 결코 그런 방식을 지지하지는 않을 터였다. 한데 속에서 자꾸만 불꽃이 일었다. 비정상적이며 비논리적인 성기사의 폭력성이 약해진 이성을 비집고 흘러나왔다. 꽉 쥔 주먹 사이로 불티가 솟아올랐다. 마도구 장갑이 타들어 가고 있었다.

―치이익…

상관없었다. 그는 평생 수백 쌍의 장갑을 불태우며 살아온 사내였다. 그리고 왕자는 여전히, 그의 하나뿐인 기회였다.

-삐삣?

"그럼 저 한 모금만 마시겠습니다."

나긋한 말에 불길한 소음이 묻혔다. 성기사가 천천히 왼손을 들었다. 내면의 욕구와 공포가 끔찍한 말들을 속삭이기 시작했다.

'그는 언젠가 떠날 것이다.'

'잡아둘 수 없다면 차라리 불사르는 게 낫겠군.'

'폭주가 왜 나쁘지?'

굴뚝새의 다급한 지저귐이 고막 너머로 멀어졌다. 동시에 눈앞이 붉게 물들었다. 관자놀이에 혈관이 불거지고 고통의 늪이 아가리를 벌렸다. 화르륵…!

-발칵!

그때였다. 누군가 발코니 문을 박차고 밖으로 튀어나왔다.

"어허!"

-쩌저저적-!

즉시 불호령이 떨어지고, 태자의 팔이 어깨까지 하얗게 얼어붙었다. 그제야 정신이 번쩍 났다. 뒷골이 써늘해지고 등줄기에 소름이 끼쳤다. 남자는 주황색 눈동자를 크게 뜬 채로 왕자를 확인했다. 자신을 보는 눈빛은…

"괜찮으십니까? 방금까지 뚝심이 엄청 시끄러웠거든요. 사르네즈 경, 이러다 태자님 팔에 동상 걸리겠습니다."

"당장 걱정해야 할 건 왕자님이에요!"

크리스텔 드 사르네즈가 답답하다는 듯 외쳤다. 놀란 왕자가 새를 어르다 말고 그녀를 바라보았다. 청회색 눈동자에 거친 파랑이

이는 듯했다.

"또 뭐가 문제입니까, 전하. 말씀을 하세요."

"사르네즈 경. 아무래도 지금은…"

"아뇨, 그야말로 일촉즉발이었습니다. 왕자님께서 고귀한 바비큐가 되실 뻔했다고요!"

그녀가 날카롭게 말했다. 왕자의 눈이 휘둥그레 커졌다. 타인의 에테르를 느끼지 못하니 당연한 반응이었다. 하지만 조금 전엔 정말로 위험했다. 세드리크는 꽃불을 일으켜 왼팔을 녹이며 입을 악다물었다. 두 남녀의 시선이 자신을 향하고 있었다.

"도망갈 생각은 마십시오. 방에서 선생님도 느꼈습니다."

이가 절로 갈렸다. 요한 헤인스는 은근히 집요하고 성가신 구석이 있는 스승이었다. 이대로 발코니에서 뛰어내릴까 고민하는데 왕자가 말을 꺼냈다.

"그릇 때문에 그러시는 거라면, 나중에 얘기해도 괜찮습니다. 말하고 싶을 때 해주세요."

"…"

세드리크가 놀라서 그를 돌아보았다. 거기까지 추리했을 거라고는 예상하지 못했다. 보랏빛 홍채에 값싼 연민이나 두려움은 비치지 않았다. 그가 차분히 말을 계속했다.

"에테르가 돌아오고 있으니 다시 도와드릴 수 있어요. 제가 선물한 목걸이도 있잖습니까."

'아직 안 쓰셨나.'

그가 혼잣말했다. 크리스텔이 울컥해서 덧붙였다.

"아끼다 똥 됩니다. 제발 써야 할 때는 쓰십시오."

그러고는 폭포처럼 말을 쏟아냈다.

"불이야 항상 꺼드릴 수 있습니다. 그래도 앞뒤 사정은 말씀해 주셔야 화재 예방을 하죠. 혼자 꽁꽁 싸매고 있으면 다음에 또 언제 터질지 어떻게 알아요?"

-삐삐잇!

신물이 요란하게 동조했다. 세드리크는 답을 내놓지 않았다. 누군가에게 자신의 기밀을 밝히는 것은 서로 목숨을 걸만한 신뢰를 요구했다. 그러니…

"전하께서 말씀하시면 저도 비밀 하나 까겠습니다."

크리스텔이 비장하게 선언했다. 이번에는 두 남자의 눈길이 그녀에게 쏠렸다.

"평범하고 흔한 이야긴 아닙니다. 아주 충격적인 비밀이라 어쩌면 안 믿으실지도 몰라요. 다시는 저를 안 보겠다고 하실 수도 있고요. 그래도 진짜니까 걸겠습니다."

"사르네즈 경."

"저도 누군가에겐 말하고 싶었거든요. 갑갑해서 평생은 못 참아요. 두 분이라면 대환영입니다. 왕자님 말씀대로 태자 전하께서 먼저 입을 여실 때까지 기다리겠지만, 기약이 없으니 제가 자극제를 드리는 거예요."

"…"

그러자 왕자의 눈이 위태롭게 흔들렸다. 묘하게도, 세드리크는 그 낯을 보고 크리스텔의 '비밀'에 대한 호기심을 느꼈다. 이유는 알 수 없지만 그녀의 이야기가 대단한 내막을 감추고 있으리라는 예감이 들었다. 물빛 시선이 사내를 뚫어져라 노려보았다.

"딜?"

그녀가 알아들을 수 없는 말과 함께 작은 주먹을 내밀었다. 잠시 침묵한 세드리크는, 제법 익숙하게 팔을 들어올렸다. 어차피 그에 겐 잃을 것이 없는 거래였다. 평생 속을 터놓지 않는다면 없던 일이나 마찬가지였으니까.

"…받아들이지."

태자는 차가운 물이 뚝뚝 흐르는 주먹을 맞댔다. 왕자가 작게 앓는 소리를 냈다. 소동은 그렇게 막을 내렸다. 초승달이 힘을 얻어 부푸는 밤. 많은 것이 해독되었고, 또 새롭게 독해할 것들이 나타났다. 예컨대 별하늘을 보며 근심스러운 표정을 짓는 예서 페네티안이 그러했다.

* * *

그날은 진짜 엄청나게 긴장했는데, 다행히 별일은 없었다. 태자가 갑작스럽게 자신의 몸 상태에 관한 얘길 털어놓거나, 그래서 크리스텔이 빙의자라고 고백하는 일은 벌어지지 않았다는 뜻이다.

실은 한 달이 넘도록 평화롭기만 했다. 나는 느리지만 꾸준히 힘을 되찾았고, 그간 황궁 온실의 햇무리초도 쑥쑥 자랐고, 황제와 추기경은 신증神症 환자와 신국군 유해를 찾아 전국을 수색했다.

겨울의 초입에 들어설 무렵엔 모든 게 일상으로 돌아온 기분이었다. 쥘리에트 출입 금지령은 황제가 행차했던 당일에 바로 풀렸다. 나는 평소처럼 신전에 고해를 받으러 다니고 부티에 추기경의 가르침을 익혔다.

요한 경의 수업을 참관하거나 레서판다들을 산책시키고, 티테의 배영을 두 시간씩 지켜봐 주기도 했다. 그러다 보면 당시의 기억이 차츰 흐려졌다. 구멍 뚫린 창공조차도.

"마지막 날이니 곳곳에 사람이 많을 겁니다. 부디 조심하십시오."
"뱅자맹도 같이 가시잖아요. 걱정 마세요."

내가 중년인을 보며 싱긋했다. 이어 제국식 코트를 덧입고, 피에르가 가져다준 두꺼운 부츠도 신었다. 11월 30일은 제법 특별한 날이었다. 온 나라와 황도를 떠들썩하게 만든 수확제의 끝이었으니까.

"왕자님, 마차가 준비됐습니다!"

문가에 반짝 나타난 가나엘이 웃으며 말했다. 소년은 엘리자베트 경과 거리를 거닐 생각에 무척 들떠 있었다. 나는 신수들을 안아주고 자리에서 일어났다. 데미가 낑낑거리며 내 발목을 꼬리로 감았다. 과일 셔틀이 밖으로 못 나가게 하려는 고단수였다. 실소가 터졌다.

"일찍 올게. 형도 데려가고 싶은데 사람이 너무 많아서."

-꾸르르르

레서판다는 입을 벌려 울고는, 테이블을 꼬물꼬물 올랐다. 그러더니 어느 역사서 위에 동그랗게 몸을 말고 누웠다. 나는 이제 표지 일부만 보고도 녀석이 무슨 책을 가리키는지 알았다. 데미는 요즘 특정 단어에 완전히 꽂혀있었으니까.

《교황 연대기》. '교황'. 우리 신수님은 꿈도 컸다.

"그래. 나중에 교황님 나타났다고 국경에 보라색 연기 피어오르면, 데미가 1열에서 구경하게 해준다. 폐하께 부탁해서라도."

-끼웅!

웃음기 섞인 목소리로 녀석을 달래고, 배와 등을 잔뜩 문질러 준 후 방을 나섰다. 창밖으로 황실 마차 여러 대와 근위대원들이 보였다. 간만의 외출이라 가슴이 싱숭생숭했다.

산트의 집들이 선물까지 꼼꼼히 챙겨 나서자, 차갑고 상쾌한 공기가 뺨을 스쳤다. 나는 밝은 표정으로 마차에 올랐다. 산트 귀화 축하 파티, 수확제, 친구들과의 단체 모임. 온통 즐겁고 속 편한 키워드뿐이었다!

-《서브 남주가 파업하면 생기는 일》 5권에 계속

서브 남주가 파업하면 생기는 일 4

초판 1쇄 인쇄 2025년 6월 4일
초판 1쇄 발행 2025년 6월 18일

지은이 | 숙임
발행인 | 강봉자, 김은경

펴낸곳 | (주)문학수첩
주소 | 경기도 파주시 회동길 503-1(문발동633-4) 출판문화단지
전화 | 031-955-9088(대표번호), 9534(편집부)
팩스 | 031-955-9066
등록 | 1991년 11월 27일 제16-482호

ISBN 979-11-7383-002-0 04810
(세트) 979-11-93790-92-2

* 파본은 구매처에서 바꾸어 드립니다.